FEDERHERZ
VERLAG

CAROLINE ST. CHARLES

ABOVE *pink* CLOUDS

ROCKSTAR
ROMANCE

Above Pink Clouds

Band 1 von 2 einer Reihe
Neuauflage

Bildmaterial: Shutterstock, Freepik
Korrektorin: Nadine Müller

Bestellung und Vertrieb: Nova MD GmbH, Vachendorf

ISBN: 978-3-96966-932-7

WIRmachenDRUCK GmbH
Mühlbachstr. 7
71522 Backnang
Deutschland

Federherz Verlag
Süntelstraße 70
31848 Bad Münder
www.federherzverlag.de
Instagram: @federherz.verlag

Für meinen Rockstar.
Für meinen Skydiver.

Für die echte Liz.
Beste Freundin, Soulmate, Mamita.

PLAYLIST

Coming Around Again – Dead Sea Skulls
Champagne Supernova – Oasis
She's Long Gone – The Black Keys
The Pretender – Foo Fighters
Superman – Stereophonics
Do I Wanna Know – Arctic Monkeys
Thunderstruck – AC/DC
Help Me – Stereophonics
Du kommer gå långt – Flykten
Cloud 9 – Jamiroquai
Smile – Jamiroquai
Diamonds – Rihanna
Gefährlich – Weltwiener
Out Of Control – The Rolling Stones
Wonderwall – Oasis
Are You Lonesome Tonight – Elvis Presley
Bust This Town – Stereophonics
Tribute – John Newman

PROLOG

Der Dong des Anschnallzeichens reißt mich aus dem Schlaf. Ich schnelle erschrocken hoch, und es dauert einige Sekunden, bis ich im Hier und Jetzt bin.

Nein, nicht schon wieder. Ich hasse Flugzeuge. Nicht des Fliegens wegen, oder weil ich unter Flugangst leide, nein. Die Assoziation, die ich mit Flugzeugen verbinde, hat mich einfach geprägt. Flieger – neues Land – neue Stadt – neues Leben – neue Identität. Acht Jahre lebe ich schon wie eine Nomadin. Auf mich allein gestellt seit meinem sechzehnten Lebensjahr. Zu meinen Eltern habe ich keinen Kontakt. Nicht weil ich sie nicht liebe, sondern der Sicherheit wegen. Meiner und ihrer. Die Jungs vom Zeugenschutzprogramm geben sich wirklich alle Mühe, mir schöne Legenden zu erstellen und ermöglichen es mir stets in interessante Identitäten zu schlüpfen. Ich hatte schon so viele verschiedene Namen, dass ich mich an manche nur noch verschwommen erinnere. Zugegeben, es waren immer schöne, melodische Namen, darauf bestand ich. Doch keiner war je so schön wie *meiner*: Shannen Shawni Smith. Damals führte ich das perfekte Leben, hatte eine wundervolle Kindheit, wohlhabende Eltern, die Welt stand mir offen. *Damals*. Die Bitterkeit dieses Wortes schmerzt mich. Immer, wenn ich in nostalgischen Erinnerungen schwelge, stellt sich mir die quälende Frage *Was wäre wenn?*. Ich weiß, es ist nicht gut in der Vergangenheit zu leben. Manchmal wünschte ich mir, ich könnte sie einfach vergessen. Damit abschließen, ein für alle Mal. *Ihn* einfach vergessen.

Wenn es wirklich so etwas wie Seelenverwandte gibt, hatte ich meinen bereits in jungen Jahren gefunden. Johnny, die Liebe meines Lebens. Meines bisherigen Lebens. Oh Johnny.

Er war der ältere Bruder meiner damals besten Freundin Annie, die ich schon im Kindergarten kennenlernte. Wir kannten uns also seit jüngster Kindheit, klebten immer aneinander. Annie, Johnny und ich. Die verwegenen Drei, wie wir uns nannten. Was hatten wir für eine gute Zeit, waren immer füreinander da. Wir gingen durch dick und dünn, spielten einander gern ab und zu Streiche, nichts und niemand konnte uns drei trennen. Die unbeschwerten Kindheitstage vergingen, doch nicht aber unsere Freundschaft und Zuneigung. Im Gegenteil. Sie wurde stärker. Aus Freundschaft entwickelte sich schließlich Liebe, als ich fünfzehn und er siebzehn war. Es war mit Abstand die beste Zeit meines Lebens, unbeschwert und frei. Fast ein ganzes Jahr waren wir ein Paar. Superverliebt und unzertrennlich.

Noch dazu war Johnny der coolste, beziehungsweise heißeste Typ an der Schule. Jedes Mädchen wollte mit ihm zusammen sein, sie schmachteten ihn regelrecht an. Und die Jungs wollten so sein wie er. Er hatte einfach einen besonderen Coolnessfaktor, *I don't give a damn about anything* war sein Credo, dem er stets treu blieb.

John Taylor Nordegren – gebürtiger Schwede – versuchte nie sich anzupassen, eckte gerne an, war starrköpfig, ein echtes Unikat eben. Er nahm das Leben, die Schule und auch sonst nichts allzu ernst. Außer die Musik, – sein Herzblatt, sein Baby.

Irgendwie waren wir uns äußerst ähnlich, hatten die gleiche Attitude, unsere Charaktere glichen sich wie ein Ei dem anderen. Auch in Sachen Sturheit und Eigensinnigkeit waren wir einander ziemlich ebenbürtig, wobei wir in all den Jahren nicht ein einziges Mal in Streit gerieten. Eher wir beiden gegen den Rest der Welt, denn wir wollten uns von niemanden etwas sagen, beziehungsweise befehlen lassen, was uns des Öfteren den Unmut der Lehrer einbrachte, aber damit konnten wir leben. Wir waren rebellisch durch und durch, ohne jedoch auch nur einmal unhöflich zu werden. Wir waren beide viel zu gut und fein erzogen, unsere Worte waren stets wohlgewählt und niemals auch nur ansatzweise unangemessen. Was wiederum recht gut ankam.

Eigentlich hatten wir nur Augen füreinander. Ließen uns aber beide genügend Freiraum, denn ich wie auch er waren schon von klein auf Freigeister, irgendwie ganz anders als die anderen.

Wir hatten eine unvergleichbare, intensive Verbindung zueinander, und wir wussten eigentlich schon immer, dass wir zusammengehörten. Wie soll ich es am besten erklären? Auf Seelenebene waren wir eins. Verwoben, verschwommen, vermischt. Abstrakt ausgedrückt: Würde man Zartrosa mit kornblumenblauer Wasserfarbe vermengen – ein prächtiger, kräftiger lilafarbener Klecks wäre das Ergebnis. Genau das waren wir. Strahlendes, mächtiges Purpur, oder Deep Purple. Ja, das veranschaulicht unsere tiefe, harmonische Verbundenheit gut.

Ach, was hatten wir für große Pläne von der Zukunft. Er wollte als Rockstar weltberühmt werden, ich als Model. Und beide hatten wir das Potential dazu. Während das Schicksal es mir verwehrt hat, meinen Traum in zu verwirklichen, hat Johnny Taylor es tatsächlich geschafft.

In Europa ist er bereits ein gefeierter Star. Leadsänger der britisch-schwedischen Rockband *Strikeback & Escape*. Ich gönne ihm den Erfolg von ganzem Herzen. Seine rockigen, teils gefühlvollen Songs zu hören, und seine Karriere zu verfolgen, gibt mir das Gefühl, immer noch an seinem Leben teilzuhaben. Wenn auch nur in der Ferne. Es ist schön, zu wissen, dass es ihm gut geht. Vielleicht sogar ein klein wenig zu gut.

Von seinen Eskapaden und Frauengeschichten in den Klatschpressen zu lesen, ist ehrlich gesagt alles andere als lustig. Es tut weh, ihn mit so vielen anderen Girls zu sehen. Sein Verschleiß an Groupies ist legendär. Mick Jagger wurden viele Mädchen angedichtet, Johnny, wenn er so weitermachte, hat das Potential ihn locker zu übertreffen.

Ich schüttle mich, um mich wachzurütteln. Ich habe nicht das Recht, eifersüchtig zu sein. Nicht mehr. Schließlich war ich diejenige, die ihn verlassen hat. Wenn auch nicht freiwillig.

Auch wenn es jetzt vielleicht den Anschein hat, ich wäre eine in Melancholie versunkene und von Selbstmitleid zerfressene Frau, dann darf ich anmerken – nein, keineswegs! Meine Fröhlichkeit und Leichtigkeit habe ich mir beibehalten. Manche mögen mir auch kindliche Naivität unterstellen, da ich alles locker nehme und das Leben meist durch die rosarote Brille sehe. Doch naiv bin ich bestimmt nicht. Kann ich gar nicht sein, nach allem, was ich bereits erlebt und gesehen habe. Schon allein wenn ich zurückdenke, rinnt mir ein kalter Schauer über den Rücken.

EINS

»Sherry, los, wir verpassen noch unseren Anschlussflug. Trödel nicht so herum!«

Ich kann mir ein Grinsen nicht verkneifen. Das ist Liz, wie sie leibt und lebt. Die pure Hektik. Wir haben noch mindestens eine Stunde Zeit und sie hetzt schon von Gate zu Gate. Mit roten Flecken im Gesicht, stöckelt sie in ihren purpurfarbenen *Sergio Rossi* Sandalen in kleinen, aber sehr eilenden Schritten durch die Korridore des Flughafens Heathrow. Ich kann hier doch unmöglich so durchhasten. Die wenige Zeit, die mir auf heimatlichem Boden geschenkt wird, muss ich doch wenigstens ein bisschen genießen. Wenn es auch nur der Flughafen ist, das spielt für mich keine Rolle. Das letzte Mal war ich im Vereinigten Königreich, hmm, vor ganzen fünf Jahren. Ich atme tief durch. Okay, zugegeben, ich bin wieder leicht wehmütig, aber so etwas muss man doch kurz auskosten. Einmal britisch, immer britisch.

»Huch ...«, kreischt es vor mir in der Menschenmenge. Liz strauchelt beinahe bei dem Versuch, ihren beigefarbenen Trolley über eine Bodenwelle zu manövrieren.

»Liz …«, seufze ich, »wir haben massenhaft Zeit, komm schon!« Hilfsbereit eile ich an ihre Seite und stelle ihren schweren Trolley wieder auf die Räder. »Uff, was hast du denn da alles eingepackt?« Ich stupse sie ein wenig mit der Schulter an, was eindeutig keine gute Idee war, da sie sogleich ins Wanken gerät. Sie krallt sich gerade noch rechtzeitig am Ärmel meines rot-schwarz karierten Holzfällerhemdes fest, ehe sie zu Boden fällt und ich ziehe sie unter hoher Kraftaufwendung wieder hoch. Ups. Sie gibt mir gleich einen ärgerlichen Rempler als Retourkutsche, muss aber dennoch grinsen.

»Ahh, alles Lebenswichtige ist da drinnen. Der Umzug nach Dubai, man weiß ja nie, was man da alles braucht. Wie kannst du so gelassen sein? New York zu verlassen, hat dir ja anscheinend überhaupt nicht wehgetan. Neeeewww Yooork!« Sie schüttelt mich, als müsste *ich* zur Besinnung gebracht werden.

»Ich verlasse New York und gehe in die Wüste …«, schnauft sie betrübt und scheint diese Entscheidung nun gewaltig zu bereuen. Tränen stehen ihr schon in den Augen, es kann sich nur noch um eine Angelegenheit von Sekunden handeln bis sie hinunterkullern.

»Ach Süße!« Ich nehme sie in den Arm. »Dubai ist die angesagteste Metropole schlechthin. Du tust gerade so, als würdest du in irgendein Beduinencamp ziehen.« Ich schaue sie aufmunternd an und schnipse mit den Fingern während ich sage: »Und außerdem, New York ist nur einen Flug entfernt.«

Liz lässt einen wehmütigen, fast kläglichen Seufzer los und verzieht den Mund. Dann ringt sie sich doch noch ein Lächeln ab und wirkt sogleich viel fröhlicher. »Okay, okay, stimmt. Ich kann immer zurück, wenn ich Heimweh bekomme. Und in spätestens zehn Monaten hat mich die Stadt aller Städte sowieso wieder.«

Als sie diese Worte spricht, glitzern ihre ohnehin so strahlenden Augen noch ein Fünkchen mehr.

Ich hake mich bei ihr unter und summe fröhlich vor mich hin. »Tam tam tadammm, tam tam taaadammm ...«

Schon hüpft Liz aufgekratzt neben mir auf und ab, und ich wollte ich könnte anders, ihre ausgelassene Heiterkeit steckt mich an und ich muss einfach mithüpfen. Wie zwei überdrehte, kichernde Teenies mitten am Flughafen Heathrow, während Menschenmengen mit ihren Koffern stressgeplagt an uns vorbeiströmen und uns komische Blicke zuwerfen. Doch Liz ist nun in ihrem Element.

»Meine Traumhochzeit rückt immer näher, 304 Tage noch und ich bin endlich Mrs Wittman!«

Liz Bice ist mit Abstand die lustigste Person, die ich jemals kennengelernt habe. Wir verstanden uns auf Anhieb, als wir uns an der NYU im Kurs für Medien und Kommunikation kennengelernt haben und sind seit jeher wie zwei Schwestern. Eine weiß, was die andere denkt, und umgekehrt. Mein Geheimnis kennt sie nicht. Aber das ist auch schon das Einzige, was sie von mir nicht weiß.

Unsere Freunde nennen uns nicht umsonst spaßhalber *die Zwillingsschwestern*, wenngleich unser Look unterschiedlicher nicht sein könnte.

»Ich kann es schon gar nicht mehr erwarten, Bill endlich wiederzusehen«, zwinkert sie mir freudenstrahlend zu. »Diese eine Woche kommt mir wie eine Ewigkeit vor.

Glaubst du, es geht ihm ähnlich und er vermisst mich?« Sie runzelt die Stirn und blickt mich mit großen, fragenden Augen an.

Ich muss grinsend den Kopf schütteln, Liz und ihre Unsicherheit. »Liz, Bill kann nicht mal ein paar Tage ohne dich sein. Natürlich verzehrt er sich schon nach dir. Zählt die Stunden. Sekunden.« Ich fasse mir theatralisch mit beiden Händen ans Herz und blicke verträumt nach oben. »Muss Liebe schön sein!«

Liz schubst mich. »Ach, Sherry, du findest bestimmt auch bald deinen Prince Charming.« Sie lässt die Worte wirken und lächelt mich schelmisch an. »Wer weiß, vielleicht ein schicker Wüstenscheich?«

Ich rolle die Augen. »Komm jetzt, schön langsam sollten wir wirklich in die Gänge kommen, sonst sehen wir den Flieger womöglich noch von unten!« Ich packe sie am Arm und ziehe sie vorwärts.

Sie seufzt. Mit mir über Liebe zu reden, ist noch nie leicht gewesen. Bei diesem Thema werde ich leider immer ein wenig grummelig.

Dann wirft sie jedoch einen flüchtigen Blick auf ihre Rolex, wobei ihr sogleich ein schrilles »Huch!« entweicht. »Ach du liebe Zeit, Sherry, beeil dich!« Und schon ist sie mit ihren klackernden, acht Zentimeter hohen Sandalen losgeeilt und hat mich und meine Converse im Nu überholt. Wie sie das immer macht?

Es dauert nicht lange und wir haben den Security Check und die Passkontrolle einigermaßen stressfrei überwunden und beziehen gerade noch rechtzeitig unsere Sitze in der großen Emirates A380. Business Class natürlich. Bei so etwas lässt sich ein Bill Wittman nicht lumpen. Unter keinen Umständen wollte er seiner zukünftigen Braut sieben Stunden in der Holzklasse zumuten. Wenngleich man in dem recht großzügigen und top-ausgestatteten Flugzeug die Flugzeit locker auch in der Economy Class mit gutem Sitzkomfort überdauern könnte. Doch Bill überraschte uns mit einem Upgrade. Und Liz liebt Überraschungen wie keine andere. Diese beiden sind einfach füreinander bestimmt.

»Auf in ein Abenteuer aus 1001 Nacht!« Liz' Unmut, in das Wüstenemirat zu ziehen, ist inzwischen vollends verflogen. Einen großen Anteil daran dürfte wohl auch das vierte Glas Champagner haben, mit dem wir abermals anstoßen und die Gläser zum Klingen bringen. Noch mehr als Überraschungen liebt Liz nämlich Champagner. Und sie verträgt ihn besser als ich. Während sie mit jedem Schluck aufgedrehter wird, nimmt die Müdigkeit bei mir rasch Überhand. Meine Augenlider werden schwerer und schwerer, und es dauert nicht lang, bis ich sie nicht mehr offen halten kann und einschlafe.

Als das Flugzeug kurz etwas absackt und das Anschnallzeichen erklingt, reiße ich beinahe panikartig die Augen auf. Nicht der Turbulenzen wegen. Natürlich nicht. Werde ich mein Flugzeugtrauma jemals überwinden? Vielleicht sollte ich es mir einfach abgewöhnen, im Flieger zu schlafen. Das heißt nicht, dass ich sonst angenehme Träume hätte. Leider holt mich meine Vergangenheit des Öfteren nachts ein und ich wache schweißgebadet auf. Aber das ist wirklich nichts, verglichen mit der Beklommenheit, die ich gerade eben verspüre. Ich recke mich kurz und erhebe mich aus meiner Schlafkoje. So verdammt komfortabel bin ich wirklich noch nie geflogen. Schon alleine deshalb hätte ich wissen müssen, dass ich keine Angst vor einem Neustart hätte haben müssen. Wenn es des Zeugenschutzprogrammes wegen in ein neues Leben geht, fliegen wir immer nur Economy. Preiswert und bescheiden. Nur nicht auffallen lautet die Devise. Okay, einmal wurde ich im Privatjet innerhalb von Amerika von einem Ort zum anderen gebracht. Von Texas nach Alabama. Doch das hatte damals weniger mit Luxus zu tun. Eine abgefuckte Propellermaschine war das, darin Flugangst zu haben, wäre keineswegs abwegig gewesen.

Als Liz bemerkt, dass ich endlich munter bin, stoppt sie augenblicklich ihren Film. »Na, du Schlafmütze? Du hast das Essen verpasst. Einfach vorzüglich. Konnte direkt mithalten mit ...«

»Warum hast du mich nicht geweckt?«, unterbreche ich sie mit einem leicht vorwurfsvollen Unterton und reibe mir die schlaftrunkenen Augen.

»Schätzchen, du hast geschlafen wie ein Baby. So friedlich. Da konnte ich dich doch unmöglich aus deinen hübschen Träumen reißen.«

Ich verziehe den Mund und muss abermals gähnen. Als mein Magen äußerst mitleidserregend knurrt, drückt Liz einen Knopf am Display und sogleich ist eine Flugbegleiterin an ihrer Seite.

»Was machst du?«, frage ich, obwohl ich genau weiß was Liz vorhat. Eine Sonderbehandlung ist mir irgendwie unangenehm, aber für meine Freundin aus Manhattans nobler Upper Eastside ist das etwas völlig Alltägliches.

»Schätzchen, wir fliegen First Class. Das Servicepersonal ist wirklich genial, so zuvorkommend. Ich fliege nur noch Emirates ... wenn Bills Jet mal nicht zur Verfügung steht«, raunt mir Liz mit einem Augenzwinkern zu und bestellt ein vegetarisches Dinner für mich.

Dazu hat sie mir einen Vodka-Orange geordert. Sie kennt mich einfach in- und auswendig. Den Drink kann ich jetzt wirklich gut gebrauchen. Ich trinke nicht oft, aber wenn dann eigentlich nur Vodka. Und heute ist es ohnehin schon egal. Ich nippe an meinem fruchtigen Cocktail, während ich mir den Hals reibe. Dieses verdammte beklemmende Gefühl, ich muss es so schnell wie möglich loswerden. Es war zwar nicht mal ansatzweise ein Anflug einer Panikattacke, aber dieser stechende Schmerz im Herzen und der Druck in der Brust, als würde ich keine Luft bekommen. Das verspüre ich jedes Mal, wenn ich denke, ich müsse Abschied nehmen. Abschied von meinen Freunden. Abschied von meinem bisherigen Leben. Abschied von allem, was ich lieb gewonnen hatte. Nur um ein völlig anderes und neues Leben anzufangen. Dieser Schmerz, er wird mit jedem Mal stärker. Abschiedsschmerz, die schlimmste Qual, die ich mir vorstellen kann. Und doch muss ich da immer wieder durch. Ähnlich musste sich wohl Sisyphos gefühlt haben. Voller Anstrengung rollte er einen Felsen den Berg hinauf, nur um ihn kurz vor dem Gipfel wieder hinunterrollen zu sehen und von Neuem beginnen zu müssen.

Okay, ganz so schwer habe ich es auch wieder nicht, doch ähnlich fühlt es sich dennoch an. Wie furchtbar es jedes Mal ist, sich an eine neue Identität und Umgebung gewöhnen zu müssen, nur um dann, wenn man sich allmählich eingelebt hat, alles von heute auf morgen wieder hinter sich zu lassen um neu zu starten. Alles auf Anfang. Das ist nicht lustig. Wirklich nicht.

Doch ich sollte mich nicht beklagen, momentan läuft es nämlich wirklich gut für mich. Ich habe einen super Job als Kolumnistin eines Lifestyle Magazins, das gerade in Dubai gelauncht wird. Bill Wittman, Sprössling einer Verlagsdynastie, hat soeben sein erstes eigenes Magazin gegründet und möchte damit den Mittleren Osten erobern.

Glamour, Fashion, Beauty, Stars und Lifestyle der Extraklasse, gepaart mit Aufdeckerjournalismus, sowie natürlich einem mächtigen Finanz- und Wirtschaftsteil. *GoGold* wird garantiert das neue Trendmagazin, an dem absolut niemand vorbeikommt.

ZWEI

»Willkommen in Dubai, Miss Paxton!«, grüßt mich der freundliche Araber an der Passkontrolle, als ich ihm meine Reisedokumente reiche.

Sherry Elisabeth Paxton, 28 Jahre, wohnhaft in Manhattan, New York City. Seufzend betrachte ich mein Passbild. Diese Identität ist die beste, die ich seit Jahren hatte. Und auch die längste. Fast ganze drei Jahre schon bin ich die junge, erfolgreiche Journalistin. Ich hoffe inständig, dass es noch lange so bleiben wird.

»Bitte nicht lächeln!«

Oh, lächle ich etwa? Ich ziehe eine Schnute und versuche ein ernsteres Gesicht zu machen.

»Bitte direkt hineinschauen. Jetzt«, wiederholt er abermals, nicht mehr ganz so freundlich, sondern eher genervt.

Ich seufze und richte meinen Blick starr auf den Gesichtserkennungsmonitor. Das hat doch bei den anderen Leuten vor mir nicht so lange gedauert.

Langsam sieht auch der Typ hinter dem Schalter

ziemlich ärgerlich aus. Er schüttelt den Kopf. »Hierhin schauen. Geradeaus«, erklärt er mir diesmal ganz langsam und abgehackt, als wäre ich ein wenig schwer von Begriff, und deutet mit dem Zeigefinger auf die kleine Kameralinse über dem Monitor.

Gesagt, getan.

Er gibt einen Zischlaut von sich, woraufhin ich ein klein wenig zusammenzucke und ihn erschrocken ansehe. *Verdammt, was mache ich denn nur falsch?* In der vagen Hoffnung die Situation etwas zu entspannen, lege ich einen entschuldigenden Dackelblick auf. Hilft aber nichts. Langsam wird der Herr Passkontrolleur aber wirklich ungeduldig. Ich atme tief ein und langsam wieder aus und lockere meine Mundwinkel. Halte den Kopf ein wenig höher. Vielleicht ist das ja die Lösung? Nö. Irgendwie komme ich mir doch schon ein bisschen blöd vor. Die Schlange hinter uns wird immer länger und länger. Peinlich. Aber ich bin mir ehrlich gesagt keiner Schuld bewusst, tue ich doch mein Allerbestes in dieses dumme, geistlose Ding hineinzuschauen. Vielleicht ist dieser verdammte Monitor ja defekt? Sekunden vergehen. Der Bildschirm blinkt. Es tut sich niiiichts. Rein gar nichts. Rien. Null. Nada. Ich verzweifele zusehends. So ein Problem hatte ich bisher noch nie.

Meine Zeugenschutzleute leisten sonst eigentlich immer erstklassige Arbeit. Meine alten Identitäten auszulöschen, neue Pässe, Gesichtserkennung und dergleichen ist für sie und ihre Technologie keine große Herausforderung. Bis jetzt zumindest. Äußerst eigenartig. An keinem anderen Flughafen hat auch nur irgendjemand meine jeweilige Identität jemals in Zweifel gezogen. Ist es möglich, dass die hier etwa andere, neuartigere ID-

Erkennungsgeräte haben? Scheiße. Ich behalte die Augen weiter auf die verdammte Kameralinse gerichtet und lasse mir meine Unruhe nicht anmerken. Mein Herz schlägt schneller, Schweißperlen bilden sich auf meiner Stirn, ich weiß nicht, wie lange ich meine immer größer werdende Angst noch unterdrücken kann. Hoffentlich ... Ah.

Mir fällt ein Stein vom Herzen, anscheinend hat es endlich geklappt. Der Typ schnaubt nickend und gibt mir meinen Pass zurück, ohne auch nur ein weiteres Wort mit mir zu wechseln. Ich nehme ihn erleichtert entgegen und gehe schleunigst durch die Schleuse.

Nun ist Liz an der Reihe und ich stelle mich etwas abseits hin. Es dauert ein wenig, bis ich mich wieder einigermaßen beruhigt habe. Ich dachte schon, ich wäre aufgeflogen. Huch. Mein Herz pocht noch immer wie verrückt. Ich muss mich ein wenig ablenken und blicke mich in der futuristischen Empfangshalle um. Cooler Flughafen, wirklich.

»Sherry, steh nicht so verträumt in der Gegend herum ... wir sind in Duubaiii!« Meine BFF fällt mir beschwingt um den Hals und gibt mir einen leichten Schubs.

»Dubai, yay!« Ich setze mein euphorischstes Grinsen auf, hebe dazu meine geballten Fäuste freudig in die Luft und fasse mir dann an die Stirn. Rasende Kopfschmerzen, autsch.

»Champagner«, dringt es gleichzeitig aus Liz' und meinem Mund. Sogar unser beider Tonfall ist übereinstimmend. Wir kichern.

»Du solltest wirklich die Finger von Champagner

lassen und bei deinem Vodka bleiben«, setzt Liz zu tadelnden Worten an und grinst spöttisch. Ist sie es ja gewesen, die die vielen Fläschchen *Moët* während des Fluges bestellt hat.

»Ladies, hierher!«, winkt uns Bill Wittman zu. Er sticht sofort aus der wartenden Menschenmenge heraus, elegant und adrett wie der Verlagschef stets gekleidet ist.

Und schon ist Liz leichtfüßig losgeeilt und springt ihrem Bill in die Arme. Sie küssen sich innig und wollen einander anscheinend gar nicht mehr loslassen.

Während sie ihre Liebkosungen austauschen, wende ich mich dezent ab. Hmm, ist das denn in dem arabischen Land überhaupt gestattet? Küsse in der Öffentlichkeit? Ich erinnere mich dunkel in dem kleinen Reiseführer letztens gelesen zu haben, dass sogar Händchenhalten strengstens untersagt ist. Wohl doch nicht so streng hier?

Bill fängt meinen Blick auf und löst sich ein wenig von seiner Herzdame. »Wie ich sehe, hast du dich schon auf die Sitten und Gebräuche hier eingestellt!« Er umarmt mich herzlich und küsst meine Wangen.

Ich nicke und ziehe eine Augenbraue hoch. »Du kennst mich doch!«

»Sonst ist aber schon alles klar? Du siehst irgendwie ein wenig mitgenommen aus.« Mein Chef Bill kann seinen besorgten Unterton kaum unterdrücken.

Ich mache eine abwertende Handbewegung und gähne demonstrativ. »Ach, der lange Flug hat mich doch etwas geschlaucht. Nach einer Runde Schlaf, bin ich morgen wieder ganz die Alte.«

»Na, ihr werdet Augen machen, wenn ihr unsere Unterkünfte seht!« Bill machte schon die ganze Zeit ein großes Geheimnis daraus. Nicht mal Liz konnte etwas aus ihm herausbekommen, als er ihr jedes Mal am Telefon davon vorschwärmte. »Lasst euch überraschen, Ladies! Nur soviel sei verraten: Nobles Hochhaus mit exklusivem Blick auf das Meer.«

Bill führt uns zu einem nagelneuen, metallisch-weiß glänzenden *VW Beetle Cabrio*, das er im Parkhaus geparkt hatte. »Darling, das ist dein neues Auto!« Er grinst breit und klimpert mit dem Schlüssel vor Liz Nase herum.

Diese, etwas verdattert, kann ihr Glück kaum fassen und stößt ein ungläubiges, aber begeistertes »Neeeein!« hervor, bevor sie ihrem gönnerhaften Bill nochmals um den Hals fällt.

Er öffnet ihr galant die Fahrertüre und Liz hüpft hinein. Sie streichelt über die zart beige Lederausstattung und begutachtet ihr neues Gefährt bis ins kleinste Detail. Liz legt ihre zierlichen Hände ans Lenkrad und lehnt sich zufrieden zurück. Bordcomputer, Touchscreen, das süße, kugelige Auto ist mit allem ausgestattet, was Liz' Herz höher schlagen lässt. Man muss wissen, sie war schon immer ein kleiner Autofreak. Schon bevor sie den Führerschein in der Tasche hatte, kurvte sie am weitläufigen Anwesen ihrer Eltern herum, wie sie mir damals erzählt hat, als ich eines Sommers bei einer mondänen Feier ihrer Familie eingeladen war. Wie heißt es so schön: Übung macht den Meister. Heute ist sie die beste und sicherste Fahrerin, die ich kenne.

»Deine Überraschung wartet zu Hause auf dich, obwohl du bestimmt schon weißt, was es ist«, flüstert Bill mir ins Ohr.

Ich beiße mir auf die Lippen und klatsche freudestrahlend in die Hände. Wie ein kleines Mädchen, ich weiß, aber so ist nun mal meine Art. Ich kann einfach nicht anders.

Er lacht, legt den Kopf schief und meint nur: »Richtig anstrengend, der Kleine. Ich habe ihm extra eine Nanny organisiert, da Roy und ich so beschäftigt waren. Die gute Dame hat er auch ganz schön an die Nervengrenze gebracht.«

Oje, ich verziehe den Mund und blicke ein wenig betroffen drein. Klingt ganz nach meinem Kleinen. Sturkopf durch und durch.

Liz ist inzwischen wieder ausgestiegen und überlässt ihrem Verlobten den Fahrersitz.

Nachdem all unser Gepäck verstaut ist, was keine allzu leichte Aufgabe war, da der Kofferraum schon ziemlich winzig ist, startet Bill den leicht schnurrenden Motor. Liz fasst sich sogleich ans Herz. »Toller Sound, mein Baby«, haucht sie und streicht sanft über das schwarze Armaturenbrett.

Während der Fahrt drücken Liz und ich uns die Nasen an den verdunkelten Scheiben platt. Dubai ist schlichtweg der Wahnsinn. Wer hätte gedacht, dass die Wüste voller Leben und so grün sein kann. Überall sieht man lieblich angelegte bunte Blumenbeete neben der Straße. Alleen von Palmen, die allesamt mit goldenen Lichtern geschmückt sind. Die atemberaubenden Skyscraper, die in der Ferne in die Höhe ragen. Ich kann sogar schon einen Blick auf den berühmten Burj Khalifa werfen, den höchsten Turm der Welt. Unglaublich. Ich bin hin und weg. Dubai ist nicht nur eine aufstrebende Metropole, wie ich sie vorhin genannt hatte, Dubai ist abgehoben. Eine völlig andere Welt.

Auf dem Highway tummeln sich sogar in den späten Abendstunden lauter Luxusautos. *Bentleys, Ferraris*, sogar ein *Bugatti Veyron* braust an uns vorbei. Ich bin platt. Vollkommen platt von den Impressionen, die auf mich einprasseln, während wir die breite, mehrspurige Straße entlangfahren, die schnurgerade und parallel zum Meer angelegt ist. Ich komme aus dem Staunen einfach nicht mehr heraus. Selten war ich so derart beeindruckt von irgendetwas. Diese Stadt hat etwas magisches, das kann ich fühlen. Ich weiß es schon jetzt, Dubai wird mein Herz im Nu erobern.

Nach circa dreißig Minuten Fahrzeit hält Bill vor einem hochmodernen Hotelkomplex. Schon die Auffahrt lässt erahnen, wie viel Geld in der luxuriösen Anlage steckt. Ein höflicher Hotelpage in stylischer weiß-goldener Uniform öffnet Liz die Tür und reicht ihr die Hand. Nett. Ich gebe mir Mühe, mich möglichst elegant von der hinteren Sitzbank zu erheben und nach vorne zu klettern. Keine leichte Aufgabe in dem Miniauto. Auch mir wird galant aus dem Wagen geholfen, während Bill und Liz heftig turtelnd vor dem Eingang auf mich warten.

Wow. Das Innenleben des Hotels ist noch spektakulärer, als ich es mir in meinen kühnsten Träumen hätte ausmalen können. Der edelste Marmor an Boden und Wänden. Duftende, bunte, opulente Blumenarrangements. In Sträußen und Gestecken. Und es riecht noch dazu angenehm nach ätherischen Ölen. Richtig orientalisch, aber sehr dezent. Orange und noch irgendetwas. Liz und ich stecken gleichzeitig unsere Näschen in die Luft. »Mmmhhh«, entweicht es uns wie aus einem Mund.

Ich sage es ja: Zwillingsschwestern. Bei unser beider Anblick kann sich Bill sein belustigtes Lachen einfach nicht verkneifen und schüttelt den Kopf.

»Meine zwei Synchronschwimmerinnen!« Er umarmt Liz und geleitet uns an die Rezeption. Die hübsch geschminkte Thailänderin hinter dem Front Office Desk begrüßt uns herzlich und checkt uns ein. Schon bekommen wir einen Willkommens-Drink. Champagner. Natürlich. Hmm, ich sehe es schon kommen, als Antialkoholikerin – mit Ausnahmen – könnte Dubai für mich eine Herausforderung werden.

Liz und ich tauschen immer wieder begeisterte Blicke, während wir durch das Hotel geführt werden. Es ist einfach alles wirklich ziemlich imposant.

Meine Apartment Suite liegt im siebten Stock. Die von Liz und Bill im zehnten. Beide steigen aber auf meiner Etage mit mir aus und begleiten mich zu meiner neuen Bleibe.

Es kribbelt mir in den Fingern, während ich meine silberne Keycard vor das Schloss halte. Als ich eintrete, schlägt mein Herz augenblicklich schneller. Ich halte die Augen offen, wo steckt mein Kleiner bloß? »Charlie?«, rufe ich frohlockend.

Und schon kommt er schwanzwedelnd um die Ecke gestürmt. Seine treuen Kulleraugen leuchten erfüllt mit Wiedersehensfreude. Ich klatsche in die Hände, knie mich zu ihm hinunter, und schon springt er mir mit einem Satz in die Arme. Sein weißes Haar seidig und kuschelig. »Mein Herzchen ... Hallo Charlie!« Ich drücke ihn an mich und eine Träne kullert mir über die Wange. Eine ganze Woche ohne meinen kleinen Schatz kam mir wie eine Ewigkeit vor.

»Na, da habt ihr euch ja endlich wieder!« Bill klopft mir auf die Schulter. »Ich habe versprochen, dass wir gut auf ihn aufpassen.«

Ich stehe mit Charlie im Arm auf und hauche Bill ein Küsschen auf die Wange. »Danke dir nochmals!«

Da mein kleiner *West Highland White Terrier* einer der größten seiner Rasse ist und somit zu schwer, um ihn im Flieger mitnehmen zu können, war Bill so lieb und nahm ihn in seinem Privatjet mit. Gemeinsam mit all unseren Habseligkeiten.

»Na ja, in der Challenger mitzufliegen, hat ihm sichtlich Spaß bereitet. Einen verwöhnten, kleinen Luxushund hast du«, meint er grinsend und fügt nach einer kurzen Pause hinzu: »Und ja, ich gebe zu, wir beide hatten eine gute Zeit miteinander.«

»Danke, danke, danke!« Ich möchte Bill und Liz umarmen, doch Charlie protestiert sogleich lautstark. Ich setze ihn zu Boden, und er läuft schnurstracks ins Wohnzimmer, um Sekunden später gleich wieder zu uns zu tapsen. Mit seinem quietschenden Schweinchen im Maul gibt er uns eine seiner berühmten Vorstellungen. Musikalisches Talent hat er allemal. Manchmal spielt er sogar mit drei verschiedenen Spielzeugen gleichzeitig. Und alle geben natürlich andere Töne von sich. Tief, hoch. Er betätigt sie mit Pfote und Maul. Ich strahle ihn an. Mein Herz ist erfüllt von Liebe.

Ich schaue kurz auf, als ich eine kleine Gestalt, vom Balkon her, auf uns zukommen sehe.

»Sherry, das ist Miss Latifa Lal. Charlies Nanny sozusagen. Normalerweise ist sie Babysitterin für Kinder.«

Die kleine, etwas dickliche Inderin verneigt sich kurz und gibt mir dann etwas zaghaft die Hand.

»Hallo, Latifa. Danke Ihnen, dass Sie sich so gut um mein Bärchen gekümmert haben. Wie man sieht, mag er Sie sehr!«

Charlie rollt auf dem Boden zwischen uns herum und schüttelt sich dann zufrieden.

»Er ist ein ganz Lieber. Ich habe natürlich Ihre Gassi und Fütterungszeiten eingehalten, damit sich so wenig wie möglich für ihn verändert. Er hat sich wirklich schnell an alles gewöhnt und gut eingelebt.«

»Danke vielmals«, bedanke ich mich und will der sympathischen Hotelangestellten Trinkgeld geben.

»Das ist schon alles erledigt«, meint Bill. »Oh, und die Sondergenehmigung für Charlie, sein Pass und so weiter liegen dort auf dem Tisch. Die solltest du immer dabeihaben. Zum Glück hat alles recht gut geklappt mit den Behörden und dem Hotel.« Die Einreise von Hunden ist in den Emiraten nämlich äußerst streng geregelt. Ohne meinen Charlie wäre ich niemals hierhergezogen. Keine Ahnung wie Bill es geschafft hat. Er muss alle Hebel in Bewegung gesetzt haben, dass mein Kleiner ohne Probleme einreisen durfte. Natürlich hat Charlie alle wichtigen, vorgeschriebenen Impfungen und eine tierärztliche Bescheinigung, das versteht sich von selbst, aber ich erinnere mich an die Quarantänevorschriften, an denen ich unseren Umzug schon scheitern sah.

»Du und deine Connections.« Liz schaut stolz zu ihrem gut aussehenden Verlobten in spe auf und schmiegt sich an ihn.

»Also gut, Sherry, dann wünschen wir dir eine gute Nacht in deinem neuen Zuhause!« Bill drückt mir einen flüchtigen Kuss auf die Wange, Liz umarmt mich innig. »Du weißt, merk dir den Traum in der ersten Nacht im neuen Bett«, flüstert sie mir mit bedeutsamen Unterton zu. Ihrem komischen Blick nach zu urteilen, überdenkt sie anscheinend kurz ihre etwas ungewöhnliche Satzzusammenstellung, zwinkert mir dann aber vielsagend und breit grinsend zu.

»Wir holen dich dann morgen zum Frühstück ab. Acht Uhr dreißig?«, fragt Bill.

Erschrocken blicke ich auf die Uhr. Ist es doch jetzt schon nach zwei Uhr morgens.

»Gib dem Jetlag erst gar keine Chance, das ist das Beste, glaub mir. Ich bin euch schließlich schon eine Woche voraus!«

Ich gähne demonstrativ und winkte beiden zum Abschied. Latifa drückt mir ihre Visitenkarte mit den Worten *Wann immer Sie mich brauchen, für Charlie bin ich immer sofort zur Stelle!* in die Hand, krault mein Schätzchen kurz und verschwindet dann ebenfalls.

Ich versperre die Tür und erkunde mein neues Apartment, auf Schritt und Tritt gefolgt von Charlie. Und ich muss schon sagen, Stil hat es.

Nach dem erst schmalen, immer breiter werdenden Eingangsbereich erstreckt sich geradeaus das weitläufige, helle Wohnzimmer, angefangen mit einem kleinen Barbereich. Gefällt mir. Ein Stückchen weiter stehen zwei ziemlich große und superbequem ausschauende Sofas und ein Couchsessel. Auch in Hellbeige gehalten, sowie ein kunstvoll geschwungener Glastisch. Zwischen den Sofas steht eines von Charlies kuscheligen Stoffbettchen.

Umringt von seinen Spielzeugen. Charlie folgt meinem Blick und schnappt sich seinen Lieblingsbären. Mein kleiner Schelm. Ich grinse ihn an und schaue mich weiter im Wohnzimmer um.

An der Wand hängt ein Flachbildfernseher über einer stylischen Kommode aus schwarzem Holz. Alles ist aufeinander abgestimmt. Durch den dunklen, cognacfarbenen Holzboden wirkt alles noch edler. Huch. Bill hat sich ganz schön ins Zeug gelegt. Er hat eindeutig nicht zu viel versprochen. Es ist zwar stockfinster draußen, und hundemüde bin ich ebenfalls, doch einen Blick auf den Balkon muss ich unbedingt noch werfen.

Ich öffne die getönte gläserne Schiebetür und mir verschlägt es beinahe den Atem. Welch unglaublicher Ausblick. Vor mir liegt der persische Golf, ein megabreiter Sandstrand – ich nehme an Jumeirah Beach – ein Stückchen weiter rechts die berühmte Palm Jumeirah. Ich atme tief ein. Frische, salzige Meeresluft. Ich komme mir vor, wie im Paradies, woran wohl auch unsere weitläufige, herrlich grüne Hotelanlage einen großen Anteil hat. Die wundervolle Parkanlage, gesäumt von hochgewachsenen Palmen, ist wirklich schön und durchdacht angelegt. Auch hier hängen an allen Palmen, und es sind wirklich viele, golden leuchtende Lichter. Bezaubernd.

Erst jetzt fällt mir auf, wie großzügig mein Balkon eigentlich ist. Er umfasst die gesamte Wohnfläche und geht rechts noch ein Stückchen weiter. Charlie springt an mir munter hechelnd rauf und runter. Richtig aufgekratzt ist mein kleiner Bengel. Ich klatsche zweimal in die Hände, was er sowieso immer als Spielaufforderung versteht und gehe in die Hocke. Er rollt sich sogleich auf dem Boden herum und lässt mich sein Bäuchlein kraulen. Kuschelzeit.

Doch schon nach kurzer Zeit kann ich kaum noch die Augen offenhalten. Ich möchte nur noch schnell unter die Dusche und dann ab ins Bett. Ich stehe gähnend auf und gehe, gefolgt von Charlie, hinein. Das Wohnzimmer geht nach einer kleinen Nische gleich nahtlos ins Schlafzimmer über. Ich mag das offene Konzept, alles wirkt dadurch viel größer. Charlie huscht an mir vorbei und springt in sein großes Bettchen, das genau neben meinem Suuuperkingsizebett steht. Oh là là. Und das nur für mich allein. In so einem überdimensionalen Bett habe ich bisher noch nie geschlafen. Ich setze mich kurz. Nicht zu weich. Genauso wie ich es gern habe. Gegenüber an der Wand befindet sich ein groß ausgefallener, begehbarer Kleiderschrank. Gut so. Als ich ihn begutachte, sehe ich, dass meine Sachen schon fein säuberlich aufgehängt sind. Da muss ich mich aber wirklich nochmals bei Bill bedanken. Ich hatte mich schon gefürchtet, all mein Zeugs auszupacken. Lieb von ihm, dass er alles in die Wege geleitet hat. Vom Butler-Service hier hatte er uns ja schon vorgeschwärmt.

Vom Schlafzimmer aus sieht man durch eine riesige Glaswand direkt ins Badezimmer. Sexy. Neugierig luge ich hinein. Huch, ich muss mich am Türrahmen festhalten. Ein wundervolles, modernes Marmorbadezimmer mit einer Wahnsinns-Regenwalddusche. Unglaublich. Von so einer Duschkabine habe ich schon ein Leben lang geträumt. Spätestens jetzt ist klar, hier will ich nie wieder weg. Auch eine Whirlpoolbadewanne gibt es, die interessiert mich aber eher weniger. Ich bin eine Duschperson. Ich liebe es zu duschen. Ich entledige mich schnell meiner Kleidung, indem ich sie mir förmlich vom Leib reiße und springe unter die Dusche.

Als ich den Duschknauf auf Warmwasser drehe, prasselt es sogleich großflächig auf mich herunter. Der riesige Duschkopf lässt viele Variationen zu. Oh mein Gott, ich bin im Duschhimmel. Ich spiele kurz mit dem Gedanken mir die Haare zu waschen, lasse es aber doch bleiben, denn dazu bin ich einfach viel zu müde. Der fruchtige Duft meines Bio-Lemongras-Duschgels erfüllt das ganze Badezimmer und stimmt mich fröhlich.

Es dauert ein paar Minuten, bis ich endlich meine Pyjamaschublade finde und mich umgezogen habe. Ich lasse mich ins Bett fallen und freue mich schon auf die Nachtruhe, nach dem hektischen und superanstrengenden Tag. Charlie schläft ebenfalls schon tief und fest. »Gute Nacht, mein Kleiner«, flüstere ich und knipse das Nachttischlämpchen aus.

Gerade als ich am Einschlafen bin, ertönt der brummende Motorrad-Klingelton meines Handys. Verärgert ertaste ich es auf dem Nachttisch und blicke auf das Display. Obwohl ich ohnehin schon ahne, wer es ist. »Hi, Roy!«

»Sherry, ich dachte, du meldest dich, wenn du angekommen bist?«, ermahnt mich die grummelige Stimme.

»Tut mir leid, Roy. Ich weiß auch nicht, ich hab irgendwie total vergessen ...«, ich reibe mir die Augen, die immer wieder zufallen wollen.

»Liegt wohl an deinem Alkoholkonsum im Flugzeug«, meint er in einem etwas abfälligen Ton.

Seufzend setze ich mich auf. War ja wieder klar, dass er das mitbekommen hat. »Was war bei der Passkontrolle los, ich wurde schon leicht nervös.«

»Ich weiß auch nicht. Champagner vielleicht?« Roy lässt einfach nicht locker, obwohl er es jetzt eher amüsiert rüberbringt.

»Jajaja. Hey, wer hat mich eigentlich begleitet, ich konnte kein bekanntes Gesicht ausmachen.« Das interessierte mich schon während der ganzen Reise.

»Ein Neuer. Dass er so unscheinbar ist, hätte ich nicht vermutet. Ich war mir sicher, er würde dir auffallen. Sherry, Sherry, ... du lässt nach! Er war dir schon die ganze Woche auf den Fersen.«

Ich starre das Display mit einem genervten Blick an. »Roy, können wir morgen weiterreden? Wo bist du untergebracht?«

»Auf derselben Etage wie du, versteht sich von selbst. Ich wollte eh schon rüberkommen, doch ich kenne meine Schlafmütze ja. Also dann, gute Nacht, Sweetheart!« Auch er gähnt inzwischen. Ist ja bekanntlich auch ansteckend.

»Schlaf gut, Roy!«

Ich kuschle mich wieder in meine Polster, doch irgendwie bin ich jetzt wieder total wach. Herrje, und in ein paar Stunden muss ich schon wieder aufstehen. Ich seufze. Doch es lässt mir jetzt einfach keine Ruhe. Wieso habe ich meinen neuen Personenschützer nicht bemerkt? Schon als Roy nach Dubai abgeflogen war, versuchte ich besonders aufmerksam zu sein. Doch mir fiel nie auf, dass jemand in meiner Nähe war. Und ich bin geschult darauf, zu erkennen, wenn ich verfolgt werde. Mist. Seit dem Abflug von New York hielt ich ganz speziell die Augen offen, da ich wusste, dass sich mein Aufpasser in unmittelbarer Umgebung befinden musste. Weder während des ersten Fluges, noch beim zweiten war mir jemand aufgefallen. Ich musterte zwar einige Leute, doch mir schien keiner *verdächtig*. Wenigstens weiß ich nun, dass es ein männlicher Bewacher ist. Hmm.

Das würde ich bestimmt morgen wieder in voller Bandbreite zu hören bekommen. Wie nachlässig ich geworden bin. Dass ich mich nie zu sicher fühlen soll. Wo meine Achtsamkeit denn geblieben ist.

Ich stelle mich schon jetzt auf Roys Vortrag ein. Während ich so nachdenke, überkommt mich die Müdigkeit wieder. Ich ziehe mir die Decke über den Kopf und schon bald darauf fallen mir die Augen zu.

DREI

Als mein Wecker um Viertel vor acht klingelt, will ich mein Handy am liebsten gegen die Wand schmeißen. Ich muss ziemlich komatös geschlafen haben, denn ich kann mich an keinen Albtraum erinnern, aber deshalb bin ich noch keineswegs ausgeschlafen. Doch ein Blick in Charlies freudiges Gesichtlein, das aus seinem Körbchen lugt, lässt mich schmunzelnd die Füße aus dem Bett heben. Nun springt auch er aus seinem Bettchen und begrüßt mich, indem er sich zu einem Knicks hinabbeugt und seine Vorderbeinchen streckt. Dann lässt er mich sein Köpfchen kraulen und marschiert vor mir zum Barbereich, wo seine Näpfe stehen.

Ich schenke ihm frisches Wasser nach und ein Blick auf die Uhr lässt mich unruhig werden, weiß ich doch, wie überpünktlich Liz immer ist. Ich lege den Turbogang ein und husche ins Bad. Als es an der Tür klingelt, bin ich ziemlich stolz auf mich. Fertig in Rekordzeit. Ich lächle, als ich die Türe öffne und nehme Charlie an die Leine.

»Guten Morgen. Und, wie hast du geschlafen?«, will Liz gleich wissen

»Ganz wunderbar«, grinse ich und will aus der Tür treten, als ich Roy aus seinem Zimmer kommen sehe. Es ist nicht nur auf derselben Etage, sondern lediglich drei Türen vom meiner getrennt.

Er winkt, als er uns sieht. Wir tun es ihm natürlich gleich und gehen ihm entgegen.

»Onkel Roy«, rufe ich zuckersüß.

»Sherry, meine Kleine!« Schon schließt er mich in die Arme und ich klopfe ihm auf den Rücken. »Schön, dich endlich wieder zu sehen!« Er drückt mich fest.

Es ist ihm sichtlich unangenehm, dass Liz dabei ist, somit muss er seine Standpauke wohl oder übel verschieben und führt stattdessen lockeren Smalltalk mit uns.

Ich mag Roy so gerne. In all den Jahren, die er nun schon auf mich aufpasst, habe ich ihn ins Herz geschlossen. Er ist fast wie ein zweiter Vater für mich.

Schon seit damals, seit diesem entsetzlichen Abend vor fast acht Jahren, als er mir zugeteilt wurde, war er mir auf Anhieb sympathisch. Seither ist er nie von meiner Seite gewichen. Wir beide sind einfach ein perfekt eingespieltes Team.

Nun hat er sozusagen eine zweite Karriere eingeschlagen. Als Berater von Bill. Als ich vor Jahren meinen *Onkel* vorgestellt hatte, mochten die beiden sich auf Anhieb. Bill Wittman war regelrecht beeindruckt von meinem belesenen und äußerst eloquenten Bodyguard und machte ihn nach kurzer Zeit zu seinem persönlichen Berater. Somit war es auch leichter für uns, den Schein zu wahren. Ich musste nicht dauernd erklären, warum mein Onkel und ich ständig beisammen waren. Ich könnte Lieder davon singen, was ich früher schon für Geschichten erfinden musste.

Jetzt ist es wirklich einfach für uns beide. Wir arbeiten bei derselben Firma, mussten deshalb gemeinsam umziehen und wohnen im selben Hotel. Roy kann also immer ein Auge auf mich haben, während er noch dazu ein zweites, richtig gutes Gehalt bezieht. Ich sage es ja, es läuft wirklich gut für uns beide. Noch dazu hat Roy jetzt endlich so etwas wie ein Privatleben. Ich machte mir schon ziemliche Sorgen um ihn, da er immer im Dienst der Sache lebte. Mit unseren ständigen Identitätswechsel und Umzügen blieb da eigentlich nie die Gelegenheit, ein richtiges Leben zu führen. Für Roy noch weniger als für mich. Doch nun scheint auch er endlich glücklich verliebt zu sein. Ich bin mir nicht sicher, aber ich glaube, er hat ein Auge auf Gina Katíc geworfen. Die Chefsekretärin von Bill und er kokettierten schon in New York ziemlich heftig miteinander. Sie war auch gemeinsam mit Bill und Roy vor einer Woche hier eingetroffen. Hat es nun endlich gefunkt? Er scheint jedenfalls irgendwie anders drauf zu sein. Lockerer als sonst. Relaxter. Ich würde mich so für ihn freuen.

Liz und Roy begleiten mich auf einer schnellen Gassirunde, wobei mir Roy genau erklärt, wo ich mit Charlie gehen darf. Anschließend lassen wir uns im hoteleigenen Bistro auf der Terrasse nieder. Bill erwartet uns bereits. Mein grüner Tee, Cappuccino für Liz und schwarzer Filterkaffee für Roy stehen schon auf dem Tisch.

Als ich das Frühstücksbuffet erkunde, bin ich verblüfft. Es ist unglaublich, so eine Riesenauswahl. Viele Versuchungen, doch ich bleibe meinem Lieblingsfrühstück treu. Ich liebe es, frische Früchte mit einem kleinen Klecks Porridge zu kombinieren. Liz holt sich Omelette mit Tomaten und Zwiebel, Roy deftige Eierspeise mit viel Bacon.

Nach leichtem und lustigem Geplänkel während des Frühstücks, lässt Bill uns wissen, dass wir uns um elf im Büro einzufinden haben. Große erste Konferenz und Kennenlernen mit den anderen Mitarbeitern.

Unser Büro befindet sich in einem Tower, nur wenige Gehminuten vom Hotel entfernt, gut möglich, dass ich den Weg auch alleine finde, ohne mich zu verlaufen. Orientierung gehört nämlich leider nicht gerade zu meinen Stärken. Bill gibt sich als Stadtführer und erklärt uns, dass um uns herum die berühmte, künstlich geschaffene Dubai Marina liegt. Welch genialer Standort. Ich liebe unsere neue Umgebung schon jetzt, obwohl ich noch gar nicht viel von Dubai gesehen habe. Ich denke kurz an meine ersten Tage in New York zurück. Oh Gott, New York und ich, wir waren wahrlich keine Freunde auf Anhieb. Ich fühlte mich lange unwohl und ziemlich verloren, in der Stadt, die niemals schläft. Die Hektik dort, die vielen Menschen, alles war irgendwie unpersönlich. Und hier empfinde ich irgendwie das genaue Gegenteil. Klingt seltsam, aber es fühlt sich an, als wäre ich angekommen. Zuhause. Hmm.

Im sechsunddreißigsten Stockwerk steigen wir aus dem Lift, und Bill führt uns auch hier herum. Als wir an meinem Schreibtisch, unter dem auch ein Deckchen für Charlie liegt, vorbeigehen, raunt er mir mit einem Augenzwinkern zu: »Dein Reich, aber nur pro forma. Ich weiß, du arbeitest am besten von zu Hause, oder sonst wo. Also brauchst du nur zu Besprechungen und dergleichen anwesend sein. Solang du so schreibst, wie du schreibst.« Er zuckt mit den Schultern.

Ich schenke ihm ein dankbares Lächeln. Stickiger Büroalltag, huh, schon allein die Vorstellung daran, lässt mich erschaudern. Bill ist einfach der beste Chef, den man sich vorstellen kann. Den ganzen Tag in einem Büro eingesperrt zu sein, würde meine Kreativität regelrecht killen. Ich bin bekannt für meinen recht humorvollen Schreibstil und die Art, wie ich auch prekäre Themen in einer locker flockigen Art verfasse, was mir die Gunst der Leser in Windeseile eingebracht hat.

Ich lasse mich in meinen Stuhl fallen und gehe gedanklich noch einmal meinen Vortrag durch. Jetzt habe ich wirklich totalen Bammel vor meiner Präsentation, nervös spiele ich mit einem Kugelschreiber. Mein ganzes Herz hängt so sehr daran, ich muss es einfach wirklich gut rüberbringen.

Einige Minuten später steht Bill plötzlich wieder vor mir und reißt mich aus meinen Gedanken. »Sherry, macht es dir was aus, wenn wir dein Plädoyer verschieben? Ich weiß, wie wichtig es dir ist. Deshalb möchte ich, dass auch Vince, unser neuer Marketingchef anwesend ist. Er ist in New York hängen geblieben und kommt erst zur Launchparty. Ihn zu überzeugen, wird harte Arbeit, lass mich dich vorwarnen ... Aber wenn ihn jemand überzeugen kann, dann du«, er lächelt zuversichtlich und klopft mir auf die Schulter.

Ich verdrehe die Augen, Bill war immer schon ein Schmeichler. »Okay, aber wann ist dann das nächste Meeting angesetzt? Nicht, dass vorher ...«

Bill fällt mir ins Wort: »Nein, keine Sorge. In ein bis zwei Wochen setze ich die nächste große Konferenz an und dich ganz oben auf die Liste der Vortragenden.«

»Danke.« Ich lehne mich entspannt zurück. Irgendwie bin ich erleichtert, heute nicht dranzukommen.

Das Meeting später verläuft reibungslos, die neuen Kollegen scheinen recht sympathisch und kompetent zu sein, sofern man das nach einem kurzen Kennenlernen beurteilen kann.

VIER

Meine erste Woche in Dubai ist regelrecht verflogen und schon ist der große Tag gekommen: Alle sind schon gedanklich beim heutigen Red Carpet Event. Nachdem wir fast Tag und Nacht im Büro verbracht und rund um die Uhr geschuftet haben, um unserem Baby den letzten Schliff zu verpassen, hat sich jeder Mitarbeiter eine kleine Verschnaufpause verdient. Jeder ist hibbelig und fiebert der Launchfeier entgegen.

Auch Liz wird von Minute zu Minute unruhiger. Bereits in New York hatte sie Überlegungen angestellt, welches Outfit sie wohl für diesen besonderen Anlass auswählen sollte.

Nachdem Liz und Bills gestern angereiste Eltern unser hypermodernes Bürogebäude begeistert besichtigt haben, treten wir nachmittags endlich aus dem Tower. Liz ist inzwischen schon ganz aufgekratzt. Ich begleite die beiden Ladies, Liz und ihre Mutter *Madame Mia*, zum Frisörstudio, das uns mehrfach empfohlen wurde. Es liegt irgendwo am Walk, JBR. Wir schlendern an unserem Hotel vorbei und erreichen die wundervolle Promenade in wenigen Minuten. Und wow. Ich bin hin und weg.

Alles hier in Dubai ist so elegant, so exquisit. Der breite, supersaubere Gehweg ist gesäumt von stylischen Boutiquen, einladenden Cafés und Restaurants. Natürlich stehen auch hier dicke, mit Lichtern behangene Palmen. Bei Nacht muss es noch umwerfender aussehen. Eine richtige Prachtstraße.

Liz plaudert unentwegt, und ich habe alle Mühe ihr zu folgen, bin ich doch zu sehr abgelenkt, alles hier zu bestaunen. Dubai, ich bin verzaubert. Hier gehöre ich hin. Es ist der Anfang einer ganz besonderen Liebesgeschichte, ich spüre es ganz deutlich.

Wir erreichen das exquisite Frisörgeschäft und ich verabschiede mich von den beiden Damen. »Ach Sherry, komm schon. Ich hab auch einen Termin für dich gemacht. Ich weiß, du magst keine Frisöre, aber denk doch an heute Abend! Glamour. Style. Roter Teppich.«

Liz' Überredungskünste in allen Ehren, aber keine zehn Pferde würden mich da reinkriegen. Diese frisörtypischen Gerüche, die Hitze, der Lärm, das ist alles nichts für mich. Zumal ich auch nur Naturkosmetik verwende, die in diesem Laden mit ziemlicher Wahrscheinlichkeit kaum zu finden sein wird. Ich winke ab, wünsche den beiden Ladies eine entspannte Zeit und mache mich auf den Weg zurück.

Die Party heute wird von einem hiesigen Juwelier in einem Strandclub direkt neben unserem Hotel veranstaltet. Es wird bestimmt ein glamouröser Abend werden.

Und so wichtig für uns. Ich muss feststellen, dass auch ich schon recht aufgeregt bin. Beim Nachziehen meines leuchtend roten *Lavera* Lippenstifts, bin ich mir unschlüssig, ob ich meine langen Haare zu einem lockeren Zopf flechten oder einfach offen tragen soll. Schlussendlich entscheide ich mich für die offene Variante, und setze mir gerade meinen schwarzen, mit Nieten besetzten Hut auf, als es an der Tür klopft.

»Wow, Miss Glam-Rock in Person«, jubelt Liz bewundernd, als sie mit ihrem Verlobten Bill im Schlepptau hereinkommt.

»Mörderische Highheels! Jetzt aber schnell, wäre ja unhöflich zu unserer Party zu spät zu kommen!« Schnellen Schrittes ist Bill Wittman auch schon auf dem Weg zu den Aufzügen.

Unsere Launch-Veranstaltung übertrifft sogar meine kühnsten Erwartungen, so glanzvoll wird nicht einmal in New York gefeiert und ich habe wirklich schon einiges erlebt. Der Lifestyle in den Vereinigten Arabischen Emiraten ist einfach noch luxuriöser, noch gehobener, noch extravaganter als anderswo. Dekadenz auf einem völlig anderen Niveau.

Strandclub, wie ich die Location zuvor unwissentlich genannt habe, ist wirklich die Untertreibung des Jahres. Der Club ist megagenial. *Zero Gravity* – Nomen est manchmal wirklich Omen. Vom futuristisch angehauchten Eingang, der uns durch eine Röhre ins Innere führt, angefangen. Schon da staune ich. Innen drinnen bin ich nun vollends beeindruckt und überwältigt. Es ist, als hätten wir gerade eben eine andere Welt betreten, oder wohl eher ein Raumschiff. Der Club wirkt riesig. Und superstylisch. Total abgehoben, Coolness auf die Spitze getrieben. Und voller Leute. Huch, sich da durchzuschlagen, dauert bestimmt ewig. Vor allem, da jeder Bill die Hand schütteln und ihm gratulieren möchte.

Als wir endlich den Gartenbereich erreichen, bietet sich uns ebenfalls ein herrliches, unbeschreibliches Ambiente. Dicke, hochgewachsenen Palmen umrahmen die Tanzfläche, dazwischen befinden sich kleinere Barbereiche, die förmlich umzingelt sind von Menschentrauben. Bunte Lichter tanzen, die DJ-Musik dröhnt für meinen Geschmack zwar etwas zu laut, aber die Stimmung ist wirklich unvergleichlich. Und dieser Ausblick auf das Meer. Herrlich. Ganz zu schweigen von der Skyline hinter uns. Bombastisch. Noch nie zuvor war ich auf solch einer Party, noch nie. Drinks werden ständig gereicht, dazu auch köstliche Süßigkeiten, denen man, sosehr man es auch versucht, einfach nicht widerstehen kann.

Einziger Schönheitsmakel des Abends: es ist ziemlich anstrengend, mit so vielen Leuten Smalltalk zu führen und das Magazin vorzustellen. Die Leute sind alle ziemlich aus dem Häuschen und reißen sich förmlich um unser *GoGold*. Etwas erschöpft bahne ich mir zusammen mit Liz den Weg durch die Menschenmenge zur großen Hauptbar. Und Ohh. Meeein. Gott. Das muss eine Fata Morgana sein. Wer mir dort an der beleuchteten, mit Onxy verkleideten Bartheke gegenübersteht, lässt mir meine Knie wacklig werden. Meine Atmung setzt aus, mein Herz beginnt zu rasen. Wie oft habe ich mir schon vorgestellt ihn wieder zu sehen. Besser hätte ich es mir nicht ausmalen können. Er sieht einfach umwerfend aus. Fast genauso wie vor acht Jahren. Nur noch besser. Männlicher. Seine überschulterlangen blonden Haare fallen ihm ins Gesicht, seine blitzblauen Augen strahlen.

Er trägt eng anliegende schwarze *Dsquared2* Jeans mit Löchern an den Knien und ein weißes Hemd, das bis zur Mitte der Brust aufgeknöpft ist. An seinem Hals baumeln verschieden lange Ketten, die er im Layering-Look trägt, an beinahe jedem Finger prangen mehrere massive Silberringe, die Handgelenke werden von unzähligen Armbändern geschmückt. Von den Schuhen will ich gar nicht erst anfangen. Schwarz-grau glänzende Chelsea Boots von *Prada,* die eigentlich erst im nächsten Monat auf den Markt kommen. Stil hatte er schon immer, aber jetzt hat er ihn auf einen ganz neuen Level gehoben. So unverschämt gut sieht nur ein gottverdammter Rockstar aus.

Umringt von drei ihn anhimmelnden Blondinen, scheint er ins Gespräch vertieft. Plötzlich lacht er aus tiefer Kehle. Oh Boy, sein Lachen. Wie sehr habe ich sein außergewöhnliches Lachen vermisst. Seine raue, rauchige Stimme geht mir unter die Haut.

»Hey, ist das nicht der Sänger deiner Lieblingsband? Wie heißt der gleich?« Liz greift nach meinem Handgelenk und rüttelt mich, bis ich halbwegs zur Besinnung komme.

»Johnny«, hauche ich beinahe unhörbar.

Wie aufs Wort blickt er auf einmal auf und sieht mir direkt in die Augen. Er mustert mich lange mit prüfendem Blick, irgendwie sieht er erschrocken aus. Dem Reflex, mich umzudrehen und wegzulaufen, kann ich nicht nachgehen. Ich kann mich nicht mal bewegen. Wie hypnotisiert stehe ich da, gefangen von seinem durchdringenden Blick. Die Zeit scheint stillzustehen.

Er kann mich doch unmöglich wiedererkannt haben. Immerhin habe ich mein Aussehen komplett verändert. Als Teenie trug ich einen superkurzen, naturblonden Pixie-Haircut, hatte eine schlaksig dünne Figur. Damals hat jeder damit gerechnet, dass ich einmal richtig groß werden würde. Mein Vater knackt die Eins-Neunziger-Marke und auch meine Mutter, die früher Model war, ist weit über eins achtzig. Und ich? Mit sechzehn hörte ich abrupt auf zu wachsen. Vielleicht war das grauenvolle Erlebnis jener Nacht, das mein Leben komplett aus der Bahn geworfen hat, schuld an meinem Wachstumsstopp?

Sein durchdringender, forschender Blick spricht Bände. Hilfe. Dabei ist es nahezu ausgeschlossen, mich zu identifizieren. Es ist Jahre her. Eine Ewigkeit. Ein anderes Leben.

Und mit meiner jetzigen hüftlangen, rotbraunen Mähne bin ich sowieso ein ganz anderer Typ. Noch dazu habe ich den Hut tief ins Gesicht gezogen. Unmöglich, dass er mich nach all den Jahren erkannt hat, versuche ich mich selber zu beruhigen. Und dennoch, die Art wie er mich anguckt, lässt mich nervös werden. Als er schließlich einen Schritt auf mich zu macht, drehe ich mich auf dem Absatz um und halte Ausschau nach dem Ausgang. Doch die Rechnung habe ich ohne Liz gemacht, die mich immer noch am Handgelenk festhält und zurückzieht.

»Er kommt her, er kommt her«, raunt sie mir aufgeregt zu.

»Shannen?« In seiner Stimme schwingen sowohl Zweifel, als auch Hoffnung gleichzeitig mit.

Verdammt, mir wird schlecht. Oder sollte ich mich

etwa freuen? Eigentlich hatte ich angenommen, dass er mich als unbedeutende Jugendliebe abgetan und längst vergessen hat. Mir wird heiß, während mir gleichzeitig ein kalter Schauer über den Rücken läuft. Was soll ich machen, wie soll ich reagieren? Schiere Panik steigt in meinem tiefsten Inneren hoch.

»Nein, das ist Sherry Elisabeth, Kolumnistin bei *Go-Gold*!«, höre ich Liz erklären.

Ich habe keine Wahl, also drehe ich mich wieder um und schaffe es ein Lächeln auf meine Lippen zu zaubern. »Sherry Elisabeth Paxton!« Ich reiche ihm die Hand. Oh Gott. Wie gerne wäre ich ihm um den Hals gefallen und in seine starken Arme gesunken.

»Freut mich, ... Sherry!«, sagt er in einem derart koketten Tonfall, der mich augenblicklich dahinschmelzen lässt. »Darf ich Sie auf einen Drink einladen?«

Ich versuche, mir eine Antwort zurechtzulegen, was gar nicht so einfach ist, da mein Herz dermaßen schnell schlägt und ich nicht mehr klar denken kann. Nur wirre Gedanken geistern durch meinen Kopf.

»Oh wow, natürlich, Sherry ist ein ja so großer Fan von Ihnen!«, sprudelt es begeistert aus Liz heraus.

Ich werfe ihr einen strafenden Blick zu, doch sie zwinkert nur – natürlich ganz unauffällig – und schiebt mich zu Johnny hinüber.

Der charismatische blonde Hüne legt frech seinen Arm um meine Taille und geleitet mich zu einem weißen Ledersofa. Er ordert einen *Jack Daniels* on Ice und einen Screw Driver, was mir zu denken gibt, da das schon damals mein Lieblingscocktail gewesen war. Vodka mit frisch gepresstem Orangensaft. Hmm. Aber ich lasse mir nichts anmerken. Cool bleiben.

Ich richte meinen Blick auf den Kellner und ändere rasch die Bestellung. »Äh, Sir, ich hätte eigentlich lieber eine *Jack Daniels Honey Lemonade*! Dankeschön.«

»So wie schon zuvor?«

Ich nicke dem Kellner zu. »War wirklich eine gute Empfehlung, danke.« Gedanklich zähle ich nach, wie viele von den leckeren Drinks ich heute schon hatte, dazu noch einige Gläser Champagner. Oh làlà.

J mustert mich eigenartig, also versuche ich ihn schnell in ein Gespräch zu verwickeln und abzulenken. »Die drei Ladies da drüben haben Sie jetzt aber ganz schön enttäuscht. Die rätseln sicher gerade darüber, was Ihr Interesse an mir geweckt hat.« Ich deute schmunzelnd auf dic drei wasserstoffblonden Tussis, die sich gerade ganz offensichtlich das Maul über mich zerreißen.

Er setzt an etwas zu sagen. Die Art wie er mich ansieht, geht mir unter die Haut – so vertraut, so durchdringend, so hoffnungsvoll. Ich sehe es in seinen Augen, er wird mich noch einmal darauf ansprechen. Ob ich nicht doch ich bin. Das Mädchen, das er damals kannte. Rigorose Panik überschwappt mich und ich weiche seinem Blick aus. Zum Glück werden in diesem Moment unsere Drinks serviert. Ich bedanke mich überschwänglich bei dem Kellner, proste Johnny mit einem *Cheers!* zu und nehme einen großen Schluck. Den brauche ich jetzt.

Anscheinend hat er nicht mit meiner sehr amerikanischen Aussprache gerechnet. Den britischen Akzent habe ich schon vor Ewigkeiten abgelegt. *Bitte lass es bleiben. Lass Shannen Shawni Smith in der Vergangenheit ruhen.*

Sein Gesichtsausdruck ändert sich. Die sanften Züge, die er eben hatte, werden wieder härter. Unnahbarer. Arroganter. Nach einer kurzen Pause verzieht Johnny seinen Mund zu einem verwegenen, schiefen Lächeln und schaut mir vielsagend in die Augen. Er beugt sich zu mir vor, so nah, dass ich seinen Atem an meiner Wange spüren kann.

Unwillkürlich halte ich die Luft an. Was jetzt wohl kommen mag?

»Was soll ich sagen? – You're the Mystery of the Night«, raunt er mir mit rauer Stimme ins Ohr und fängt dann lautstark an, die ersten Textzeilen des Michael-Jackson-Hits *Dangerous* zu singen.

Ich verdrehe die Augen und kann mir ein Grinsen nicht verkneifen. Die heisere, unvergleichliche Art, wie Johnny die Lyrics des Songs wispert und mich dabei mit vielsagendem Blick fixiert, ist einfach unheimlich sexy. Ja, das ist Johnny, Frauenaufreißer durch und durch.

»Sie halten mich also für *dangerous*?« Ich sehe unter dem Hut zu ihm auf und lege meinen Kopf schief. Ein kleines bisschen flirten kann doch nicht schaden, oder? Wobei es in meinem Fall tatsächlich gefährlich werden könnte.

Er kommt mir noch näher. Oh Gott. »Maybe, Baby!« Seine Stimme ist nur noch ein verführerisches Flüstern. Er streckt seine Hand aus und zwirbelt eine meiner rotbraunen Locken um den Finger.

Verdammt, mein Herz schlägt so schnell, pocht in meiner Brust, als würde es gleich hinausspringen. Ich kann kaum noch atmen. Geschweige denn, etwas darauf antworten. Unsere Gesichter sind nur noch wenige Zentimeter voneinander entfernt. Es knistert. Ich höre weder die Musik um uns herum, noch vernehme ich die vielen Leute. Ich fühle mich wie in einer Luftblase gefangen.

Zusammen mit Johnny. Komplett von der Außenwelt abgeschnitten.

Er sieht mir tief in die Augen. Ach, diese Augen, ich könnte darin versinken. In meinem Kopf dreht sich alles. Ich darf mich doch nicht so um den Finger wickeln lassen. Ich beiße mir lächelnd auf die Lippe und lehne mich ein wenig zurück, um wieder einen klareren Kopf zu bekommen.

Ich nippe an meinem Getränk, um etwas Zeit zu gewinnen. Was zur Hölle mache ich da? Ich spiele mit dem Feuer. Und es gefällt mir. Irgendwie bin ich total im Zwiespalt der Gefühle, weiß weder ein noch aus. Johnny hatte mich nach wenigen Minuten an der Angel. Er weiß es und ich weiß es. Das ist nicht gut. Ganz und gar nicht. Ich muss das Gefühlschaos in meinem Kopf unter Kontrolle bringen. Und zwar schleunigst!

Gerade als ich denke, es könnte nicht mehr schlimmer kommen, spüre ich auf einmal eine Hand an meiner Schulter. Diese Hand drückt ganz schön fest zu.

»Sherry, darf ich dich kurz entführen?«

Ich kann es an seinem Tonfall erkennen, Roy ist ganz und gar nicht begeistert von meinem Gegenüber. Wie auch? Alle Leute aus meiner Vergangenheit sind strengstens tabu.

»Hi, Onkel Roy. Darf ich dir jemanden vorstellen? Das ist Johnny ... äh ...« Ich tue absichtlich so, als wüsste ich seinen Nachnamen nicht.

»John Taylor Nordegren«, stellt sich mein Rockstar höflich vor und erhebt sich von der Bank, um Roy die Hand zu schütteln.

»Hoch erfreut! Roy Banks.« Wenigstens ist er halbwegs freundlich. »Sherry?«

Ich stehe äußerst widerwillig auf und zupfe mein schwarzes, vielleicht etwas zu kurz geratenes Kleid zurecht.

Schon legt Roy seine Hand an meinen Rücken und schiebt mich vorwärts. Ich werfe einen Blick über meine Schulter und sehe, dass Johnnys Augen mir folgen, bis ich in der Menge verschwinde.

»Was sollte *das* denn bitte?«, keift mich Roy an, als wir außerhalb der Reichweite aller sind und zum Strand gehen.

»Was?«, gebe ich trotzig zurück. »Wir haben uns doch nur unterhalten. Er hat mich ja nicht mal erkannt!«, lüge ich und hoffe inständig, dass Liz nichts dergleichen Roy gegenüber erwähnt hat. Doch da ich Liz schon eine Weile nicht gesehen habe, wähne ich mich in Sicherheit.

»Ganz sicher? Ihr beide saht ziemlich vertraut miteinander aus.« Sein Ton ist noch immer äußerst scharf.

»Er ist ein Rockstar. Und er flirtet gern«, entgegne ich schulterzuckend und spiele die Sache herunter.

»Und du?« Roy sieht mich eindringlich, beinahe väterlich an.

Mir fällt nichts zu meiner Verteidigung ein. Absolut nichts. Ich bin noch immer benebelt von Johnny. Teils ratlos, teils genervt werfe ich die Arme in die Luft. »Boah, nichts ist mit mir. Was soll sein? Ich komme damit klar, okay? Es war doch nur ein kleiner Flirt, nichts Besonderes.« Geknickt lasse ich den Kopf sinken und starre auf meine silberfarbenen, in Spiegeloptik glänzenden *Gianvito Rossi* Highheels, die gerade dabei sind im Sand zu versinken.

Roy tritt einen Schritt auf mich zu. »Sherry, ich ...«

Ich schüttle bloß den Kopf und schneide ihm das

Wort ab. »Schon gut, wirklich. Du brauchst nichts mehr zu sagen, okay?«

»Es wäre ein Spiel mit dem Feuer. Auch wenn er dich jetzt nicht erkannt hat, heißt das nicht, dass das nicht noch passiert, vielleicht kommt die Erinnerung doch noch. Du siehst anders aus, ja, du redest anders, aber tief in dir drin, bist du noch immer du.« Mitfühlend legt er einen Arm um mich und seufzt leise. »Verstehst du, was ich meine? Du willst doch nicht deine Zukunft als *Sherry Elizabeth Paxton* aufs Spiel setzten, oder?«

Nein, das will ich unter keinen Umständen. Ich schüttle abermals den Kopf und muss mich beherrschen, damit nicht eine Träne aus meinen schon ziemlich wässerigen Augen kullert. Als ich mich wieder einigermaßen im Griff habe, drehe ich mich zu Roy um. Ich nicke ihm zu, mehr ist nicht nötig. Er kennt mich in- und auswendig und weiß, dass ich nichts riskieren würde.

»Ich wusste nicht, dass er kommen würde. Anscheinend ist er das neue Testimonial für *GoldenTouch*, euren Sponsor.«

Das passt zu Johnny. Werbegesicht einer Juwelenmarke. Er ist wie gemacht dafür, welches Gesicht könnte auch markanter und ausdrucksstärker sein als seins? Keines. Ich seufze. Oh Johnny.

»Halte dich fern von ihm, klar?« Roy sieht mich ernst an und ich entgegne nichts. Stattdessen blicke ich aufs Meer und höre die Wellen am Strand brechen. Es ist ein so beruhigendes Geräusch und hilft mir dabei, mich wieder zusammenzureißen.

Ich atme schwer, als Roy abermals versucht zu mir durchzudringen.

»Ist schon okay, ich gehe nicht mehr auf die Party. Ich

habe ohnehin schon beinahe jedem die Hand geschüttelt, Liz wird es schon verstehen, wenn ich nicht mehr auftauche. Vielleicht merkt sie es ja nicht einmal ... bei dem Trubel dort.«

Ich seufze und zucke beinahe unmerklich mit den Schultern.

Roy kommt wieder einen Schritt auf mich zu und sieht mich noch immer ziemlich besorgt an. »Ich werde meinen Trip nach Shanghai morgen früh absagen. Bill wird auch ohne mich zurechtkommen.« Seine Stimme klingt zum Glück schon viel sanfter. Einfühlsamer.

Oje, bei all dem Durcheinander habe ich ja völlig vergessen, dass morgen eine Geschäftsreise ansteht. Bill, Roy und Giiina fliegen nach Shanghai, da *GoGold* auch den asiatischen Markt erobern möchte. Roy wäre kaum entbehrlich, da er fließend Mandarin spricht. Und schon allein Gina wegen darf ich da doch nicht im Weg stehen.

»Nein, wirklich. Ich komme schon klar. Was soll passieren? Ich werde die vier Tage sowieso im Hotel und am Strand verbringen. Und mit Liz vielleicht ein wenig Dubai erkunden.«

Roy sieht mich prüfend an und überdenkt seine Pläne. Ich nicke ihm ermunternd zu.

»Dubai erkunden kannst du auch, wenn ich wieder hier bin«, meint er mit befehlendem Unterton.

Ich quäle mich zu einem Lächeln durch, zu dem mir im Moment eigentlich gar nicht zumute ist. Ich bin einfach noch zu durcheinander. Hin- und hergerissen. Doch mir ist bewusst, dass ich Johnny nicht wieder sehen darf. Und auch sonst jeder potentiellen Gefahr aus dem Weg gehen sollte.

»Alles klar, dann bleibe ich eben nur im Hotel. Raus

an den Strand darf ich aber schon, oder? Allein Charlie zuliebe?« Ich blicke ihn mit unschuldigem Augenaufschlag an, woraufhin er milde lächelt. »Ihr bleibt nur im Hotelareal.«

»Meer zählt auch dazu?«

»Meinetwegen«, brummt er.

»Abgemacht!« Ich hebe die Hand zu einem High five und er schlägt ein.

»Aber Sherry ...«, wieder klingt er besorgt.

Ich schüttele den Kopf. »Bitte fang nicht wieder mit Johnny an. Das ... das ist heute zu viel für mich. Ich bleibe im Hotel, versprochen.«

Ich umarme ihn noch einmal und wünsche ihm einen guten Flug, da die drei ziemlich zeitig im Morgengrauen abreisen, und ich keine Lust habe, so früh aufzustehen. Roy geht noch einmal kurz auf die Party und ich mache mich auf den Weg zurück zum Hotel.

Es liegt nur ein kurzer Strandabschnitt zwischen Club und Hotel. Roy wollte mich eigentlich begleiten, doch ich konnte ihn mit ein wenig Mühe davon abbringen. Ich brauche Zeit für mich allein. Zum Nachdenken. Und Abschalten. Das verstand er schließlich.

Ich ziehe mir meine coolen, superhohen Sandalen aus und trage sie in der Hand, während ich den einsamen Strand entlang schlendere. Der kalte Sand kitzelt lustig an meinen Füßen und ich genieße jeden Schritt. Meine Gedanken überschlagen sich, ich schaffe es einfach nicht, Ruhe in meine Gefühlswelt zu bekommen.

Ich erwäge, mich eine Weile niederzulassen und dem Meeresrauschen zuzuhören. Doch der Gedanke so allein dort zu sitzen, löst irgendwie Unbehagen in mir aus, also beschließe ich, schnell hoch auf mein Zimmer zu gehen und Charlie zu holen. Der muss ohnehin noch mal raus.

Mein Süßer begrüßt mich herzlich, als ich die Suite betrete. Er hatte in seinem Körbchen im Wohnzimmer geschlafen und sieht nun ein wenig schlaftrunken aus. Aber bei ihm dauert es nie lang, bis er wieder so richtig wach ist. Während ich mich schnell umziehe und mein *Dolce & Gabbana* Kleid zurück in den Kasten hänge, läuft Charlie schon wieder aufgeweckt mit seinem lustig quietschenden Bärchen durch das Schlafzimmer. Er schafft es immer, mich aufzumuntern und aus meinem Tief zu holen.

Da um die Uhrzeit am Strand nicht mehr viel los ist, bin ich eigentlich sicher, dass ich niemanden begegnen werde, also mache ich mir mit meinem Outfit keine allzu große Mühe. Mit hellblauen, zerrissenen Boyfriend-Jeans und einem weißen Croptop kann man aber ohnehin nichts falsch machen und ich kann mich getrost einfach so in den Sand fläzen.

Ich nehme Charlie an die lange Laufleine und spaziere unsere übliche Gassiroute entlang, ehe wir uns am Strand niederlassen. Das brauche ich jetzt. Ruhe, Charlie und das Meer. Ich habe sein blaues Bällchen mitgenommen, doch er scheint heute nicht sehr daran interessiert zu sein. Lieber legt er sich neben mich und lässt sein Köpfchen auf meinem Oberschenkel ruhen.

Ich bin nun auf der anderen Seite des Hotels und kann die Musik auf der Party nur erahnen. Was da wohl gerade los ist? Liz hat mir einige Male geschrieben, doch ich lasse mir lieber noch etwas Zeit mit der Antwort. Was soll ich bloß sagen, weshalb ich so plötzlich verschwunden bin? Zum Glück ist die Anlage hier so weitläufig, dass sich bestimmt keiner der Partygäste oder auch sonst wer hierher verlaufen wird.

Mir ist ziemlich schwer ums Herz. Die Begegnung mit meinem damaligen Freund hat mich total aus der Bahn geworfen. Wenn ich an die kurzen Momente, die ich heute mit ihm erleben durfte, denke, erhöht sich mein Puls rasant. Ich seufze und kraule Charlies Kopf. Das ist irgendwie immer die allerbeste Therapie für mich und entspannt uns beide gleichermaßen.

Ich versuche zu meditieren und meine Gedanken rund um den blonden Nordmann loszulassen. Ich darf nicht an ihn denken. Nie wieder. Am besten sollte ich nicht mal mehr seine Musik hören. Wenngleich ich die Band liebe. Und in zwei Wochen kommt das neue Album heraus. Wie sehr ich mich schon darauf gefreut habe. Verdammt. Ich habe ja immer schon viel an Johnny gedacht, aber jetzt beherrscht nur noch er meine Gedanken. Herrje. Ommmm. Ommmm. Ommmm. Meditationsmodus an. Los.

Ich kann gar nicht sagen, wie lang wir jetzt schon so dasitzen. Charlie ist schon vor einiger Zeit eingeschlafen, und ich hatte mich so auf das Rauschen des Meeres konzentriert, dass ich nichts anderes mehr hörte.

Plötzlich springt Charlie auf und knurrt in die Dunkelheit. Ich blicke erschrocken in die Richtung, die mein Hündchen wachsam fixiert, und kann die Umrisse einer ziemlich großen Person erkennen. Wer bitte ist zu so später Stunde hier noch unterwegs?

Charlie hört auf einmal auf zu knurren und beginnt stattdessen fröhlich mit dem Schwanz zu wedeln. Komisch, normalerweise lässt er niemand Fremden in meine Nähe. Ich stehe auf und bemerke erst jetzt, dass mein rechter Fuß eingeschlafen ist. Autsch. Ich bin wohl etwas zu lange in der Schneidersitzhaltung gesessen. Ich klopfe mir den Sand aus der Hose und lasse den Typen, der uns entgegenkommt nicht aus den Augen. Im Kopf gehe ich jede mögliche Fluchtrichtung durch, obwohl ich eigentlich keine Angst verspüre. Nicht mal ein mulmiges Gefühl. Ich bin hier schließlich in Dubai, einer supersicheren Stadt, am bewachten Strand eines exklusiven Fünfsternehotels. Was soll schon passieren? Doch schließlich und endlich bin ich darauf gedrillt, achtsam zu sein und keine Situation zu unterschätzen. *Situational Awareness* wird bei Roy schon immer großgeschrieben. Überlebensregel Nummer eins sozusagen. Aber ich weiß auch, dass ich mich auf meine Intuition verlassen kann. Und mir ist nicht nach wegrennen. Gar nicht. Das ist doch schon mal ein gutes Zeichen. Erst jetzt sehe ich, warum Charlie von aggressiv zu freudig gewechselt hat. Der Kerl hat auch einen Hund dabei. Etwa in Charlies Größe, nur viel massiger. Als er so näher kommt, erkenne ich, dass es sich um eine Englische Bulldogge handelt. Er hechelt ziemlich laut und grunzt ein wenig, als er tollpatschig über den Sandstrand hopst. Unweigerlich muss ich grinsen.

Der Kerl dahinter ist noch immer im Dunklen, sein Gesicht liegt vollkommen im Schatten. Doch als er seinen Kopf kurz dreht, kann ich erkennen, dass er seine Haare zu einem Zopf gebunden trägt. Seine stattliche Größe von über eins neunzig erinnert mich auch an jemanden. Das kann jetzt doch nicht sein, oder?

»Rocco«, ruft der Hüne mit vertrauter, rauchiger Stimme.

Und zum zweiten Mal an diesem Abend gefriert mir das Blut in den Adern. Es ist Johnny.

Ich stehe da, wie zur Eissäule erstarrt. In meinem Kopf wütet ein regelrechter Hurrikan. Meine ohnehin schon wirren Gedanken schwirren mit einer Geschwindigkeit durch mein Gehirn, überschlagen sich panikartig, sodass ich selbst schon gar nicht mehr mitkomme. Was sollte ich jetzt bitte tun? Wenn ich weglaufe, gebe ich ihm nur Anlass misstrauisch zu sein. Welchen Grund dazu hätte ich aus seiner Sicht? Dann würde er sich bestimmt fragen, was mit mir los ist. Würde Fragen stellen. Was soll ich tun? Verdammt, verdammt, verdammt!

Normal verhalten, würde mir Roy sicher raten. Aber ich bin mir leider gerade ziemlich sicher, dass ich dazu absolut nicht im Stande bin. Ich darf mich nicht auf ein Gespräch mit ihm einlassen. Das ging vorhin ja auch nicht gut. Man muss kein Hellseher sein, um zu wissen wie es dann weitergeht. Ein Blick in seine Augen und ich schmelze wieder dahin. Ich kenne mich. Das darf nicht passieren.

Er kommt näher. Nun kann ich, Mondschein sei Dank, auch schon sein schönes Gesicht sehen. Er lächelt mich direkt an. Fixiert mich förmlich. Meine Knie werden wackelig, mein Herz schlägt so verdammt schnell. Ich versuche die Luft anzuhalten, um meinen

Puls zu verlangsamen. Klappt nicht, das Gegenteil ist der Fall. Ich habe das Gefühl, als springe mir mein Herz in jeder Sekunde aus der Brust.

Der stämmige Rocco ist inzwischen bei Charlie angelangt, die beiden beschnuppern sich. Sind sich anscheinend freundlich gesinnt. Charlie mag eigentlich jeden anderen Hund, außer der andere bellt oder knurrt ihn, aus welchen Gründen auch immer, an. Das beleidigt meinen sanftmütigen Süßen dann so sehr, dass er den anderen Vierbeiner auf immer und ewig als Feind deklariert und auch selbst seinen Unmut über den anderen Hund bei jeder Begegnung kundtut. Wenn ihm hingegen eine Hündin blöd kommt, kümmert ihn das nicht allzu sehr. Anscheinend stempelt er sie als *Zicke* ab, ist der Damenwelt aber nie nachtragend oder böse. Er ist schon ein ziemlich außergewöhnliches und feinfühliges Kerlchen, mein Kleiner.

Jetzt erst bemerke ich, dass ich ruhiger werde. Ich habe meinen Blick von Johnny gerissen und den inzwischen mit dem Ball spielenden Hunden zugesehen, was mich im Nu lockerer werden und meinen nahenden Wikinger beinahe vergessen ließ.

»Hey!« Der tiefe, kehlige Klang seiner Stimme lässt mich erneut nach Luft schnappen. Wie ein Fisch an Land. Herrje. Die Anziehungskraft fängt schon an zu wirken. Ich blicke wieder zu ihm auf und lege den Kopf schief, während ich den Stand von einem Bein aufs andere verlagere. Mir ist irgendwie ganz komisch zumute. Er sieht mich an und wartet auf eine Antwort. Ich wollte eigentlich *Hi* sagen, glaube aber, dass ich nicht mal ein Wort rausbekommen habe. Mein Mund ist so trocken, als wäre ich tagelang ohne Wasser in der Wüste herumgeirrt. Gott, meine Gedanken stehen wirklich Kopf.

Charlie hat wohl inzwischen meine Angespanntheit bemerkt. Er lässt seinen neuen Freund stehen, stellt sich ganz dicht zu mir und stupst mich an, um zu sehen, ob alles okay ist. Sooo süß. Als ich ihn anlächle, positioniert er sich genau zwischen mir und Johnny, der nun schon in Schlagdistanz vor mir steht. So macht mein kleiner Schatz es immer, wenn er jemanden nicht kennt, der sich mir nähert. Aber nicht nur Fremde lässt er nicht zu mir, auch wenn mich ein Bekannter umarmt, springt er meist dazwischen und zeigt drohend seine Zähne. Das macht er aber nur, wenn er spürt, dass mir die Nähe unangenehm ist. So etwas fühlt er immer sofort und schmeißt sich für mich in die Bresche, komme, was wolle. So auch jetzt. Da ich noch immer verzweifelt nach Worten suche und mir einfach nichts über die Lippen kommen will, antwortet Charlie mit einem kurzen Bellen für mich. Das bringt mich augenblicklich zum Kichern und auch Johnny stimmt mit ein und lacht lauthals los.

»Einen tollen Beschützer hast du«, meint er breit grinsend und schaut abwechselnd von mir zu Charlie.

»Wenn nur Rocco auch so ein Bodyguard wäre ... « Er nimmt seinen bulligen Vierbeiner hoch und schaut ihm in die kleinen braunen Augen. »Rocco, da siehst du, wie sich ein Hund zu verhalten hat, von ihm kannst du dir ein Stückchen abschneiden!« Er knuddelt seinen drollig dreinschauenden Gefährten und setzt ihn dann wieder zu Boden.

Ich beuge mich zu Charlie hinunter und tätschle ihn kurz, ein Zeichen, dass alles in Ordnung ist. Was er auch gleich versteht und sich wieder seinem Ballspiel mit Rocco widmet.

Lächelnd blicke ich den beiden nach und sehe dann wieder Johnny in die Augen. Ein verdammter Fehler. Meine innerliche Unruhe kehrt abrupt zurück und mir wird mit einem Schlag ganz schwummrig.

»Alles okay?« Er sieht mich besorgt an. Ich liebe die Art, wie sich seine Lippen kräuseln, wenn er redet. Ich hänge beinahe förmlich an ihnen, kann meinen Blick einfach nicht von seinem Mund reißen, den ich nur zu gerne küssen würde. Der alten Zeiten willen. Er guckt mich forschend und eindringlich an. Oh Gott, ich bin dabei, mich komplett zum Affen zu machen, er muss ja denken, ich wäre nicht ganz dicht. »J-ja, ... ich glaube, ich habe vorhin einfach ein wenig zu viel Champagner getrunken.« Vielleicht erklärt das mein dämliches Verhalten ein wenig.

Sein Grinsen wird breiter. »Oh, glaub mir, das Gefühl kenne ich!« Er vergräbt seine Hände tief in den Taschen seiner Jeans und tritt nun ebenso verlegen von einem Bein aufs andere wie ich vorhin. Johnny, verlegen? Das passt irgendwie gar nicht zusammen. Ich lege meinen Kopf schief und mustere ihn. Beide stehen wir nun einfach so da und lächeln uns schweigend und unschlüssig an.

»Ich wollte dich nicht stören, oder erschrecken ... Rocco hat eure Fährte aufgenommen und war dann nicht mehr zu bremsen. Hier in Dubai gibt es ja irgendwie nicht allzu viele Spielgefährten für ihn.«

»Ja, ist mir auch schon aufgefallen. Viele Hunde treffen wir wirklich nicht«, stimme ich ihm zu.

»Darf ich dir Gesellschaft leisten? Wir können die

beiden ja schlecht jetzt schon wieder trennen. Sieh sie dir an!«

Mir gefällt die Art, wie er seinen Hund anschaut und von ihm spricht. Man spürt förmlich, wie er an ihm hängt. So wie ich an Charlie. Tierlieb ist er also auch. Ein Hundeliebhaber. Wie könnte mein Herz da keine Sprünge machen?

»Äh, klar«, piepse ich und mache es mir wieder im Schneidersitz gemütlich. Keine gute Idee, ich weiß. Ich sollte Big Joe meiden und mich keinesfalls in seiner Nähe aufhalten. Aber meine Alarmsirenen schrillen nicht. Also, was soll's?

Johnny setzt sich neben mich. Nah, aber doch mit ein wenig Abstand. Wir schauen unseren beiden herumtobenden Hunden zu, die sichtlich Spaß miteinander haben.

»Ich habe dich vergeblich auf der Party gesucht. Schade, dass du so früh gegangen bist«, meint er, mit einem kurzen Seitenblick zu mir.

»Ich, äh ...« Mir fällt schon wieder nichts ein. Was soll denn das bitte? Kann meine verdammte Wortkargheit endlich ein Ende finden?

»Aber ich verstehe das, mir wurde es auch zu viel, deshalb bin ich schon kurz nach dir abgehauen«, fügt er schnell hinzu, so dass ich nicht länger nach einer Antwort suchen muss. J guckt zu Charlies Bällchen, das neben mir liegt und blickt mich fragend an. Ich nicke lächelnd und er schnappt sich sogleich das Spielzeug und wirft den quietschenden Ball zu den Hunden. »Rocco, bring den Ball!«, ruft er und klatscht in die Hände.

Sein Hund gehorcht aufs Wort und apportiert das blaue Bällchen, dicht gefolgt von Charlie, der ihm hinterhertapst. Der knuddelige braunweiße Hund überlässt seinem Herrchen artig den Ball.

»So, Rocco, jetzt zeig mal der schönen Lady, was du kannst«, sagt Johnny mit einer großen Portion Stolz in der Stimme und legt seiner Bulldogge den Ball auf die kurze Schnauze. Kaum zu glauben, Rocco balanciert den Ball gekonnt auf seiner Stupsnase, Charlie sieht ihm schwanzwedelnd zu und scheint die Talente seines neuen Freundes zu bewundern.

»Wow, Rocco! Toll machst du das«, rufe ich begeistert und applaudiere. Nun setzt sich der gar nicht so tollpatschige Hund in Bewegung und bringt mir den Ball.

»Nun musst du ihm den Ball auf die Nase legen. Das ist ein wahres Privileg. Er lässt nicht jeden an sich ran.«

Ich schaue zu Johnny, der strahlt. Kleine Lachfältchen umspielen seine Augen, er sieht einfach zum Anbeißen aus. Rocco stupst mich ungeduldig an und lässt das Bällchen in meinen Schoß fallen. Ich muss meinen Blick förmlich von Johnny reißen und schenke seinem Hündchen meine ungeteilte Aufmerksamkeit.

»Alles klar, Rocco!« Ich probiere, ihm den Ball genauso wie Johnny zuvor auf der Schnauze zu platzieren, doch scheitere kläglich. Der Ball kullert von seiner Nase und Rocco sieht mich betrübt an. Ich grinse und tätschle seinen Kopf als Trost. Mit der anderen Hand greife ich nach dem Ball, der zwischen mich und Johnny gerollt ist. Johnny hat anscheinend dieselbe Idee. Unsere Hände berühren sich, und ich schwöre, ich spüre einen Funken. Es fühlt sich an wie ein leichter elektrischer Schlag. Erstaunt sehen Johnny und ich uns an. Seinem Blick nach zu urteilen, hat er es auch gespürt. Und schon wieder bin ich gefangen im Moment. Die magnetische Anziehungskraft hat wieder die Oberhand gewonnen. Gerade dann, als ich so allmählich dabei war, meine Unbeschwertheit wiederzufinden. Aber nein. Unsere Hände mussten sich ja unbedingt berühren. Und jetzt habe ich den Salat. Ich will mehr! Mich an ihn kuscheln. Seine Hand halten. Ihn küssen. Mich in seiner Umarmung geborgen fühlen. Wie früher.

Der Moment scheint endlos zu sein. Wir sehen uns wortlos an, seine warme Hand über meiner, um den blöden Ball geschlungen. Herrje. Es knistert beinahe hörbar. Und ich sehe einfach nur in seine ausdrucksvollen Augen. Habe mich regelrecht darin verloren. Schon wieder mal. Warum hat er nur so eine Macht über mich? Und ich gar keine Kontrolle mehr über meine Gedanken, geschweige denn Gefühle.

Johnny verzieht den Mund zu einem schiefen, äußerst attraktiven Grinsen. Badboymäßig irgendwie. Was geht wohl gerade in ihm vor? Hat er etwa ähnliche Gedanken wie ich? Er sieht so verwegen aus. War er ja schon immer, er ist sich seiner Wahnsinnsausstrahlung einfach voll und ganz bewusst.

Eine blonde Strähne fällt ihm ins Gesicht. Am liebsten würde ich zu ihm hinübergreifen und ihm den Zopf aufmachen. Seine dichte Mähne verwuscheln und ihn zu mir rüberziehen. Und ihn küssen. In diesem Moment wünsche ich mir nichts mehr, als seine Lippen auf den meinen spüren. Und wenn es das Letzte ist, was ich tue. Ich sehne mich nun schon so unendlich lange danach. Seit dem letzten Mal, als wir uns leidenschaftlich küssten, am Morgen des 1.1.2011.

Mit einem Satz springt Charlie plötzlich in meine Arme und hat dabei soviel Schwung und Kraft, dass ich rückwärts in den Sand falle. Er reißt mich zum Glück im rechten Moment aus meinem Wunschdenken. Meine Rettung, er hat einfach wirklich einen sechsten Sinn für ein gutes Timing. Wer weiß, was ich noch getan hätte. Ich stand so kurz davor meine Tagträumerei in die Tat umzusetzen, ohne auch nur ansatzweise an die Konsequenzen zu denken. Mein Verstand hatte sich anscheinend komplett ausgeschaltet. Himmelherrgott. Ich sende ein Stoßgebet nach oben und ärgere mich über mich selbst. Aber nur kurz. Charlie trampelt nämlich gerade spielerisch auf meinem Bauch herum und versucht mir ein Küsschen aufzudrücken. Ich winde mich kichernd und knuddele meinen kleinen Freund. Als dann auch noch Rocco dazukommt und an meinem Hals zu schlecken beginnt, was dermaßen kitzelt, kann ich mich kaum noch halten vor Lachen. Es ist zwar überaus eklig, aber auch megakomisch. Johnny neben mir stimmt lauthals mit ein und animiert seinen vierbeinigen Gefährten weiterzumachen. So liege ich da, im arabischen Sand, hilflos den Liebkosungen der beiden süßen, kalten Schnauzen ausgeliefert. Hilflos im Gefühlschaos versunken, irgendwo zwischen Lachen und Weinen, zwischen gebrochenem Herzen und Wolke sieben. Hilflos drohe ich im Sumpf der Sentimentalitäten zu ertrinken, werde tiefer und tiefer hinuntergezogen. Ich versuche mich mit aller Kraft dagegen zu wehren, doch tief im Inneren weiß ich, dass ich hilflos und vollkommen hoffnungslos verliebt in meinen Nordmann bin. Nach wie vor. Nach all den Jahren hat er dieselbe Wirkung auf mich wie damals. Doch ich muss jetzt stark sein. Muss an meine Zukunft als Sherry Elisabeth Smith denken. Smith? Verdammt, ... Paxton! Ich bin ja tatsächlich mehr verwirrt, als ich dachte.

Ich rapple mich allmählich wieder auf, mein Bauch tut mir schon weh vor lauter Lachen. Die beiden knuffigen Fellnasen lassen von mir ab und tollen nun wieder gemeinsam herum. Johnny erzählt mir gerade, dass er Rocco vor etwas mehr als einem Jahr aus dem Tierheim geholt hat. Aus einer Laune heraus ist er hingefahren, ohne sich auch nur im Klaren zu sein, wie sehr ein Hund sein Leben verändern würde. Zum Positiven.

Bei den beiden war es Liebe auf den ersten Blick und er war fortan nicht einen Tag von seinem Kumpel getrennt. Ach, wie süüüüß. Dass mein Herz bei seiner treuherzigen Geschichte noch mehr aufgeht, ist überflüssig zu erwähnen.

Ich versuche, mich vom Sand in meinen Haaren zu befreien und schüttele mich. J, Gentleman, der er nun mal ist, fackelt nicht lange herum und ergreift sogleich seine Chance. Um mir behilflich zu sein, rückt er näher und streicht mit seiner großen Hand durch meine rotbraune Mähne.

Er ist mir sooo nah und duftet so unheimlich gut. Aber ich habe mich zum Glück wieder einigermaßen im Griff und widerstehe dem unaussprechlich großen Drang, an seinem Hals zu schnuppern. Zu knabbern. Und zu küssen. Mhm. Eiserne Willenskraft ist nun gefragt.

Wenigstens merke ich, dass ich zunehmend lockerer werde. Meine anfängliche Verklemmtheit lässt allmählich nach und ist eigentlich schon fast wie weggeblasen. Ich fühle mich nicht mehr wie ein liebeskranker Teenie, sondern mehr wie ich selbst. Ich bin Herrin über meine Gedanken, versuche ich mir selbst einzuimpfen, doch er macht es mir alles andere als leicht.

Seine angenehm warme Hand hat nun meinen Rücken erreicht. Sanft streicht er über meine Schulterblätter und fährt – sicherlich unter den Vorwand, mich abzustauben – unbeirrt meine Wirbelsäule entlang. Frech. In quälender Langsamkeit lässt er seine Hand auf und ab gleiten und mich durchfährt ein prickelnder, erregender Schauer. Ich weiß, ich sollte nicht, doch ich lasse ihn gewähren.

Als er merkt, dass ich leicht fröstele, zieht er sogleich sein kultiges, kariertes Sakko aus und legt es mir um die Schultern. Dankbar schlüpfe ich hinein und atme den herrlichen Geruch ein, den ich über all den Jahren im Gedächtnis gespeichert habe. Mmmhh. Bevor ich wieder in gefährliche Nostalgie abdrifte, sollte ich schnell ein anderes Gesprächsthema finden.

»Weißt du eigentlich, dass Hunde hier immer an der Leine geführt werden müssen? Nicht, dass du Probleme bekommst«, gebe ich J zu bedenken.

»Oh, tatsächlich? Deshalb habt ihr also so eine lange Laufleine, verstehe«, antwortet er und zieht die Stirn kraus.

»Normalerweise dürften sie ja nicht mal hier am Strand sein. Aber Charlie hat eine Sondergenehmigung. Glücklicherweise.«

»Wie seid ihr denn da rangekommen?«, fragt er neugierig und ich zucke mit den Schultern.

»*Ich* gar nicht. Bill Wittman, du weißt schon, mein Boss. Er hat sich um alles gekümmert. Anscheinend hat er sehr einflussreiche Freunde hier.«

»Das müssen aber gute Verbindungen sein.« J grinst breit.

»Mhm. Bill hüllt sich zwar noch in Schweigen, aber

ich komme schon noch dahinter.« Ich erwidere sein Lächeln und schaue dann wieder zu den spielenden Fellnasen.

»Bei mir nimmt das immer mein Management in die Hand. Die wissen, dass ich ohne Rocco nirgends hingehe. Und ohne mich keine Gigs. Deshalb habe ich sogar eine eigene Rocco-Klausel in den Verträgen und die ist unverhandelbar.«

Wir reden weiter über unsere Hunde, Dubai, Musik und ich versuche inständig bei unverfänglichen Themen zu bleiben. Doch leider gelingt es mir mehr schlecht als recht, da mein Wikinger des Öfteren äußerst pikante, anzügliche Witze mit einfließen lässt. Johnnys heiseres, tiefes Lachen ist wie Musik in meinen Ohren. Ich genieße jede Minute, auch wenn ich von dem ein oder anderen Witz glühend rote Ohren bekomme.

Da er sichtlich seinen Spaß an meiner zeitweise auftretenden Verlegenheit hat, werden seine Anekdoten Mal für Mal anrüchiger und derber, aber auch komischer. Er hat einen besonders trockenen Sinn von Humor und bringt alle Sprüche mit einer großen Portion Ironie rüber. Ich habe wirklich schon lange nicht mehr so gelacht, wie in dieser sternklaren Nacht am Strand.

Während wir so herumalbern, fällt es mir ziemlich schwer, meinen hart erlernten Südstaaten-Akzent aufrechtzuerhalten. Es ist wirklich kein Leichtes, nicht wieder ins Britisch-Englisch zu verfallen, da Johnny neben mir einfach eine wunderschöne, gehobene Aussprache hat.

Schließlich bleiben wir wieder bei Musik hängen, da er merkt, dass ich ein ziemlich großer Rock'n'Roll-Fan bin, wird er natürlich neugierig und fängt an mich auszuquetschen.

»Deine Lieblingsbands? Abgesehen von *Strikeback & Escape* natürlich?« Spitzbübisch grinst er mich an.

»Oh, wenn ich da zu erzählen beginne, bin ich bis morgen noch nicht fertig.« Ich lasse meinen Blick in die Ferne schweifen, um ihm nicht in die Augen schauen zu müssen.

Die Band, die mir am meisten bedeutet, meine absolute Lieblingsband, darf ich nicht erwähnen. Sonst würde er bestimmt wieder Verdacht schöpfen, war ich ja schon von Beginn an ihr größter Fan und schleifte Johnny und Annie mit zu den Konzerten. Musik berührt Herzen, manchmal, in wenigen Fällen auch deine Seele. The *Stereophonics* waren diese Band für mich. Ich liebte diese Gruppe damals wie heute. Vielleicht sogar heute noch mehr als damals.

Jeder Song erzählt eine Geschichte, die Reibeisenstimme des Leadsängers, die aussagestarken, wortgewaltigen und ergreifenden Lyriks, die Gitarren ... sie sind einfach etwas ganz Besonderes. Vollblutmusiker mit Leib und Seele. Und unglaublich, aber wahr, jedes neue Album nimmt noch epischere, monumentalere Ausmaße an. So zähle ich halbherzig einige Bands auf, die mir im Sinn kommen, bekannte und eher weniger bekannte, scheine Johnny damit aber tief zu beeindrucken und seinen Musikgeschmack zu treffen.

»Die *Stereophonics* kennst du nicht?«, wirft er plötzlich ein und beäugt mich kritisch.

»Äh ...« Hat er irgendwelche Hintergedanken dabei? Hält er mich immer noch für Shannen? Will er mir hiermit eine Falle stellen, um mich zu entlarven? Ich beiße mir auf die Lippe und sehe ihn fragend an. Die Frage kann ich irgendwie schlecht verneinen, das wäre schon wieder verdächtig. »*Stereophonics*, hmm, doch das sagt mir was. Nennst du mir vielleicht einen Titel?« Wie sehr hasse ich es zu lügen, besonders in diesem Fall.

»Maybe Tomorrow. Superman. Violins & Tambourines. All In One Night.« Er wirkt irgendwie ernst.

»Oh ja, genau. *Stereophonics*. Mit Namen habe ich es manchmal nicht so. Auch eine englische Band, nicht? Ich hab sogar ein paar Songs von ihnen auf meinem iPhone.«

Er nickt. »Sie kommen aus Wales«, betont er knurrend. Briten können es nämlich bis aufs Blut nicht leiden, wenn Amis die Länder des Königreichs alle mit *England* gleichsetzen. In dieses Fettnäpfchen musste ich als vorbildliche Amerikanerin einfach treten. Hihi.

»Die Jungs und ich sind befreundet, sozusagen.«

Jetzt bin ich ziemlich baff. Klar kannte man sich als Musiker untereinander, doch das hätte ich jetzt nicht vermutet. Ich kann mich noch erinnern, als Johnny mich zu meinem Geburtstag mit Konzerttickets, die eigentlich schon längst ausverkauft waren, überrascht hatte. Mein sechzehnter Geburtstag. Wir verbrachten den ganzen Nachmittag damit, vor der Halle zu warten, da ich unbedingt in die erste Reihe kommen wollte. Der arme Johnny harrte mit mir in bitterer Kälte und Schneeregen aus, ohne auch nur einmal zu meckern. Allein dafür liebte ich ihn.

Irgendwie kommen wir dann auf Keith Richards zu sprechen, den ich buchstäblich vergöttere. Was ich auch zugebe. Die Stones, allen voran Mick und Keith, sind einfach anbetungswürdige Genies.

»Würdest du also mit Keith Richards schlafen?«

Seine unverblümte Frage überrumpelt mich vollkommen. So etwas wäre mir nicht mal ansatzweise im Traum eingefallen. Ich will mir gar nicht mein Gesicht vorstellen, ich glaube, mir bleibt kurz der Mund offen stehen. Ziemlich verdattert starre ich ihn an. »W-was?«

»Würdest du mit Keith ins Bett gehen?«, belustigt über meinen entglittenen Gesichtsausdruck stellt er mir erneut die gleiche Frage.

»Ich, äh ... Wie kommst du da drauf? Ich liebe die Musik, seinen Style und auch seine coole Art, aber ...« Ich schüttele den Kopf und ringe nach Worten.

Er grinst. »Dann also lieber mit Mick?«

Ich würde mich vielleicht als Groupie bezeichnen, das auf jedem Rockkonzert immer in der ersten Reihe herumspringt und wild mitsingt, aber doch nicht als Groupie im eigentlichen Sinne.

»Von Groupies halte ich nicht so sonderlich viel.« Gute und unverfängliche Antwort, oder?

»Aber es gibt doch bestimmt einen Star, mit dem du dir vorstellst, du würdest ...«, bohrt er weiter, wiegt den Kopf und schaut mir tief in die Augen.

Ach herrje, plötzlich wird mir klar, worauf er anspielt. Wir flirten und albern schon die ganze Zeit herum, zwar auf eher subtile Weise, aber doch den ganzen Abend durch. Möchte ich es wirklich darauf ankommen lassen? Ich kenne ihn zwar schon mein ganzes Leben und wir waren schließlich und endlich auch über ein Jahr ein Paar. Er war meine erste und einzige große Liebe. Aber das weiß *er* ja nicht. Für ihn wäre ich bestimmt nur ein einfach zu habendes Mädchen. Ich weiß ja über seine Leichtlebigkeit im Umgang mit amourösen Abenteuer Bescheid – aus der Klatschpresse. Es wäre nichts Besonderes für ihn. Eine schnelle Eroberung zwischendurch, nicht mehr, nicht weniger.

Boah, schon wieder denke ich zu viel. Wo ist meine Spontanität? Er ist es! Johnny, *mein* Johnny. Ich lasse mir Zeit mit der Antwort, presse die Lippen zusammen und schaue in die Luft, als würde ich Namen der Stars im Kopf durchgehen. Dazu hauche ich ein »Hmmm« in ziemlich verspieltem Ton. Dann schaue ich ihm vielsagend in die Augen, er kommt näher, ich lege den Kopf schief.

»Vielleicht gäbe es da tatsächlich einen ...«, säusle ich mit einem, wie ich denke, recht verführerischen Augenaufschlag.

J nickt, von sich selbst überzeugt und verzieht den Mund zu meinem allerliebsten schiefen Lächeln. Er kommt näher, noch näher und beugt seinen Kopf zu mir. Nun sind wir uns schon so nahe, dass nur noch ein Blatt Papier zwischen uns gepasst hätte. Unsere Münder sind nur mehr wenige Millimeter voneinander entfernt. Er zieht den Augenblick, den magischen Moment, gekonnt in die Länge. Immense, knisternde, beinahe unerträgliche Spannung baut sich auf, und als wir gerade knapp davor stehen, uns zu küssen, werde ich von Zweifel übermannt und von meinem Vorhaben, meine Lippen auf die seinen zu legen, abgebracht. Stattdessen necke ich ihn: »Tom Cruise, ganz klar!«

Ruckartig zieht er seinen Kopf ein Stückchen zurück und mustert mich verdutzt. Ich muss mich zusammenreißen, nicht gleich laut los zu lachen. Sein Gesichtsausdruck wechselt von irritiert zu amüsiert, als er merkt, dass ich ihn aufziehe. Dann passiert etwas, womit ich wiederum nicht gerechnet hätte. Es ist wie ein Ausflug in die

Vergangenheit. Johnny stürzt sich auf mich und kitzelt mich. Ich habe so angestrengt versucht, die Situation irgendwie zu entschärfen, bin jedoch kläglich gescheitert.

»Tom Cruise? Na warte!«

Ich lande rücklings im Sand, schon wieder, und Johnny über mir. Er kitzelt und neckt mich, sodass ich vor lauter Lachen schon gar keine Luft mehr bekomme. Ich gluckse vor mich hin und fühle mich wie damals mit sechzehn. Losgelöst von allen Sorgen, ausgelassen, unbeschwert und vollends glücklich. Wenigstens für ein paar Minuten.

Plötzlich hält er inne, stützt sich auf die Ellenbogen und betrachtet mich mit eigenartiger Intensität. Dann streicht er mir eine Haarlocke aus dem Gesicht und steckt sie hinter mein linkes Ohr. J streichelt meine Wange und fährt mit seinen Fingerspitzen meinen Kieferknochen entlang bis hin zu meinem Ohrläppchen. Er seufzt aus tiefster Kehle. Voller Enttäuschung. Ich weiß genau, wonach er gesucht hat. Mein einzigartiges, herzförmiges Muttermal, das circa eineinhalb Zentimeter unter meinem linken Ohrläppchen, am Kieferansatz gethront hat. Ich musste es mir damals im Zuge des Zeugenschutzprogrammes entfernen lassen. Schweren Herzens. Doch das Erkennungsmal wäre zu gefährlich, damit wäre ich leicht zu identifizieren gewesen, wurde mir eingeschärft.

Js schwermütiger Blick ruht noch ein wenig auf mir, ehe er sich wieder hinunterbeugt und die besagte Stelle, zwischen Kieferknochen und Ohr küsst. Er seufzt abermals. Doch diesmal weniger vor Enttäuschung. Seine Hand gleitet meinen Hals hinab, dicht gefolgt von seinen sanften Lippen, die eine heiße Spur Küsse hinterlassen.

Es fühlt sich direkt so an, als brennen sie sich in meine Haut, für immer und ewig.

Er gibt einen einen lustigen Laut von sich. Irgendwie hört es sich an wie ein Knurren, ehe seine heißen Lippen wieder hinauf wandern und sein Mund endlich meinen trifft.

Mir entweicht ein leises Stöhnen, es fühlt sich einfach zu gut an, um wahr zu sein. Er schmeckt noch genau so wie früher. Seine Zunge umspielt zart die meinige, sein Atem wird schwerer. Meiner ebenfalls. Der Kuss wird intensiver, leidenschaftlicher und fordernder. Meine Hand ruht auf seiner etwas stacheligen Wange, ehe ich ihm an den Hinterkopf fasse, seine Haare öffne und ihn näher zu mir ziehe. Das scheint ihm zu gefallen, denn er reagiert darauf mit einem breiten Grinsen, ehe er mir frech in meine Unterlippe beißt und sanft daran saugt. Seine linke Hand liegt unter meinem Kopf, die andere hat er um meine Taille gelegt und ist nun im Begriff unter mein T-Shirt zu wandern. Seine Finger fühlen sich irgendwie rau an. Rauer als in meinen Erinnerungen – wahrscheinlich sind sie vom exzessiven Gitarrenspielen etwas in Mitleidenschaft gezogen worden.

Plötzlich werden wir durch einen extrem lauten Knall aus unserer Seifenblase gerissen. Darauf folgt gleich noch einer und noch einer. Ich zucke zusammen und Johnny fährt hoch. Schüsse?

Es dauert Millisekunden, bis ich erkenne, was los ist. Das Feuerwerk, als Höhepunkt von Bills Party angedacht, erstrahlt nun in voller Pracht. Der eben zuvor ruhige, sternenklare Himmel, den nur das zartgelbe Mondlicht erhellte und der uns den Schutz und die Ummantelung der Dunkelheit geboten hat, ist jetzt grell erleuchtet. Ich fühle mich irgendwie ertappt. Entblößt und zur Schau gestellt. In einem Anflug leichter Paranoia, blicke ich mich am einsamen Strandabschnitt um, stelle aber erleichtert fest, dass wir noch immer vollkommen allein sind. Johnny, ich und unsere beiden süßen Fellnasen, denen das Feuerwerk auch nicht ganz so geheuer ist und sich schutzsuchend an uns kuscheln. Johnny entgeht meine aufstrebende Unbehaglichkeit nicht und so nimmt er meine rechte Hand und drückt sie sanft. Händchenhalten. Ach, mir wird gleich wieder warm ums Herz. Charlie halte ich inzwischen im anderen Arm, das entspannt mich zusätzlich. So kann ich das prächtige Schauspiel am Firmament doch noch genießen. Dekadentes Gold im Vordergrund, durchzogen mit pinken, edlen smaragdgrünen und royalblauen Fünkchen. Alles auf einmal, übereinander, nebeneinander, gemischt, in tollsten Formen und Gebilden. Die kunterbunten Lichter spiegeln sich im Antlitz des Meeres wider, die Wasseroberfläche glitzert und schillert majestätisch. Dazu das entspannende, sanfte Geräusch der brechenden Wellen, alles zusammen schafft eine unbeschreibliche Atmosphäre. Irgendwie gespenstisch. Und wie für uns allein.

Nach etwa fünf bis zehn Minuten – ich habe mein Zeitgefühl irgendwie komplett verloren – ist der Zauber schließlich vorüber, und es ist wieder still. Nur dichte Rauchschwaden zeugen vom fulminanten Spektakel.

Johnny und ich suchen den Blickkontakt zueinander. Er hat schon wieder diesen unergründlichen, tiefsinnigen Ausdruck, den ich absolut nicht einzuschätzen vermag. Noch immer hält er meine Hand und streichelt meinen Handrücken mit dem Daumen. Wie früher.

Gerade als ich etwas sagen möchte, fängt Charlie zu knurren und dann lauthals bellen an.

»Alles in Ordnung bei Ihnen, Miss?« Der etwas schroffe Ton des Nachtwächters, lässt uns herumfahren. Er stapft von hinten auf uns zu, lässt aber das Licht der Taschenlampe aus.

Augenblicklich, und doch unauffällig, wie ich hoffe, entziehe ich Johnny meine Hand. »Ja Sir, danke. Wir haben uns nur das Feuerwerk angesehen. Schön, nicht?« Mit einem Schlag bin ich wieder im Hier und Jetzt, und bin mir noch dazu ziemlich unsicher, was die Regeln öffentlicher Zuneigungsbekundungen anbelangt. Oh Oh. Jetzt schaltet er doch noch die Taschenlampe ein und leuchtet direkt auf uns. Schlimmer könnte es kaum kommen. Gedanklich läuft schon die Szene von *Sex and the City II* vor meinem inneren Auge ab, als Samantha verhaftet wird, weil sie ihren Verehrer am Strand küsst. Ups. Damit ist hier wirklich nicht zu Spaßen. Ein Glück, dass der Typ nicht früher aufgetaucht ist. Hätte er uns vorher erwischt, wäre es ja noch verfänglicher gewesen.

Ich versuche Charlie zu beruhigen, der auf den Typen losgegangen wäre, wenn ich ihn nicht an der Leine hätte, und halte mir gleichzeitig eine Hand über die Augen, um sie vor dem grellen Schein der Lampe zu schützen. Ich lächle, leicht schuldbewusst, vielleicht ein wenig zu schuldbewusst und stehe auf.

J erhebt sich ebenfalls und nimmt Rocco hoch, der sich wohl meinen Kleinen zum Vorbild genommen hat und ebenfalls beherzt kläfft. Mein Nordmann räuspert sich und ich hefte meinen Blick auf ihn. Was kommt jetzt? Ist er sich der Brenzligkeit der Lage überhaupt bewusst?

»Guten Job machen Sie hier, Sir. Ich fühle mich wirklich sicher und gut aufgehoben, ein fabelhaftes Hotel. Werde ich bestimmt weiterempfehlen und posten.« Salopp klopft er dem Nachtwächter auf die Schulter.

Dieser nickt, sichtlich erfreut über das Lob, bedenkt uns nochmals mit einem kritischen Blick, um sich zu versichern, dass wirklich alles okay ist, ehe er uns noch eine gute Nacht wünscht und endlich von Dannen zieht. Huch. Glück gehabt.

Als mein Handy piepst – SMS von Liz – und ich die Uhrzeit am Display sehe, bin regelrecht entsetzt. »Was, so spät schon? Jetzt sollte ich aber wirklich los«, stammle ich, da ich irgendwie nicht weiß, wie ich mich jetzt am besten verabschieden soll.

Johnny nickt und streckt sich. »Dann begleite ich dich ein Stück, wenn ich darf, ich glaube, wir haben ohnehin den selben Weg.« Er legt den Kopf leicht schief und verzieht den Mund zu seinem sexy Lächeln.

»Ich wohne in dem Turm da«, deute ich, ohne meinen blonden Hünen weiter anzusehen. Würde sowieso nur wieder zu blöden Gedanken führen.

Er setzt Rocco zu Boden, und wir schlendern durch den weichen Sand, bis wir die zauberhafte Parkanlage des gewaltigen Hotelkomplexes erreichen.

»Hier trennen sich also unsere Wege«, meine ich ein wenig wehmütig, da er mir zuvor erzählt hatte, dass er in einer Suite im anderen Teil des Hotels haust.

»Ich kann dich noch auf dein Zimmer bringen, wäre doch wenig gentlemanlike, dich ganz alleine durch die Dunkelheit laufen zu lassen!« Er grinst und hofft offensichtlich auf eine positive Antwort. Und ich? Ich ringe innerlich mit mir selbst, ein Kampf à la Engelchen gegen

Teufelchen, wobei mein weiseres, bedachteres *Ich* den Sieg schließlich und endlich davon trägt. Somit erteile ich ihm schlussendlich doch eine Abfuhr. Schweren Herzens. »Ach, ich bin schon ein großes Mädchen und allein bin ich ja auch nicht«, antworte ich mit einem Augenzwinkern zu Charlie, der geduldig auf uns wartet. »Also dann!« Ich drehe mich halb um und winke ihm zaghaft zu. Ich weiß mich nicht anders zu verhalten und bin noch immer unentschlossen. Eine Umarmung wäre zu freundschaftlich, ein Küsschen zu vertraut. Und wer weiß, wo das wieder hinführen würde. Also gehe ich lieber auf Nummer sicher und halte Abstand. Je länger ich den Abschied hinauszögere, desto wahrscheinlicher werde ich meine Meinung ändern und ihn doch bitten, mich zu begleiten, das ist mir klar. Die Stimme meines Teufelchens ist nämlich noch immer ziemlich laut, es brüllt mir richtiggehend ins Ohr. Das freche Ding will nicht und nicht aufgeben.

Johnny hat inzwischen seine Hände tief in seinen Jeanstaschen vergraben und steht ebenfalls etwas unbeholfen an der Wegkreuzung. »Okay ... dann schlaf gut«, raunt er mir enttäuscht zu. Sehr enttäuscht. Er ringt sich ein Lächeln ab, doch es erreicht seine Augen nicht.

Ich nicke und wünsche ihm auch eine gute Nacht, ehe ich mich vollends umdrehe und auf den Weg durch die tropisch wirkende Parkanlage mache.

»Hey, sehe ich dich wieder?«, ruft J mir völlig unerwartet hinterher.

Ich drehe meinen Kopf ein klein wenig, bleibe aber nicht stehen. Grinse und zucke mit den Schultern.

»Komm zu meinem Konzert morgen, ich setze dich auf die Gästeliste«, dringt seine Stimme durch die finstere Nacht. Mein Herz jubelt, doch ich bleibe cool. »Mal sehen!« Ich zucke abermals verspielt mit den Schultern und schenke ihm noch ein strahlendes Lächeln, ehe ich in die Hände klatsche und mit Charlie in flottem Tempo das Weite suche.

In meinem Zimmer angekommen falle ich müde ins Bett, doch kann nach dieser ereignisreichen Nacht keinen Schlaf finden. Das Morgengrauen erwacht allmählich und meine Gedanken drehen sich einzig und allein um Johnny. Und den Kuss. Von niemand anderem bin ich je so geküsst worden wie von meinem Wikinger. Dass ich dieses Gefühl je wieder erleben würde, diese Hoffnung hatte ich im Laufe der Jahre eigentlich schon aufgegeben. Ich hatte wirklich viele Dates und küsste die verschiedensten Typen. Aber so gefühlt habe ich mich noch nie. Nie wieder nach Johnny.

FÜNF

Ich sehe in die vor Panik geweiteten Augen von Casper Longworth, bei denen beinahe nur noch das Weiße sichtbar ist. Er kniet am Boden, zu Füßen eines Mannes in Frack. Geknebelt. Eine Waffe auf seinen Kopf gerichtet. Sein Blick flehend. Er murmelt. Und stöhnt. Betet und fleht um sein Leben. Sein leidvoller Ton geht mir durch und durch. Ich stehe hinter der halb angelehnten Tür des imposanten Arbeitszimmers vom alten Mr Absteen und spähe in den abgedunkelten Raum. Der Mann im Frack steht mit dem Rücken zu mir, spricht in gebrochenem Englisch, in äußerst verhöhnendem Ton. Ich verstehe nicht viel, in meinen Ohren höre ich nur noch ein Rauschen.

Ich will weglaufen, Hilfe holen, doch ich bin wie angewurzelt. Kann mich nicht bewegen, als wären meine Füße aus Blei. Ich fühle mich körperlos, wie gelähmt, außer Stande, auch nur die kleinste Bewegung zu vollführen. Heiße Tränen kullern über meine Wangen, mein Hals schnürt sich zu. In diesem Moment entdeckt mich Caspar. Auch in seinen Augen glitzern Tränen, er sieht mich einen langen Augenblick an, ignoriert nun das demütigende, verächtliche Gebrabbel seines Henkers. Die Panik entweicht aus seinem Blick und sein Gesichtsausdruck wird weicher. Es ist, als würde er sich von der Welt verabschieden. Von mir verabschieden.

Plötzlich dreht sich der Mann in Frack um und folgt langsam und neugierig Caspers Blick. Ich kann beinahe die Umrisse seines Profils sehen, die markante Hakennase sticht sofort hervor, dazu sein ausgeprägt spitzes Kinn, eine fliehende Stirn und sein sehr hoher Haaransatz. Alles andere lässt sich nur erahnen. Gleich wird er mich entdecken. Ich muss in Deckung gehen, fühle mich aber nach wie vor wie paralysiert. Just in dieser Sekunde packt mich jemand an der Taille, presst mir eine Hand auf den Mund und schleppt mich weg. Ein Schuss lässt mich zusammenzucken. Endlich gewinne ich wieder die Kontrolle über meinen Körper, meine Füße setzen sich in Bewegung und wir laufen durch die langen Korridore des alten Herrenhauses. Die Hand zieht mich abrupt nach links, vor meinen Augen öffnet sich ein Regal und wir schlüpfen in eine Art Geheimgang. Ich höre, wie es sich hinter uns wieder schließt. Es ist schmal, riecht muffig, ich schnappe nach Luft, doch die ist wenig ausgiebig. Noch dazu ist es sehr düster, ich kann kaum etwas erkennen, doch Mr Absteens Butler kennt den Weg und zieht mich weiter mit sich. Hinter uns rumpelt es, das muss die geheime Luke gewesen sein. Jemand mit schweren Boots nähert sich uns im Laufschritt.

Ich springe aus dem Bett und es dauert ein wenig, bis mir klar wird, dass ich in Sicherheit bin. In meinem Apartment in Dubai. Weit weg vom Ort des Schreckens. Sowohl distanzmäßig als auch zeitlich. Etliche Jahre sind nun schon ins Land gezogen, die Vergangenheit vergangen, und doch plagt mich immer wieder derselbe Traum. Dieselben Erinnerungen. Erinnerungen an die grässlichsten Minuten meines Lebens. Sie lassen mich nicht los, sie stecken mir so tief in den Knochen, wie meine DNA.

Diese lebensverändernden Minuten, danach war nichts mehr, wie es einmal war. Wie konnte ein einziger Moment so gravierende Auswirkungen haben? Wieso war ich da überhaupt reingeraten? Wieso musste der arme Caspar auf so grauenvolle Weise aus dem Leben gerissen werden? Warum musste ich es mitansehen? Ich war einfach nur zur falschen Zeit am falschen Ort, wurde mir stets gesagt. Caspar ebenfalls. Tolle Erkenntnis.

Ich bin verschwitzt und verheult, mein Kopfkissen ist tränennass. Ich sitze am Boden, lehne mich erschöpft ans Bett und Charlie legt tröstend sein Köpfchen auf meine Knie. Ich tätschle ihn und bin dankbar, dass ich ihn habe. Dass er immer für mich da ist. Bevor Roy ihn mir geschenkt hat, war ich kurz davor zu zerbrechen. Damals war ich auf selbstzerstörerischem Pfad und dieses kleine Fellnäschen hat mich aus dem dunklen Loch geholt und mir wieder gezeigt, wie schön und lustig das Leben sein kann. Knapp fünf Jahre begleitet mich mein Partner auf vier Pfoten nun schon durchs Leben. Ich bin Roy so unendlich dankbar, dass es auch trotz einiger Identitätswechsel nie ein Thema war, ich durfte Charlie immer mitnehmen. Ohne ihn würde ich wohl zerbrechen, und das weiß Roy.

Mein Handy klingelt. Ich muss nicht nachschauen,

um zu wissen, dass es Liz ist. Wir sind wieder zum Frühstück verabredet und ich bin zu spät.

»Liz, Süße, guten Morgen. Es tut mir leid, ich bin eben erst aufgewacht.«

»Ich wollte dir gerade dasselbe sagen«, kichert sie ins Telefon. »War eine lange Nacht gestern. Du hast was verpasst, aber das erzähle ich dir später. Dann in einer Stunde?«

»Passt, eine Stunde sollte zu schaffen sein. Bis gleich«, murmle ich, wobei ich mir nicht sicher bin, ob das auch der Wahrheit entspricht. Noch habe ich nicht mein Spiegelbild gesehen, also weiß ich nicht, wie es um mein Aussehen steht. Gefühlt nicht so sonderlich gut. Die verheulten Augen werden bestimmt eine Herausforderung.

Ich raffe mich auf und wandle ins Bad. Ich wünschte, ich hätte mir den Anblick erspart. Da ist tatsächlich mehr zu tun, als ich dachte. Dringender Handlungsbedarf. Zum Glück war ich letztens im Bioladen und habe alles, was ich für mein Geheimrezept brauche.

Nach einer ausgedehnten Dusche eile ich schnell zum Kühlschrank, hole eine große Gurke heraus, schneide einige hauchdünne Scheiben ab und lege diese wieder zurück in den Kühlschrank. Die übrige Gurke schneide ich in etwas gröbere Stückchen, hole ein paar Eiswürfel aus dem Eisfach und schmeiße sie mitsamt der Gürkchen in eine große, vollgefüllte Wasserschüssel. Nun tauche ich meinen Kopf kurz in das kühle Nass und fühle mich sogleich viel frischer und wacher. Das ist mein persönliches Geheimrezept, um das Aussehen in Sekundenschnelle zu verbessern. Es hilft immer. Und es erzielt stets den gewollten Effekt – die geschwollenen Augen sehen nach der Behandlung gleich wieder ganz passabel aus. Nachdem ich mir die hauchdünnen Gurkenscheiben geschwind aus dem Kühlschrank gefischt habe, lasse ich mich für ein paar Minütchen auf der Couch nieder und lege sie mir auf die geschlossenen Lider. Tut das gut. Als ich mich nach der kleinen Verjüngungskur abermals im Spiegel betrachte, bin ich wieder recht zufrieden mit mir. Die Augen strahlen, der Teint ist wieder rosig und frisch. So kann ich mich sehen lassen.

Nach einer Gassirunde, sehe ich von Weitem, dass Liz gerade an unserem Frühstückstisch Platz nimmt und drei Kellner um sie herumschwirren und sie bedienen. Ich winke, doch sie ist zu beschäftigt, ihre Bestellung aufzugeben. Hoffentlich denkt sie auch gleich an meinen grünen Tee.

»Wunderschönen guten Morgen, Darling!« Sie hat mich erspäht und hebt die Hand zum Gruß.

Ich setze mich an den Tisch und muss grinsen. Liz trägt eine übergroße, schwarze Sonnenbrille, was mir verrät, dass auch sie eine harte, durchgemachte Nacht hinter sich hat. Anders als ich natürlich. Sie hat wohl wieder ihrem guten, alten Freund Champagner mehr Zuwendung geschenkt, als gut für sie ist.

»Du siehst ja richtig strahlend und ausgeschlafen aus, bist du gestern so früh ins Bett?« Sie gähnt und ist irgendwie distanziert. Ich weiß, sie ist etwas eingeschnappt, weil ich sie allein auf der Party gelassen habe. Sie wird jedoch sicher nichts dergleichen sagen, dazu ist sie zu stolz, aber ich kenne sie. Es hat sie gekränkt, dass ich mich nichtmal verabschiedet habe.

»Herzchen, da war was los. So eine Party habe ich selbst in New York noch nicht erlebt. Huh. Spektakulär kann ich nur sagen.« Sie erzählt mir jedes noch so winzige Detail der Party. Was sich da alles zugetragen hat, oh là là, ich habe anscheinend wirklich viel verpasst. Spitzzüngige Anekdoten kann sie wiedergeben wie keine Zweite. Sie ist eine super Beobachterin, der nichts entgeht und Klatsch mag sie wirklich, ohne jedoch auch nur einmal über jemanden zu lästern oder ein schlechtes Wort zu verlieren, dazu war sie viel zu fein. Das ist eine Gabe, die ich bisher nur an Liz gesehen habe, sie weiß über jeden etwas zu erzählen, verpackt es in die lustigsten Geschichten, und doch hat man nie das Gefühl, der- oder diejenige wäre brüskiert, würde er sie über sich reden hören. Eher würde man sich wohl geehrt fühlen, wenn einem Liz' Aufmerksamkeit zuteilwurde und man auch noch zu einem ihrer Gesprächsthemen auserkoren wurde. Das ist bestimmt einer der Hauptgründe, weshalb Miss Bice als eine der besten Societykolumnistinnen aus New York gilt. Humorvoll, pointiert und doch diskret. Man vertraut ihr einfach gerne Sachen an.

»Und der Typ. Johnny so und so, dein Lieblingssänger, er hat dich lange gesucht. Wieso bist du denn so plötzlich verschwunden? Kopfschmerzen nehme ich dir nicht ab. Wenn man so auf jemanden steht und ihn dann vor sich hat, haut man doch nicht gleich ab!« Es sprudelt nur so aus Liz heraus.

Ach herrje, ich habe gehofft, dass wir das Thema irgendwie aussparen können. Sie war so vertieft in ihre Geschichten, dass meine Hoffnung, nicht über Johnny reden zu müssen, von Minute zu Minute, von Geschichte zu Geschichte größer wurde. Und nun vehement in der Luft zerplatzt, als ich gerade an meinem grünen Tee nippe. »Äh ...« Ich weiß nicht, was ich sagen soll. »Ich, du weißt schon, hatte sooo starke Kopfschmerzen. Höllische Migräne. Ich weiß auch nicht. Mir wurde schlecht ... Und schwindelig«, stottere ich etwas töricht vor mich hin. Da sie genau weiß, dass Kopfschmerzen mich noch nie von etwas abgehalten haben, sieht sie mich äußerst kritisch an.

»Du hast jedenfalls das gigantischste Feuerwerk deines Lebens versäumt«, meint sie dann schnippisch, mit einem unterschwellig anklagenden Ton. Lässt es damit aber bis auf Weiteres auf sich beruhen. Glaube ich zumindest, bis sie Luft holt und ansetzt etwas zu sagen. Nein. Hilfe.

Zum Glück ruft Bill, mein Retter in der Not, in diesem Moment an, und das Thema scheint gegessen.

Ich widme mich meinem Frühstück, während Liz mit Bill in Erinnerungen der letzten Nacht schwelgt.

Als sie das Gespräch beendet, legt sie ihr Handy beiseite. »Bills Maschine konnte erst jetzt starten, da in Shanghai ziemlich schlechtes Wetter sein soll. Hmm ...«, säuselt sie und seufzt. »Und was machen wir zwei Schönen heute? Bis zur nächsten Woche, steht ja kaum Arbeit an.«

Ich grinse. »Nach den vielen Überstunden haben wir uns wirklich eine kleine Verschnaufpause verdient. Strand?«

»Oh ja. Strand klingt immer gut. Die Seele baumeln lassen. Oh ja!« Liz streckt sich und gähnt. Natürlich mit vorgehaltener Hand.

Der Tag verlief ganz gut, bis jetzt zumindest. Wir haben ein ruhiges, einsames Plätzchen im Grünen gefunden, das gleich an den Sandstrand grenzt. In nur wenigen

Schritten sind wir am Meer. Wir genießen die warmen Sonnenstrahlen auf der Haut, Charlie schläft friedlich unter dem Schirm im Schatten. Besser könnte es nicht sein. Ich verdränge meine Gedanken an Johnny, und bin unerwarteter Weise sogar erfolgreich. Sie fühlen sich plötzlich so fern an. Als wäre unsere Begegnung nicht erst gestern Nacht, sondern in einem anderen Leben passiert. Fast so fern wie die Erinnerungen an unsere Teenagerjahre. Ganz, als wäre gestern Nacht nichts passiert. Als hätte ich ihn nicht getroffen. Als hätte ich ihn nicht geküsst. Als hätte ich nicht wieder mein Herz an ihn verloren. Und da steht er auch schon wieder vor mir. Vor meinem inneren Auge sehe ich mit einem Mal ein großes Abbild meines blonden Wikingers. Er strahlt mich herausfordernd an, streckt mir eine Hand einladend entgegen. Beinahe ertappe ich mich bei dem Gedanken, einfach danach greifen zu wollen. Schnappe ich jetzt komplett über? Ich versuche an etwas anderes zu denken. An irgendetwas. Versuche ihn mir aus dem Kopf zu schlagen, aus meinen Gedanken zu verdrängen. Doch ich bekomme sein Abbild nicht weg, es ist, als hätte es sich mir eingebrannt. *Komm schon, verschwinde, das kann doch nicht so schwer sein.* Ich versuche mich auf das Rauschen des Meeres zu konzentrieren. Hat ja schon einmal funktioniert. Doch schon steht Johnny im glitzernden Nass, lächelt geheimnisvoll. Soviel zu meinem erfolgreichen Verdrängungsversuch. Kläglich gescheitert, schon wieder mal. Mist.

Ich stelle mir vor, wie schön ein Sprung ins kalte, beziehungsweise hier wohl eher lauwarme Nass jetzt tatsächlich wäre. Vielleicht würde ich dann endlich auf andere Gedanken kommen, und Johnny nicht dauernd irgendwo in meinem Gehirn herumgeistern. Ich brauche Ablenkung. Jetzt. Süßes Nichtstun ist genau die falsche Taktik. Ich muss mich beschäftigen, dann kann ich gar nicht an ihn denken. Somit beschließe ich die sonnenanbetende Liz zu überreden, schon jetzt schwimmen zu gehen. Eigentlich hatten wir geplant, erst später am Nachmittag, wenn die Flut einsetzt, hineinzugehen, aber warum so lange warten. Liz hatte sich zwar klipp und klar dazu geäußert, dass man sie, komme was wolle, erst nach einem ausgedehnten Schläfchen von ihrer Sonnenliege hinunter bekommt, aber was soll's. Ich wende mich zu ihr und höre sie leise und genüsslich vor sich hin schnarchen. Na wunderbar, da bekomme ich gleich Gewissensbisse. Wenn sie so gut schläft, kann ich sie doch unmöglich wecken. Das würde sie mir sicher übel nehmen. Ich fühle mich auch noch müde und gerädert von letzter Nacht, aber an Schlaf darf ich gar nicht erst denken. Wenn Johnny schon meinen Halbschlaf beherrscht, will ich mir gar nicht erst richtige Träume mit ihm vorstellen.

»Hi!«, reißt mich eine raue, tiefe, wohlbekannte Stimme aus meinen Gedanken. *Das kann es jetzt ja nicht sein, oder?*

Ich blinzle erschrocken hoch und sehe ihn leibhaftig vor mir. Seine blonde Mähne hängt ihm strähnig ins Gesicht. Er grinst breit. Seine Augen sind durch verspiegelte Sonnenbrillen verdeckt, doch ich kann mir regelrecht vorstellen, wie sie strahlen. Wie sich die kleinen, süßen Lachfältchen darunter bilden. Eine eigenartige Wärme überkommt mich, gebannt starre ich ihn an. Oh Mann, er wirkt so groß. Seine Schultern so breit. Sein wohlgeformter, gut gebauter Oberkörper ist leicht gebräunt. Ich kann meinen Blick einfach nicht von ihm reißen. Ich wünschte ich könnte, aber ich bin absolut machtlos. Er ist eine wahre Erscheinung. Noch besser als in meinen Tagträumen eben. Mit der Sonne im Rücken, steht er vor mir. Umgeben von diesem sonderbaren Licht wirkt er beinahe überirdisch, wie von einem anderen Stern.

Entweder liege ich schon zu lang in der Sonne, oder es handelt sich um eine optische Täuschung. Die gleißend hellen Lichtstrahlen umspielen ihn, es wirkt beinahe so, als wären es sichtbare Ausläufer seiner magischen Aura. Er ist so verdammt anziehend. Was hat dieser Kerl nur immer für ein Auftreten? Es scheint so, als sei er vom Universum besonders begünstigt worden. Seine bestechende Ausstrahlung wurde ihm vom Göttervater persönlich verliehen, so kommt es mir zumindest vor. Kann gar nicht anders sein.

Ich lasse meinen Blick an ihm hinunterschweifen. Er trägt orangefarbene, tiefsitzende Badeshorts und Flip Flops.

»Und wieder muss ich mich bei Rocco bedanken. Er führt mich immer wieder zu dir!« Der leicht rockige Klang seiner kratzigen Stimme – welch Melodie in meinen Ohren.

Ich verbeiße mir ein Lächeln und richte meinen Blick zuerst zu Rocco, der neben Charlie Platz genommen hat, widme mich anschließend wieder Johnny. Erst jetzt sehe ich mein leicht verzerrtes Spiegelbild in seinen goldmetallischen Brillengläsern. Ich hoffe inständig, dass ich so nicht in Realität aussehe. Mein Kopf wirkt überdimensional groß, so auch mein Grinsen. Mit dümmlichem Lächeln schmachte ich ihn regelrecht an, dabei war mir gar nicht bewusst, dass ich derart blöd grinsen kann. Heilige Scheiße.

»Sherry?« Liz ist wohl soeben aus dem Schlaf der Gerechten erwacht und gähnt – leise und damenhaft wie immer. »Oh. Wunderschönen, guten Tag!« Ihr stockt kurz der Atem, als sie Johnny erblickt. »Welch Freude Sie zu sehen.« Sie kichert für ihre Verhältnisse äußerst seltsam, was mich sofort dazu veranlasst, mich zu ihr umzudrehen. Auch sie trägt ein megabreites, bewunderndes Lächeln auf den Lippen, während ihre Wangen nach und nach eine rosarote Farbe annehmen. Das ist eben genau die Wirkung, die mein Rocker auf die Damenwelt hat.

»Welch nette Überraschung. Wie geht es Ihnen, Mr …?«

»Johnny, nennen Sie mich einfach Johnny. Und danke, es geht mir sehr gut. Tolle Party gestern.«

Ich lausche dem Wortwechsel zwischen meinem Nordmann und Liz, bin aber nicht im Stande einzusteigen. Die beiden unterhalten sich ziemlich angeregt über die Party. Dubai. Und Johnnys neuen Werbedeal. Liz plaudert und plaudert. Irgendwann lenkt sie das Thema auf mich und lobt mich und meine genialen Schreibkünste in höchsten Tönen. Und ich? Ich grinse weiter schweigend vor mich hin. Ich, die für ihre Wortgewandtheit bekannt ist, ausgerechnet mir fehlen die Worte. Schon wieder. Ich sitze nur da und höre zu, wie sich die beiden über mich unterhalten. Manchmal nicke ich. Liz übertreibt maßlos, findet nur anerkennende Worte, glorifiziert mich regelrecht.

Ich würde ja rot werden, wenn ich es nicht ohnehin schon wäre. Ich spüre schon seit geraumer Zeit die Hitze meiner Wangen. Grandios. Aber wenigstens könnte man es auf einen etwas zu langen Aufenthalt in der Sonne zurückführen.

Plötzlich wendet J sich wieder mir zu. »Hast du Lust, spazieren zu gehen?«

Das kam irgendwie unerwartet. Völlig unerwartet. »Ich ... ähh.« Hilfesuchend sehe ich zu Liz hinüber, weiß sie eine gute Antwort? Hoffentlich erkennt sie meinen flehenden Blick. Mir fällt keine Ausrede ein, ich weiß nur, dass ich unter keinen Umständen Zeit mit ihm verbringen darf. Schon gar nicht allein. Nach gestern ist mir nämlich sonnenklar, dass ich mir nicht trauen kann. Keineswegs. Traurig, aber wahr. Wenn es um meinen alten Freund geht, verliere ich jegliche Kontrolle über mich selbst.

»Geht schon. Ich passe solange auf die Hunde auf«, flötet sie mit einem Augenzwinkern. So viel Hoffnung habe ich in Liz gesetzt und die zerplatzt so derart abrupt.

Johnny streckt mir seinen muskulösen Arm entgegen, seine Hand schwebt äußerst einladend vor mir, ich müsste nur danach greifen. Genau wie eben in meinem Tagtraum. Exakt diese Szene hatte ich vor wenigen Minuten vor Augen gehabt. Haargenau. Entwickle ich jetzt auch schon hellseherische Kräfte? Mir wird ganz mulmig zumute, dennoch greife ich nach Johnnys Hand. Ich will nicht, aber ich tue es. Wie in Trance lege ich meine zarte Hand in seine große, starke. Und schon zieht er mich hoch.

Meine Füße setzen sich ohne meine Erlaubnis in Bewegung und ich spaziere Hand in Hand mit meinem blonden Hünen davon.

Liz winkt uns elegant zum Abschied, sichtlich stolz auf ihre Verkupplungskünste.

Wir steuern auf den Strand zu. Ich wage es nicht Johnny anzusehen und werfe stattdessen einen Blick zurück, um zu sehen, ob Charlie nicht traurig winselnd die Sehnsucht nach mir plagt. Denn dann müsste ich sofort kehrt machen, J würde das verstehen. Doch auch diese Hoffnung wird zerstört. Mein weißer Kumpel liegt friedlich schlafend auf seinem Deckchen, Rocco daneben. Mist!

So kommt es, dass Johnny und ich einfach so zum Meer hinunter schlendern. Meine Hand wird noch immer eng von seiner umschlossen. Kommt mir irgendwie seltsam vor und doch möchte ich meine Hand nirgends lieber wissen als in seiner.

»Herrliches Wetter«, bricht J als erster die Stille zwischen uns. »Ich finde Dubai hat einen wirklich besonderen Reiz. Das Wetter, die Lebensweise, die Strände, dahinter die blühende Metropole. Wo sonst kann man so eine Skyline bewundern, wenn man mit den Füßen im superweichen, weißen Sand steht?« Johnny mustert mich aus dem Augenwinkel.

»Ich mag Dubai auch wirklich gern. Ich bin zwar noch nicht allzu lange hier, etwas mehr als eine Woche um genau zu sein und doch fühle ich mich schon wie zu Hause.«

Er nickt zustimmend. »Hier könnte ich mir auch vorstellen, sesshaft zu werden. Netter Bikini übrigens!« Ein spitzbübisches, megabreites Grinsen huscht über sein Gesicht.

Ich blicke an mir hinab und bin froh, dass Liz und ich in New York alle Bademodenshops abgeklappert haben und wir wirklich coole Teile gefunden haben. Außergewöhnliche Schnitte und Details, bei denen ich mir sicher sein kann, dass keine Andere am Strand den gleichen hat. Bis auf Liz. Da wir beinahe denselben Geschmack haben, haben wir auch ein paar Modelle gemeinsam und könnten im Partnerlook gehen. Was wiederum ganz lustig wäre.

Heute habe ich übrigens einen meiner derzeitigen Favoriten an. Einen schwarzen Bikini voller bunter, schillernder Schmetterlinge, dessen Höschen und Oberteil in Rüschen gelegt sind. Sieht ziemlich keck aus. Und heiß. Und nach gestern Abend fand ich die flatterhaften Tierchen einfach mehr als passend. Apropos Schmetterlinge, ich kann gar nicht beschreiben, wie es gerade in meinem Bauch zugeht. Sie sind erwacht, in dem Moment als Johnny vor mir stand und werden von Minute zu Minute munterer und bewegungsfreudiger. »Danke«, lautet meine etwas lapidare Antwort. Als mein Blick auf zwei Stand-Up-Paddler fällt, bringt mich das auf eine brillante Idee ... »Hey, schau mal. Wäre das nicht was für uns?« Ich deute auf die beiden Wassersportler und blicke Johnny erwartungsvoll an. Darauf hätte ich jetzt wirklich Lust. Wollte ich schon immer mal ausprobieren. Und das Beste daran, ich kann etwas Distanz zwischen Johnny und mich bringen. Ein bisschen Abstand, um wieder klar denken zu können, wäre jetzt ideal. Obwohl ich sagen muss, die nervöse Aufgeregtheit und verlegene Gehemmtheit, die ich vorhin verspürt habe, verebbt zum Glück genauso schnell wieder, wie sie gekommen ist. Auch diese eisbrechende Wirkung kann man Johnny zuschreiben – mit seiner lockeren, unbeschwerten Art und seinem kumpelhaften Umgangston lässt er das Eis zwischen uns buchstäblich bersten.

Er schaut erst den beiden, etwas wackligen Paddlern

zu, von denen einer gerade das Gleichgewicht verliert und ins Wasser fällt und richtet seinen Blick dann wieder auf mich. Er sieht etwas kritisch aus, doch gegen meine Überredungskünste war er ohnehin noch nie gewappnet und so gibt er dann doch nach. »Nun ja, okay. Aber ich bin nicht sicher, wie ich mich dabei anstelle. Ich will mich eigentlich nicht unbedingt zur Lachnummer machen. Vor dir.« Er sieht etwas betreten zu Boden und schaut mich dann mit süßem Augenaufschlag an. Ach herrje. Ich schmelze gleich dahin und muss mich schleunigst eines Besseren besinnen, bevor das Ganze wieder in einen Flirt ausartet. Also gebe ich ihm einen freundschaftlichen Rempler, Schulter gegen Schulter. Naja. In meinem Fall, Schulter gegen Oberarm/Ellenbogen.

»Wer zuerst beim Bootsverleih ist …«, rufe ich und laufe los. Nur schnell weg.

Johnny hüstelt amüsiert hinter mir, und ich höre wie er sich in Bewegung setzt, nachdem er mir einen gentlemanliken Vorsprung gewährt hat. Ich bin zwar wirklich leichtfüßig losgeeilt, doch nach ein paar Metern stellen sich einige Probleme ein, die ich nicht unbedingt bedacht habe. Der weiche, heiße Sand als unebener Untergrund gibt sehr nach, die Schritte fallen schwer, die leichte Steigung noch dazu, oh là là. Es ist wahrlich nicht einfach, den Strand hinaufzulaufen, richtig mühsam sogar. Wie machten die Badenixen bei Baywatch das nur, so gazellenhaft und mühelos über den Strand zu sprinten? Ich sehe schon das Bootshäuschen vor mir und bete, dass ich es erreiche, ohne auf die Nase zu fallen. Das wäre wieder peinlich. Gleich geschafft, das Ziel direkt in Reichweite, da legt Johnny seine Arme um meine Taille, wirbelt mich herum, stellt mich hinter sich wieder ab und erreicht das

Strandhäuschen Sekunden vor mir. Wie wir es schaffen, nicht hinzufallen, bleibt mir ein Rätsel.

»Und was bekommt der Sieger?«, fragt er neckisch, streckt die geballte Faust in die Luft und sieht mich triumphierend an.

Ich boxe ihm spielerisch auf den Oberarm. »Hey, Sieg? Das nennst du Sieg?«

J legt seinen Arm um meine Schultern, und es fühlt sich wieder so vertraut an, wie damals. Was ich irgendwie entspannend als auch komisch zugleich empfinde. Es handelt sich um eine Art von Intimität, die sich unkompliziert, locker, ja beinahe kumpelhaft und doch flirty und elektrisierend anfühlt. Es drängt sich mir die Frage auf, ob er wohl mit all seinen Eroberungen so schnell auf Tuchfüllung geht? Johnny hatte zugegebenermaßen noch nie ein Problem mit Nähe, Berührungsängste oder dergleichen waren ihm eigentlich schon immer fremd. Also äußerst wahrscheinlich.

Ich beschließe, mir darüber keine Gedanken mehr zu machen. Eindeutig interpretiere ich mehr in unsere merkwürdig anmutende Vertrautheit hinein, als ich sollte. Für Johnny ist es augenscheinlich alltäglich, also sollte ich dem Ganzen nicht zu viel Wert beimessen und es auch als keine Besonderheit abtun. Das Schöne ist, dass Johnnys sunnyboyartige, unbeschwerte Art dermaßen abfärbt, dass man gar nicht anders kann, als sich dem Laissez-faire zu ergeben und einfach die Zügel locker zu lassen. Wir albern weiter herum und kümmern uns wenig um die vielen Augenpaare, die inzwischen auf uns gerichtet sind. Am Strand herrscht Hochbetrieb. Hotelgäste, Angestellte und die Bootsverleiher verfolgen unser heiteres Geplänkel wie eine Telenovela. Johnnys tiefes, von Herzen kommendes Lachen ist ansteckend und aufsehenerregend.

Nachdem wir endlich unsere Stand-up-Paddleboards ausgeliehen haben und jeder eine Schwimmweste anhat, schnappt sich Johnny das übergroße Board, klemmt es unter die Achsel und trägt es ohne große Anstrengung den Strand hinunter.

Ich versuche es ihm gleichzutun, doch scheitere schon beim Versuch, es anzuheben. Der Strandboy, dessen Hilfe ich Sekunden zuvor abgelehnt habe, eilt mit einem selbstgefälligen *Ich-habe-dir-doch-gesagt-wie-schwer-es-ist*-Grinsen an meine Seite und stemmt das Brett ohne große Mühe nach oben. Ich lächle betreten und zucke entschuldigend mit den Schultern.

Als wir das Meer erreichen, sehe ich meinen Blondschopf schon vorsichtig auf das Brett steigen. Das Ganze sieht nach einer etwas wackeligen Angelegenheit aus.

»Nein, nein! Noch nicht hinaufsteigen ...«, ruft ihm der Strandboy zu. »Erst paddeln raus, dann aufstehen.«

J wendet den Kopf und sein Gesicht spricht Bände. Jegliche Zuversicht und jegliches Selbstvertrauen sind aus seinem Gesichtsausdruck entwichen. Skepsis und Verunsicherung haben sich stattdessen breit gemacht. Ich muss unweigerlich grinsen. So habe ich meinen sonst so unerschrockenen Wikinger noch nie gesehen.

Nun stehe auch ich bis zu den Knien im Wasser, der Wellengang ist nicht allzu hoch, und ich kann mir noch immer nicht vorstellen, dass die Sache so schwer sein soll.

Der Beachboy weist uns ein und erklärt, dass wir erst hinter den Bojen aufstehen sollen und zeigt vor, wie es ein Profi macht.

Und schon knie ich auf meinem cremefarbenen

Board und paddle einmal links und einmal rechts. Eigentlich komme ich ganz gut voran, ist ja supereasy. Johnny hinter mir legt an Tempo zu, und überholt mich mit einem breiten Lächeln auf den Lippen.

Als wir weit genug draußen sind, versuche ich aufzustehen und es klappt auf Anhieb. Das Paddeln im Stehen ist gleich etwas anderes, ich schließe wieder zu J auf und umkreise ihn. Soviel zu *Nur Übung macht den Meister*. Ist doch gar nichts dabei, keine Ahnung, was daran schwer sein soll? Johnny lässt seine Beine ins Wasser baumeln und beobachtet mich eine Weile. Dann versucht er es auch und ich zerkugele mich fast vor Lachen. Weil er so groß und massig ist, hat er ganz schöne Probleme die richtige Balance zu finden. Mit einem kurzen, aber extrem süßen Aufschrei landet er schneller im Wasser, als ich schauen kann.

Als er wieder auftaucht, bleibt mir fast der Atem weg. Verdammt, warum sieht er nur so gut aus? Er hält sich mit einem Arm am Brett fest, mit der anderen Hand streicht er sich auf eine sehr männliche Art seine nassen Haare aus dem Gesicht. Das bringt seine markanten, edlen Gesichtszüge noch besser zum Vorschein. Sein sexy heiseres Lachen noch dazu, ich muss auf einmal wirklich aufpassen, selbst nicht die Balance zu verlieren. Kaum denke ich so, komme ich schon leicht ins Wanken. Also konzentriere ich mich wieder auf mich und mein Brett, kann es aber nicht lassen, Johnny aus dem Augenwinkel heraus zu beobachten, wie er sich auf das Board stemmt, sich hinaufschwingt und dann ohne zu zögern aufsteht. Diesmal hat er anscheinend den Dreh raus und findet sofort sein Gleichgewicht. Wir paddeln in recht ambitioniertem Tempo nebeneinander her und ich bin richtig begeistert von dieser sehr vergnüglichen Sportart. Es fühlt sich an, als bewege man dabei jeden Muskel, ein richtiges Ganzkörpertraining eben. Ich habe gehört, dass es auch Yogakurse auf diesen Boards gibt und nehme mir vor, das auszuprobieren. Liz wird sicher auch Feuer und Flamme dafür sein.

Nach einer Stunde voller lustiger Bandgeschichten – Johnny ist eine richtige Plaudertasche – steuern wir wieder auf den Strand zu. Wir haben leider die Zeit ganz übersehen und wurden erst durch das hektische Winken des Beachboys aufmerksam, dass wir unsere Boards schon seit zwanzig Minuten hätten retournieren müssen.

Zum Glück nimmt man es uns nicht übel, der Typ vom Bootsverleih sieht mit einem Augenzwinkern darüber hinweg und wünscht uns noch einen schönen Tag.

»Huch, nach dieser sportlichen Betätigung, brauche ich jetzt unbedingt etwas zu essen. Was hältst du von Lunch in der Beachbar dort drüben?« Johnny deutet auf das kleine Strandbistro unseres Hotels.

»Äh, ja, gerne. Aber ich muss mich zuerst umziehen und nach Charlie und Liz schauen.«

»Klar, dann treffen wir uns dort?«

»Such uns derweil einen schönen Tisch aus. Im Schatten vorzugsweise. Ich bringe Charlie und Rocco mit.«

»Zu Befehl, M'am!« J vollführt einen Paradegruß, ehe er davon stapft.

Ich liebe unsere lockere Umgangsweise. Von meiner anfänglichen Verkrampftheit existiert nun wirklich keine Spur mehr. Obwohl ich zugeben muss, manchmal geistert mir Roy durch den Kopf – er würde kochen vor Wut, wüsste er, mit wem ich meinen Tag so ausgelassen verbringe. Ich müsste wahrscheinlich gleich meine Sachen packen und wir würden bei einer seiner berühmt-berüchtigten Nacht- und Nebelaktionen verschwinden. Er darf einfach nie etwas davon erfahren. Nie und nimmer. Wie ich das Ganze verschweigen soll, dazu habe ich leider noch nicht mal ansatzweise einen Plan, aber ich will mir momentan nicht mehr den Kopf darüber zerbrechen. Alles zu seiner Zeit. Die nächsten paar Tage ist er sowieso im fernen Hongkong, Liz hat versprochen, kein Wörtchen zu erwähnen, also habe ich noch genug Zeit, mir etwas zu überlegen.

Charlie bemerkt als Erstes, dass ich mich nähere, springt auf und läuft mir schwanzwedelnd entgegen, während Rocco sich erst genüsslich streckt und dann seinem vierbeinigen Kumpel hinterhertapst. So richtet sich auch Liz' Aufmerksamkeit auf mich. Sie winkt mir freudig zu, schlüpft in ihre Plateausandalen und eilt mir in winzigen, hüpfenden Schritten entgegen.

»Huhu, na, wie war's? Wo ist dein Herzbube?« Sie schiebt ihre übergroße, schattierte Sonnenbrille hoch und steckt sie in die Haare, um mich besser beäugen zu können. In ihrem erwartungsvollen Blick steckt dermaßen viel Neugier, sie droht gleich überzuschäumen. Ich befürchte, wäre ich noch eine Minute länger weg gewesen, wäre sie Gefahr gelaufen, zu platzen.

»Komm schon, erzähl!« Liz' Stimme ist vor lauter Aufregung ganz schrill. Sie nimmt meine Hand und sieht mich mit Spannung an. Ihre Anteilnahme ist so süß. Für eine Klatschreporterin ist Neugierde ja berufliche Voraussetzung. Doch ich glaube, Liz' Wissensdurst übertrifft alles und jeden. Jedes Mal, wenn ich ein Date habe, und ich mit einem coolen Kerl treffe, sitzt sie zu Hause wie auf Nadeln und kann es nur schwer erwarten, was ich zu berichten habe. Leider gibt es bei mir nie viel zu erzählen, weil ich immer sehr wählerisch bin und ich nur sehr selten einen Typen ein zweites Mal treffe. Die meisten finde ich zu langweilig und manchmal, nach einem miesen Rendezvous, fasse ich sogar den Vorsatz, ganz auf die Datinggeschichten zu verzichten. Die Liebe abzuschreiben. Ich spielte sogar schon mit dem Gedanken, ins Kloster zu gehen. Nein. Spaß beiseite, Liz' Interesse erreicht gerade ungeahnte Höhen. Sie spürt, dass es jetzt irgendwie anders ist. Sie weiß es genau. Sie weiß, dass ich etwas für Johnny empfinde. Sie kennt mich gut. Zu gut.

Ich lächle und sage, es wäre ganz nett gewesen. In kurzen, neutralen Worten erzähle ich von unserem Spaziergang und erwähne wie toll Stand-up-Paddeln ist und dass sie es unbedingt bald mal ausprobieren muss. Ich versuche, mein Gefühlswirrwarr so gut es geht zu verbergen und mir meine Herzchen in den Augen nicht anmerken zu lassen. Doch meine beste Freundin durchschaut mich natürlich sofort. Ich erkenne es an ihrem Gesichtsausdruck. Sie trägt ein vielsagendes *Ich-hab's-ja-gewusst*-Lächeln auf den Lippen, doch bohrt nicht weiter nach. Das rechne ich ihr hoch an.

Ich überrede sie, uns zum Lunch zu begleiten, zuerst weigert sie sich, doch dann siegt ihre Neugierde und sie kommt schließlich mit.

Ich sehe Johnny schon von Weitem, er hat sich den besten Platz im kleinen Strandcafé erobert, ist aber nicht allein. Neben ihm sitzt ein großer, dünner Typ mit Cowboyhut und Sonnenbrille. Beide winken uns breit grinsend zu. Ich bin froh, Liz im Schlepptau zu haben. Rocco zieht stärker an der Leine und kann es schon kaum mehr erwarten, sein Herrchen zu begrüßen. Bezaubernd, der Kleine.

Kaum setze ich mich an den Tisch, bringt mir der Kellner eine Kokosnuss. Ich schaue zuerst ihn, dann Johnny fragend an.

»Ich dachte mir, Kokoswasser könnte dir schmecken«, zwinkert Johnny mir zu.

»Sie trinkt nichts anderes. Tee, Wasser und Kokoswasser.« Liz ist schier begeistert und zeigt mir beeindruckt den Daumen nach oben. Unter Tisch versteht sich.

Der andere Typ wird uns als Gustav *Gus* Kristofferson vorgestellt. Bandkollege und bester Freund von Johnny. Ich wusste ja, dass er mir irgendwie bekannt vorkam. Von den Albumcovers und Musikvideos, wobei man sagen muss, in Wirklichkeit sieht er etwas anders aus.

Er wirkt wirklich groß, fast größer als Johnny, jedoch viel schmaler. Sein Gesicht ist länglich und seine Haare eine Nuance dunkler und kürzer als Js. Kinnlänge und stufig, beziehungsweise federig geschnitten. Er sieht schon recht lustig aus und sein Charakter unterstreicht das Ganze. Er ist bei Weitem der ulkigste Kerl, den ich je kennengelernt habe. Liz und ich kommen aus dem Lachen gar nicht mehr heraus. Er hat ungefähr dieselbe Art von trockenem Humor wie Johnny, doch er bringt alles irgendwie so rüber, dass man nie weiß, ob er es jetzt ernst meint, oder einen auf den Arm nimmt. Man muss wirklich gut aufpassen, ihm nicht auf den Leim zu gehen, denn darauf legt er es an. Das macht das Gespräch umso interessanter und ich erfahre eine Menge über meinen alten Freund. Es ist nicht unbedingt was uns Gus alles erzählt, sondern vor allem, die Art, wie er von seinem Kumpel spricht.

Man spürt die tiefe Verbundenheit der beiden. Es macht beinahe den Anschein, als wären sie Brüder. Was Gus auch kurz darauf bestätigt, als er sagt, dass er Johnny als seinen Bruder ansieht.

Man muss nicht viel mit ihm reden, um zu wissen, dass Gus hochgradig intelligent ist. Ein bunter Vogel, indem so viel mehr steckt, als auf den ersten Blick vermuten lässt. Wir vier reden über Gott und die Welt, und es ist wahrlich eine Genugtuung, mit so wertvollen Leuten beisammen zu sitzen, die zu allem eine Meinung haben, dermaßen viel Tiefgang besitzen und bei denen von Oberflächlichkeit keine Spur herrscht.

Zudem fasziniert mich dieses große Maß an Lockerheit und geradliniger Ehrlichkeit, die die beiden Schweden ausstrahlen. Es ist schwer, sich in ihrer Gesellschaft nicht wohlzufühlen. Liz scheint es wie mir zu gehen, sie hätte eigentlich einen Termin für eine Spa-Behandlung, den sie jedoch verstreichen lässt. Natürlich ruft sie dort an und sagt rechtzeitig ab, so wie es der Etikette entspricht.

Wir plaudern so viel, dass die Stunden an uns vorbeiziehen und wir bis zum späten Nachmittag ins Gespräch vertieft sind. Die beiden Kerle sind schon auf Bier umgestiegen, Liz auf Prosecco und ich trinke brav *Evian*. Roy wäre stolz auf mich ... Roooy. Verdammt! Schlechtes Gewissen überkommt mich, wie eine Welle im Ozean. Sie bricht über meinem Kopf und droht mich zu ertränken. Ich stecke ganz schön tief in der Scheiße. So langsam befürchte ich nämlich, egal wie viel Zeit ich auch habe, mir wird keine passende Geschichte einfallen. Wie soll ich das alles verheimlichen? Je mehr Zeit ich mit Johnny verbringe, desto mehr Last liegt auf meinen Schultern. Vielleicht sollte ich bei der Wahrheit bleiben. Jede Lüge würde er sowieso enttarnen. Ich habe mein Versprechen bewusst gebrochen und mich mit Johnny getroffen, mehrmals. Wobei er mir keinen Vorsatz einräumen kann, schließlich habe ich nichts forciert. Alles ist einfach so passiert, ganz ohne mein Zutun. Zufällig. Ich wollte ihm ja aus dem Weg gehen. Vielleicht wird er das verstehen? Und das Wichtigste ist doch, dass Johnny mich nicht erkannt hat. Er denkt, ihm sitzt eine interessante neue Bekanntschaft gegenüber. Er spricht nicht mal mehr von einer Ähnlichkeit mit seiner Jugendliebe. Er sieht in mir die Südstaatlerin Sherry Elisabeth Paxton, die ich nun bin. Absolut keine Gefahr im Verzug, also alles halb so schlimm? Es besteht kein Grund zur Sorge, dass ich enttarnt werde.

»Also, kommt ihr heute Abend?« Johnny sieht mich erwartungsvoll an und reißt mich aus meinen voll Schuldgefühl triefenden Gedanken.

»Wie bitte?« Ich schüttle kurz den Kopf und sehe ahnungslos in die Runde.

»Na, zu unserem heutigen Gig. Ihr bekommt natürlich Backstage-Karten.«

Ich zucke mit den Schultern, kräusle die Lippen und gebe die Frage an Liz weiter. Natürlich möchte ich hin, unbedingt. Doch ich weiß, dass ich mich immer tiefer in die *verbotene* Sache hineinmanövriere. Ich steuere direkt auf das potentielle Unheil zu, volle Kraft voraus. Und wenn ich mich recht entsinne, hat meine Freundin schon andere Pläne für heute Abend geschmiedet, also bin ich aus dem Schneider.

»Oh, wir kommen unheimlich gern.« Liz strahlt mich an und tritt mir gleichzeitig gegen das Schienbein.

Das lasse ich natürlich nicht auf mir sitzen und revanchiere mich mit einem kleinen Fußtritt meinerseits. Nur blöd, dass Johnny superlange Beine hat, und ich ihn statt Liz treffe. Was ich bemerke, als er ein gekünsteltes, übertriebenes »Autsch!« von sich gibt.

Er sieht mich belustigt an und ich spüre, wie meine Wangen Farbe annehmen. »Ups. Verzeihung. Mein Fuß ist mir irgendwie eingeschlafen«, stottere ich verlegen vor mich hin.

Liz kichert, und Johnny zieht, zur Belustigung aller, sein Bein unter dem Tisch hervor und reibt es mit schmerzverzehrtem Gesicht. »Das wird ein blauer Fleck, herzlichen Dank. Unglaublich, dass eine kleine, zierliche Frau einen so dermaßen starken Kick hat.« Er schüttelt den Kopf.

Herrje, ich würde schon wieder am liebsten im Erdboden versinken. Ich verstecke mein Gesicht hinter meinen Händen und jammere, wie leid es mir tut. Ich weiß, er meint es nicht ernst, doch das tut der Peinlichkeit meiner Lage keinen Abbruch. Johnny hat es voll drauf, mich aufzuziehen.

Alle amüsieren sich prächtig und ich muss schließlich auch mitlachen. Ist wirklich ansteckend.

Nachdem er den Schmerz halbwegs gut verkraftet hat, beugt er sich zu mir vor. »Ich setze euch auf die Gästeliste, ruf mich an, wenn ihr da seid«, raunt er mir zu.

»Ich weiß deine Nummer ja gar nicht.«

»Oh. Stimmt. Gus, hast du meine neue Nummer?«

»Klar.« Er greift über den Tisch, schnappt sich mein Handy und tippt Johnnys Handynummer ein. »Nun hast du sie.« Gustav nickt mir ernst zu und reicht mir mein Handy. Er sieht erst mich, dann Johnny auf seltsame Weise an. Mit einem vielsagenden Funkeln in den Augen und einem verspielten und doch geheimnisvollen Lächeln auf den Lippen. Ich schätze mal, er hat es wie Liz darauf abgesehen, uns beide zu verkuppeln. Er hat eine derart verschmitzte Art und einen ziemlich eigensinnigen, trockenen Humor, man muss nicht lang mit ihm reden, um zu wissen, dass ihm der Schalk im Nacken sitzt. Ich kann mit Recht sagen, dass ich so einen ulkigen Typen noch nie im Leben getroffen habe, und ich glaube, dass ich noch nie jemanden so schnell ins Herz geschlossen habe. Man muss die beiden Schweden einfach gernhaben.

Ich blicke zu den beiden vor sich hindösenden Fellnasen und schlage Johnny spontan vor, Rocco mit zu mir zu nehmen. Latifa wird sich in meiner Abwesenheit wie immer um Charlie kümmern und Rocco hätte sicher mehr Freude, den Abend in Gesellschaft zu verbringen, als allein auf Johnnys Wiederkehr zu warten.

SECHS

Ich rotiere im Bad, versuche das Beste aus mir herauszuholen. Die Sprungkraft meiner Locken ist heute besonders ausgeprägt, geradezu atemberaubend. Meine Augen sind dick mit dunkelgrauem Lidschatten schattiert und mit viel Kajal umrandet. Ich bin richtig stolz, die schönsten Smokey Eyes, die ich je zustande gebracht habe.

Als ich vor dem Kleiderschrank stehe, ziehe ich intuitiv ein zartgrünes Spitzenkleid hervor. Es ist ziemlich verspielt geschnitten, mit tollem Rückenausschnitt, leicht ausgestelltem, kurzem Rock, während es oben echt eng anliegend, beinahe korsagenartig wirkt. Ich hatte es noch nie an und bin gleich in das Kleid verliebt, als ich mich im Spiegel begutachte. Dazu nehme ich mein erst kürzlich erstandenes, kurzes Bikerjäckchen in Lederoptik. Ich bin begeistert, es passt perfekt zum Kleid. Ich stehe vor dem Spiegel und bin ausgesprochen zufrieden mit dem Anblick. Die bunten, großflächigen Blumen und Blüten auf der sonst schwarzen Jacke erzielen die gewünschte Wirkung. Lieblich und doch rockig. Noch dazu sind sie farblich auf mein Kleid abgestimmt. Als wäre die Jacke einzig und allein für genau dieses Kleid designt und erschaffen worden. Zwei Seelenverwandte, die nur auf eine Zusammenführung gewartet haben.

Ich weiß auch schon, welche Schuhe ich anziehe. Die derben Bikerbooties bilden einen guten Kontrast zu dem verspielten Kleid. Man sagt nicht umsonst, Gegensätze ziehen sich an.

»Na, was sagst du? Kann ich mich so sehen lassen, Kleiner?«, frage ich Charlie, der schwanzwedelnd neben mir steht. »Das interpretiere ich mal als ja«, murmle ich und beuge mich zu meinem kleinen Kumpel hinunter, um ihn zu knuddeln. Schon klopft es an der Tür.

Liz' Augen fallen beinahe heraus, als sie mich sieht. »Sherry ... Wow! Du siehst atemberaubend aus.«

Ich freue mich über ihre anerkennenden Worte und bewundere auch ihr Outfit. Sie trägt gelbe Röhrenjeans, ein schwarz-rot-silbernes *Cavalli* Glitzertop und eine mit Nieten besetzte *Philipp Plein* Jeansjacke. Ein megacooler Look.

Liz ist ohnehin eine ziemlich aparte Persönlichkeit. Glamour steht ihr regelrecht ins Gesicht geschrieben. Mit ihren blitzblauen Augen, ihrem hellen, alabasterweißen Teint und ihren schokoladenfarbenen, fast schwarzen Haaren, die sie seit geraumer Zeit zu einem stufig geschnittenen Bob trägt. Sie wird nicht umsonst des Öfteren mit ihrer Namensvetterin, der atemberaubend schönen und legendären Liz Taylor verglichen. Sie könnte zweifelsohne als ihre Nachfahrin durchgehen. Ein richtiges Lookalike eben. Mit ihrem heutigen Outfit setzt sie dem Ganzen noch ein Krönchen auf, sie sieht bombastisch aus. Zufrieden begutachten wir uns noch ein letztes Mal im Spiegel. So können wir uns wirklich sehen lassen: Zwei Rockchicks par exellence. Gut gelaunt machen wir uns zum Konzert auf. Als wir uns ein Hoteltaxi rufen wollen, weist uns der Concierge an, einen Moment zu warten. Wir finden das zwar etwas komisch, doch dann fährt eine schwarze Stretchlimousine vor und man bittet uns einzusteigen. Überrascht sehe ich Liz an, mein erster Gedanke ist, dass sie dahintersteckt. Doch sie zeigt sich ebenso erstaunt wie ich.

»Mr Nordegren wünscht Ihnen viel Spaß beim Konzert!« Der freundliche, etwas kleingewachsene Concierge zwinkert uns zu und wir steigen ein.

Im Inneren der Limousine wartet schon die nächste Überraschung auf uns. Eine Flasche *Moët Imperial Ice*, mit eisgekühlten Gläsern samt Orangenscheiben – genauso wie Liz heute beim Mittagessen über ihr absolutes Lieblingsgetränk geschwärmt hat.

»Dein cooler Rockstar legt sich aber mächtig ins Zeug, ich bin beeindruckt«, jubelt Liz und schon stoßen wir auf einen rockigen Abend an.

Die Fahrt stadteinwärts dauert länger als gedacht, da wir eine halbe Stunde im Stau stehen, doch so gut versorgt, wie wir sind, kümmert uns das herzlich wenig. Fetzige Musik, natürlich Johnnys Playlist, bringt uns in Partylaune und der Champagner tut sein Übriges.

Als wir endlich am Konzertgelände in der Dubai Media City ankommen, werden wir von einer hektisch wirkenden jungen Frau mit Headphones in Empfang genommen und zur VIP- Plattform gebracht. Sie hängt uns die Backstage-Pässe um den Hals und erklärt uns, dass sie uns nach dem Konzert wieder abholt und hinter die Bühne bringt.

Im Gelände des gewaltigen Amphitheaters ist schon mächtig viel los, die Stehränge sind brechend voll, die Stimmung ist unglaublich. Wir haben einen super Blick auf die Bühne, doch ich ärgere mich, nicht dort unten in der ersten Reihe zu stehen. Dort geht's ganz schön ab, die unzähligen Groupies – ziemlich aufgetakelte Girls – schreien sich schon jetzt die Seele aus dem Leib und können es nicht mehr erwarten, dass Johnny die Bühne betritt.

Die Vorband, eine irische Gruppe, ist ganz gut, auch deren Frontmann sieht verdammt süß aus. Liz und ich und die Handvoll anderer Leute, die sich mit uns auf der Plattform befinden, tanzen ausgelassen zu den rockigen Beats. Mitsingen, wie das Fußvolk unter uns, können wir leider nicht, da wir die Band und deren Songs nicht kennen, aber ich nehme mir vor, zu Hause mal bei iTunes vorbeizuschauen und ihr Album runterzuladen.

»Du wärst lieber dort unten, nicht?« Liz deutet zu den Stehplätzen und ich kann mir ein Seufzen nicht verkneifen.

»Ach nein, hier ist es auch nicht schlecht. Hätten wir wieder Wavebreaker-Tickets, stünde ich bestimmt allein da«, entgegne ich ihr halbherzig. Liz ist nämlich überhaupt kein Fan von Rockkonzerten. Vor ein paar Jahren erbarmte sie sich und begleitete mich zu einem AC/DC Gig, nachdem meine Begleitung kurzfristig abgesagt hatte. Leider bereute sie diese Entscheidung ziemlich schnell.

»Oh Gott, erinnere mich bloß nicht daran. Das waren die schrecklichsten drei Stunden meines Lebens.« Liz schüttelt sich mit angewidertem Gesicht. »Diese Menschen. Das Gedränge, die Lautstärke. Und die ganzen Bierleichen. Ich leide heute noch unter Alpträumen.«

Ich verbeiße mir ein Grinsen. »Ach komm, Angus Young und Brian Johnson sind legendär, die muss man zumindest einmal im Leben live gesehen haben.«

»Auf die Erfahrung hätte ich gerne verzichten können, glaub mir.« Sie sagt das mit solch übertriebener Theatralik, dass wir beide laut loskichern.

In der Pause werden uns Cocktails, Bier und Snacks gereicht. Fish and Chips, um genau zu sein. Ich erleide einen nostalgischen Flashback und ich fühle mich gleich wie damals in London. Vor jedem Konzert aßen Johnny und Annie bei unserem Lieblingsstand in der City diese typisch britische Spezialität und stärkten sich für den bevorstehenden Gig. Ich nicht, da ich früher strikte Veganerin war. Aber ich habe sowohl den Geruch noch in der Nase als auch den Geschmack, wenn Johnny mich nach dem Essen küsste. Dass wir drei uns dort vor jedem Gig trafen, war bei uns eine Tradition, die wir niemals brachen.

Das Gekreische unten wird allmählich lauter, die Mädels geraten langsam, aber sicher in Partystimmung. Und da sehe ich ihn. Mein Herz macht einen Satz, als Johnny als Erster die Bühne betritt, dicht gefolgt von Gus und zwei weiteren langhaarigen Kerlen. Er begrüßt die gut gelaunte Partymeute, schnappt sich seine kirschrote *Gibson SG* und legt gleich mit seiner brandneuen Single los. Fulminanter Start, die Masse tobt, jubelt, kreischt.

Die smashigen Songs gehen meistens nahtlos ineinander über, nur manchmal lässt sich Johnny dazu hinreißen, mit dem Publikum, vor allem mit den Girls in der ersten Reihe zu flirten.

Die Stimmung ist superausgelassen, alle sind gut drauf, Liz und ich machen Fotos und Videos. Wie auch schon während unserer Limousinenfahrt. Während ich mein Handy gerade zurück in die Tasche stecken will, vibriert es. Roy. Ich kann unmöglich abheben und schiebe das unausweichliche Gespräch weiter auf.

Irgendwann wird schon der richtige Zeitpunkt sein, irgendwann werde ich die richtigen Worte finden. Irgendwann. Irgendwann bald. Allein bei dem Gedanken an die bevorstehende Auseinandersetzung – und ich weiß, es wird eine ziemlich heftige Auseinandersetzung mit meinem Beschützer, der eigentlich viel mehr mein Vertrauter ist –, bekomme ich ein flaues Magengefühl. Er wird es nicht gut aufnehmen. Nicht nur, dass ich mein Versprechen, Johnny zu treffen, gleich mehrfach gebrochen habe, dazu habe ich ihn ein zweites Mal hintergangen. Ich gab ihm mein Wort – und das hat normalerweise Gewicht –, das Hotelareal nicht zu verlassen. Roy konnte sich stets darauf verlassen. Ich stehe immer zu meinem Wort. Mir wird unendlich schwer ums Herz, ich fühle mich wie eine Betrügerin. Ich senke betrübt den Blick und lasse ihn über die Menschenmasse unter uns schweifen, da fällt mir ein bulliger Typ mit grüner Baseballcap ins Auge. Er sticht frappant aus der Masse heraus, während die Leute um ihn herumtanzen, steht er ruhig am Rand und schenkt der Band kaum Beachtung. Als ich ihn dabei ertappe, dass er zu mir hochblickt, wendet er sich augenblicklich ab. So schnell, dass ich sein Gesicht nicht erkennen konnte, dennoch kommt er mir irgendwie bekannt vor. Die Art, wie er mich ansah, beunruhigt mich. Wo könnte ich ihn schon gesehen haben?

Da tippt Liz mir auf die Schulter. »Alles ok?«, fragt sie besorgt.

»Ja klar. Coole Musik, oder?« Ich versuche mir nichts anmerken zu lassen und möglichst heiter zu klingen.

Sie nickt begeistert, singt eine Strophe mit und wendet sich wieder den Musikern zu. Sie hat eindeutig Feuer gefangen für die rockenden Wikinger, das freut mich.

Ich richte meine Aufmerksamkeit wieder auf den Kerl, doch er ist weg. Akribisch suche ich die Menge ab, doch er bleibt verschwunden. Wie vom Erdboden verschluckt. Gut, das ist ein Leichtes und keine große Kunst, da man im Getümmel ziemlich schnell untertauchen kann. Hmm. Irgendetwas an dem Typen war mehr als seltsam. Etwas an ihm hat mich sofort in Alarmbereitschaft versetzt. Vielleicht hat er uns nur irgendwie faszinierend gefunden, die elegante Art, wie Liz sich zur Musik bewegt, zieht schon mal Blicke auf sich, versuche ich mich zu beruhigen. Oder vielleicht wünschte er sich auch bloß ebenfalls auf der VIP-Plattform zu sein, denn der Alkohol fließt hier in Strömen und die Stimmung ist unvergleichlich. Glamourös, elitär und abgehoben von den anderen.

Wobei er nicht unbedingt wirkte, als würde er Wert auf solche Dinge legen.

Die Girls in den ersten Reihen kreischen, und ich komme nicht umher, wieder zur Bühne zu blicken. Gegen meine Neugier ist einfach noch kein Mittel erfunden.

Ich muss unweigerlich grinsen, als Johnny und Gus von der zirka eineinhalb Meter hohen Stage klettern und ein Bad in der Menge nehmen. Die Glücklichen in den ersten Reihen haben die Gelegenheit, Selfies mit ihren Stars zu machen. Die Girls reißen sich förmlich um die Jungs, ich an ihrer Stelle wäre bei dem hysterischen Getümmel schon von Platzangst ergriffen worden, doch die beiden Musiker nehmen es total gelassen und haben sichtlich ihren Spaß. Sie schreiben brav Autogramme, lassen sich fotografieren und das ein oder andere Küsschen aufdrücken. Das muss man den beiden hoch anrechnen, ihre Fanliebe scheint schlichtweg grenzenlos.

Minuten später stehen sie wieder auf der Bühne und kündigen drei Zugaben an. Die Zeit ist eindeutig viel zu schnell vergangen, das Konzert war so mitreißend, die Songs so abwechslungsreich. Es gab keine übertriebene Show, kein Schnickschnack, der Fokus ist einzig und allein auf die Jungs und ihre Gitarren gerichtet. So soll es sein. Beim nächsten Lied lässt es sich Johnny – ein überaus begnadeter Percussionist – nicht nehmen, sich ans Schlagzeug zu setzen und sich dort auszutoben. Einfach grandios, die Band. Trotz ihres Ruhms sind sie nicht abgehoben, sondern richtige Musiker, die es lieben, auf der Bühne zu stehen. Schade, dass es gleich vorbei ist, ich hätte noch Stunden zuhören können.

Vor der vorletzten Zugabe, nimmt sich Johnny eine akustische Gitarre, während der Rest der Band sich verbeugt und in den Backstagebereich verschwindet.

Johnny steht allein auf der Bühne und fixiert unsere VIP- Plattform. »Dieser Song kommt von einem sehr besonderen Musiker und ist einer besonderen Person gewidmet«, sagt er leise und nach einer kurzen, bedeutungsvollen Atempause legt er mit dem Lou Reed Klassiker los. »It was a perfect day, I'm glad I spent it with you …«

Mir steigen beinahe die Tränen in die Augen, meint er mich damit?

Liz hat sich anscheinend dieselbe Frage gestellt und reißt euphorisch an meinem Handgelenk, während sie aufgeregt quietscht: »Oh mein Gott, Sherry, das singt er für dich!«

Ich bin mir zwar nicht sicher, aber die Möglichkeit besteht zumindest. Während er singt, hält er die Augen fest geschlossen, und ich beginne allmählich, Strophe um Strophe dahinzuschmelzen. Herrje. All die Jahre habe ich mir eine kolossale, unüberwindbare Mauer um mein Herz gebaut. Ließ niemanden rein. So lief ich auch nicht Gefahr, verletzt zu werden. So war mein kleines, ohnehin schon fragiles Herz gut geschützt, nachdem es vor acht Jahren in kleinste Teilchen zersprungen ist und erst lange Zeit später mühsam Stück für Stück wieder zusammenwuchs. Zeit heilt alle Wunden, zum Teil stimmt das wohl. Zumindest verschließt sie die Wunden, nur um sie wieder, wenn man es am wenigsten erwartet, aufreißen zu lassen.

Seit ich Johnny wiedergetroffen habe, bekommt meine Mauer immer mehr Risse. Sie bröckelt. Fällt in sich zusammen. Ich kann es fühlen. Und nichts dagegen tun. Er sucht immer wieder den Blick zu mir, und wenn er das tut, kreischt Liz vor Freude neben mir. Immer wenn sich unsere Blicke treffen, schlägt mein Herz einen Purzelbaum. Verrückt. *Johnny, was machst du nur mit mir?*

Schon ist das Konzert vorbei und wir werden von der unter Strom stehenden Lady abgeholt und hinter die Bühne gebracht. Gemeinsam mit ein paar Frontrow-Groupies. Das behagt mir weniger. Konkurrenzdenken liegt mir zwar fern, aber wohl fühle ich mich keineswegs. Jede ist hübsch, um nicht zu sagen wunderschön. Blond, braun, schwarzhaarig, große Auswahl vorhanden. Manche könnten gar als Topmodel durchgehen und die meisten sind viel größer als ich. Was zugegeben keine allzu große Kunst ist. Liz beäugt die aufgekratzten, zum Teil ziemlich vulgären Girls ebenfalls mit kritischen Augen, ihr abwertender Blick spricht Bände. Sie muss nichts sagen, ich verstehe sie wie immer wortlos. Wir gehen kichernd durch einige enge Gänge, bis wir endlich die Backstage Lounge erreichen. Wieder gibt es Drinks. Bier und Champagner. Ich entscheide mich diesmal lieber für ein Glas Wasser, ich muss einen kühlen Kopf bewahren, denn je mehr ich trinke, für umso weniger kann ich garantieren. Die Kontrolle zu verlieren hätte für mich unabsehbare Folgen.

Die Mädels glucksen und reden unentwegt, sind vollkommen überdreht und nervös. Ab und zu höre ich, wie sie darüber fantasieren, welche von ihnen wohl Johnnys Gunst erlangen wird, sie wetteifern miteinander, jede will jede ausstechen und so lästern sie hinter vorgehaltener Hand auch über Liz und mich. Liz stört das wenig, sie ist eine Person, die graziös anderen überlegen ist und über allem und jedem zu stehen scheint.

Ich wiederum kümmere mich ohnehin wenig darum, was andere von mir denken, so lassen wir den Lästerschwestern ihren Spaß und stellen uns etwas abseits an einen Stehtisch.

Kurz darauf öffnet sich eine beinah unsichtbare Tür hinter uns und wir erschrecken. Der ulkige Gus steckt zuerst seinen blonden Wuschelkopf heraus, und als er uns erblickt, erhellt sich sein Gesichtsausdruck. Er tritt heraus und begrüßt Liz und mich mit einem Küsschen, was uns neidische Blicke der Girls einbringt. Wir kommen gerade mal dazu, ihm zu dem fantastischen Gig zu gratulieren, als er auch schon von der wild gewordenen Meute belagert wird. Manche scheinen auf ihn zu stehen, andere löchern ihn mit Fragen über Johnny. Bald kommen auch schon die anderen Bandkollegen aus ihrer Garderobe und die Mädels stehen vollends Kopf. Der kleine Raum ist erfüllt von lautem Geschnatter und Gelächter. Hektischer kann es in keinem Bienenstock zugehen. Chaos pur.

Dann tritt er aus seiner Kabine. Mit seinem verwegenen schiefen Lächeln auf den Lippen, bleibt er kurz im Türrahmen stehen und lässt das Szenario auf sich wirken. Das grelle Licht seiner Garderobe im Rücken lässt ihn noch größer und unnahbarer wirken. Auf einmal wird es mucksmäuschenstill. Was hat er nur immer für ein Auftreten. ... Selbst mir bleibt kurz der Atem weg. Ein Raum voller in Ekstase geratener, hormongesteuerter Mädels liegt zwischen uns und dennoch setzt diese verdammte magnetische Anziehungskraft ein. Meine Kehle schnürt sich zu, meine Wangen erröten und mein Herz macht einen Satz. Ähnlich dürfte es den Girls ergehen, doch nach wenigen Sekunden haben sie sich wieder gefangen, und ich kann gar nicht so schnell schauen, schon geht das Gedränge erst richtig los. Die meisten stürmen auf Johnny zu, als würde eine wild gewordene Horde in die Schlacht ziehen. Schrilles Gekreische lauter als jeder Schlachtruf. Jede will sich natürlich in den Vordergrund bringen. Ich an Johnnys Stelle hätte vermutlich gleich die Flucht ergriffen, nicht jedoch ein hartgesottener Nordmann. Er nimmt wie immer alles supergelassen, schenkt jeder seine Aufmerksamkeit, mal mehr, mal weniger kurz bemessen und lässt sich wie ein Rockstar feiern.

Gus hat sich inzwischen wieder zu Liz und mir gesellt und verdreht die Augen, während er auf die hormongesteuerte Meute deutet. »Der Frontmann bekommt immer die meisten Girls ab!« Er seufzt und nippt an seinem Bier.

»Ach, du kannst dich doch nicht beklagen«, meint der Drummer, dessen Namen ich leider vergessen habe. Grölend erhebt er sein Bier und stößt mit Gus an, der mit einem kehligen Lachen zustimmt. Anscheinend sieht er mir meine Unwissenheit, was seinen Namen betrifft, an, denn prompt stellt er sich als Mikko vor, schüttelt mir mit einem bärenstarken Händedruck die Hand.

Johnny bahnt sich in der Zwischenzeit den Weg zu uns, umzingelt von den Mädels, die förmlich an seinen Lippen hängen und um seine Gunst buhlen.

Das kann ja noch heiter werden. So habe ich mir den Abend nicht vorgestellt, Johnny mit so vielen Damen teilen zu müssen, darauf hätte ich wirklich verzichten können.

»Na, hat euch das Konzert gefallen? Ich hoffe, ihr mochtet das VIP-Podium, oder hättet ihr doch lieber Stehplatz Tickets gehabt?« Er fixiert mich und sieht mich durchdringend, fast hypnotisierend an. Selbst er hat Mühe, die schnatternden Girls zu übertönen.

»Ihr wart super, wir hatten einen tollen Abend! Danke für die Einladung!« Wow, ich muss viel Kraft in meine Stimme legen, um überhaupt gehört zu werden. Langsam habe ich genug von diesem Bienenstock.

»Dann lasst uns aufbrechen. Roger?« J nickt einem bulligen Typen zu, der vor der Ausgangstür steht. Dieser setzt sich sofort in Bewegung und bittet einen Großteil der Mädels sich von der Band zu verabschieden. »Meine Damen, das Meet & Greet ist jetzt leider vorbei, der Backstagebereich schließt in wenigen Minuten.«, sagt er äußerst höflich, aber auch bestimmend, während er die Meute zur Tür eskortiert.

Enttäuschung macht sich unter den Ladies breit, jede versucht Blickkontakt mit Johnny oder einem der anderen Kerle herzustellen, wahrscheinlich in der Hoffnung, als Auserwählte doch noch länger bleiben zu dürfen. Ein paar der Hübschesten können ihr Vorhaben tatsächlich in die Tat umsetzen.

Gus hält mich am Arm fest, als wir uns den Gehenden anschließen wollen. Er blickt mich ulkig an. »Wo wollt ihr denn hin? Die After-Show-Party dürft ihr keinesfalls verpassen«, flüstert er mir mit einem geheimnisvollen Grinsen ins Ohr. Na gut. Johnny ist inzwischen unbemerkt hinter mich getreten und schlingt plötzlich die Arme um mich, als wäre es selbstverständlich. Äh? Oookay. Irritiert, aber auch erfreut lehne ich mich zurück und kuschele mich an ihn. Irgendwie suchen wir stets die Nähe zueinander, diese Vertrautheit seinerseits verwirrt mich aber doch immer wieder aufs Neue.

»Schön, dich zu sehen«, raunt er mir mit rauer Stimme zu. Seine Lippen streifen meine Wange und knabbern anschließend an meinem Ohrläppchen.

Ich sollte mich aus seiner Umarmung befreien. Schnell. Doch dazu bin ich nicht im Stande. In meinem Bauch kribbelt es, Glücksgefühle durchfluten mich, mir wird heiß und kalt zugleich. Noch dazu spüre ich die verachtenden Blicke der verbliebenen Groupies, die mich von oben bis unten mustern und sich offensichtlich fragen, wieso Johnny mich ihnen vorzieht. Zwei von ihnen kommen mir verdächtig bekannt vor, ich identifiziere sie als die blonden Tussis von dem gestrigen Event. Bei ihnen steht eine dunkelhaarige Schönheit, die mich regelrecht anfunkelt. Gehässig und böse. Ihr eigentlich hübsches Gesicht ist zu einer Fratze verzogen. Schuld daran sind wohl auch ihre megaaufgespritzten Lippen, die sie voller Verachtung schürzt und die operierte Stupsnase, die sie angewidert nach oben kräuselt. Sie sieht mich an, als ob ihre Augen tödliche Laserstrahlen in meine Richtung abfeuern könnten. In Johnnys Nähe scheine ich wenigstens sicher vor ihnen. Zumindest für den Moment.

Wir machen uns auf den Weg zur Partylimousine und es wird ganz schön eng. Johnny, Gus, Mikko und Gunter, der Bassist, der auffallend wenig redet, Liz, ich und die drei Lästerschwestern.

Ich kann nicht sagen, dass ich mich unwohl fühle, aber die ganze Zeit den missgünstigen Blicken der Girls ausgesetzt zu sein, ist nicht angenehm. Ich fühle mich dazu ziemlich klein in der Runde. Alle sind um mindestens einen Kopf größer als ich. Die hünenhaften Schweden sowieso, aber auch die Ladies, überragen mich sogar im Sitzen. Sie versuchen stets Johnny von mir wegzulocken und das auf Biegen und Brechen. Die dunkelhaarige Miss Botox hat es ganz offensichtlich faustdick hinter den Ohren. Man merkt es an der Art, wie sie sich bewegt, wie sie spricht. Sie ist es gewohnt, dass sich die Welt um sie dreht. Geschickt lässt sie einen Ohrring fallen, beugt sich superlangsam nach vorn und gewährt Johnny, der ihr genau gegenübersitzt, einen tiiiiefen Einblick ins Silikon-Dekolleté. Mit einem verführerischen Augenaufschlag fixiert sie ihn, ehe sie sich wieder aufrichtet – natürlich wieder in Zeitlupentempo. Sie ist sichtlich zufrieden mit sich, hat sie doch binnen Sekunden die Aufmerksamkeit aller Boys durch dieses kleine Manöver erlangt.

Zum Glück habe ich Liz an meiner Seite, sie ist ein Garant für gute Laune. »Wo sie das wohl gelernt hat?«, kichert sie im Flüsterton. Sie raunt mir weitere Spitzzüngigkeiten zu und unterhält mich die ganze Fahrt. An Liz' anderer Seite sitzt Gunter. Er hat die längsten Haare, beneidenswert schön und wirkt irgendwie wie in anderen Sphären. Wenn er sich zu Wort meldet, und das passiert äußerst selten, spricht er wie in Zeitlupe. Doch ich finde ihn sympathisch. Allem Anschein nach ist er ein recht amüsanter Zeitgenosse.

Ich habe keine Ahnung, wo diese berühmt-berüchtigte After-Show-Party überhaupt stattfinden soll, hoffe aber inständig, dass wir unser Ziel bald erreichen, denn langsam, aber sicher fühle ich mich ziemlich beengt. Wir cruisen schon eine ganze Weile durch die pulsierende City und ich habe das wilde Geschnatter und das hysterische Gelächter allmählich satt.

Johnny greift plötzlich nach meiner Hand, was mich schon ein wenig überrascht. Er ist mit zwei der Girls und seinem Bandkollegen ins Gespräch vertieft, schon seit den letzten zehn Minuten, nicht das ich gezählt hätte. Sein Daumen zeichnet kleine, sanfte Kreise auf meinen Handrücken. Das bleibt von der Dunkelhaarigen natürlich nicht unbemerkt, sie rümpft wieder ihr vom Beautydoc gerichtetes Näschen und bestraft mich erneut mit einem vernichtenden Blick. Eifersucht pur. Doch die prallt an mir ab. Triumphale Glücksgefühle durchströmen mich und bilden einen Schutzschild, der mich gegen alle negativen Blicke wappnet. Gerade als ich denke, es könnte nicht besser werden, liegt Js Hand auf meinem Knie und wandert frech meinen Oberschenkel empor. Liz Augen weiten sich, sie pickt mir mit dem Zeigefinger in die Seite und grinst schelmisch.

Als seine Hand gefährlich nahe zum Saum meines Kleides kommt, fange ich sie ab und halte sie wieder fest umschlossen.

J wirft mir einen frivolen Seitenblick zu und ich kann beinahe seine Gedanken lesen. Oh là là.

Endlich haben wir unser Ziel erreicht, und ich bin äußerst überrascht, als ich bemerke, dass wir vor unserem Hotel angehalten haben. Die Meute steigt aus, und man merkt jetzt richtig, wie betrunken alle sind. Sie wanken beim Gehen von Seite zu Seite, als wären sie seekrank. Ich hoffe, dass es um mich nicht auch so schlecht steht, selbst merkt man es ja zuweilen gar nicht. Doch ich denke, da ich vorher viel Wasser konsumiert habe, dass ich noch gerade stehen kann.

Gus geht voran, Liz, ich und Johnny im Schlepptau, der meine Hand nach wie vor nicht losgelassen hat, dahinter die Mädels, silent Gunter und Mikko. Gus führt uns zu Js Suite, wo überraschenderweise schon viele andere Leute ihre eigene Party veranstalten. Tontechniker, Roadies und wer sonst noch aller zum Tross der Rockband gehört. Ich schätze, es sind um die fünfzig Leute. Kunterbunt gemischt und alle in Feierlaune. Äußerst ausgelassen. Auch hier herrscht eine hohe Zahl an knapp bekleideten, jungen Girls. Hat es mich noch vor einigen Tagen gewundert, wie Johnny nur mit so vielen Mädels zusammensein konnte, so erklärt das nun alles. Wenn diese ganzen Meet & Greets und After-Show-Partys zu seinem täglichen Leben gehören – und ich bin mir ziemlich sicher, jeder Konzertabend läuft nach diesem Muster ab –, liegt es auf der Hand. Alles wohl eine Frage von Angebot und Nachfrage. Und das Angebot ist schlichtweg grenzenlos. Alle preisen sich ihm an, werfen sich Johnny an den Hals. Wären es nur normale Mädchen, schön und gut, aber die meisten der anwesenden sind Models, so möchte man zumindest meinen. Eine attraktiver als die andere. Aufreizend gekleidet und Tonnen von Make-up im Gesicht. Obwohl ich auch hübsch bin, kommt es mir vor, als würde ich unter all den Gazellen untergehen. Warum verdammt noch mal, bin ich so klein? Ich würde mich eindeutig besser fühlen, könnte ich auf Augenhöhe mit ihnen kommunizieren. Alle tragen megahohe Highheels und ich nur meine derben Bikerboots, die zwar cool sind, mich aber nur etwa fünf Zentimeter größer machen. Somit knacke ich Minnie Maus nicht mal ansatzweise die Eins-Siebzig, während all die Grazien locker zehn Zentimeter größer sind. In ihren hohen Heels wohl zwanzig Zentimeter.

J überrascht mich, da er fast die ganze Zeit bei mir bleibt. Wenn er sich entfernt, ist er stets irgendwie in Sichtweite und wirft mir teils unergründliche Blicke zu, die ich nicht zu deuten vermag, gemischt mit verführerischen Blicken, die ich sehr wohl verstehe. Sie lösen bei mir ein prickelndes Gefühl in der Magengegend aus, wenn ich denke, es könnten nicht noch mehr Schmetterlinge Platz in meinen Bauch finden, vollziehen schon die nächsten ihre Metamorphose, befreien sich aus ihren Kokons und starten die ersten Flugversuche. Ziemlich wirr muss es zugehen, so fühlt es sich jedenfalls an.

Wirr geht es auch hier zu, ein ständiges Kommen und

Gehen. Gus hat sich vor etwa einer Stunde verabschiedet, weil anscheinend seine Freundin nicht so sonderlich auf Partys steht und ihn nach etlichen Telefonanrufen dazu bewegt hat, die Feier vorzeitig zu verlassen, unter großem Protest seinerseits. Doch der brave Freund, der er ganz offensichtlich ist, folgt ihrem Ruf.

Liz und ich sitzen gerade auf der Couch, umringt von dutzenden wild schnatternden Leuten, als Gus wieder zur Tür hereingetorkelt kommt. Im Bademantel. Damit zieht er kurz alle Blicke auf sich, doch schon bald wird sein Aufzug als gegeben hingenommen und jeder widmet sich wieder seinem Gesprächspartner. Gus zieht Johnny mit sich und sie setzen sich zu uns auf die Couch. Johnny ergreift sogleich wieder, wie schon so oft zuvor an diesem Abend, meine Hand. Und wieder macht mein kleines, vielleicht etwas naives Herzchen einen Sprung. Wo das noch hinführen wird? Die beiden reden schwedisch und ich verstehe so gut wie nichts. Das bisschen schwedisch, dass ich als Kind und Jugendliche aufgeschnappt hatte, geriet leider in Vergessenheit, es zählt einfach zu einem anderen Leben. Jetzt wünsche ich mir, wenigstens ein bisschen von dem mitzubekommen, was die beiden so aufgeregt diskutieren. Der arme Gus scheint ziemlich mitgenommen zu sein. Er redet und redet wie ein Wasserfall und J scheint ihn zu beratschlagen. Er redet mit einfühlsamem Tonfall auf seinen niedergeschlagenen Freund ein und klopft ihm immer mal wieder aufmunternd auf den Rücken. Mir gefällt, wie gut die beiden befreundet sind. Sie wirken vertraut, so innig. Wie Brüder.

Mit einem Mal wendet sich der lustige Nordmann uns zu und schildert uns in knappen, aber doch recht dramatischen Worten vom Krach mit seiner hübschen

Freundin. Erst schwärmt er von der unglaublichen Stimme der Sängerin, dann sprudelt es wieder aus ihm heraus, dass er nicht versteht, wie es zu dem Geplänkel kommen konnte. Er merkt an, dass er vielleicht eeetwas zu tief ins Glas geschaut hat. Doch die Eskalation kann er einfach nicht begreifen. Ich finde ihn so amüsant. Obwohl er ganz offensichtlich einen sitzen hat, wirft er mit derart gehobenen Wörtern um sich, dass man direkt annehmen könnte, er wäre ein Sprössling der Windsors. Schon während unseres Lunches am Strand fand ich es köstlich, mit welch raffiniertem Wortschatz er sich artikulierte. Very sophisticated, der Typ. Noch während er spricht, springt er plötzlich wie von der Tarantel gestochen auf. Welch krasser Unterschied zu seiner sonst so stoischen Ruhe. Allem Anschein nach ist ihm die brillante Idee zur Streitlösung eingefallen. Seinem ulkigen Blick nach zu urteilen, weiß er, wie er seine Traumfrau beschwichtigen kann. Aufgeregt berichtet er Johnny – natürlich wieder in seiner Muttersprache – von seinem Geistesblitz, und auch dieser erhebt sich, wenngleich etwas gemächlicher als Gus. Er zieht mich mit sich und sieht nachdenklich zwischen mir und Gus hin und her. Fragend ziehe ich eine Augenbraue hoch.

Js Mundwinkel zucken nach oben, er umfasst meine Taille und raunt mir mit gedämpfter Stimme ins Ohr: »Ich habe genug von der Party hier, du auch?«

Ich nicke. *Genug* trifft es nicht mal ansatzweise. Den ganzen Abend, permanent diesen neidvollen, mörderischen und feindseligen Blicken ausgesetzt zu sein, davon habe ich mehr als genug. Wenn es nicht gleichzeitig so schön gewesen wäre, sich in Johnnys Dunstkreis zu befinden, seine Anwesenheit und seine Aufmerksamkeit zu genießen, seine Hände und Nähe zu spüren, hätte ich schon lang Reißaus genommen.

Liz, die das Ganze vom Sofa aus mit einem wissenden, Mona-Lisa-ähnlichem Lächeln verfolgt, wartet anscheinend nur auf ein Zeichen. Mehr als eine kaum wahrnehmbare Handbewegung meinerseits bedarf es nicht und sie schnappt sich ihre Tasche und gesellt sich zu uns.

J setzt uns von Gus' Plan in Kenntnis, der eine wirklich süße Versöhnungsgeste ausgearbeitet hat. Die Nacht allein, oder auf Js Couch verbringen, muss er mit höchster Wahrscheinlichkeit nicht, wenn sein Plan aufgeht. Ich bin mir ziemlich sicher, er erzielt die gewünschte Wirkung, kein noch so hartes Frauenherz könnte dem widerstehen, was er seiner Herzdame zu sagen hat. Songwriter zu sein, hat schon etwas Gutes.

Wir verlassen Johnnys Suite und begleiten Gus zu seinem Zimmer, leisten ihm sozusagen seelischen Beistand. Liz ist schon ganz hibbelig und aufgekratzt, liebt sie doch Happy Ends und Herzschmerzgeschichten. Ich sehe es schon kommen, wie sie diese herzzerreißende und auch superkomische Story in ihre Kolumne einbauen wird.

Wir stehen vor Gus' Tür, und es dauert ein paar Minuten, bis er sich ein Herz fasst und anklopft.

J, Liz und ich verstecken uns hinter der Ecke und spähen verstohlen zu Gus, der zunehmend nervöser wird. Er klopft abermals, als niemand öffnet. Dann hören wir eine wunderschöne weibliche Stimme, die, wenn man nach Js verdutzter Reaktion geht, gerade irgendwelche schwedischen Schimpfwörter von sich gibt. Gus kontert, in seiner Stimme macht sich Verzweiflung breit, doch er bleibt hartnäckig. Zu schade, dass ich nichts verstehe. Doch in gewissem Sinne weiß ich ja, was er ihr zu sagen hat. Gus bleibt tapfer, während sich die weibliche, wohlklingende Stimme in Raserei verliert. Schließlich macht seine Freundin die Tür einen Spalt auf, nur um ihm ein Stofftier an den Kopf zu werfen und knallt sie gleich wieder vor Gus' Nase zu. Der arme Nordmann kann einem schon richtig leidtun. Er hält den kuscheligen Teddybären, der als Geschoss herhalten musste, vor sein Gesicht, geht auf die Knie und hat anscheinend mehr Mut geschöpft. Irgendetwas hat nun vollends seinen Kampfgeist geweckt, und ich weiß, er wird sich nicht geschlagen geben, ehe er zumindest angehört wurde.

Die Tür geht abermals auf, und ich erwarte ehrlich gesagt, dass wieder die Fetzen fliegen, doch diesmal lehnt die blonde Frau im Türrahmen und gibt Gustav die Chance, sich zu erklären. Und das tut er, er redet sich die Seele aus dem Leib, mit teils theatralischen Gesten, die nur bei ihm glaubhaft rüberkommen.

Schließlich wird ihm der Einlass gewährt, wir jubeln still und leise und J hebt seine Hand zum High five. Ich schlage ein und er umarmt mich sogleich. Als ich mich wieder von ihm löse und einen Schritt zurück mache, sieht er mir tief in die Augen. »Ich will eigentlich nicht mehr auf die Party. Zu dumm, dass sie in meinem Zimmer stattfindet.« Er sieht mich belustigt an und hat dann dieses gewisse, nicht ganz zu deutende Funkeln in den Augen. »Gewährst du mir Asyl für heute Nacht?«

Ich muss schlucken, denn diese Frage überrumpelt mich ein wenig. Wir haben uns inzwischen auf den Weg zum Tower gemacht, und ich könnte schwören, ein kleines, schrilles »Yippie« aus Liz' Mund vernommen zu haben, die ein paar Meter vor uns den langen Korridor entlangschlendert. Sie dreht sich nicht um, aber ich weiß, dass sie gerade ein megabreites Grinsen auf ihren Lippen trägt.

Ich sehe meinen Wikinger an und ringe nach einer Antwort. Ich wünsche mir natürlich nichts sehnlicher, als bei ihm zu sein und der Abend lief eigentlich schon darauf hinaus. Keine Ahnung, warum mich diese Frage nun so überrascht. Kühn ist er, das muss ich ihm lassen. Ich denke, so oft ist er noch nicht auf Ablehnung gestoßen, deshalb ist er so erfolgssicher. Ich spitze meine Lippen und sehe ihn schief grinsend von der Seite an. »Mal sehen«, sage ich mit einem leicht schnippischen Unterton.

Er zieht mich näher an sich heran und haucht mir einen Kuss auf meinen Hals. Gott, ich liebe das.

Im Lift verabschieden wir uns von Liz, die mir natürlich unauffällig zuzwinkert, und schon bald darauf stehen wir vor der Tür meiner Suite. Meine Hände zittern ein klein wenig, als ich meine Keycard aus der Tasche hole. Johnny steht so dicht hinter mir, dass ich seinen Atem im Nacken spüren kann.

Ich öffne die Tür und Charlie und Rocco empfangen uns sogleich als Begrüßungskomitee. Es freut mich immer wieder aufs Neue, wie Johnny mit seiner knuffigen Bulldogge umgeht. Er hockt sich zu ihm hinunter und knuddelt den lustig grunzenden Hund ausgelassen und fröhlich. Wenn ich mich an früher erinnere, mochte er Tiere zwar schon recht gern, besser gesagt, er akzeptierte ihre Anwesenheit, aber das war's auch schon. Er fand meine Tierliebe übertrieben und wollte sich nie wirklich viel mit ihnen abgeben. Über mein süßes Häschen zum Beispiel hat er immer Witze gerissen. In die Nähe meines weißen Araberhengstes Pebbles, der nun meiner Cousine gehört, ist er nie gekommen.

Nun scheint er total verändert. Das gefällt mir. Gibt es irgendetwas, was mir überhaupt an ihm missfällt? Gibt es Gründe, warum ich ihm die Leine seines Hundes in die Hand drücken und ihm eine gute Nacht wünschen sollte?

Gibt es.

Mehr, als ich denken kann. Doch genau das ist es. Ich kann momentan nicht denken. Mein Gehirn weigert sich vehement, einen Kampf gegen mein Herz auszufechten, da es ohnehin genau weiß, dass es ihm unterlegen ist. Es würde verlieren. So oder so. Und unterlegen will sich mein Gehirn nie fühlen. Schlau, oder? Also warum dagegen ankämpfen?

Ich lese gerade die Notiz von Latifa, die mir versichert, dass alles wie besprochen geklappt hat und Charlie und Rocco ein Herz und eine Seele seien. Das stimmt tatsächlich. Die beiden mögen sich. Und Charlie mag Johnny, der sich mit den beiden Fellnasen auf dem Boden herumwälzt.

Ich lehne an der Theke und sehe ihnen zufrieden lächelnd zu, als Johnny zu mir aufblickt. Herrje. Die Luft zwischen uns ist elektrisch aufgeladen, es knistert bei jedem Blickkontakt ein bisschen mehr.

Schon wieder liegt etwas Unergründliches in seinem Gesichtsausdruck, er sieht mich eindringlich an. Ich muss unweigerlich noch breiter grinsen und lege den Kopf schief.

»Was trinken?« Was trinken? Nicht einmal eine einfache Satzzusammenstellung bringe ich mehr zustande. Ganz toll.

Er nickt, woraufhin ich zum Barbereich gehe und schaue, was mein Kühlschrank alles zu bieten hat. Wasser, Kokoswasser, Wodka. Und Champagner? Wo kommt der denn her? Blöde Frage. Da steckt sicher Liz dahinter.

Als ich mit der Flasche und zwei Champagnerflöten ins Wohnzimmer komme, ist Johnny nirgends zu sehen. Die beiden Hündchen trotten auf das große Körbchen zu und kuscheln sich gemeinsam hinein. So süß.

Ich stelle die Gläser auf den Couchtisch und lasse mich aufs Sofa fallen. Mein Herz schlägt mir bis zum Hals, und das, obwohl Johnny nicht mal in meiner Nähe ist. Ich lehne mich zurück, den Nacken auf die Rückenlehne gestützt und schließe die Augen für ein paar Sekunden. Ich versuche dem hektischen Treiben in meinem Kopf und Bauch Einhalt zu gebieten. Irgendwie scheint alles in meinen Körper zu flimmern, zu schwirren, als würden alle Moleküle in mir verrücktspielen. Ordo ab chao lautet nun die Devise. Ich muss aufhören, so kribbelig zu sein, das macht mich noch ganz verrückt. Sonst bin ich nicht so leicht aus der Ruhe zu bringen und nun bin ich ein aufgelöstes Nervenbündel. Meine Hände zittern. Mein Puls schlägt jenseits der Grenzen des normalen Bereiches. Meine Herzfrequenz erhöht sich stetig. Das Blut rast durch meinen Körper. Mir ist heiß und kalt.

Ich blinzle und erschrecke. Johnny steht vor mir und mustert mich mit einem amüsierten Grinsen auf den so schön geschwungenen Lippen.

Schnell wie der Blitz richte ich mich auf und deute auf die Champagnergläser. Er schnappt sich beide und setzt sich zu mir auf die Couch. Ganz dicht, unsere Knie berühren sich, und sogar das löst einen elektrischen Schlag bei mir aus. Wir stoßen an und blicken einander so tief in die Augen, dass ich in seinen versinken könnte. Sie sind vertraut und irgendwie fremd zugleich. Sein Blick ist von solch einer Intensität, dass ich glaube, er würde mir direkt in die Seele schauen. Was nicht gut wäre. Er schüttelt den Kopf, setzt sein heißes, schiefes Lächeln auf, nimmt mir mein Glas aus der Hand und stellt es auf dem Tisch ab, ohne den Blickkontakt abreißen zu lassen. Er streicht mir zart über die Wange, lässt seine Hand dann weiter zu meinem Nacken wandern, mit der anderen Hand umgarnt er mein Knie. In seinen Augen flackert Feuer. Er zieht mich zu sich heran, langsam. Quälend langsam. Inzwischen sind wir einander so nah, dass uns nur wenige Millimeter trennen. Seine Finger spielen mit meinen Haaren, er flüstert mir etwas ins Ohr. Muss schwedisch sein. Oder mein Gehirn hat inzwischen komplett abgeschaltet. Seine Lippen streifen meine Wange, ehe sie endlich auf meinen Mund treffen. Der Kuss ist intensiv, mitreißend, ich kann mich nicht erinnern, jemals so geküsst worden zu sein. Nicht mal von ihm.

Erst liebkost er zart meine Lippen, lang und äußerst lustvoll. Er schmeckt unwiderstehlich gut, wenn ich noch Zweifel gehabt hätte, hätte ich sie in diesem Moment restlos über Bord geworfen. Egal wie die Geschichte zwischen uns weitergeht, allein dieser Kuss ist es wert. Ich öffne leicht meinen Mund und seine Zunge tastet sich vor. Keine Ahnung, wo er so küssen gelernt hat, aber *Oh Boy*, er kann es. Er umspielt gekonnt meine Zunge, zieht sich immer wieder zurück, um wieder seinen hitzigen Tanz fortzusetzen.

Seine Hände wandern meinen Rücken entlang an mir hinunter und bleiben an meiner Hüfte liegen. Er will mich näher an sich ziehen, und ich bin von solcher Leidenschaft ergriffen, dass ich auf ihn klettere und mich rittlings auf ihn setze. Das scheint ihm zu gefallen, er gibt einen kehligen Laut von sich und hat nun wieder eine Hand in meinen Haaren, die mich mal mehr, mal weniger an ihn drückt. Er unterbricht den Kuss, um seine Lippen meinen Hals entlangwandern zu lassen. Er hält kurz inne und küsst mich. Beißt mich, saugt an der empfindlichsten Stelle meines Halses. Dann bahnen sich seine halb geöffneten Lippen einen Weg nach unten, bis zum Ausschnitt meines Kleides. Ich liebe die Laute, die er von sich gibt. Seine Hände, die nunmehr überall sind, treiben mich in den Wahnsinn. Ich lehne mich mit dem Oberkörper nach hinten und drücke das Becken an ihn.

Seine Hände liegen wieder auf meinen Hüftknochen und pressen mich an sich. Ich spüre, wie er auf mich reagiert.

Plötzlich hievt er mich hoch und steht mühelos mit mir im Arm auf. Als wäre ich leicht wie eine Feder.

»Schlafzimmer?«, fragt er schwer atmend.

Ich deute ihm den Weg und knabbere an seinem Hals, während er mich ins Schlafzimmer trägt. Ich finde es lustig, dass wir beide offensichtlich nicht mehr im Stande sind, vollständige Sätze zu bilden.

Ich fühle mich wohl und gut aufgehoben in seinen starken, muskulösen Armen. Dort angekommen lässt er mich hinunter und drückt mich wild küssend an meinen Kleiderschrank. Wir können nicht genug voneinander kriegen und knutschen so heftig, dass ich mir den Kopf an der Schranktür anschlage. Dem dumpfen, jedoch lauten

Geräusch nach zu urteilen, könnte daraus eine Beule entstehen, doch das ist mir momentan so was von egal.

»Sorry!«

Ich spüre, dass er den Mund zu seinem berühmten schiefen Lächeln verzieht. Er fasst mir sanft an den Hinterkopf und streichelt darüber, ehe wir unseren Kuss fortsetzen und intensivieren. Seine Küsse sind ausdauernd, fordernd und waghalsig. Und unglaublich sexy. Ich bin von solch überwältigenden Gefühlen erfüllt, dass mir schwindelig wird.

Sein Mund löst sich von meinem und erkundet sämtliche Regionen meines Halses, während seine Hände sich an den Knöpfen meines Kleides zu schaffen machen. Dies ist kein Leichtes, ich selbst hatte schon Mühe, die drei kleinen Knöpfe am Rücken zu schließen. Doch J stellt sich äußerst geschickt an. Im Nu hat er es geschafft, die winzigen, perlförmigen Knöpfchen zu lösen und streicht mit seiner Hand meine Wirbelsäule entlang, sanft, elektrisierend. Mir rinnt ein heißer Schauer über den Rücken.

Er ist beim Reißverschluss angelangt, der knapp über dem Gesäß sitzt, drückt mich näher an sich und zieht den Verschluss ausgesprochen langsam nach unten. Irgendwie nimmt er sich für alles recht viel Zeit. Er streift mir das Kleid von den Schultern und ich stehe in meiner hellgrünen Spitzenunterwäsche vor ihm. Er tritt einen Schritt zurück und lässt seinen Blick hungrig über meinen Körper wandern. Seine Mundwinkel zucken nach oben, seine Augen glühen, ehe er mich an sich reißt, oder besser gesagt, ich meine Beine um seine Hüften schwinge und wir Richtung Bett wanken.

Dort gelandet, ziehe ich ihm das Shirt über den Kopf

und bedecke seinen Hals und Nacken ebenfalls mit Küssen, dabei erreiche ich die kleine Stelle unterhalb seines Kieferknochens, eine seiner empfindsamsten Stellen überhaupt. Ich streife mit den Lippen darüber, sauge daran und er reagiert sofort mit einem wohligen Knurren. Wie ich den rauchigen Klang seiner unnachahmlichen Stimme liebe.

Mit einer gekonnten Armbewegung bringt er mich von den Knien in eine Liegeposition, ohne dass unsere Münder sich voneinander trennen. Seine Hände setzen die Erkundungstour meines Körpers fort und ich bin schon beinahe in anderen Sphären. Seinem Gesichtsausdruck nach zu urteilen, geht es ihm ähnlich.

Die Szene ist heißer, als ich es mir je hätte erträumen können. Obwohl ich von solch einem Verlangen ergriffen bin, das jenseits von Gut und Böse liegt, überkommen mich plötzlich die ärgsten Zweifel und ich versteife mich etwas. Was wiederum nicht unbemerkt bleibt. Johnny rollt sich von mir hinunter und legt sich neben mich. Er stützt sich mit dem Ellenbogen ab, legt seinen Kopf in die Hand und sieht mich eindringlich und fragend an. Auch ich drehe mich auf die Seite und beiße mir auf die Unterlippe, um Zeit zu schinden und meine Gedanken zu sortieren.

»Ich ... ich bin kein One-Night-Stand-Girl.« Ich kneife die Augen zusammen, ehe ich ihn ansehen kann.

Er mustert mich lang und intensiv und hat dann einen ziemlich amüsierten Gesichtsausdruck. »Ich auch nicht«, entgegnet er und versucht, zumindest einen halbernsten Ton hineinzulegen, doch er muss sich sichtlich zusammenreißen, um sich ein Lachen zu verbeißen.

Ich gebe ihm einen Klaps auf die Schulter. »Ich meine es ernst«, kichere ich.

»Ich doch auch!« Er nimmt meine Hand und küsst sie, während er mir weiterhin tief in die Augen schaut. Ein Lächeln zeichnet sich auf seinen Lippen ab, als er meine Hand an seine Wange legt und ich sie zart über seine Bartstoppeln gleiten lasse.

»Ich werde dich bestimmt nicht zu etwas drängen, was du später vielleicht bereuen würdest«, durchbricht seine Stimme nach einer Weile des Schweigens die Stille. Sein Ton ist ernst und verständnisvoll, wenn nicht sogar fürsorglich.

»Nein. Das ist es nicht.« Ich weiche seinem Blick aus. Nicht nur, weil, egal was ich sage, es so oder so peinlich wird, und ich mir am liebsten die Decke über den Kopf ziehen würde, sondern auch, weil er einen lustigen Ausdruck aufgesetzt hat. Mit verengten Augenbrauen und gerunzelter Stirn, versucht er mir volle Aufmerksamkeit zu schenken, versucht ernsthaft zu bleiben, wenngleich er auch irgendwie verwirrt zu sein scheint. Der arme Kerl.

»Ich bin nur nicht so ... wie soll ich sagen?« Wie um alles in der Welt soll ich das nur erklären? Ich kann ihm ja schlecht sagen, dass ich nur einmal mit jemandem geschlafen habe. Und das vor fast acht Jahren. Am 1.1.2011. Am Morgen des Tages, der mein ganzes Leben veränderte. Der Morgen, der so unheimlich schön angefangen und sich in den unbarmherzigen Tag verwandelt hat, der mich schließlich alles gekostet hat, was mir etwas bedeutete, was ich liebte, was mich ausmachte.

Ich versuche es erneut und schäme mich irgendwie ein bisschen, als die Worte aus meinem Mund kommen. »Ich bin nicht ganz so ... erfahren.« Welch peinliche Situation. Ich wünschte, ich würde nicht so einen Zirkus darum machen, wieso mussten sich auch wieder diese blöden Zweifel einstellen?

Seine langen Finger berühren mein Kinn, und er dreht mein Gesicht in seine Richtung, zwingt mich, ihn anzusehen. Sein Ausdruck ist wieder viel entspannter, seine Augenbrauen haben wieder ihren gewohnten Platz eingenommen. Sein Blick ist so weich, so aufrichtig, verständnisvoll und so durchdringend, dass es mich beinah erschreckt.

Er streichelt meine Wange, die vor lauter Aufregung sicherlich rot angelaufen ist. Ich spüre jedenfalls die Hitze, die in meinem Gesicht emporgestiegen ist und mir langsam, aber sicher zu schaffen macht.

J sieht mich noch immer auf diese seltsame Art an, und ich kann beim besten Willen nicht einschätzen, was er gerade denkt.

Er wiegt den Kopf kurz hin und her und verzieht den Mund zu einem, zu *seinem* schiefen Grinsen. Er beugt sich zu mir herunter und ich kann schon wieder die Funken fliegen sehen. Diese verdammte elektrische Spannung zwischen uns. Ich schwöre, ich kann es knistern hören. Der ohnehin schon schmalbemessene Zwischenraum zwischen Johnny und mir ist von unglaublicher Energie aufgeladen. Das kann nicht normal sein.

J streicht mir eine rotbraune Locke aus dem Gesicht und schiebt sie mir hinter das Ohr. Wieder schüttelt er sachte den Kopf und sieht mir dabei unentwegt in die Augen. »Du erinnerst mich an jemanden. An jemanden, der mir das Herz gebrochen hat.« Er kann die Trauer, die in seiner gedämpften Stimme mitschwingt, nicht verbergen, obwohl er sich große Mühe gibt, neutral klingen. Ich spüre den Schmerz. Nach all den Jahren empfindet er denselben Schmerz wie ich. Nach all den Jahren hat er mich nicht vergessen.

Mehr brauche ich nicht. Die letzten Reste der Mauer – die nunmehr eigentlich nur noch eine baufällige Ruine ist – brechen, als würde ein Panzer über sie hinwegrollen und sie plattmachen. Dem Erdboden gleich.

Mit diesem einen Rundumschlag ist mein Herz befreit. Aus dem Dornröschenschlaf erweckt. Reanimiert. Es schlägt wie wild und verrückt, zum ersten Mal seit acht Jahren fühle ich mich wieder wie lebendig.

Ich versuche so gut es geht, die Tränchen, die sich nur zu gern vor lauter Glück bilden wollen, zurückzuhalten und ziehe Johnny zu mir. Erst scheint er ein wenig irritiert, doch seine anfängliche Zurückhaltung währt nur einen Augenblick. Wir küssen uns mit solch einer Leidenschaft, als gäbe es keinen Morgen. Ich lasse mich fallen, lasse mich auf meinen superheißen Nordmann ein, lasse alle Hemmungen los, wie Heliumluftballons in einen sternbedeckten Nachthimmel. Sie fliegen davon. Wir fliegen davon. Zusammen. Vereint. Eins.

SIEBEN

Als ich am nächsten Morgen aufwache, liege ich ganz alleine im Bett. Keine Spur von Johnny. Er ist weg. Die Nacht über haben wir uns kaum voneinander getrennt. Sind eng umschlungen eingeschlafen. Anfangs konnte ich natürlich nicht mal daran denken, Schlaf zu finden. Ich war zu aufgewühlt, zu glücklich, zu ... ich weiß auch nicht.

Er lag so dicht an mich gedrückt, dass sein warmer Atem mit meinen Haaren spielte. Sein Duft erfüllte den Raum, seine Hand ruhte an meiner Taille, unsere Finger eng umschlungen. Es fühlte sich zu schön an, um wahr zu sein.

Und jetzt ist er weg. Ich kann nicht leugnen, dass ich enttäuscht bin, nicht in seinen Armen aufgewacht zu sein, doch bald bemerke ich, dass beide Hunde ebenfalls weg sind. Also schließe ich daraus, dass er auf eine morgendliche Gassirunde mit den beiden Fellnasen aufgebrochen ist. Was zeigt wie umsichtig er ist, was mich wiederum freut.

Ich strecke mich genüsslich, drehe mich auf die andere Seite, ziehe sein Kopfkissen zu mir und kuschle mich hinein. Sein unwiderstehlicher Geruch haftet noch daran und davon kann ich nicht genug bekommen. Ich frage mich, wann er wohl aufgestanden sein könnte, es wundert mich wirklich, dass ich davon nichts mitbekommen habe. Normalerweise habe ich einen leichten Schlaf und wache bei jedem noch so kleinen Geräusch auf. Doch nicht so heute. Ich kann mich überhaupt nicht erinnern, wann ich das letzte Mal so gut geschlafen hätte. Die feste, unnachgiebige Umarmung von Johnny, seine Nähe, seine Wärme, seinen Atem zu spüren hatte eine beruhigende Wirkung auf mich. Was ist schon warme Milch mit Honig als Einschlafhilfe – einen kuschelbedürftigen Wikinger braucht man.

Ich wähne mich noch in den Erinnerungen an letzte Nacht, was mir sogleich ein Lächeln auf die Lippen zaubert. Schließlich verdränge ich das große Bedürfnis, im Bett zu bleiben, erhebe mich und mache mich im Badezimmer zurecht, als ich meine Eingangstür zufallen höre. Schon stürmt Charlie zu mir ins Bad und springt eifrig auf und ab, als wolle er mir von seinem kleinen Ausflug berichten.

Ich gehe in die Hocke und kraule ihn hinter den Ohren, als auch schon Johnny im Türrahmen steht.

Ich bin wirklich froh, dass ich meiner Faulheit zum Trotz, meinen Hintern aus dem Bett bekommen und mich auf die Schnelle recht passabel hergerichtet habe, denn so wie er im Rahmen lehnt, sieht J wieder blendend aus.

Er schenkt mir das umwerfendste Lächeln, das man sich nur vorstellen kann. Süß und sexy zugleich. Leicht verrucht, aber auch offen und fröhlich. Verschmitzt trifft es vielleicht am besten.

»Guten Morgen, Schönheit!« Seine Stimme klingt noch heiserer als sonst. Wahrscheinlich normal, nachdem er sich beim Konzert gestern verausgabt hat. »Die beiden Jungs wollten Gassi gehen und haben das ziemlich lautstark demonstriert. Ich hab befürchtet, sie würden dich wecken, also bin ich schnell rausgegangen. Und ich dachte, du bist bestimmt hungrig, also habe ich uns dann auch gleich Frühstück organisiert. Da ich nicht weiß, was du gern isst, habe ich einfach alles kommen lassen, was es gibt.«

Ich stehe auf und folge ihm ins Wohnzimmer, wo tatsächlich schon der ganze Tisch vor lauter Essen überquillt. »Wow!«, entweicht es mir. Ziemlich opulent, alles da, was das Herz begehrt. Und noch mehr. Ich glaube, wir könnten eine ganze Kompanie damit verköstigen.

Er umfasst meine Taille und geleitet mich zu einem Sessel. Gentlemanhaft richtet er mir den Stuhl, ehe er sich mir gegenüber niederlässt.

Die Auswahl ist so groß, dass ich nicht weiß, wo ich zuerst zugreifen soll.

»Du bist nicht zufällig Veganerin, oder?« Er sieht mich kritisch an.

War ich mal, und zwar eine äußerst strikte, eingefleischte Veganerin. Früher habe ich weder Eier noch Milch oder dergleichen angerührt. Wenn man weiß, welches Martyrium die armen Tiere erleiden müssen, würden sich eindeutig mehr Menschen vegan ernähren. Allein der Gedanke an den bestialischen Mord an den bezaubernd süßen, unschuldigen Küken treibt mir

Tränen in die Augen. Wozu der Mensch fähig ist, will und kann ich einfach nicht begreifen.

Js Augen funkeln mich neugierig an, er wartet auf eine Antwort. Er kann doch nicht noch immer glauben, ich wäre ich. Nein. Ich schüttle den Kopf und greife demonstrativ zu einem weichen Ei, hier kann ich es guten Gewissens essen, da ich weiß, von welcher Bio-Farm sie stammen und dass die männlichen Küken am Leben bleiben. »Dafür liebe ich Honig viel zu sehr«, erkläre ich, während ich mit der goldgelben Süßigkeit meinen grünen Tee süße und in der Tasse verrühre. Dann schnappe ich mir ein paar Käsescheiben und mache mir ein Brötchen, obwohl ich eigentlich eher Lust auf Früchte gehabt hätte. Aber gut, die müssen halt noch warten.

»Aber du isst kein Fleisch, was ich so mitbekommen habe?«

»Stimmt. Seit ein paar Jahren bin ich Vegetarier, sozusagen. Fisch esse ich aber ab und zu.« *Seit ein paar Jahren* ist gut. Ich esse nämlich kein Fleisch, seit ich denken kann, aber das kann ich ihm nicht auf die Nase binden.

Er nickt und wirkt ein wenig nachdenklich. »Trinkst du denn keinen Kaffee?«, fragt er nebenbei, als er sich eine Tasse einschenkt.

»Gut erkannt«, gebe ich kurz zur Antwort.

»Nie?« Er sieht mich entgeistert an.

Ich schüttle den Kopf. »Dagegen bin ich leider allergisch.«

»Oh«, murmelt er, kaum hörbar und versinkt weiter in Nachdenklichkeit. Wieder eine Diskrepanz zwischen mir und dem früheren Kaffeejunkie Shannen. Gott, ich liebte Kaffee seit meiner frühesten Jugend. Espresso,

Cappuccino, schwarzer Kaffee, mhm, Latte Macchiato mit Sojamilch. Wenn ich zurückdenke, wird mir gleich wieder schwer ums Herz.

»Bist du auf sonst etwas allergisch?«

Ich nicke, und es dauert eine Weile, bis ich antworten kann, da ich gerade ziemlich herzhaft in mein Brötchen gebissen habe. »Katzen. Ich habe eine schwere Katzenhaarallergie.«

Seine Augen werden groß und sein Mund verformt sich abermals zu einem, diesmal tonlosen, Oh. »Immer schon?« Er lässt nicht locker und wird stattdessen nur noch neugieriger.

Wieder nicke ich und lasse mir Zeit, bis ich den Bissen hinuntergeschluckt habe. »Ja, leider. Ich durfte nie auch nur in die Nähe von Katzen. Schwere Kindheit, kann ich nur sagen!« Ich hasse es zu lügen. Aber das mit der Allergie stimmt zumindest. Nur nicht, dass ich sie schon immer hatte. Bis zu meinem fünfzehnten Lebensjahr war Stacy meine schnurrende Begleiterin und das von Kindheitsbeinen an. Irgendwann nach ihrem Tod, der mich zutiefst getroffen hat, muss ich die Allergie entwickelt haben. Keine Ahnung.

»Muss wirklich schwer gewesen sein, kleine Mädchen lieben doch Katzen.«

Ich lege den Kopf schief und mein Mund wird zu einer schmalen Linie. Wieder nicke ich.

Schon nimmt er das zum Anlass, um mich über meine Vergangenheit auszufragen. Ich erzähle ihm alles detailgetreu, soweit ich das kann. Ich glaube, ich weiß mehr über die Südstaaten als so manch Südstaatler selbst. Roy legte schon immer viel Wert auf glaubhafte Legenden, alles muss hieb- und stichfest sein. Immer. Nur die kleinste Ungereimtheit kann uns zum Verhängnis werden, kann uns auffliegen lassen. So weit ließ er es aber nie kommen. Ich büffelte und studierte unsere Herkunft immer bis ins winzigste Detail, so wie sich eine Schauspielerin in ihre Rolle hineinversetzt und sie letztendlich zum Leben erweckt.

Johnny scheint überaus beeindruckt, über meinen gefakten Lebensweg. Nun bin ich zuversichtlich, dass er alle Parallelen zwischen mir und Shannen als das abtut, was sie ganz offen- sichtlich sind. Parallelen. Ähnlichkeiten. Nichts weiter.

Während wir weiter plaudern, beschließen wir, Liz und Gus und die anderen beiden Schwedenkracher zu uns zum Frühstück einzuladen. Letztere sind zu verkatert, also erscheinen nur meine BFF und der ulkige Gus, im Schlepptau seine Freundin.

»Es tut mir so leid, dass du das gestern mit ansehen musstest«, ist das Erste, was Gus äußerst theatralisch zu mir sagt, als ich die Tür öffne. Mit gesenktem Blick sieht er mich eindringlich an und ergreift meine Hand.

»Was, um genau zu sein?«, frage ich amüsiert, obwohl ich genau weiß, dass er auf seinen Bademantel-Auftritt anspielt.

Er lässt meine Hand nicht los, sondern zieht mich zu sich.

»Na mein Auftreten von gestern«, raunt er mir ins Ohr.

Ich mache eine wegwerfende Handbewegung. »Ach!«

»Ist mir so peinlich, Miss Sherry, erbitte Sie höflichst, meine Entschuldigung anzunehmen.«

Ich beiße mir auf die Unterlippe, um mir ein Lachen

zu verkneifen. »Ist angenommen«, flöte ich, ehe er weiter schwülstige Entschuldigungen von sich gibt. Dieser Kerl bringt mich einfach immer zum Schmunzeln. Er braucht nur den Mund aufzumachen und schon kommt was Komisches dabei raus.

Das Frühstück verläuft wirklich entspannt, alle sind gut drauf, und ich freue mich ungemein, dass Gus und seine hübsche Freundin wieder Frieden geschlossen haben, wie er es unlängst ausdrückte.

Liz ist schweigsamer als sonst und spielt anscheinend die stille Beobachterin, die jeden noch so flüchtigen Blickkontakt zwischen J und mir registriert und mit einem geheimnisvollen Lächeln quittiert.

Man mag es kaum glauben, aber wir schaffen es tatsächlich, das ganze Essen zu verdrücken. Kaum etwas bleibt übrig.

Am späten Vormittag verabschiedet sich die ganze Truppe, Gus und seine Freundin Jessi hauen sich wieder aufs Ohr, während Liz den Strand ihrem Bett vorzieht.

Und Johnny und ich? Wir finden das Bett eindeutig reizvoller und können uns nicht dazu durchringen, aus den Federn zu kommen. Es ist so unheimlich prickelnd und aufregend mit ihm, dass ich mir schlecht vorstellen kann, diese berauschenden Augenblicke mit jemand anderem zu verbringen. Konnte ich noch nie, auch wenn ich viele sexy Typen kenne, J ist der Eine für mich. Er geht mir dermaßen unter die Haut, dass es wehtut, auch nur an Abschied zu denken.

Dennoch naht er in großen Schritten; morgen schon müssen Johnny und die Band weiter nach Japan fliegen, in drei Tagen startet nämlich ihre erste Asien-Tour, die bereits seit Wochen restlos ausverkauft ist. J schüttet mir sein Herz aus und erzählt, dass er noch nie in Japan oder China war und er deshalb etwas angespannt ist. Der hohen Erwartungen wegen, die ihm dort entgegengebracht werden. Er hofft, dass er dem ganzen Druck gewachsen ist und sie erfüllen kann. Wie er daran auch nur zweifeln kann, ist mir ein Rätsel. Er und seine Band sind fantastisch. Wenn nicht zu sagen legendär. Als ich ihm das sage, schenkt er mir ein dankbares Lächeln und wirkt sogleich viel zuversichtlicher und von sich selbst überzeugt. Ich muss grinsen. Wieder eine neue Seite, die ich an ihm entdecke. Ein etwas unsicherer, an sich zweifelnder Johnny steht im krassen Gegensatz zu dem stets arroganten, von sich eingenommenen Rockstar. Schon als Teenager fühlte er sich über alles und jeden erhaben. Er ist wohl erwachsen geworden und hat doch nicht so einen harten Kern, wie er es jeden glauben machen möchte. Ich finde es unglaublich schön, richtig herzerweichend, dass er seine Ängste mit mir teilt und so viel von sich preisgibt. Dieses enge Band, das einst zwischen uns war, scheint es nach all den Jahren noch zu geben. Und das, obwohl ich vorgeben muss, jemand anderes zu sein. Das hat wohl was zu bedeuten.

Während ich im Bett liege und über Seelenverwandtschaft philosophiere, schnappt sich Johnny seine Gitarre, die er anscheinend vom Morgenspaziergang mitgebracht hat, und spielt mir ein paar Lieder vor, die er kürzlich geschrieben hat. Er versichert mir, dass noch niemand eines davon gehört hat. Und ich glaube ihm, er brauchte immer schon seine Zeit, bis er so weit damit zufrieden war, es anderen zu präsentieren. Ich genieße es sehr, ihm zuzuhören. Zuzusehen. Er legt so viel Gefühl und Inbrunst in seine Songs, als offenbare er mir seine Seele. In vielen

Liedern schwingt auch viel Melancholie mit, die ein Bild von seinen lethargischen Momenten liefert. Es versetzt mich augenblicklich zurück in die Vergangenheit, so war es immer zwischen uns. Ich war schon damals die Erste, der er sich anvertraute, dass es nach wie vor so ist, berührt mich zutiefst. Es liegen so viele persönliche Erfahrungen in den Zeilen, dass es mir teilweise das Herz zerreißt. J singt alles mit geschlossenen Augen, und als er fertig ist, sieht er mich unsicher an. Ich stehe auf, lasse mich auf seinen Schoß fallen und schlinge die Arme um seinen Hals. Er lässt die Gitarre zu Boden sinken und zieht mich näher an sich. Johnnys Arme umschlingen meine Taille und er sieht mich erwartungsvoll an. Seine wachen Augen strahlen eine kühne Verspieltheit aus, die mich unweigerlich an den siebzehnjährigen Johnny erinnert. Damals, als es nur uns gab. Ich küsse ihn zärtlich, worauf er mit einem heftiger werdenden Kuss antwortet. Ich liebe die Art, wie er küsst, er beherrscht es sowohl sanft als auch wild und leidenschaftlich. Seine Lippen begegnen meinen, hart, heiß und innig. Ihn zu küssen ist ein wahres Gedicht, das mir stets den Atem raubt. Voller Poesie, ungestüm und lustvoll. Rau wie eine irische Küstenlandschaft, aber auch weich wie eine zarte Frühlingsbrise. Mit unerwarteten Wendungen und Twists. Unzähmbar und dann wieder unschuldig wie ein Lämmchen.

Und jedes Mal löst es etwas in mir aus, das ich einfach nicht beschreiben kann. Eins kann ich jedoch mit ziemlicher Wahrscheinlichkeit sagen, seine Küsse machen süchtig. Das Verlangen nach mehr wird unerträglich. Es brennt in meinem Inneren, wie ein sich ausbreitendes Feuer. Es greift auf alles über, setzt die umliegenden Organe in Flammen, erreicht mein Herz und lodert weiter empor, bis es an die Oberfläche tritt. J reizt mich bis aufs Äußerste, seine Hände wandern wieder unter mein Tanktop und streichen meine Wirbelsäule entlang, während ich meine in seinen dichten Haaren vergrabe.

Mein Atem wird flacher, seiner schwerer. Mein Top fliegt in hohem Bogen durch das Zimmer. J löst seinen Mund von meinem, worauf ich mit einem leisen Wimmern reagiere. Ich möchte Protest einlegen, doch schnell platziert er seine sinnlichen Lippen an meinem Hals und bedeckt ihn mit Küssen.

Als wir uns doch allmählich zum Strand aufmachen, ist es bereits halb vier Uhr nachmittags. Die Sonne sticht nicht mehr allzu sehr, somit unternehmen wir mit unseren beiden Fellnasen einen ausgedehnten Spaziergang, bevor wir es uns an einem ruhigen, etwas abgelegenen Plätzchen gemütlich machen. J schiebt unsere Sonnenliegen zurecht, während ich den Hunden Wassernapf, Spielzeug und Deckchen in den Schatten lege, was beide gleich zufrieden in Anspruch nehmen.

Der Tag ist so was von perfekt. Ich könnte mir beim besten Willen keinen besseren Verlauf vorstellen. Ich bin glücklich. Einfach nur glücklich. Alles fühlt sich gut an. Fühlt sich richtig an. Nur leider vergehen die guten Stunden viel schneller als die nicht so tollen. Der Tag verfliegt regelrecht.

Um sieben muss Johnny bei einem Radiosender irgendwo in Downtown sein. Er wird live on Air ein paar neue Songs performen und die Show moderieren.

Wir verabreden uns für später, denn um zehn Uhr steigt eine Abschiedsparty, bevor die Band morgen zur Asientour aufbricht. J verabschiedet sich mit einem seiner unerträglich heißen Küsse, ehe er sich zu seiner Band aufmacht.

Ich treffe mich in der Zwischenzeit mit Liz und ihren Eltern, die morgen wieder abreisen, zum Abschiedsabendessen im noblen japanischen Restaurant gleich in unserem Hotel. Angeblich ist *Zengo* das neue In-Lokal in der Wüstenstadt, somit gehen wir mit hohen Erwartungen hin. Und werden nicht enttäuscht, schon der Eingang und Treppenaufgang sind unglaublich stylisch, das gehobene Ambiente und die elegante schwarz-goldene Einrichtung im Restaurant bringen selbst Liz' vornehme Mutter zum Staunen. Liz und ich mögen das Restaurant auf Anhieb und setzen es sogleich auf die Liste unserer Lieblingsrestaurants. Ganz toll finde ich das gedämpfte Licht, das eine besonders geheimnisvolle Atmosphäre schafft. Ein Blick in die Karte versetzt mich augenblicklich in Verzückung. Die erlesene Auswahl an exotisch klingenden Cocktails und Köstlichkeiten aus der Pan-Asian-Cuisine lässt mein Herz höherschlagen und mir das Wasser im Mund zusammenrinnen. Die Entscheidung fällt keineswegs leicht, da alles einfach herrlich klingt. Liz nimmt als Pre-Dinner-Drink einen *Sleeping Dragon*, während ich mich für einen fruchtigen *Kimono* entscheide. Und ich werde nicht enttäuscht, mein exquisiter Cocktail ist einfach himmlisch und entführt mich gedanklich auf rosarote Wölkchen. Und das Essen erst. Ich kann mich nicht erinnern, jemals so geniales Sushi gegessen zu haben. Feurig scharf und irgendwie kernig. Eine wahre Geschmacksexplosion. Zwischen den

Gängen werden wir Zeuge einer akrobatischen Feuershow, die die ohnehin schon begeistert wirkenden Gäste in den Bann zieht.

Nach dem äußerst formidablen Dinner lassen wir den Abend schließlich auf der großflächigen Cocktailbar-Terrasse ausklingen. Der Lounge-Charakter steht irgendwie im Kontrast zu der kostspieligen Einrichtung drinnen und bietet einen herrlichen Ausblick über die Parkanlage und den dahinter liegenden Sandstrand. Es herrscht eine wunderbar entspannte Atmosphäre, die irgendwie zum Träumen einlädt. Wovon ich träume, muss ich nicht unbedingt anmerken. J geistert mir durch den Kopf. Ich wünschte, er würde jetzt hier sein, wir beide in trauter Zweisamkeit, statt auf der überfüllten Party. Ich hätte ihn so gern nur für mich gehabt, doch seine Plattenproduzenten und Manager bestanden darauf, sie legten schon immer viel Wert auf Partys mit all den Superreichen und Schönen der jeweiligen Stadt. Es geht vor allem darum, Kontakte zu knüpfen und, und, und.

Irgendwie graut mir davor. Mich überkommt ein komisches Gefühl, so als läge irgendetwas in der Luft. Irgendetwas Ungutes.

Somit schiebe ich es hinaus und bleibe länger, als ich es geplant hatte. Um elf verabschiede ich mich schließlich von Liz und ihren Lieben, bevor ich noch mit Charlie eine recht lange Runde drehe, mich frischmache und dann auf den Weg zur Party mache. Liz hat versprochen, vielleicht auch noch vorbeizuschauen, sofern ihre Eltern sie nicht allzu sehr in Beschlag nehmen. Meine beste Freundin dabeizuhaben ist ein kleiner Lichtblick, im Hinblick auf die letzte Party und die gehässigen Blicke der aufsässigen Groupies.

Als ich vor der Tür stehe, durch die laute Musik dröhnt, ist es bereits kurz nach zwölf. Ich will klopfen, hege aber gewisse Zweifel, dass es jemand hört. Plötzlich geht die Tür von allein auf und zwei Mädels torkeln heraus. Ich trete ein und bin ein klein wenig geschockt über die Vielzahl der Gäste. Die Suite ist gerammelt voll. Auf den ersten Blick sehe ich keine bekannten Gesichter, deshalb versuche ich, mir erstmal einen Überblick zu verschaffen.

Im Augenwinkel erkenne ich die Girls, mit denen wir schon gestern in der Limousine das Vergnügen hatten. Auch sie erspähen mich im selben Moment und schon lästern sie lautstark los. Herrlich. Ich versuche ihnen so wenig wie möglich Beachtung zu schenken und suche stattdessen weiter nach meinem Herzbuben.

Als ich ihn endlich finde, hört mein Herz abrupt auf zu schlagen. Schlimmer noch, als hätte es ins Antlitz der Medusa geblickt, versteinert es. Zentimeter um Zentimeter zementene Masse überzieht es, ehe es ein schwerer Klumpen Stein ist. Ich versuche zu atmen, doch bekomme keine Luft, meine Kehle schnürt sich allmählich vollständig zu, in meinem Bauch verkrampft sich alles. Ich glaube, mein Blut gefriert in den Adern. Oder vielleicht versteinere ich ganz. Ich stehe jedenfalls angewurzelt wie eine Statue da. Eine steinerne Zeitzeugin, die versucht, das Gesehene zu verarbeiten. Ich merke kaum, dass die drei Lästerschwestern an meine Seite treten.

»Was? Hast du etwa geglaubt, du wärst die Einzige, mit der er rummacht?«, fragt mich Miss Botox, die Frau mit den Zahnstocherärmchen, in einer Lautstärke, die die im Umkreis stehenden Leute schwer überhören konnten. Ihr hämischer Ton, so selbstgefällig, so schadenfroh. Spöttisches Gekicher folgt, in das die anderen zwei Girls freudig mit einsteigen.

Ich spüre, wie Tränen in meine Augen steigen, und versuche diesen Vorgang mit aller Kraft zu unterdrücken. Meine Fassade fängt an zu bröckeln, dennoch schaffe ich es langsam, mich aus meiner Erstarrung zu lösen. Ich möchte das letzte bisschen Stolz, das mir noch geblieben ist, retten und kämpfe gegen diese verdammten Tränen an, wobei ich weiß, dass es ein aussichtsloser Fight ist. Ich sehe schon verschwommen, beiße mir auf die Lippe. Irgendwie wird mir schwindelig. Ich wünschte, mir würde etwas Passendes einfallen, irgendetwas Schlagfertiges, das diese drei Gören von ihren hohen Rössern holt. Diesen Triumph gönne ich ihnen nicht. Doch irgendwie bin ich vollkommen außer Stande, ihnen etwas zu entgegnen. Ich sehe sie nur giftig an, mache auf dem Absatz kehrt und stürme aus dem Zimmer. Ich höre noch den ganzen Gang hinunter ihr Gelächter, doch ich nehme meine Beine in die Hand und renne. Die Tränen haben ebenfalls ihren Sieg davongetragen und kullern mir in Strömen aus meinen schön geschminkten Augen.

Im Versuch, den Lift so schnell wie möglich zu erreichen, stolpere ich mit meinen Vierzehn-Zentimeter-Heels und falle auf die Knie. Verflucht, als wäre das Ganze nicht schon schlimm genug, bin ich nun auch noch am Boden der Tatsachen gelandet. Ich rapple mich auf, ziehe meine wundervoll glitzernden *Baldan* Sandalen aus und renne barfuß weiter.

Mein Spiegelbild im Lift sieht ziemlich mitleidserregend aus. Erbärmlich genauer gesagt. Mascara und Eyeliner sind total verschmiert und hinterlassen schwarze Spuren auf meinen Wangen, das Weiß meiner Augen hat sich längst in ein unansehnliches Lachsrot verwandelt. Ich wünschte, ich hätte eine riesengroße Sonnenbrille dabei, hinter der ich mich verstecken könnte.

Ich fürchte mich schon, wenn der Lift in der Lobby ankommt, da ich einen Spießrutenlauf vor mir habe. Quer durch die Lobby in den anderen Bereich des Hotels.

Mit einem Dong bin ich unten angekommen. Ich hefte den Blick auf den Boden und hoffe, dass mich niemand wahrnimmt. Ich eile durch den Rezeptionsteil, versuche jeglichen Blickkontakt zu vermeiden und erreiche ziemlich schnell meinen Tower. Ich sehe den rettenden Fahrstuhl schon vor mir, nur einmal um die Ecke und dann habe ich es geschafft.

»Sherry?«, ruft plötzlich eine ziemlich bekannte Stimme von der Seite. Verdammt. Auch das noch. Roy. »Sherry, hey!«

Widerwillig drehe ich mich um und sehe Liz, Roy und Bill im Loungebereich stehen.

Als er meine verheulten Augen sieht, verdunkelt sich sein Gesichtsausdruck schlagartig. Er eilt an meine Seite und sieht mich eindringlich an. »Sherry, Schatz, alles in Ordnung?«, fragt er besorgt.

Ich kann schwören, er kann den Ärger, den ich verursacht habe, förmlich riechen und versuche mich zusammenzureißen, werde jedoch nun auch noch von unsäglichen Schuldgefühlen übermannt, die sich mit meinem gebrochenen Herzen vermischen. Schon breche ich wieder in Tränen aus.

»Süße, was ist passiert?« Liz ist schnell zur Stelle und umarmt mich.

Ich schüttle den Kopf. Ich weiß, dass ich nicht im

Stande bin, das Geschehene in Worte zu fassen. Irgendwie ist meine Reaktion ja auch total überzogen. Es ist nicht so, das J und ich ein Paar wären und er mich betrogen hätte. Aber dennoch fühlt es sich genauso an. Die Narbe, die mein zerrissenes Herz zusammengehalten hat, ist nun wieder aufgeplatzt. An ihrer Stelle befindet sich nun eine klaffende Wunde, die heftig blutet. Chirurgen würden es wohl als offenes Herz bezeichnen. Meine theatralischen Gedanken bewirken nur noch mehr Tränen und ich hasse es. Wie ein Häufchen Elend stehe ich vor meinen betulichen Freunden, ihre Blicke sind kaum zu ertragen. Ich will nun wirklich mit niemandem reden, will niemanden sehen. Ich möchte einfach nur allein sein. »Nichts, es ist nichts. I-ich muss los«, piepse ich mit erstickter Stimme und schlucke meine Tränen hinunter.

Ich drehe mich eilig um, doch Roy hält mich am Arm fest. Ich kann ihm jedoch nicht mal in die Augen sehen. »Später, Roy.« Ich hoffe, er erhört mein Flehen.

Nach kurzem Zögern lässt er meinen Arm los und ich stakse in Richtung Aufzug. Lang kann ich mich nicht mehr auf den Beinen halten, ich merke, wie sich alles dreht. Liz ruft mir etwas hinterher, doch ich kann nicht verstehen, was sie sagt. Der Raum fängt an, sich zu drehen, meine Ohren surren. Mein Blutdruck muss jenseits von Gut und Böse liegen.

Als ich in den Lift steige, höre ich noch eine männliche Stimme meinen Namen brüllen. Ich muss schon dem Delirium nahe sein, denn ich identifiziere die Stimme als Johnnys. Seine kräftige Reibeisenstimme würde ich unter tausenden erkennen. Doch das kann nicht sein. Die Realität scheint mir zu entgleiten. Nochmals vernehme ich die alles durchdringende, klangvolle

Stimme, in der irgendwie eine große Portion Verzweiflung liegt, ehe sich die Lifttüren schließen und ich endlich hinauffahre.

Endlich erreiche ich meine Suite, verschließe die Tür hinter mir und breche zusammen. Ich bin froh, dass ich es so lang hinauszögern konnte. Meine Beine geben nach und ich sinke zu Boden. Zerfließe in einem Meer aus Tränen. Es dauert nur ein paar Sekunden, und schon ist mein treuer Freund auf vier Pfoten bei mir und drückt sein nasses Schnäuzchen an meine Wange. Sein besorgter Blick geht mir durch und durch und ich drücke ihn an mich. Charlie ist mein Anker. Mein Fels in der Brandung. Immer, wenn ich ihn anschaue, verfliegen meine Sorgen. Er spendet mir Trost in meinem größten Kummer. Es ist, als hätte er die magische Gabe, allein durch seine Anwesenheit, all die Last von meinen Schultern zu nehmen.

Was man nicht alles von Tieren lernen kann. Sie nehmen das Leben so, wie es ist. Charlie zeigt mir immer wieder, dass nichts so schlimm ist, wie es zuerst scheint.

Seine treuherzigen Augen ermuntern mich schließlich, mich vom Fußboden zu erheben und aufzustehen. Ich gehe in Richtung Badezimmer und wasche mir das verschmierte Make-up aus dem Gesicht. Während ich das tue, beschließe ich, unter die Dusche zu steigen. Wasser hat diesen reinigenden Effekt auf mich. Nicht nur auf physischer, sondern auch auf psychischer Ebene.

Danach fühle ich mich halbwegs besser. Klarer. Langsam dämmert mir, wie idiotisch ich reagiert habe. Was wäre dabei gewesen, *Hallo* zu sagen? Die Lage abzuchecken? Anstatt einfach sang- und klanglos abzuhauen. Ich ärgere mich über mich.

Es kann nur eine Angelegenheit von Minuten sein, bis Roy vor meiner Tür steht. Ich rechne es ihm hoch an, dass er mir überhaupt so viel Zeit zum Alleinsein gegeben hat. Ich bereite mich innerlich auf das Gespräch vor, vor dem ich mich nicht drücken kann. Ich werde ihm alles beichten müssen. Alles. Wie er wohl darauf reagieren wird? Ich hoffe, ich muss nicht gleich meine Sachen packen.

Schon klopft es. Fünf Mal schnell, eine ausgedehnte Pause, gefolgt von zwei dumpferen, kurzen Klopfzeichen. Wie immer. Ich lasse mir Zeit, ehe ich die Tür aufmache, atme ich nochmal tief durch.

Roy lehnt im Türrahmen und sieht ziemlich genervt aus. Wortlos tritt er ein und wartet auf eine Erklärung. Er lässt den Blick auf mir ruhen und steht mit verschränkten Armen vor mir. Wie ein Oberlehrer. Oder noch schlimmer. Wie ein Schuldirektor.

Ich fühle mich gleich noch erbärmlicher und kratze mich hinter dem Ohr. Ich versuche einen guten Anfang für meine Story zu finden, was alles andere als leicht ist. Wo soll ich beginnen?

»Du siehst aus wie ein Häufchen Elend.« Seine Stimme ist weniger streng, als ich es erwartet habe. Beinahe einfühlsam.

Ich zucke mit den Schultern und ringe noch immer nach Worten.

»Liz hat mir schon die Kurzfassung erzählt. Wie konnte es so weit kommen?« Er sieht mir direkt in die Augen.

Es gibt kein Entrinnen. Keinen Ausweg. Also fange ich in der Nacht der Party an. Bei unserer unerwarteten

Begegnung am Strand und erzähle alles bis ins kleinste Detail.

Irgendwie hätte ich es mir peinlicher vorgestellt, aber Roy ist ein guter Zuhörer und lässt mich vorerst alles erzählen, ohne auch nur den geringsten Kommentar einzuwerfen. Ab und zu nickt er, aber das ist auch schon alles. Ich wünschte, er würde auch nur die kleinste Gefühlsregung zeigen, aber ich kann absolut nichts in seinem Pokerface lesen.

Wir sitzen uns gegenüber, Charlie liegt mit seinem Köpfchen auf meinem rechten Oberschenkel und schenkt mir etwas Gelassenheit. Die gestrige Nacht und den heutigen Tag habe ich schon hinter mich gebracht, nun bin ich bei meiner dämlichen Weglauf-Aktion angelangt. Noch immer schweigt Roy. »Er weiß nicht, dass ich seine Shannen bin. Er hält mich nach wie vor für Sherry Elisabeth Paxton, ich schwöre es«, versichere ich ihm. »Es besteht also absolut kein Grund für eine Umsiedlung«, versuche ich ihm eindringlich klarzumachen. Ich bete, dass er mir glaubt. Ich will hier nicht weg.

Noch immer schweigt er und das bringt mich langsam zum Ausflippen. Dazu seine unergründliche Miene. Ich kenne ihn schon so lang, weiß, wie er tickt, doch manchmal lässt er sich einfach nicht in die Karten schauen.

Ich muss zugeben, eigentlich war ich auf ein heftiges Streitgespräch eingestellt, dass er nun so ruhig vor mir sitzt, hätte ich in hundert Jahren nicht erwartet. »Roy. Ich kann nur nochmal sagen, es tut mir leid, wie das Ganze verlaufen ist. Es war nicht geplant. Ich habe versucht, mich von ihm fernzuhalten. Aber …« Ich halte kurz inne. »Es war … Es war, als würde uns das Schicksal eine zweite Chance geben. Ich musste rausfinden, ob ich nach wie vor noch so für ihn empfinde.« Ich schaffe es nicht mehr, ihm in die Augen zu schauen und hefte nun meinen traurigen Blick zu Boden.

»Und? Ist es so?«

Ich kämpfe abermals mit den Tränen, doch eine kullert mir dann doch über die Wange. Ich nicke.

»Und was gedenkst du, jetzt zu tun?«

Seine Frage, aber auch sein beinahe sanftmütiger Ton, aus dem jegliche Härte gewichen ist, verwundert mich. Ich schüttle den Kopf. »Nichts. Ihn vergessen. Darin habe ich doch schon Übung.« Ich ringe mir ein gezwungenes, nicht sehr glaubwürdiges Lächeln ab.

Roy kommt zu mir und nimmt mich in den Arm. »Kleines, du manövrierst dich immer in die unmöglichsten Situationen.«

Ich erwidere seine Umarmung und schluchze leise vor mich hin. »Es tut mir so leid.«

»Ich weiß.«

Wow, Roy hat eine Hundertachtzig-Grad-Kehrtwendung gemacht. »Können wir trotzdem bleiben? Ich bin ja schließlich nicht aufgeflogen ...« Ich löse mich aus seinen Armen, um ihm in die Augen zu sehen.

Er sieht mich kritisch an und sagt eine Weile nichts. Das habe ich wohl verdient.

»Nur wenn du mir versprichst, nicht wieder in alte Muster zu verfallen. Du weißt genau, wovon ich rede«, meint er mit ermahnendem Ton und ernstem Gesicht. Damit spielt er auf meine dunkelste Zeit an. Damals, als mir alles egal war und ich nicht mehr wollte. Ich litt so sehr unter alldem. Keine Kontrolle über das eigene Leben zu haben. Getrennt zu sein von meinen geliebten Eltern, von meinem Freund, meiner ersten großen Liebe. Irgendwann fing ich an, nichts mehr zu essen. Verfiel in die Magersucht. Denn darüber hatte ich auf einmal Kontrolle. Was ich aß und was ich nicht aß. Was hatte ich für eine Disziplin dabei. Ich fühlte mich dadurch stark, ehe ich schwach zu werden anfing. Ich wollte nur dünn sein. Dünner. Und noch dünner. Ich war gefangen in einer Spirale nach unten, Selbstzerstör-Modus an und Roy verzweifelte an mir. Er war immer schon fürsorglich und gut zu mir, daher tut es mir jetzt umso mehr leid, was ich mir und damit auch ihm damals angetan habe.

Ich nicke. »Ich bin älter. Reifer. Ich kann damit umgehen, versprochen. Ich zerbreche bestimmt nicht noch einmal. Außerdem habe ich ja ihn hier ...« Ich deute auf Charlie. Ihn hatte mir Roy damals geschenkt, in der Hoffnung, er würde mir wieder Freude am Leben geben und so war es auch.

»Ich behalte dich im Auge, kleine Lady. Stell dich schon mal darauf ein.« Er lächelt und hält den Zeigefinger tadelnd in die Höhe.

»Ja, Sir!« Ich mache eine Hab-Acht-Handbewegung, um meine Entschlossenheit zum Gehorsam zu demonstrieren. Roys Lächeln wird breiter und seine Erleichterung spürbar. So auch meine. Ich darf hier bleiben, mein Leben, das mir so viel bedeutet, weiterführen. Auch wenn ich es während dieses blöden Abends, der mein Herz brach, nicht vermutet hätte, durchströmt mich eine Welle des Glücks.

Die Beklommenheit, die ich durch meinen Herzensbrecher erlitten habe, wird bestimmt noch andauern. Das kann ich fühlen. Mein verletzter Stolz, der ganz schöne Kratzer abbekommen hat, wird auch noch eine Weile daran zu nagen haben, ehe ich wieder in vollem Glanze strahlen kann. Die Trauer, J wieder verloren zu haben, wird mich noch lang begleiten. Aber ich schließe die gute Zeit in meinem Herzen ein, die kurzen, aber wunderschönen, kostbaren Momente mit meinem Nordmann will ich nie vergessen. Ich bereue es nicht, ihm wieder nahegekommen zu sein. Im Gegenteil. Ich danke dem Schicksal, unsere Lebenswege nochmals überkreuzt zu haben. Diese Chance bekommt nicht jeder.

Roy holt zu einem High five aus und ich schlage ein. Das ist so ein Ding zwischen uns, unsere Tradition sozusagen. Er brummt und verzieht das Gesicht.

»Alles okay?«, frage ich leicht verdutzt.

Er nickt und macht eine wegwerfende Handbewegung, was ihm anscheinend auch Schmerzen bereitet.

Fragend hebe ich die Augenbrauen. Ich bin leicht besorgt, doch mein Beschützer winkt ab.

»Alles klar. Keine Sorge. Versuch jetzt zu schlafen, wir sehen uns morgen. Und Kopf hoch, Kleines!« Er drückt mir einen Kuss auf die Stirn und verlässt meine Suite.

Ich lege mich ins Bett, doch ich bin zu nachdenklich, um schlafen zu können. Ich ärgere mich so sehr über mich selbst. Warum bin ich bloß weggelaufen?

Ich bereue es zutiefst, mich nicht von Johnny verabschiedet zu haben. Wieder nicht. Das sind wohl die kleinen Streiche des Schicksals. Die Geschichte wiederholt sich. Damals war ich nach unserer ersten gemeinsamen Nacht plötzlich wie vom Erdboden verschwunden. Ohne jede Chance, mich von ihm zu verabschieden. Und jetzt wieder. J fliegt um sechs Uhr morgens Richtung Asien. Ich spiele mit dem Gedanken, ihn wenigstens anzurufen und ihm alles Gute zu wünschen. Doch das kann ich nicht. Ich will Roy nicht schon wieder hintergehen. Ich habe versprochen, keinen Kontakt mehr zu J zu suchen. Nie wieder. Jedenfalls solange ich im Zeugenschutz bin. Und mit meinem Stolz lässt es sich auch nicht vereinbaren. Also was soll's. Wir hatten unsere Chance. Und nun ist es vorbei. Ich muss damit abschließen, auch wenn es wehtut. Ich werde lernen, damit zu leben. Weiterzuleben. Schon wieder.

ACHT

Die nächsten Tage verlaufen ziemlich lethargisch. Ich vermeide es so gut ich kann, wieder in Tränen auszubrechen. Nur einmal misslingt mir mein Vorhaben, als ich Liz von der Sache mit der dunkelhaarigen Schönheit erzähle. Und den gehässigen Lästerschwestern, die mir letztendlich den Rest gegeben haben. Ich glaube, mein gekränkter Stolz wiegt mehr als die Verletzung.

Liz ist so erschüttert wie ich und weicht mir nicht von der Seite. Sie bringt mir die neueste Staffel von *Pretty Little Liars* und wir verbringen unsere Abende damit, so viele Folgen wie möglich zu schauen. Eiscreme inklusive.

Alle sind super fürsorglich und behandeln mich wie ein rohes Ei. Wahrscheinlich auf Roys Anweisungen hin. Doch so fragil bin ich auch wieder nicht. Es geht mir erstaunlich schnell besser, und ich habe so viel zu tun, dass ich bald nicht mehr an meinen Liebeskummer denken kann.

Dubai ist nämlich der Hammer. Der pure Wahnsinn. Wir unternehmen unheimlich viel, ich gewinne so unermesslich grandiose Eindrücke, dass es mich beinahe umhaut und ich keine Zeit habe, mich in Selbstmitleid zu suhlen. Bootsfahrten, Wüstentrips, mitsamt Übernachtung. Abenteuerlich und luxuriös zugleich. Der weiche Sand, das sternenerleuchtete Himmelszelt. Ganz zu schweigen von dem Licht. Das Licht hier in den Emiraten ist irgendwie anders. Vor allem die Abendsonne schafft eine unheimlich idyllische Atmosphäre, so sanft und unberührt. Ich liebe die Sonnenuntergänge, jeder einzelne ist erfüllt von Magie und strahlt eine Einzigartigkeit aus, die ich noch nie gesehen habe.

Dubai ist einfach viel, viel mehr als nur eine Stadt. Ein Emirat. Ich bin so begeistert von der Wüstenmetropole wie von keinem anderen Ort zuvor. Ich bin mir sicher, es gibt keinen Ort auf der Welt, der so bezaubernd, so verzaubernd, so magisch, so lebenswert und so überaus liebenswert ist. Die atemberaubenden Wolkenkratzer, die gen Himmel ragen, als Kontrast dazu die traditionellen, alten Souks, wie in 1001 Nacht, die wunderschönen Strände. Die Sicherheit, die Sauberkeit, die Kultur. Das ganze Lebensgefühl. Man wird als Frau mit großem Respekt behandelt.

Anders als in New York kann man auch spätnachts noch allein unterwegs sein, ohne die Angst haben zu müssen, ausgeraubt oder zum Opfer einer Attacke zu werden. Ein ähnlich ausgeprägtes Sicherheitsempfinden hatte ich noch an keinem anderen Ort. Hier könnte ich mir vorstellen, länger zu bleiben. Ich wünsche mir, länger zu bleiben. Aus ganzem Herzen.

Heute ist es so weit, ich muss, beziehungsweise darf meinen Vortrag vor versammelter Belegschaft präsentieren. Wäre ich bloß ein wenig extrovertierter. Als ich den Konferenzraum betrete, bin ich dermaßen nervös, dass mir mein Herz bis zum Hals schlägt. Bill kündigt mich und mein Plädoyer gerade an und ich trete an seine Seite. Die Leute klatschen kurz, Liz drückt mir die Daumen und lächelt mir ermutigend zu.

Ich starte den Vortrag mit einem Kloß im Hals, die Bilder, die ich auf der Leinwand hinter mir präsentiere, zerreißen mir das Herz. Ich hoffe, den Anwesenden geht es ebenso. Ich kann mir nicht vorstellen, beim besten Willen nicht, wie das einen Menschen kalt lassen könnte.

Das Pelzthema ist momentan in aller Munde. Leider ist er wieder zu sehr in Mode gekommen, Pelz, wohin man schaut. Mäntel, Taschen, Accessoires boomen momentan derart stark wie schon lange nicht mehr. Ich frage mich immer wieder, in welcher barbarischen Gesellschaft wir heute leben. Zum Glück setzen nun einige namhafte, sehr sympathische Modemarken ein Zeichen gegen das blutige Geschäft mit Pelz. Ich möchte, dass unser Magazin sich dem anschließt und sich von Pelz distanziert. In jeglicher Form. Das unermesslich große Tierleid steht in keiner Relation zu der Profitgier der Fashionmarken, Modemagazine usw.

Es geht einfach nicht in meinem Kopf, dass Menschen sich gern mit toten Tieren schmücken.

Tiere, die unendlich viel Leid ertragen müssen, in winzigen, lebensunwürdigen Käfigen gehalten werden, gequält – ein ganzes, kurzes Leben lang, nur um dann als Statussymbol am Hals einer Möchtegern-Richbitch zu enden.

Mein Vortrag dauert beinahe vierzig Minuten und die abscheulichen Bilder und Videos hinterlassen den gewünschten Effekt. Sprachlosigkeit hat sich breitgemacht, manche wagen es nicht einmal hinzuschauen. Anderen ist der Schock an den Augen abzulesen. Ich weiß nicht, was die Leute gedacht haben, wo ihr Pelz herkommt?

Es kommt zur Diskussion, der ich mich stellen muss, zum Glück mit Bill und Liz an meiner Seite, was mir zusätzlich Auftrieb gibt.

Leider gibt es auch in den Emiraten riesige Pelzgeschäfte, was ich ehrlich gesagt nicht für möglich gehalten hätte, da die Temperatur nie, nicht mal an den kältesten Tagen, unter achtzehn Grad fällt. Wie dem auch sei, die Werbefläche für Pelz ist leider ziemlich lukrativ. Wie Bill mir schon prophezeit hat, ist Vince ein ziemlich harter Knochen. Er liefert mir ständig nervige Gegenargumente, die er als Head of Marketing wortgewandt rüberbringt. Doch ich halte allem Stand und habe schließlich fast alle Kollegen auf meiner Seite. Woohoo. Unter Bills ermahnendem Blick knickt Vince letztendlich ein und stimmt der Anti-Pelz-Kampagne zu. Erfolg auf ganzer Linie.

Bill, Liz, Roy und ich lassen den Abend in unserem neuen Lieblingsrestaurant ausklingen und feiern mit den kreativsten, leckersten Cocktails und Sushi, die man sich nur vorstellen kann. Geschmackserlebnis pur. Schon praktisch, dass das grenzgeniale *Zengo* nur ein paar Stockwerke unter meinem Zimmer liegt. So habe ich es nicht weit. Und so endet ein langer Tag und ich falle zufrieden ins Bett.

An Johnny muss ich trotzdem weiter unentwegt denken. Besonders, weil Liz mich heute beim Essen über Roys Handschmerzen aufgeklärt hat. Es war tatsächlich J, der mir nachgelaufen ist und mich gerufen hat, als ich gefühlsentbrannt in den Lift gestiegen bin. So viel zu meinen befürchteten Halluzinationen. Doch er hat nicht mit Roy gerechnet, der als Abfangjäger fungierte und ihn zurückgehalten hat – indem er J ein blaues Auge verpasste. Armer J. Roy würde alles tun, um ihn von mir fernzuhalten, daher überrascht mich das wenig. Wenngleich mir auch mein herzensbrechender Wikinger wirklich leidtut, das hat er nämlich nicht verdient. Seine Flirterei hin oder her. Aber gut. Ich bin fest entschlossen, damit abzuschließen. Ich betrachte unser erneutes Aufeinandertreffen als wohlwollende Fügung des Schicksals, es war schön, ihn wieder getroffen zu haben. Es bedeutet mir die Welt und ich werde mein kurz genossenes Glück mit ihm nie vergessen.

Ein Monat vergeht wie im Flug und ich habe mich ziemlich gut gefangen. Bin wieder heiter und gut drauf, wie eh und je. Auf der Arbeit läuft alles wie am Schnürchen, das Einzige, was mich stört, ist, dass dieser Schnösel Vince ein Auge auf mich geworfen zu haben scheint. Er sucht relativ oft das Gespräch mit mir, flirtet, was das Zeug hält und lässt nicht locker, obwohl ich ihn immer wieder abblitzen lasse. Nicht, dass er schlecht aussieht – keineswegs. Doch mein Typ ist er trotzdem nicht. Er ist einer der Fraktion Anzugträger. Viel zu geschniegelt, viel zu überheblich und viel zu langweilig.

Unermüdlich holt er sich immer wieder einen Korb, wenn er mich auf ein Date einlädt. Liz findet seine entschlossene Haltung ziemlich lustig. Und er ist nicht aufdringlich oder so, also mache ich mir keinen Kopf und hoffe, dass er irgendwann in hoffentlich nicht ganz so ferner Zukunft aufgibt.

Ansonsten fühle ich mich glücklich und genieße das Leben in Dubai in vollen Zügen. Doch etwas fehlt mir. Ich meine nicht eine romantische Beziehung oder dergleichen. Von amourösen Abenteuern ist mein Bedarf momentan weitgehend gedeckt. Irgendwann wird die Wunde heilen, die J in mein Herz gerissen hat und bis dahin lasse ich einfach die Finger von Männern. So jedenfalls mein Plan.

Ich brauche etwas anderes. Schützen gelten bekanntlich als äußerst freiheitsliebend. Diese unbändige Sehnsucht, den Horizont zu erweitern, Grenzen auszuloten, sich unbeschwert und frei wie ein Vogel zu fühlen; ständig auf der Suche nach etwas Neuem, Abenteuerlichem. Ich bin da keine Ausnahme und der Schütze in mir ist sogar ziemlich ausgeprägt. Mein Alias Sherry Elisabeth ist zwar im Zeichen des Stiers geboren, und der Dickköpfigkeit eines Stieres stehe ich um nichts nach, doch im Herzen bin und bleibe ich ein Schütze. Anfangs, als ich neu war im Zeugenschutz, ist es mir ziemlich schwergefallen, nicht meinen richtigen Geburtstag im Dezember feiern zu dürfen. Es war wirklich nicht leicht, sich daran zu gewöhnen. Doch da Sherrys Wiegenfest nur zwei Tage nach Liz' Geburtstag stattfindet, feierten wir die letzten Jahre immer gemeinsam, womit ich mich letztendlich anfreunden konnte.

Tja, wie und wodurch kann man denn nun das ultimative Gefühl von Freiheit erlangen? Für mich war schnell klar: Fallschirmspringen – Freiheit plus Nervenkitzel inklusive. Nachdem ich die Skydiver jeden Tag vom Hotel aus bewundert habe, fasse ich mir schließlich ein Herz und buche einen Tandemsprung.

»Und, schon sehr nervös?«, werde ich seit Tagen permanent gefragt »Nö, nur wahnsinnige Vorfreude«, meine ehrliche Antwort. Ich wundere mich zwar selbst ein wenig, dass von Nervosität nicht mal die geringste Spur herrscht, aber bitte. Ich war noch nie ein Mensch, der leicht in Panik gerät. Nerven aus Drahtseilen, eins meiner größten Attribute. Haha.

Viel schwieriger finde ich allerdings die Frage, was ich zu meinem großen Abenteuer anziehen soll. Laut Skydive Website ist sportliche Kleidung erwünscht, Highheels streng untersagt. Warum wohl? Nachdem ich einige Kombinationen ausprobiert habe, entscheide ich mich schließlich für olivfarbene Skinny-Jeans in Usedoptik und für ein weißes Tanktop mit der zarten Aufschrift Lovestory. Den Look vollenden meine geliebten schwarzen *Converse*. Viel haben wir schon zusammen erlebt, also dürfen sie heute an meinem großen Tag keinesfalls fehlen. Letzter kritischer Blick in den Spiegel. Ja, so kann ich mich sehen lassen.

In Begleitung von Liz und Roy geht es zum Skydive Zentrum, das sich gleich neben dem Zero Gravity befindet. Ein Katzensprung für uns also.

»Kleine, mach's nicht, mach's nicht ... Es ist freaking scary«, ruft mir ein Typ zu, der gerade aus der Eingangstür gestürmt kommt.

Äh, ja, Scherzkeks. Liz und ich schauen uns verdutzt an und prusten laut los, während Roys Miene ernster und finsterer wird. Ein paar Schritte weiter humpelt uns auch noch ein Kerl mit Gipsbein und Krücken entgegen, flankiert von einer großen, muskulösen Frau mit gebrochenem Arm. Jetzt sieht Roy mich wortlos an, den Schrecken ins Gesicht geschrieben. Hmm, na ja.

Drinnen herrscht großes Getümmel, dürfte wohl gerade total in sein, die Fallschirmspringerei. Es wimmelt geradezu von jungen Leuten; vorwiegend äußerst attraktive, sportliche Typen. Dass ich mich gleich ziemlich wohlfühle, muss ich eigentlich nicht extra anmerken.

Beim Anmeldetisch muss ich mich zuallererst auf die Waage stellen – fängt ja schon mal gut an – und bekomme anschließend ein Formular überreicht.

»Gut durchlesen!«, wird mir eingeschärft.

Klar. Puh, ich muss mich setzen, die Verzichtserklärung hat es ganz schön in sich. Sechs Seiten voll mit Tod, Verletzungsgefahr, möglichen Verletzungen, tödlichen Folgen, usw.

Mulmiges Gefühl? Na ja, Vorfreude überwiegt immer noch. Nichts und niemand kann meiner guten Laune Abbruch tun. Ich unterzeichne und unterzeichne. Während mein Bodyguard Blatt für Blatt fotografiert und alle zwei Minuten mault, wie blöd man doch sein muss, all seine Rechte aufzugeben. Zu guter Letzt muss ich noch Zeuge und Notfallkontakt angeben.

»Bist du verrückt, ich werde sicher nicht Zeuge deines Selbstmordes!«

Danke, Roy!

Endlich fertig mit dem Papierkram, nun heißt es wieder, Schlange stehen. Irgendwie waren alle schneller fertig als ich – oh Wunder. Die haben anscheinend die Verzichtserklärung nicht so studiert wie wir. Endlich bin ich an der Reihe.

Der Typ hinter dem Schalter begutachtet meine Angaben und mustert mich kritisch. »Den Pass bitte!«

Ist ja wieder klar. Ich, als Einzige, muss beweisen, schon über achtzehn zu sein! Aber bitte, passiert mir nicht zum ersten Mal. Seine Augen werden groß, als er feststellt, dass ich im Formular nicht geschummelt habe.

»Sieh es als Kompliment«, meint der Typ mit den braunen Teddybäraugen schließlich anerkennend und setzt mich auf die Liste. Bei der nächsten Gruppe bin ich dabei. Das Abenteuer kann beginnen.

Nochmal sieht er mich von oben bis unten an. »Wie schafft man es, so jung auszusehen?«, fragt er kopfschüttelnd.

»Kein Fleisch, viel grüner Tee und Yoga«, entgegne ich grinsend, ehe ich kehrtmache und mich wieder zu Roy und Liz auf das Sofa setze. Roys zusammengezogenen Augenbrauen nach zu urteilen, hat er meine Unterhaltung über mein vorgegebenes Alter mitbekommen. Das mit dem Fake-Alter ist immer so eine Sache, mal werde ich jünger gemacht im Zeugenschutzprogramm, mal älter. Mein aktuelles Alias Sherry ist um vier Jahre älter als ich. Ich jedoch sehe sogar noch jünger aus, als ich es tatsächlich bin. Gott weiß, warum. Irgendwie wird mein derzeitiges Alter immer unglaubwürdiger. Ich weiß das und Roy auch. Ich hoffe, er nimmt das nicht bald als Anlass, mir eine neue Identität zu verpassen.

»Und, mit wem würdest du am liebsten springen?«, fragt Liz neugierig.

Meine beste Freundin und ich schenken den sportlich gebauten Skydivern nähere Betrachtung und stellen ein Sympathie-Ranking auf. Ich habe tatsächlich schon einen Favoriten ins Auge gefasst. Einen Süßen, mit längeren, etwas wilden Haaren. Total mein Typ! Er ist groß, hat eine athletische Figur, wirkt aber dennoch ein wenig schlaksig. Während wir ihn beobachten, trägt er andauernd ein spitzbübisches Lächeln auf den schön geschwungenen Lippen und erhellt dadurch den Raum.

»Solang ich nicht mit der da springe, egal ...« Ich deute unauffällig auf ein voll tätowiertes Mädel mit strubbeligen Dreadlocks in bunten Regenbogenfarben, das nicht unbedingt allzu vertrauenswürdig aussieht. Aber man soll ja nicht vorverurteilen.

Endlich werden die Namen mit ihren Tandem-Instruktoren an die Tafel geschrieben – Spannung! Sherry Elisabeth und ... oh, ein weiblicher Vorname. Verdammt! Nichts gegen Emanzipation – Girl Power –, aber wenn man vorhat, aus einem Flugzeug zu springen, zum allerersten Mal, dann hätte ich doch lieber einen Ethan Hunt an meiner Seite, für den ich ohnehin schon immer eine große Schwäche hege. Wie das Amen im Gebet bin ich noch dazu dem Dreadlock Girl zugeteilt.

Warum habe ich immer dieses besondere Glück? Der fesche Typ springt mit einer unsympathischen, aufgetakelten Russin. Mist! Unglücklicherweise bekommt meine, mir zugeteilte Tandem-Instruktorin, meinen zutiefst enttäuschten und leicht säuerlichen Blick mit. Nicht wirklich diplomatisch von mir. Ich setze ein Grinsen auf, unhöflich sein, will ich natürlich nicht, schließlich hat sie ja den Fallschirm umgeschnallt. Ich werde zum Interview gebeten. Nun kommt Nervosität auf. Keine Angst vor dem Sprung aus dem Flugzeug, aber sobald Kameras in meiner Nähe sind, beginnt mein Herz zu rasen. Trotzdem plaudere ich viel (Unsinn) und die gerade zuvor im freien Fall abgeflaute, gute Laune kommt doch wieder auf. Das Dreadlock-Mädchen bereitet mich äußerst kompetent auf den Sprung vor und merkt an, dass wir im Flieger ganz eng beisammen sein werden. Ganz eng. Tja, wie gern hätte ich mit der Russin getauscht. Echt dumm gelaufen.

Im Buggy geht es dann ab zum Flugzeug. Ein letztes Winken im Vorbeifahren an die nicht mehr ganz so zuversichtlich dreinschauenden Liz und Roy, die beide mit äußerst bleichen Gesichtern einen ziemlich bangen Eindruck hinterlassen. Langsam vergeht auch mir mein breites Grinsen ein wenig. Hmm. Eigentlich hätten wir als Erstes einsteigen müssen. Die schweren Leute sitzen vorn, die Leichten springen anscheinend zum Schluss. Doch unser Kameramann hat ein Problem mit seiner Helmkamera und muss nochmal zurück zur Basis. Wir warten vor dem Flugzeug und nehmen dann ganz vorne in der Otter Platz, gleich gegenüber der Tür.

Alle sitzen dicht gedrängt hintereinander im kleinen Flieger. Die Propeller dröhnen mit lautem Getöse und wir brettern über die Startbahn. Das ist in etwa der Moment, als mir die ersten Zweifel kommen. Kann man die ultimative Freiheit spüren, wenn man Körper an Körper an eine, zwar wider Erwartung äußerst nette und sympathische, aber doch sehr kleine, zierliche Frau geschnallt ist? Irgendwie hatte ich mir das doch ganz anders vorgestellt.

Die Jungs hinter uns haben es eindeutig lustiger, soviel ich mitbekomme. Ärgerlich! Na wenigstens ist die Aussicht fantastisch. Das kleine Flugzeug steigt höher und höher. Auf tausendachthundert Meter noch ein letztes Kamerainterview. Viertausend Meter. Das rote Lämpchen wechselt auf grün. Der Typ rechts von mir geht zur Tür und schiebt sie auf. Er deutet mit dem Daumen nach oben. Jetzt wird es wirklich ernst, alles geht ruckzuck: Schon steht das erste Pärchen kurz vor dem Absprung. Gleich sind wir an der Reihe. Oh Gott. Weiß ich noch alles, worin ich vorhin unterwiesen wurde? Oje. Panik im Anflug, was um alles in der Welt habe ich mir dabei gedacht? Ich und Fallschirmspringen. Ich bin doch nicht lebensmüde! Mir wird etwas flau. Doch nun gibt's kein Zurück mehr. Schon stehe ich in der Tür. Mir wird unbehaglich. Mein ohnehin etwas geringes Vertrauen in meine Tandem-Instruktorin, hat sich mit einem Schlag vollständig in Luft aufgelöst. Verdammt, ich will die Russin sein. One, two, woohoo und draußen sind wir. Es ist laut, so unglaublich laut. Und ich weiß beim besten Willen nicht, ob es Absicht ist oder nicht – es überschlägt uns. Keine Ahnung, wie lang, ich sehe den strahlend blauen Himmel von oben und unten. Die Zeit scheint stillzustehen. Ist das der berühmte Sensory Overload, von dem ich zuvor gelesen habe? Unendlich viel geht mir durch den Kopf. Unweigerlich muss ich an die bangen Momente von Baumgartners Allsprung denken. Das ist schon Jahre her, aber die besorgten Worte des Moderators, als Felix ins Strudeln kam, kommen mir auf einmal wieder ins Gedächtnis. Muss ich mir jetzt auch Sorgen machen? Wie war das, einem schießt das Blut in den Kopf? Merkt man das vorher? Strudeln wir gerade? Kommt mir jedenfalls verdächtig so vor.

Plötzlich, als meine vermeintlich letzten Gedanken meinem geliebten Hund Charlie gelten, haben wir uns wieder gefangen. Von einer Sekunde auf die andere sind wir in der richtigen, vorher genau einstudierten Position und rauschen im freien Fall gen Erde. Ich bekomme das Zeichen, dass ich die Arme ausstrecken darf. Wow! Frei wie ein Vogel. Unbeschreiblich schön. Die Geschwindigkeit. Der Gegenwind. FREEDOM pur, einfach irre. Oh und da ist der Kameramann. Nett lächeln hatte ich ja versprochen. Ich winke und grinse euphorisch vor mich hin. Fotoshooting up in the skies, mal was anderes. Gerade als es anfängt, mir zu gefallen, wird die Reißleine gezogen und es reißt uns mit einem doch recht gewaltigen Ruck zurück. Auf einmal ist alles still und friedlich.

»Und, gefällt es dir?«, erkundigt sich die farbenfrohe Profispringerin.

»Oh ja«, krächze ich, mehr bringe ich einfach nicht raus.

Beeindruckend, die Welt von oben. Atemberaubend. Ich habe mir eindeutig den allerbesten Ort zum Fallschirmspringen ausgesucht. Unter uns mein geliebtes Dubai. Die Hochhäuser. Die Palmeninsel. Das Meer. Alles harmonisch und idyllisch, irgendwie romantisch. Verdammt, die Russin hat solches Glück!

Aber gut, kann man leider nicht mehr ändern. Ich muss das Beste aus meiner Situation machen und schenke deshalb meinen beiden Lieblingstürmen in der Marina meine vollste, ungeteilte Aufmerksamkeit. Der getwistete Cayan Tower, der eine Neunzig-Grad-Drehung vollführt und wie ein Wachhund mit Argusaugen über die anderen Gebäude zu wachen scheint. Besonderes Augenmerk hat er wohl auf den daneben thronenden Princess Tower, der sein süßes Krönchen an der Spitze anmutig und stolz zur Schau stellt und ein richtiger Blickfang ist. Aus dieser luftigen Perspektive sehen die beiden Giganten noch imposanter aus als vom Boden. Sie stechen direkt hervor und ziehen mich in ihren Bann. Welch ein Glück habe ich nur, in solch einer außergewöhnlichen Stadt leben zu dürfen?

Sicher am Boden gelandet, schon wieder ein Interview. Liz und auch Roy jubeln mir zu. »She rocked the sky!«, lässt der Kameramann die beiden mit einem komischen Grinsen wissen. Hmm. Na ja. Ich bin auf jeden Fall um eine großartige Erfahrung reicher. Etwas wacklige Knie habe ich, zugegeben. Bin ja auch ganz schön durchgeschüttelt worden.

Wieder in der Zentrale angekommen, erfahre ich es. Die Kamera ging nicht. Ich bekomme einen Freiflug. Okay, wann? Jetzt gleich. Bei der übernächsten Ladung bin ich wieder dabei. Huh, echt jetzt? Ich bin doch gerade erst angekommen. Und wie ich aussehe. Der Anblick im Spiegel ist nicht zu ertragen. Meine vormals superstylische Flechtfrisur total im Eimer. Super zerzaust. Rote Flecken im Gesicht. Abdrücke von der Brille. Lippenstift verwischt. Noch nicht ganz so klar im Kopf. Irgendwie, so habe ich zumindest das Gefühl, sind meine Gedanken noch in luftigen Höhen.

Schon steht der nächste Kameramann vor mir. Hä? Keine Ahnung, was ich sagen soll, mein Kopf ist irgendwie leer. So was von leer. Will ich jetzt wirklich wieder springen? Cool war's schon, aber echt jetzt? Da sehe ich ihn im Laufschritt auf mich zukommen und meine Entscheidung ist gefallen.

»Hi, ich bin Raphael. Diesmal habe ich das Vergnügen«, sagt er in einem superfröhlichen Tonfall, mit verschmitztem Lächeln auf den Lippen.

Mein Herz macht einen Sprung. Der coole Typ. Noch sympathischer als ich mir gedacht habe. Diese Augen. Dieses schelmische, jungenhafte Grinsen. Dieser verträumte Blick. Als wäre er direkt aus einem Disneymovie entsprungen – Prince Charming in Person. Okay, ready to jump again!

Er erzählt mir, dass er aus den Niederlanden kommt, spricht aber fließend Englisch. Er ist tatsächlich so, wie ich ihn eingeschätzt habe, ein lässiger, cooler Typ. Ich mag besonders, wie er plaudert, nämlich wie ein Wasserfall, dazu sein eigentümlicher, stets aufgekratzter Tonfall. Er ist echt süß. Supersüß.

Auf dem Weg zum Flugzeug machen irgendwie alle Witze mit mir. Von nun an bin ich *The Lucky Girl*. Die Stimmung ist locker, alle sind gut drauf. Ich fühle mich viel wohler als vorher, die Gesellschaft ist einfach unschlagbar. Coole Typen, diese Skydiver, das muss man schon sagen. Vor allem meiner. Völlig unerwartet habe ich wieder Schmetterlinge im Bauch. Eigenartig. Bisher hat das nur Johnny zustande gebracht. Auch mein Herz schlägt ein paar Takte schneller. Ob es am bevorstehenden Absprung liegt, oder an meinem zuckersüßen Begleiter? Wer weiß, ich kann es nicht sagen. Aber diesmal fühle ich mich so was von sicher, ganz anders als mit dem Dreadlock Girl. Alles vergeht leider wie im Flug, schon schreiten wir auf das Flugzeug zu. Seite an Seite. Eine kleine, liebe Umarmung und *whoosh*, die Schmetterlinge flattern augenblicklich. Ahh. So verträumt, wie ich bin, schlage ich mir gleich mal den Kopf beim Einsteigen an. Na prima, gar nicht peinlich. Blieb hoffentlich unbemerkt. Autsch. Ich kann den Absprung nicht erwarten, obwohl das enge Zusammensitzen im Flugzeug natürlich auch etwas für sich hat.

Mein Kameramann dreht sich zu mir um, es ist nun schon wieder so weit. Interviewzeit. »Und, freust du dich auf den Sprung?«

Ich deute mit beiden Daumen nach oben. »Ja klar!« Ich grinse dümmlich in die Kamera.

»Vertraust du Raphael?«

Was ist denn das für eine Frage? Ich wende den Blick ein wenig nach hinten, nur um in die bezauberndsten Augen der Welt zu sehen und dann beinahe kein Wort rauszubringen. »Ähh, wie könnte ich ihm nicht vertrauen? Schau ihn dir an«, stammle ich vor mich hin und werde dafür mit einem very charming Smile bedacht. Zum Dahinschmelzen.

Es dauert nicht lang, und schon stehe ich wieder in der Tür, halb drin, halb draußen. Der Wind weht mir um die Nase. Diesmal absolut kein ungutes Gefühl. Im Gegenteil, ich bin total relaxed. Ein letzter Blick in die Kamera. One, two, woohoo! Kein Strudeln. Kein Trudeln. Einfach alles perfekt.

Dieses Gefühl, einfach unbeschreiblich. Dem Himmel so verdammt nah. Traumhaft. Das Coolste, was ich jemals erlebt habe. Wenn's nach mir gegangen wäre, hätte der freie Fall ruhig etwas länger dauern können. Als Raphael die Reißleine zieht, schaue ich genau dabei zu, wie sich der apfelgrüne Fallschirm entfaltet, Luft in die Zellen strömt und diese dabei aufplustert. Das spezielle Geräusch dabei und dann vollkommene Ruhe.

»Na, wie findest du es?«, erklingt eine äußerst heitere Stimme an meinem rechten Ohr.

Ich deute mit beiden Daumen nach oben. »Es ist unglaublich. So schön!«

Er erklärt mir alle Gebäude der herrlichen Skyline und wendet den Schirm, bis wir sogar Atlantis sehen. Von hier oben sieht es direkt nahe aus.

»Hier, willst du es mal versuchen? Es ist ganz leicht.«

Mein schnittiger Instructor übergibt mir die Steuerleinen und mein Herz schlägt noch schneller. Er dirigiert mich, indem er mir immer wieder die Richtung ansagt, und es macht so einen Megaspaß, dass ich die beiden Schlaufen am liebsten gar nicht mehr aus der Hand gegeben hätte. Aber als wir der Dropzone näher kommen, übernimmt Raph wieder die Steuerung und so gleiten wir sanft wie eine Feder dem Boden entgegen. Wir beide legen natürlich, wie könnte es auch anders sein, die allerbeste Landung des Tages hin.

Wir gehen mit den anderen zurück zur Zentrale. Diesmal grinsen mich alle an. Lachen ausgelassen. Über mich? Hm.

»Du warst sooo gut! Würdest du es nochmal machen?«

Verdammt, verdammt, verdammt. Wie um alles in der Welt kann ein Kerl nur solch leuchtende Engelsaugen haben? Sein süßer Blick bringt mich irgendwie total aus dem Konzept und ich gerate beinahe ins Stottern. »Definitiv.« Meine schrille Stimme erschreckt mich ein wenig. Er grinst noch breiter. Herrje, meine wackligen Knie führe ich auf meinen Höhenflug zurück. Meinen beschleunigten, sich nicht beruhigen wollenden Puls ebenfalls. Und auch die vielen Schmetterlinge. Jedenfalls versuche ich es mir so zu erklären. Wie kann ich so schnell etwas für einen anderen Typen empfinden? Ohne dass ich ihn überhaupt kenne? Unmöglich. In all den Jahren ist mir das noch nie passiert. Man kann sich doch nicht Hals über Kopf in jemanden verlieben? Ausgeschlossen! Oder?

»*Up on cloud nine*« – woher wohl dieses Sprichwort kommt? Wenn man mich fragt, könnte es direkt von einem begeisterten Fallschirm-Tandempassagier stammen. Im siebenten Himmel zu schweben, hat von nun an jedenfalls eine völlig neue Bedeutung für mich.

Liz läuft uns entgegen, fällt mir um den Hals und applaudiert. »Wow, Sherry, Mut hast du, das muss man dir lassen!«

Auch Roy klopft mir auf die Schulter. »Kleines, das war wirklich spitze! Aber mach es bitte nicht so bald wieder.«

Ich schüttle den Kopf. »Das kann ich leider nicht versprechen, Roy. Es war total abgefahren, am liebsten würde ich gleich nochmal!«

»Du strahlst ja richtig, warte, ich muss das festhalten«, murmelt Liz und kramt in ihrer übergroßen Tasche nach ihrem Smartphone.

Auch Roy schüttelt den Kopf, doch er sieht im Vergleich zu vorher ziemlich entspannt aus. Ich glaube, er freut sich, dass ich etwas gefunden habe, was mir richtig viel Spaß zu machen scheint. Bald bekomme ich meine DVD überreicht und bin so neugierig, dass ich sie in den Player im Wartebereich schiebe und mir mein Skydiving-Abenteuer auf dem großen Flatscreen ansehe. Oha. Okay, jetzt weiß ich, warum alle über mich gelacht haben.

Der süße Typ mit den unbändig wirkenden Locken unter der Kappe winkt mir noch einmal zu, ehe er mit dem nächsten Tandempassagier zum Ausgang geht. Ach, wie kann man nur so hinreißend sein? Zurückhaltend, aber doch ausgelassen und spaßig. Und so gut aussehend. Ich stutze. Irgendwie habe ich es geschafft, den ganzen Tag nicht an Johnny zu denken. Das ist mir bisher noch nie gelungen. Dieser entzückende Kerl hat dabei bestimmt einen großen Anteil.

Fazit meines tollen Abenteuers: Fallschirmspringen ist ein Adrenalinkick mit unendlich hohem Spaßfaktor. Doch noch viel mehr als den kribbligen Kick, empfinde ich ein superrelaxtes Gefühl. Diese Ruhe da oben in den Wolken. Total entspannend. Den ganzen Tag lang bekomme ich dieses breite, leicht verrückte Grinsen nicht aus dem Gesicht. So sehr ich es auch versuche, ich kann nicht anders, als zu strahlen.

Nun war eines zum Leidwesen von Roy und meinen Eltern – ganz zu schweigen von den Zeugenschutzjungs – klar: Ich muss die Fallschirmspringerausbildung machen, komme, was wolle! Es handelt sich zwar um einen Extremsport; aber zu fliegen, ist mit Abstand das schönste, befreiendste Gefühl überhaupt, für das es sich lohnt, die Angst zu überwinden und zu springen.

NEUN

Zurück im Büro prahlt Liz bei jedem über mein Abenteuer, wie toll es war, und wie mutig ich war, und so weiter. Schlimmer noch, in einem unbeobachteten Moment entreißt sie mir meine DVD und zeigt das Video jedem, der es sehen will. Flugs bin ich Gesprächsthema und Klatschobjekt Nummer eins. Viele, allen voran Liz, meinen, wie gut doch mein Instructor zu mir passt. Dass wir uns die ganze Zeit angehimmelt hätten – ganz deutlich im Video zu erkennen. Und auf den Fotos. Jajaja. Er war doch einfach nett. Zu mir wie zu jeder anderen auch, gebe ich dauernd von mir, wenngleich ich immer eines Besseren belehrt werde. Die Chemie hat gestimmt, das muss ich zugeben, aber mehr kann ich darüber nicht sagen.

Da ich es nicht mehr ertragen kann, dass so viel über mich getratscht wird, mache ich mich bald wieder auf den Weg nach Hause. Ja, so nenne ich unser Hotel inzwischen.

Nach einer ausgiebigen Runde auf dem Laufband und einer Stunde Yoga will ich mich ausgepowert fühlen, doch ich bin noch immer genauso aufgekratzt wie zuvor. Das Skydivefieber hat mich gepackt. Wie werde ich das jemals wieder los?

Ich surfe auf der Website des *Skydive Dubai Desert Campus*, als Liz zur Tür hereingeschneit kommt.

»Schätzchen, du errätst nie, was ich hier für dich habe!« Sie wedelt mit einem schmalen Blatt Papier in der Luft herum, als sie mein Wohnzimmer betritt. Mit einem breiten Grinsen präsentiert sie ihre perlmuttweißen Zähne und schwenkt weiterhin das Blättchen wie eine Fahne vor sich her. Auch sie scheint so aufgekratzt, als wäre sie ebenfalls aus einem Flugzeug gesprungen.

»Oh, kriege ich eine Gehaltserhöhung?«

Sie schüttelt schmunzelnd den Kopf und macht eine wegwerfende Handbewegung. »Viel besser ...«

»Du lädst mich zum Essen ein?«

»Ganz kalt. Einmal darfst du noch raten«, meint sie geheimnisvoll.

Ratlos kratze ich mich am Hals und versuche ihren selbstzufriedenen Blick zu deuten. »Ich weiß, ich weiß. Deine kostspielige Einkaufsliste für unsere nächste Shoppingtour!«

Abermals schüttelt sie energisch den Kopf. »Pah. Ganz falsch. Aber keine schlechte Idee, die sollte ich wirklich bald erstellen.«

Ich greife nach dem Blatt, doch sie zieht es mir schnell weg.

»Dafür wirst du mich lieben«, flötet sie und versteckt das Papier hinter ihrem Rücken.

»Tu ich doch so und so. Jetzt gib schon her!« Nun bin ich von meinem Sessel aufgestanden und versuche an das mysteriöse Blatt zu kommen. Sie weiß ganz genau, wie neugierig ich bin, und will mich anscheinend zum Platzen bringen.

»Aber nur unter der Voraussetzung, dass du es gleich nutzt.«

»Liz, komm schon, lass mich nicht so zappeln!« Irgendwie habe ich den Tonfall eines ungeduldigen Kindes.

»Ah.« Sie hält tadelnd ihren Zeigefinger in die Höhe und wirkt durch ihren dazu passenden Gesichtsausdruck wie eine Oberlehrerin. »Nur wenn du gleich die Initiative ergreifst. In meinem Beisein versteht sich ...«

Verdammt, sie versteht es wirklich, mich auf die Folter zu spannen. Obwohl ich noch immer keine Ahnung habe, um was es geht, nicke ich resignierend. »Versprochen. Jetzt her damit!«

»Tadadataaaa!« Sie präsentiert das Zettelchen auf ihrer ausgestreckten flachen Hand wie auf dem Silbertablett.

Ich greife danach und sehe sie verdutzt an. »Wie bist du denn da rangekommen?«

»Recherche, Baby!« Liz klatscht in die Hände.

Die Frage hätte ich mir sparen können ... Miss Liz Bice ist berühmt-berüchtigt für ihre erfolgreichen Nachforschungen, warum wundere ich mich also? Ungläubig schüttle ich den Kopf.

»Jetzt aber ran an den Computer und los!« Sie schiebt mich zu meinem Schreibtisch und dem darauf thronenden aufgeklappten Laptop.

»A-aber was soll ich schreiben?«

»Das fragst gerade du?« Sie drückt mich an den Schultern auf den Sessel und pflanzt sich anschließend auf meine Couch. Ich mag es nämlich keineswegs, wenn mir jemand über die Schulter guckt, während ich schreibe.

Ich öffne meinen E-Mail-Account und sitze vor einer leeren weißen Seite. Normalerweise fängt hier der Zauber an und ich schreibe wie von der Muse geküsst los. Nicht so jetzt. Ich lege meinen Kopf in die abgestützten Hände und starre den jungfräulichen Bildschirm an.

»Komm schon, so schwer ist das doch nicht«, raunt Liz mir zu.

Recht hat sie, was ist bloß so schwer an der Sache. Ein einfaches *Hi* werde ich schon hinbekommen. Doch meine Finger zieren sich, die Tastatur auch nur zu berühren. Ehrfürchtig starre ich den Namen und die E-Mail-Adresse auf dem Zettel an. Raphael Tronssøn. Schon allein der Name klingt süß.

»Sherry, hau in die Tasten«, flötet Liz hinter mir, in einem beschwingten, aber auch auffordernden Ton.

Ich drehe mich zu ihr um und sehe sie anscheinend ziemlich fragend und verloren an.

»Schau nicht so verzweifelt, davon bekommst du nur Falten!« Sie erhebt sich vom Sofa und setzt sich an die Kante meines Tisches.

»Was wird er von mir denken, wenn ich ihm einfach so schreibe? Wäre er interessiert an mir, hätte er mir doch von sich aus seine Kontaktdaten gegeben.« Aus meiner Stimme ist jegliche Zuversicht gewichen.

»Hallo? Erde an Sherry? Einem Blinden wäre sein Interesse an dir aufgefallen! Jeder, der das Video gesehen hat, hat doch gleich gesagt, wie süß er dich ansieht, oder?«

Ich nicke.

»Was für ein unglaubliches Paar ihr wärt!«

Ich zucke unschlüssig mit den Schultern.

»Na und ich hab es live miterlebt. Bei euch sind die Funken geflogen.«

Gut, ganz so würde ich es nicht beschreiben, weil ich inzwischen weiß, wie es ist, wenn die Funken fliegen, aber sympathisch waren wir einander auf jeden Fall. Ich fand ihn toll. Süß, lustig, anziehend. Äußerst attraktiv, oh là là. Und diese Augen. Solche Augen habe ich bisher wirklich noch nie gesehen. Engelsgleich, voller Sanftmut, Güte und doch spitzbübisch und frech. Noch dazu waren seine Augen beinahe größer als meine, und das kommt nicht oft vor. Eigentlich noch nie. Und die durchdringende Art, wie er mich angesehen hat, huch, ich weiß nicht. Ich kann ihn absolut nicht einschätzen. Vielleicht hat er einfach so eine süße, flirty Art. Ich schätze mal, mit diesen lachenden, unbeschreiblichen Augen geht das gar nicht anders.

Liz fuchtelt mit der Hand vor mir herum. »Hallo? Wer zu Hause?«

»Sorry, ich war nur kurz in Gedanken.« Ich sehe Liz an, die mit einem versonnenen Grinsen zu mir herunterschaut.

»Ach Schätzchen, dich hat's aber voll erwischt!«

Ich will protestieren, kann aber einfach nicht das Lächeln unterdrücken, das sich auf meinen Lippen breitgemacht hat und nicht mehr verschwinden will.

Gemeinsam bringen wir ein paar Zeilen zustande, und ich schicke die Mail schnell ab, bevor ich es mir noch anders überlege.

Ich lasse den Computer und das E-Mail-Programm an, sodass ich gleich sehe, wenn ich eine Antwort bekomme. Liz und ich faulenzen indes auf der Couch und sehen uns *Hawaii Five-o*, eine meiner absoluten Lieblingsserien, an. Nichts tut sich an der E-Mail-Front.

Wir drehen eine Nachtrunde mit Charlie und beenden unseren Fernsehabend mit einer gruseligen Folge von *Sleepy Hollow*.

Es ist inzwischen schon weit nach Mitternacht und Liz gähnt. »Na gut, Süße! Ich muss ins Bett.«

Sie gibt mir ein Küsschen auf die Wange und erhebt sich von unserem Couchlager.

Ich gähne ebenfalls und säusele leicht betroffen vor mich hin.

»Ich hab's ja gewusst. Ich hätte nichts schreiben dürfen. Das war eindeutig zu aufdringlich.«

Liz schüttelt energisch den Kopf. »Blödsinn. Irgendwie muss man doch in Kontakt kommen. Das war schon gut so. Vielleicht geht dein E-Mail-Account nicht. Oder seiner. Oder vielleicht hatte er noch keine Zeit, um nachzusehen.«

»Vielleicht hat er eine Freundin«, gebe ich trocken zurück.

»Na und wenn schon, du hast ihm ja keinen Heiratsantrag gemacht. Du hast nur gesagt, wie toll du euren gemeinsamen Sprung fandest, dass du überlegst diesen Fallschirmspringerkurs zu machen, und dich freuen würdest, mal einen Kaffee trinken zu gehen und mit ihm darüber zu reden. Ganz unverfänglich, das Ganze.«

Ich seufze. Stimmt eigentlich, nicht viel dahinter und doch ist mir ganz kribblig zumute. »Gute Nacht, danke für alles!«

Liz hebt die Hand und schickt mir einen gehauchten Luftkuss. »Träum süß, von deinem Disneyprinzen.«

Am nächsten Morgen checke ich als erstes meine E-Mails. Nichts. Verdammt.

Nachdem ich zwei neue Artikel und meine Alltagskolumne verfasst habe, treffe ich mich zum Lunch mit Liz in der Strandbar. Sie hat den Vormittag im Büro verbracht und hält mich mit den Ereignissen von dort auf dem Laufenden. Nichts allzu Spannendes.

Ich sehe ihr an, dass ihr die Frage nach Raphael auf den Lippen brennt, doch sie hält sich zurück. Ich schätze, sie kennt mich so gut, dass sie weiß, dass ich es ihr ohnehin gleich erzählt hätte, wenn er sich gemeldet hätte. Aber noch immer Fehlanzeige.

Die salzige Brise, die vom Meer her weht, tut gut. Ich atme tief ein und genieße das laue Lüftchen. Ich liebe es, am Strand zu sein. Irgendwie bin ich da anscheinend am produktivsten. Das Kolumnen-Schreiben geht mir leicht von der Hand, die Themenfindung in Dubai stellt auch kein Problem dar, was wünscht sich eine Lifestylekolumnistin mehr?

Nach dem leichten Lunch schmeißen wir uns in die Fluten und verbringen den Rest des Nachmittags damit, in der Sonne zu liegen.

Kurz vor sechzehn Uhr gehe ich ins Fitnessstudio, und als ich auf mein Zimmer komme, ist Liz gerade dabei, Charlie zu bürsten.

»Ich wollte dir nur deine Sonnenbrille zurückbringen, die ich versehentlich eingesteckt habe, und als ich wieder gehen wollte, hat dein Handy gepiepst. Dem Ton nach zu urteilen, war es eine Mail«, quietscht sie aufgeregt. Sie reicht mir mein Smartphone und starrt mich erwartungsvoll an.

Oh Gott. Tatsächlich. Meine vom Training ohnehin

schon erhitzten Wangen nehmen fühlbar eine noch dunklere Farbe an.

»Und, jetzt spann mich nicht so auf die Folter ...« Wenn jemand noch ungeduldiger ist als ich, dann ist es Liz.

Ich nicke aufgeregt und lese mir die paar Zeilen ein zweites Mal durch.

Liz erträgt es nicht länger und reißt mir mein Handy aus der Hand. »Ah, er will dich treffen. Jetzt?« Sie springt auf und ab, während ihre Stimme eine bisher unerreichte schrille Tonlage annimmt.

Ich nicke noch immer und sehe an mir hinab. Ganz verschwitzt.

Liz hält mir das Smartphone vor die Nase. »Du musst was antworten, schnell. Er scheint gerade online zu sein.«

Ich kratze mich etwas ratlos am Kopf. »Und was bitte schön? Schau mich an, es dauert Stunden, bis ich fertig bin.«

»Jetzt übertreib nicht.« Sie nimmt das Telefon an sich und tippt ohne meine Zustimmung etwas in die Tasten.

Irgendwie bin ich noch immer in Schockstarre. Schon macht mein Handy wieder *Bling*. Liz schaut auf das Display und grinst, ehe sie wieder lostippt. Wieder ein *Bling* und Liz gibt mir zufrieden dreinschauend mein Handy wieder. »Los, in einer Stunde holt er dich hier ab. Ich hab ihm gleich noch deine Handynummer gegeben, somit könnt ihr euch nicht verpassen.«

Etwas ungläubig lese ich mir die Konversation der beiden durch. »Ähh, Liz«, stottere ich, ehe ich begreife, dass ich mich jetzt wirklich beeilen sollte.

»Worauf wartest du? Ab unter die Dusche!« Sie klatscht in die Hände und sieht mich tadelnd an.

»Woohoo«, kreische ich. »Oh Gott, ich habe ein Date!« Woraufhin wir beide loskichern.

Fünfzig Minuten später bin ich fertig und ziehe meine Schuhe an. Ich sehe mich noch ein letztes Mal im Spiegel an und bin doch ein klein wenig unschlüssig. Es ist kurz nach sechs Uhr, und ich habe keine Ahnung, was auf mich zukommt, beziehungsweise was seine Vorstellung von einem Treffen ist. Ich weiß nur, dass er mich mit seinem weißen Jaguar abholen wird. Somit war die Wahl meiner Kleidung nicht gerade einfach. Deshalb trage ich eng anliegende, zerrissene, schwarze *Diesel* Jeans und ein süßes beigefarbenes Spaghettiträgertop, mit einem frechen schwarzen Äffchen, das zwischen roten Pailettenluftballons tanzt. Dazu rote *Converse*. Et voilà. Falsch machen kann man damit nichts. Außer wir gehen auf eine Cocktailparty, aber da ich ihn eher als den sportlichen Typen einschätze, denke ich, ich liege richtig.

Liz schaut auf die Uhr und will mich schon aus der Tür schieben, doch ich will mich zuerst von Charlie verabschieden, ehe ich loskann.

Mir schlägt das Herz bis zum Hals, als ich in den Lift steige. Je näher ich dem Ausgang komme, desto schlimmer wird es. Mir ist schon ganz flau im Magen, als ich mich neben die Marmorsäulen stelle und Ausschau nach dem besagten weißen Jaguar halte. Verdammt, so viele weiße Autos wie heute habe ich noch nie gesehen. Ich warte ein paar Minuten, als mein Handy eine Nachricht ankündigt. *Bin gleich da.* :)

Meine Nervosität erreicht ungeahnte Grenzen. Komisch. Warum bin ich so ein Nervenbündel? Ich kenne ihn doch gar nicht. Wahrscheinlich genau deshalb. Was, wenn wir keine Gesprächsthemen finden? Was, wenn wir uns nicht sympathisch sind? Doch wenn ich mir die Schmetterlinge ins Gedächtnis rufe, die eine waghalsige Flugshow in meinem Bauch veranstaltet haben, als er in meiner Nähe war, erklärt das vielleicht einiges.

Plötzlich winkt mir eine Hand aus einem herannahenden *Jaguar* X 7 zu. Er ist da, hält vor mir und winkt noch einmal. Sogar diese kurze Handbewegung ist süß. Ich öffne die Tür, will einsteigen und hoppla – schlage mir meinen Kopf am Türrahmen an. Verdammt, was soll das? Zuerst im Flugzeug und jetzt hier. So was Peinliches. Zuletzt habe ich mir den Kopf als Sechsjährige angehauen. Hoffentlich hat er nichts gemerkt.

»Hi, Raphael.« Ich lächle und versuche mein kleines Missgeschick zu überspielen.

»Hi!«

Wow, dieses Lächeln ist nicht von dieser Welt. Zum Glück richtet er den Blick auf die Fahrbahn und fährt los, andernfalls hätte ich sicher nicht meine Augen von ihm reißen können. Erst jetzt fällt mir auf, wie heiß es im Auto ist. Ich werfe einen Blick auf die Klimaanlage, um zu sehen, dass sie ausgeschaltet ist, beziehungsweise auf eine unnatürlich warme Temperatur eingestellt ist. Nicht gut, heiße Räume vertrage ich eher schlecht. Ich merke, wie die Hitze meinen Wangen emporsteigt.

»Und wie geht's? Schönen Tag gehabt?«, durchbricht er die Stille.

Herrje, sogar die Art, wie er redet, finde ich bezaubernd. In seiner Stimme schwingt so viel Fröhlichkeit mit, dass ich nicht anders kann, als zu lächeln. »Ja danke, und du? Viel gesprungen?«

Er nickt und wirft einen Blick zu mir rüber. Mit so viel Herzlichkeit in den Augen, dass ich dahinschmelze. Im wahrsten Sinne des Wortes.

»Und, wohin geht die Fahrt?«

»Ich dachte, wir gehen Tee trinken. Magst du Tee?« Wieder sieht er zu mir und sieht zum Anbeißen aus.

»Oh ja, ich liebe Tee«, sage ich voller Enthusiasmus, woraufhin er mich mit einem kecken Grinsen bedenkt.

»Na dann kannst du dich auf was freuen. Im *Al Qasr Hotel* in Madinat Jumeirah gibt es nämlich den allerbesten Tee, den du jemals getrunken hast. Du wirst sehen.«

»Du verstehst es wirklich, Spannung aufzubauen. Aber lass dir gesagt sein, ich bin nicht nur begeisterte Teetrinkerin, ich bin ein kleiner Teefreak, wie mich meine Freunde bezeichnen.«

Er zwinkert mir zu. »Kennst du marokkanischen Tee?«

Ich schüttle den Kopf, was ihn zu einem weiteren schiefen Grinsen verleitet. »Warte es ab. Der Allerbeste!« Er vollführt eine Geste mit Daumen und Zeigefinger, so wie es die Italiener gern machen, wenn sie etwas Molto bene finden. »Suuuupergut. Du wirst Augen machen«, bekräftigt er abermals seine Meinung. Ich bin gespannt. Ich finde den Lifestyle in den Emiraten wirklich toll. Wäre jemand in New York auf die Idee gekommen, abends Tee trinken zu gehen? Bei einer Verabredung? Wohl eher nicht, dort wären Cocktails üblich. Oder ein klassisches Kino- und Dinner Date. Teetrinken ist neu für mich. Neu und erfrischend anders.

Auf der Sheik Zahid Road stadteinwärts stehen wir lang im Stau, der übliche zähe Abendverkehr, wie er mich aufklärt.

Ich bewundere ihn, wie gekonnt er in Dubai Auto fährt. Liz hat auch keinerlei Probleme, ich an deren Stelle würde regelrecht durchdrehen. Ich habe zwar einen Führerschein, fahre aber nicht sonderlich gern und viel. Hier wäre ich verloren, da bin ich sicher.

Ich mag die lockere Art, wie er dahinplaudert. Er wirkt unbekümmert und fröhlich und scheint noch dazu ziemlich clever zu sein. Meine Bedenken, dass wir womöglich keinen Gesprächsstoff haben, lösten sich gleich in den ersten Minuten in Luft auf und waren so was von unbegründet. Unsere Themen fließen nahtlos ineinander über. Er hat zu allem eine Meinung, was ich einfach umwerfend finde. Noch dazu ist er ungekünstelt. Er versucht nicht, sich auf Biegen und Brechen anders oder besser darzustellen, wie so manch anderer beim ersten Date. Er ist er. Und verdammt noch mal, irgendwie habe ich das Gefühl, als würden wir uns schon Ewigkeiten kennen.

Als wir in die lange Einfahrt des prachtvollen Hotelpalasts biegen, entweicht mir ein beinahe tonloses *Wow*, woraufhin er zufrieden lächelt.

Die kurvige Auffahrt gleicht einer verzauberten Allee. Sie ist gesäumt von goldenen Pferden und unglaublich schön dekorierten Palmen, wahnsinnig romantisch. Und der Eingangsbereich selbst ist erst recht atemberaubend. Es hilft nichts, ich bin platt. Wir kommen vor einem prächtigen Springbrunnen zum Stehen, der umzingelt ist von springenden, goldglänzenden Rössern. Mir bleibt der Atem weg, denn vor mir prangt ein majestätischer Palast, der schon allein beim Anblick äußerst ehrfurchtgebietend wirkt. Prunkvoll führt der Eingangsbereich durch eine Art Säulenhalle ins Innere.

Wieder ziehe ich hörbar Luft ein, was meiner Begleitung nicht unbemerkt bleibt. Er zwinkert mir schief grinsend zu und geleitet mich weiter. Ich fühle mich sogleich in ein Märchen aus 1001 Nacht versetzt, als wir den Innenbereich betreten. Prinzessin Jasmin würde sich wohlfühlen.

Während die Fassade in einem zarten sandfarbenen Ton leuchtet, ist drinnen alles schwarz-weiß-beige gehalten, vom Boden bis hin zu den Säulen.

Ich habe in Dubai zwar schon viel erlebt, aber diese Art von Luxus schlägt dem Fass den Boden aus. Ich weiß nicht, wo ich zuerst hinschauen soll, alles, was mein Blick streift, ist gigantisch. Alles ist bis ins kleinste Detail durchdacht. Der Boden zum Beispiel besteht aus kleinsten Granitmosaikteilchen, die sich in einem adretten schwarz-weißen Muster abwechseln. Von dem spektakulären Luster, der den Raum in sanftem Licht illuminiert nicht zu sprechen – er funkelt, als wäre er ein Lichtmeer aus abertausenden Diamanten. Und wunderschöne Blumenarrangements, wohin man schaut.

Raphael lässt mir Zeit, all die prunkvollen Eindrücke aufzunehmen, obwohl ich nicht sicher bin, ob ich das alles so schnell verarbeiten kann. Es ist einfach alles viel zu beeindruckend.

Sensory Overload, die Zweite.

Als ich es schaffe, mich von diesem Anblick loszureißen, strahlen mich herzliche Augen an und ziehen mich förmlich in ihren Bann. Dieser junge Kerl ist eine Erscheinung. Seine karamellfarbenen, welligen Haare umranden sein Gesicht in ziemlich perfekter Weise. Sie stehen frech und widerspenstig in alle Richtungen und geben dem süßen Undone-Look den gewissen Touch. Sein voller, rosiger Mund ist zu einem breiten Lächeln verzogen. Ein Lächeln, dem man einfach nicht widerstehen kann, nie und nimmer. So lässig, wie er da steht, könnte man meinen, er wäre ein Topmodel. Typ Surferboy. Und Spitzbub durch und durch, so sagt es mir zumindest mein Gefühl.

Er führt mich durch die stilvoll gestaltete Lounge nach draußen auf die Terrasse, von dort hat man einen eindrucksvollen Ausblick auf die uns umgebende Madinat Jumeirah bis zum Meer hinaus. Der Himmel ist schon in ein sanftes, dunkles Orangerot getaucht, und es kann nur noch eine Angelegenheit von ein paar Minuten sein, bis die Sonne das Meer küsst und darin vollends versinkt. Und wirklich. Ich kann mir keinen romantischeren Ort vorstellen, um dieses Schauspiel zu beobachten. Schlaues Kerlchen, dieser fallschirmspringende Schönling.

»Magst du Zucker?« Er sieht mich von der Seite an und ich reiße mich schließlich vom magischen Sonnenuntergang los und sehe ihn an.

»Hmm?«

»Zucker. Wie stehst du zu Zucker?«

»Äh. Ich weiß nicht. Klar mag ich Zucker. Hin und wieder.«

»Hin und wieder?« Meine Antwort scheint ihn zu amüsieren.

»Lieber mehr oder weniger Zucker?«

Ich zucke mit den Schultern und lächle verlegen.

»Dann schlage ich vor, wir nehmen medium.« Er bestellt unseren Tee bei der Kellnerin und lehnt sich entspannt zurück.

»Jetzt bin ich wirklich neugierig auf diesen Tee.«

»Marokkanischer Tee!« Er grinst breit und nickt versonnen. »Der aaallerbeste!« Ich mag es, wie er manche Wörter besonders betont, indem er sie in die Länge zieht.

Er erzählt mir, dass er schon als Siebzehnjähriger mit dem Fallschirmspringen angefangen hat. Auch für ihn begann alles mit einem Tandemsprung. Er arbeitete auf einer Dropzone in seinem Heimatland, um sich das Geld für den Kurs zu verdienen, und flugs war er selbst ausgebildeter Skydiver. Er brennt richtig für seinen Beruf, das sehe ich an der Art, wie er über seinen Werdegang spricht. Voller Leidenschaft, mit einem Glitzern in den Augen, die förmlich sprühen vor Begeisterung.

Vor zwei Jahren hat es ihn nach Dubai verschlagen und er liebt es hier genauso sehr wie ich.

»Wie alt bist du eigentlich?«, will ich wissen. Er sieht ja doch recht jung aus.

»Fünfundzwanzig. Und du?«

»Tsss, Raphael. Ein Mädchen nach seinem Alter fragen.« Ich schnalze mit der Zunge, schüttle tadelnd den Kopf und er grinst spitzbübisch. »Sorry, Mylady, my bad«, entschuldigt er sich artig. Fügt dann aber hinzu: »Aber genau genommen hast du ja mit dem Alter angefangen.«

Ich nicke. Stimmt leider. »Na dann hoffe ich mal, du stehst auf ältere Frauen. Ich bin achtundzwanzig.«

»Ach, drei Jahre. Das ist überhaupt kein Thema!«

Ich muss schmunzeln. Der Altersunterschied würde mich stören, aber da ich ja eigentlich ein Jahr jünger bin als er, passt es. Erneut nicke ich und zwinkere ihm zu. »Na dann ist's ja gut!«

Wir lächeln uns beide an. Ein intensiver Blickkontakt, der mich ganz schön schwummrig und verträumt werden lässt.

»Und was magst du lieber? Tandemsprünge oder doch Kameraflyer?«

Er setzt sich auf und neigt seinen Oberkörper näher zu mir. »Kameraflyer, keine Frage. Du glaubst nicht, was ich schon alles erlebt habe, wenn ich mit Passagieren springe.« Er verzieht den süßen Mund und schüttelt den Kopf. »Abartige Sachen, manches Mal erbrechen sich die Tandempassagiere, das ist immer das Schlimmste.« Angewidert rümpft er die Nase. »Manche, ach ...«, sagt er und macht eine abfällige Handbewegung, »... das führe ich lieber nicht weiter aus. Als Kameramann hab ich einfach viel mehr Freiheiten, da macht das Fliegen richtig Spaß.«

»Oh, das heißt, mit mir hattest du auch keinen Spaß?« Ich versuche enttäuscht und verspielt zugleich zu klingen.

Er beißt gleich an. »Manchmal wiederum hat man sehr, seeehr angenehme Tandemspringer ...« Er zwinkert mir zu und ein vielsagendes Lächeln umspielt seine Mundwinkel.

Unser Tee wird serviert. Wir bekommen kleine, verzierte Miniaturbecher, in die die Kellnerin gekonnt den Tee aus einer silbernen marokkanischen Kanne von hoch oben einschenkt. Wow. Dazu stellt sie ein Service mit verschiedenen Leckereien. Ich nehme gleich einen Schluck und verbrenne mir augenblicklich die Zunge.

»Vorsicht, superheiß!« Seine Warnung kommt leider etwas zu spät.

»Huh, ja!« Wir lachen, als ich den Becher schnell wieder abstelle. Raphael reicht mir eine kleine Süßigkeit, indem er sie mir einfach vor die Nase hält und ich davon abbeiße.

»Mmh!« Mein verbrannter Gaumen wird von einem zuckerigen Aroma erfüllt, und ich kann beim besten Willen nicht sagen, was ich da esse. Eine komische Konsistenz hat das Plätzchen, schmeckt aber fruchtig und süß.

»Gut, nicht?« Er sieht mich erwartungsvoll an.

Ich nicke, weil ich es noch immer nicht vollständig heruntergeschluckt habe. »Sehr«, schiebe ich gleich darauf nach.

Als ich dann vom Tee koste, bin ich endgültig überwältigt. »Oh Gott. Du hattest wirklich recht.«

Er sieht mich schmunzelnd an.

»Der beste Tee ... jemals!« Ich kann meine Begeisterung schlecht in Worte fassen und muss über mich selbst lachen, da sich meine Stimme ein klein wenig überschlägt.

Er pflichtet mir bei und nippt an seinem Becher. »Sag ich doch!«

Unsere Unterhaltung geht locker flockig dahin, er erzählt mir, dass er in einer großen Familie aufgewachsen ist, Patchwork, mit vielen Brüdern und Schwestern. Meine Annahme, dass er ein richtiger Pfiffikus ist, scheint sich immer mehr zu bewahrheiten, die kecke Art, die er an den Tag legt, finde ich sehr erfrischend.

Zwei Stunden verfliegen regelrecht, so unterhaltsam ist es mit ihm. Als wäre es selbstverständlich, zahlt er die Rechnung und sieht mich fragend an. »Hunger?«

»Oh ja, und wie.«

»Worauf hast du Lust? Wie wäre es mit Pizza?« Er bringt seine Augen erneut zum Strahlen.

»Pizza klingt gut.«

»Wenn du schon in den Genuss des besten Tees gekommen bist, so kann ich dir die beste Pizza der Welt doch nicht vorenthalten.«

Der hübsche Kerl haut mich mit seinem unaufhaltsamen Enthusiasmus wirklich vom Hocker. Während J zeitweise in melancholischer und lethargischer Stimmung versinkt, sprüht Raphael nur so vor positiver Energie, die richtig ansteckend ist. Ich hake mich bei ihm unter. »Auf zur besten Pizza!«

Wir fahren zurück in Richtung meines Hotels, langsam kenne ich mich hier tatsächlich etwas aus. Raphael erklärt mir, dass er nur ungefähr zwei Straßen weiter in einem Tower wohnt. Sein Arbeitsweg ist also superkurz, da sich Skydive Dubai genau neben unserer Anlage befindet. Somit macht es auch nichts, wenn er manchmal verschläft, da es nur ein Katzensprung für ihn ist. Aber verschlafen hat bei dem stets unter Strom stehenden Typen sowieso Seltenheitswert.

Er parkt in seiner Garage und wir schlendern über mir bisher noch unbekannten Passagen zum Walk JBR.

»Hier bin ich wirklich gern«, meine ich, als wir die mit Palmen gesäumte Promenade entlangflanieren. Während anderswo nur zu Weihnachten Lichter an Bäumen angebracht sind, ist das hier alltäglich. Ich liebe es, es ist jedes Mal ein stimmungsvoller Anblick und erweckt eine gewisse Romantik. Das Schnauben eines Pferdes lässt mich herumfahren, und ich starre in die dunkelbraunen, treuherzigen Augen eines fuchsfarbenen Araberhengstes, dessen Reiter den Kopf neigt und uns höflich grüßt. Berittene Polizeieinheiten patrouillieren hier ständig und haben ein achtsames Auge auf den Trubel der belebten Prachtstraße.

Raphael strahlt mich an. »Ich auch.«

Wir erreichen schließlich das trendige Café Roma, dessen Außenterrasse brechend voll ist, was mich ein wenig überfordert, doch Raphaels Adleraugen erspähen ein freies Tischchen. Rings um uns sitzen vorwiegend Einheimische, teils in ihren edlen traditionellen Gewändern, sowie einige wenige in Streetwear. Die Luft ist geschwängert vom Duft verschiedenster italienischer Köstlichkeiten und mein Magen beginnt zu knurren. Raphael ist höflich genug, es zu überhören.

»Wie kommt es, dass du noch nie hier warst?« Er sieht mich mit neugierigem Blick an.

Ich zucke mit den Schultern. »Es ist immer ziemlich voll.«

»Ein Zeichen, dass es gut ist«, entgegnet er mir augenblicklich.

Ich liebe unsere schnellen Wortwechsel. Ich glaube, ich habe noch nie mit jemanden so viel, so schnell geredet. Nicht eine Sekunde herrscht Funkstille zwischen uns. Nicht mal eine Millisekunde. Kein Platz für Atempausen oder dergleichen. Ich fühle mich so lebendig, seine mitreißend herzliche Art, raubt mir jeglichen Schwermut. J ist in seiner Gegenwart vergessen. Ebenso wie meine turbulente Vergangenheit.

»Welche Pizza magst du am liebsten?«

»Margherita!«

»Ganz simpel also? Ich auch. Ich mag es nicht, wenn so viel drauf ist.« Er grinst und schließt die Speisekarte.

»So langsam glaube ich, wir haben einen sehr ähnlichen Geschmack.« Ich mustere ihn und er nickt hektisch.

»Sieht ganz so aus.« Er lehnt sich zurück und bestellt für uns beide.

»Isst du Fleisch?« Das muss ich einfach fragen.

Er schüttelt den Kopf. »Nur Hühnchen. Ab und zu.«

»Cool. Ich bin Vegetarierin. Nur manchmal mache ich Ausnahmen und esse Fisch und Eier.«

»Sehr gesund«, pflichtet er mir bei.

»Ja, aber vor allem wegen der Tiere. Ich liebe Tiere einfach.«

»Ich mag sie auch gern.«

»Hast du Haustiere?«

Er verneint es mit einem zaghaften Kopfschütteln. »Zu wenig Zeit und zu viel unterwegs.«

Ich erzähle ihm von Charlie und wie der kleine tapsige Kerl mein Leben verändert hat. Zumindest soweit ich es erzählen kann.

Mit Raphael erscheint es mir zunehmend schwer, meine Tarnidentität aufrechtzuerhalten. Aus einem mir unerklärlichen Grund möchte ich ihm gern mehr von mir erzählen. Ihm alles anvertrauen. Wer ich wirklich bin. Warum mein Leben so verlaufen ist, wie es verlaufen ist. Komisch. Es ist so einfach mit ihm zu reden. Ist es seine von Grund auf ehrliche Haltung? Keine Ahnung, aber irgendetwas löst er in mir aus. Am angenehmsten ist, dass ich nicht so penibel darauf achten muss, was ich sage, wie ich mich benehme. Bei Johnny musste ich mich sehr anstrengen und aufpassen, damit ich wie eine vollkommen andere Person wirke. Was sogar Liz aufgefallen ist. Bei Raphael andererseits, muss ich mich nicht so zwanghaft verstellen. Nicht auf Biegen und Brechen zumindest. Und das ist ein verdammt gutes Gefühl.

Nach der Pizza spazieren wir zu einem Eissalon ein Stückchen weiter die Straße hinunter. Er nimmt Schokolade, ich Mango. Wir überlegen, ob wir unser Eis unterwegs genießen sollen, entscheiden uns aber doch, hier einzukehren, suchen uns drinnen ein ruhiges Plätzchen und setzen uns nebeneinander auf eine Bank. Ziemlich eng beisammen. Oberschenkel an Oberschenkel. Dieses eigenartige Kribbeln, das ich unentwegt habe, seit ich ihm begegnet bin, wird immer heftiger, berauschender. Weitet sich mehr und mehr zu einem Flattern in der Magengegend aus.

Er ist so ein lustiger, gut gelaunter Typ, der beinahe ständig vor sich hin schnattert. Und das stets mit so viel Freude und Enthusiasmus in der Stimmlage, dass einem warm ums Herz wird. Gerade zeigt er mir Fotos auf seinem Handy, von den coolsten Wolkenformationen, die ich je gesehen habe.

»Ich liebe Wolken. Schau dir die an.« Sein breites Grinsen wird von seinen strahlenden Augen unterstrichen.

»Wow, unglaublich.« Ich bin so fasziniert, dass mir beinahe der Atem fehlt. Auch ich liebe Wolken. Als Kind konnte ich Stunden damit zubringen, einfach nur in der Wiese zu liegen und den Wolken beim Ziehen zuzusehen. Manchmal konnte ich Gestalten und Formen darin erkennen, wie zum Beispiel Delfine, Herzen, Hunde. Ein überdimensionaler Teddybär war sogar auch mal dabei. Schon wieder eine Leidenschaft, die wir teilen. Ich hole mein Smartphone hervor und zeige ihm einige meiner schönsten Wolkenfotos, die ich gemacht habe.

»Hey, wie cool, das ist ein Herz. Photoshop?«

Ich boxe ihm spielerisch gegen den Oberarm. »Also weißt du. Tsss. Ich photoshoppe nicht!« Ich ziehe eine beleidigte Schnute. »Das Herzchen war wirklich so schön. Und guck mal, hier, was erkennst du da?«

»Ein kleines Reh. Wie süß, so was hab ich noch nie gesehen.« Er schüttelt den Kopf, hebt seinen Blick und sieht mir in die Augen.

»Die Bambiwolke hat sich bestimmt nur für dich so geformt!«, stellt er in charmantem Tonfall fest und schmunzelt dabei. Hach, dieser Kerl ist einfach zum Dahinschmelzen.

Wir wechseln wieder zu seinen Fotos und er zeigt mir noch ein paar spektakuläre Skydivefotos.

»Ist es nicht megagefährlich zu springen, wenn es so bewölkt ist?«

Er schüttelt den Kopf. »Das sind meine liebsten Sprüngc. Für erfahrene Skydiver ist es kein Problem.«

»Oh, Marco Simoncelli«, stelle ich beeindruckt fest, als er die Fotos weiterscrollt.

»Ja, ich habe ihn kurz vor seinem Unfall getroffen.« Tiefes Bedauern liegt in seiner sonst so heiteren Stimme.

»Schrecklich, was mit ihm passiert ist. Er wäre bestimmt ein ganz Großer geworden.«

Er nickt betroffen.

»Aber wow, du stehst also auch auf MotoGP?« Ich kann es kaum glauben, schon wieder eine Gemeinsamkeit entdeckt zu haben.

»Ja, klar! Das war ein wirklich cooler Tag. Wir hatten Zugang zu Fahrerlager und Boxengasse. Da erlebt man MotoGP von einer ganz anderen Seite.«

»Unglaublich. Ach, ich liebe MotoGP. Valentino

Rossi, Dani Pedrosa und Jorge Lorenzo sind meine absoluten Lieblinge. Einmal das Privileg zu haben, live dabei zu sein, Boxengassenluft zu schnuppern, durch das Fahrerlager zu flanieren ... Ich glaube, das wäre mein allergrößter Traum.«

Er sieht mich etwas schräg an. »Und ich dachte, in Amerika kennt man MotoGP nicht so.«

»Doch, doch. Wir haben den Grand Prix in Laguna Secca. Und ich war schon immer motorsportbegeistert. Superbikes, Nascar, Indie 500, ach, es gibt so viele tolle Sportarten ...«, versuche ich mich aus der Affäre zu ziehen. Habe ich mich jetzt doch beinahe verplappert und gerade noch so die Kurve gekriegt, huch.

Ich liebe MotoGP und Formel 1 schon seit ich ein kleines Kind war. Aber nicht nur deshalb verpasse ich nie ein Rennen. Ein anderer, sehr tiefgreifender Grund ist der, dass ich weiß, dass meine Eltern auch bei jedem Rennen vor dem Fernseher sitzen und mit Lewis Hamilton und Valentino Rossi mitfiebern. Das verbindet. Auch wenn wir uns in unterschiedlichen Ländern befinden, oft sogar auf unterschiedlichen Kontinenten, so weiß ich, dass wir zumindest an den Rennwochenenden die gleiche Freizeitbeschäftigung haben. Exakt das Gleiche sehen, zur selben Zeit. Das hat etwas sehr beruhigendes an sich.

Unsere Hände berühren sich, als ich nach Raphaels Handy greife. Er hat so warme Hände. Schöne Hände. Er fängt meinen Blick auf und sieht mir tief in die Augen. Dann zieht er unerwarteter Weise meine Hand zu sich. Plötzlich fehlen mir die Worte. Ich sehe ihn an und wieder zu unseren Händen. Er dreht seine und drückt sie nun Handfläche an Handfläche aneinander.

»Du hast aber wirklich kleine Hände«, meint er mit einem leicht spöttischen Unterton. Ich ziehe eine Grimasse und möchte gerade die adäquate Größe meiner Hände verteidigen, da fügt er schnell mit einem schiefen, spitzbübischen Grinsen hinzu: »Aber schau, sie passt soooo gut in meine.«

Ach herrje, Flirtfaktor hoch. Ganz hoch. Das Barometer steigt und steigt in ungeahnte Höhen. Es knistert hörbar. Fühlbar. Bis die Kellnerin uns aus unserer kleinen, süßen Seifenblase reißt.

»Wir schließen bald. Wollt ihr noch etwas?«

Wir schütteln den Kopf und brechen auf. Er geht zum Glück voran, denn ich scheine noch nicht ganz bei mir zu sein. Ich stoße mit meinen Schuhen an die einzige Stufe im ganzen Laden und stolpere beinahe. Seit wann bin ich so ein Tollpatsch? Er dreht sich Gott sei Dank nicht um, und ich hoffe, dass mein kleines Malheur abermals unbemerkt geblieben ist. Was mir in seiner Gegenwart für komische Sachen passieren. Strange. Irgendwie bin ich wohl noch nicht so ganz am Boden angelangt, seit dem Skydive scheint ein Teil von mir, mein Verstand anscheinend mit eingeschlossen, noch irgendwo da oben zu sein.

Wir schlendern den Walk zurück, und ich finde es schade, dass sich unser Date dem Ende zuneigt. Ganz Gentleman, hat er mir versichert, dass er mich den langen Fußmarsch nach Hause begleitet. Sehr zuvorkommend von ihm.

Ich würde gern nach seiner Hand greifen, doch er hat mir vorhin ausdrücklich erklärt, dass dies hier ganz und gar nicht erwünscht ist. Er hält sich an die Regeln, denn seinen Job möchte er unter keinen Umständen gefährden.

Könnte es heißen, dass er auch schon darüber nachgedacht hat, mit mir Händchen zu halten? Die Vorstellung allein finde ich sehr schön. Plötzlich macht er einen Schlenker und fragt, ob ich nicht oben weitergehen will.

»Wie meinst du das? Da kommt man auch zum Hotel? Ich bin noch nie die Stiegen nach oben gegangen ...«

»Echt jetzt? Wie lang sagtest du, wohnst du nun schon hier?« Er mustert mich mit einem ziemlich ironischen Grinsen auf den Lippen.

»Hey, alle Geheimplätze hab ich noch nicht ausfindig gemacht.«

»Na dann komm, dort oben ist's ein wenig ruhiger. Dahin verirren sich nicht so viele Menschen.«

Wir schreiten den breiten, schön gestalteten Stiegenaufgang hinauf und ich bin direkt verblüfft, dass hier oben wirklich kaum etwas los ist. Vom bunten Treiben am Walk bekommt man fast nichts mit. Es wirkt wie ein Park durchkreuzt mit verschlungenen Wegen, idyllisch, verborgen zwischen den Fassaden der JBR Hochhäuser. Was für eine Überraschung.

Zum ersten Mal heute macht sich eine gewisse Stille zwischen uns breit. Wir gehen den Weg entlang und werfen uns andauernd verstohlene Seitenblicke zu. Ziemlich sexy.

Wir bleiben schließlich bei einer Art Balkon stehen und er zeigt mir, in welchem Hochhaus er wohnt. Ist tatsächlich in Sichtweite von meinem Hotel. Wir stehen ziemlich dicht beisammen, ich muss mich wirklich zusammenreißen, nicht doch nach seiner Hand zu greifen.

Just in diesem Augenblick greift er nach meiner und zieht sie zu sich. Irgendwie scheint ihn aber dann doch der Mut zu verlassen, und er hält meine Hand hoch, um mein Bettelarmband zu begutachten. Er spielt mit den daran baumelnden Figuren herum und lässt sich jede einzelne erklären. Buddha gefällt ihm gut. Das Anch-Zeichen und seine Geschichte fasziniert ihn. Ying Yang kennt er. Mein kleiner Westie erklärt sich von selbst.

»Minnie Mouse passt total zu dir. Du Mini-Persönchen!« Er grinst schief, als er die süße Disneyfigur zwischen seinen langen Fingern hält.

Ich gebe ihm einen Klaps auf die Schulter und wir kichern beide laut los.

Ich liebe diese Momente mit ihm. Unbeschwert und heiter. Zwischen uns stimmt die Chemie. Und in diesem Moment liegt noch etwas anderes. Etwas Zauberhaftes.

Ausgerechnet in diesem bedeutungsvollen Augenblick klingelt mein Handy. Es ist Roy. »Sorry, da muss ich kurz ran.« Mist. Irgendwie wittert er immer den richtigen Zeitpunkt.

»Kein Ding«, meint Raphael, ehe er sich wegdreht, um mir ein bisschen Privatsphäre zu schenken. Sehr wohl erzogenes Kerlchen.

»Hi, Onkel Roy. Was gibt's?« Ich schaffe es nicht, meinen säuerlichen Unterton zu unterdrücken.

»Wollte nur wissen, ob alles okay ist. Du bist ja schon ziemlich lang weg«, brummt es am anderen Ende der Leitung.

»Ich bin schon auf dem Weg nach Hause«, gebe ich kurz zurück.

»Okay, entschuldige die Störung.«

»Mhm.« Ich lege auf, ehe ich noch etwas Blödes sage. Immer diese Kontrollanrufe. Seit der Sache mit Johnny ist er eine richtige Glucke geworden. Schlimmer als früher. Da hatte ich zumindest noch einige Freiheiten, die ich durch meinen Ausrutscher allesamt auf einmal verloren habe.

Ich stopfe mein blödes Telefon in die Tasche und Raphael beäugt mich mit einem süffisanten Lächeln.

»Dann bringe ich dich jetzt schleunigst nach Hause«, meint er mit halbernstem Ton.

Ich verdrehe die Augen und seufze. »Wohl besser so.«

Er begleitet mich wie versprochen bis zum Eingang meines Hotels und wir verabschieden uns schließlich. Als ich mich umdrehe und hineingehe, spüre ich noch seinen Blick im Rücken. Ich wende mich um, und er winkt mir fröhlich zu, bevor er sich zum Gehen wendet.

Vor meinem Apartment suche ich nach der Keycard, als plötzlich eine Nachricht auf meinem Handy eintrudelt.

»Danke für den schönen Abend. Träum süß!«

Hach, ist er nicht hinreißend? Irgendwie schwebe ich auf Wolke sieben und bemerke erst spät, dass Roy hinter mich getreten ist und mir über die Schulter schaut. So viel zu meiner Situational Awareness. Ups.

»Netter Kerl«, gibt er trocken von sich.

Ich nicke und bekomme mein Dauergrinsen einfach nicht aus dem Gesicht, schon wiedermal.

Roy legt mir die Hand auf die Schulter und küsst mich auf die Wange. »Gute Nacht, Schätzchen!«

ZEHN

Am nächsten Morgen löchert mich Liz mit Fragen bezüglich meines Rendezvous. Nachdem ich ihr alles von meinem gestrigen Date erzählt habe, ist sie mega beeindruckt, von meinem bezaubernden, sehr manierlichen Disneyprinzen. Ich sehe es schon kommen, diesen Spitznamen wird er nicht mehr los.

Auf dem Weg zum wöchentlichen Meeting quetscht sie mich weiter aus, obwohl ich ihr eigentlich alles detailgetreu berichtet habe. Sie kann nicht glauben, dass es zu keinem Kuss gekommen ist.

»Liz, ich küsse nicht beim ersten Date«, beteuere ich, obwohl ich es eigentlich schon gern getan hätte. Ich muss nur an Raphaels sinnliche Lippen denken und schon bekomme ich Herzflattern.

»Ja, ja. Bei deinem versonnenen Lächeln musst du gar nichts mehr sagen. Ich kann Gedanken lesen!« Liz kneift mich in die Seite und lässt mir den Vortritt ins Besprechungszimmer.

Das Meeting zieht sich in die Länge und ich sehne

mir gerade den Strand herbei, als Bill das Wort an mich richtet.

»Sherry, ich darf dir mitteilen, dass deine Kolumnen äußerst gut ankommen. Keine Überraschung, ich weiß. Was hältst du davon, wenn du dein Themengebiet etwas erweiterst?«

»Woran hast du gedacht?«

»Nun ja, jeder hier im Raum weiß jetzt, wie sehr du dich ins Fallschirmspringen verliebt hast.« Er hält kurz inne. »Und da du ja ohnehin diesen Kurs machen willst, wie heißt er gleich?«

»AFF, steht für *Accelerated Free Fall.*« Oh Gott, ich weiß, worauf er hinauswill und beginne innerlich zu zappeln vor Freude.

»Genau. Wie wäre es, du machst diese Ausbildung, und schreibst darüber in deiner neuen *Abenteuer-, Freizeit- und Sportkolumne*?«

Alle sehen mich an, und ich spüre, wie mein Gesicht Farbe annimmt, weil ich mich so freue. »Bill, ja gern«, juble ich aufgeregt.

»Der Haken an der Sache, ich möchte, dass der erste Teil schon in der nächsten Ausgabe ist. Also müsstest du zeitnahe damit anfangen.«

»Freitags ist immer die Groundschool, also der First Jump Course.« Das habe ich gestern schon rausgefunden. »Ich erkundige mich gleich, ob sie noch einen Platz für mich haben.«

»Gut, dann klemm dich dahinter!«

Jeder findet die Idee gut. Jeder bis auf Roy. Aber da er spürt, wie sehr ich dafür brenne, diesen Fallschirmspringer-Kurs zu machen, stimmt er letztendlich zu. Obwohl er vorgibt, er müsse erst die Erlaubnis von ganz oben einholen, weiß ich, dass es in Ordnung gehen wird. Soweit ich weiß, ist es eine ziemlich sichere Sportart, vor allem in Dubai ist alles auf dem neusten Stand der Technik und die Lehrer sind die besten der Welt.

Ich setze mich augenblicklich mit dem Skydive Dubai Desert Campus in Verbindung und ergattere tatsächlich noch einen Unterrichts-platz diesen Freitag. Wow. Im Freudentaumel berichte ich gleich Raphael von den grandiosen Neuigkeiten. Es dauert nicht lang, bis er auf meine SMS antwortet. Und sich mit mir darüber freut. »*Whoo, na, du legst ein Tempo vor, Hut ab. :D*«

Wir chatten noch ein bisschen und dann fragt er, ob ich heute schon etwas vorhabe. Yay! Der Tag wird besser und besser. Wir verabreden uns für acht Uhr abends. Er hat mir gestern so von dem preisgekrönten Nobelitaliener im Hilton am Walk vorgeschwärmt, sodass ich gerade beschlossen habe, ihn dorthin einzuladen. Zur Feier meiner bevorstehenden Skydive Karriere, und auch, weil er bei unserem gestrigen Date alle Rechnungen übernommen hat, muss eine ausgleichende Gerechtigkeit her.

Ich stehe wieder vor meinem Hoteleingang und sehe ihn von Weitem kommen. Diesmal trägt er dunkle Jeans, ein enges, weißes T-Shirt und ein Slim-Fit-Sakko. Er kommt zu Fuß und winkt mir auf seine charmante Art zu.

Als ich merke, wie er mich ansieht, weiß ich, dass ich das richtige Outfit gewählt habe. Ein schwarz-silbernes, kurzes *Guess* Kleid und superhohe silber-gold schimmernde Plateausandalen.

Wir begrüßen uns mit Küsschen und schon schlendern wir los. Er erzählt mir von seinem abenteuerlichen

Tag, Skydiver zu sein muss so cool sein. So abwechslungsreich. So aufregend. Er spürt mein aufrichtiges Interesse und erzählt eifrig, wie ein Wasserfall von seinen turbulenten Tagesaktivitäten.

Eine wahre Sportskanone ist der Kerl. Er gefällt mir immer besser, sofern das überhaupt möglich ist. Ich weiß, ich sollte mir Sorgen um mein Herz machen, im übertragenen Sinne. Gerade erst gebrochen und schon schlägt es für einen anderen. Auch wenn ich jetzt Gefahr laufe, superkitschig zu klingen, unsere Herzen schlagen eindeutig im selben Beat. Das kann ich direkt spüren. Wir sind im totalen Einklang miteinander, wahrscheinlich fühle ich mich deshalb so wohl mit Raphael.

Im Restaurant scheint er bekannt zu sein, wie ein bunter Hund. Der italienische Geschäftsführer, aber auch die Kellner umschwärmen ihn und führen vertraulichen Smalltalk. Man spürt die Herzlichkeit, mit der man Raphael begegnet. Genau die Herzlichkeit, die er ausstrahlt, wird ihm tausendfach entgegengebracht. Muss wohl das universale Gesetz der Anziehung sein. Ich weiß nicht genau, was es ist, seine ehrliche Offenheit, die unbesiegbare Freundlichkeit, die er an den Tag legt, sein heiteres Gemüt. Er ist etwas ganz Besonderes. Er ist wie ein Licht in der Dunkelheit. Wie ein strahlender, feuriger Diamant. Das merkt man, wenn man in seine lebendigen, fröhlichen Engelsaugen sieht. Vom ersten Augenblick an ist man mitgerissen. Fasziniert. Man möchte sich einfach mit diesem charmanten Typen freuen. Man kann nicht anders. Die Stimmung, die er verbreitet, sei es auch nur durch seine simple Anwesenheit, ist phänomenal. Energiegeladen. Jeder mag ihn.

Kaum dass wir Platz nehmen – natürlich am besten

Tisch im superelegante Nobelrestaurant –, bekommen wir seinen Lieblingsfruchtcocktail serviert. Ich fühle mich sofort wohl. Das Restaurant hat etwas sehr Spezielles. Das gedämpfte Licht, die Einrichtung, ein wirklich tolles, nobles Ambiente.

Wir studieren die delikate Speisekarte, und Raphael berät mich, was er alles für empfehlenswert erachtet.

Er wird hausgemachte Spinatgnocchi auf Trüffelsauce nehmen. »Suuuperlecker!«

Ich schätze, das ist eine ausgesprochen gute Wahl und kokettiere ebenfalls damit, doch das Pilzrisotto lächelt mich ebenfalls an. Wir beschließen, uns die Vorspeise zu teilen – Mozzarella mit Tomaten. Alter Schwede, denselben Geschmack kann man uns wirklich nicht absprechen. Deshalb entscheide ich mich schlussendlich doch für das Risotto, wäre ja vielleicht etwas skurril, würden wir exakt das Gleiche essen.

»Sag, warum hast du so lustig gegrinst, als wir die Speisekarte bekommen haben?« Er sieht mich mit neugierigem Blick an, ihm entgeht aber auch nichts.

»Äh. Ich war nur so erstaunt BiCE zu lesen. Meine beste Freundin Liz heißt auch so. Bice. Nur spricht man ihren Namen anders aus. Ein lustiger Zufall. Sie wird begeistert sein. Wenn das nicht ihr neues Lieblingsrestaurant wird, weiß ich auch nicht.«

»Das ist ja wirklich ulkig. Hast du auch gelesen, wieso das Restaurant BiCE heißt?«

Ich schüttle den Kopf und er klärt mich gleich auf: »BiCE kommt von Beatrice. Der Gründerin. Eine talentierte italienische Köchin, die 1929 den Traum vom eigenen Restaurant in Milano verwirklicht hat. Jetzt gibt es die beliebten Restaurants überall auf der Welt, allein hier in Dubai sind zwei.«

Ich liebe es, mit Raphael zu plaudern, man vergisst alles um sich herum. Er hat diese spezielle Gabe, seine Geschichten so bildlich zu erzählen, dass man das Gefühl bekommt, man wäre mittendrin und live dabei.

Als wir wieder beim Thema Essen landen, erkundigt er sich neugierig nach meinen Kochkünsten.

»Ähh, na ja. Das ist so eine Sache. Ich bin nicht wirklich eine begabte Köchin. Geschweige denn, dass es mir Spaß macht. Backen ja. Kochen hat eher Seltenheitswert.« Ich grinse verlegen und füge dann schnell hinzu: »Das Einzige, was ich gut kann, sind Suppen ohne viel Schnickschnack. Mein Lieblingsgericht: Grüne Erbsensuppe. Simpel, aber einmalig.«

»Mmmh, ich liebe Suppen. Weißt du, dass Erbsensuppe eine niederländische Spezialität ist?«, sprudelt er enthusiastisch hervor.

Ich schüttle den Kopf. »Wirklich, na so was ...« Er entlockt mir einfach immer wieder ein Lächeln.

Raphael erzählt mir viel von seinem Leben, und ich kann das Gefühl nicht abschütteln, das mir weismachen will, dass wir uns schon ewig kennen. Es fühlt sich vertraut an zwischen uns. In meiner Vergangenheit lernte ich so viele Menschen an so vielen verschiedenen Orten kennen, doch noch nie hatte ich dieses einzigartige Gefühl. Nur Johnny bildete bisher die große Ausnahme. Und den kenne ich ja tatsächlich schon ewig, somit ist das bei ihm verständlich. Hmm, und da bin ich wieder. Ich vergleiche Raphael mit meinem Johnny. Wie jedes Mal. Jeden potentiellen Verehrer stelle ich meiner großen Jugendliebe gegenüber. Wird jemals einer auch nur annähernd an ihn herankommen? Zumindest hat Raphael es geschafft, dass ich kaum an J gedacht habe. In Gegenwart von diesem süßen Disneyprinzen verblasst das Abbild meines Rockstar-Wikingers in meinem Kopf ein klein wenig. Zumindest das. Doch J schafft es dennoch immer wieder, sich in meine Gedanken zu schleichen. Herrje. Das war jetzt aber wieder meine Schuld. Diese beiden vergleichen zu wollen, die so grundverschieden sind. Und doch haben sie etwas gemeinsam. Sie bescheren mir meine geliebten quirligen Schmetterlinge. Und das mag ich.

Er entschuldigt sich kurz und meint, er müsse mal die Toilette aufsuchen. Das nutze ich und verlange nach der Rechnung.

»Schon bezahlt, Miss«, meint der Buddy-Freund-Kellner mit einem Augenzwinkern in Raphs Richtung, der sich gerade seinen Weg an unseren Tisch bahnt.

»Raphael, ich wollte dich doch einladen«, säusle ich leicht schmollend.

Dafür ernte ich wieder einen seiner spitzbübischen, verschmitzten Grinser. »Na, du hältst mich aber für einen echten Gentleman«, meint er kopfschüttelnd.

Ich gebe ihm einen kleinen Stups auf den Oberarm und ziehe ihn zu mir herunter, um ihm einen Kuss auf die Wange zu hauchen. »Dankje well!«

Er quittiert meine kleine Geste mit einem süßen Raunen und nimmt meine Hand, als wir zum Ausgang schlendern. Diese lässt er zwar sehr zu meinem Bedauern wieder los, als wir auf die belebte JBR Flaniermeile abbiegen, indem er mich abermals auf die Manieren hierzulande verweist, doch nichtsdestotrotz gehen wir so dicht nebeneinander, dass sich unsere Arme und Hände immer wieder berühren. Ganz zu schweigen von unseren vielsagenden Blicken, die wir uns zuwerfen, während wir unser heiteres, flirtbepacktes Geplänkel fortführen.

Wir beschließen, noch einen kleinen Absacker in der stylischen Cocktailbar meines Hotels zu nehmen, und drehen vorher eine Runde im Hotelpark. Endlich wieder Hand in Hand. Dort, wo der Park an den Strand grenzt, kommen wir zum Stehen und betrachten das Meer, lauschen dem Brechen der Wellen in der Ferne. Keiner von uns wagt etwas zu sagen. Wir stehen dicht aneinandergekuschelt und genießen den stillen Augenblick, der eigentlich ziemlich ungewohnt zu sein scheint, da wir bisher beinahe ohne Punkt und Strich geredet haben und der Wortfluss nie auch nur für Sekunden abriss.

Er legt einen Arm um meine Taille und zieht mich noch näher zu sich. Wir sehen uns in die Augen und schon fängt die Magie an zu wirken. Er neigt den Kopf zu mir hinunter, und ich muss mich auf die Zehenspitzen stellen, um meinen Mund in die rechte Position zu bringen. Schon berühren sich unsere Lippen. Zart. Ein Kuss wie ein sanfter Hauch. Zaghaft. Schüchtern. Es fühlt sich ziemlich gegenteilig zu Johnnys Küssen an, die immer voller lodernder Leidenschaft das Feuer in mir entfachten. Doch es fühlt sich gut an. Sehr süß. Irgendwie unschuldig. Fast so, als würde ich einen Engel küssen. Ich ärgere mich, in diesem Moment an Johnny zu denken, und schiebe die lästigen Gedanken beiseite. Was auch irgendwie unseren Kuss auf ein anderes Level hebt. Ein intensiveres Level. Gewagter und ein klein bisschen fordernder. Doch die Süße bleibt. Als wir uns ein wenig voneinander lösen, streicht er mir mit seinen langen Fingern über die Wange und blickt mir tief in die Augen.

Was meine Beine ein klein wenig wackelig werden lässt. Supernatural Disneyprinz Deluxe. Der wahr gewordene Traum aller Mädels.

Doch je länger unser Blickkontakt dauert, desto mehr bemerke ich ein Funkeln in seinen sonst fröhlichen Augen, ein Funkeln, das in mir irgendetwas weckt. Ich weiß nicht genau, was es ist, doch irgendwie fühlt es sich so an, als wisse er alles über mich. Die ganze nackte Wahrheit. Er wirkt so verdammt vertraut. Die Eindringlichkeit seines Gesichtsausdruckes macht mir auf einmal Megaangst und ich weiche zurück. Ohne jedoch seine Hand loszulassen.

»Irgendwie hab ich jetzt Lust auf einen Caipiroska, komm«, rufe ich über meine Schulter hinweg und ziehe den etwas verdutzten Kerl hinter mir her. »O-okay.«

Wir betreten die Cocktailbar, deren mexikanischer Flair auch vor den Kellnern nicht halt macht. Ein sehr bunter, lauter Laden. Wir werden überschwänglich begrüßt und suchen uns einen ruhigen Platz auf der Terrasse.

Raphael schafft es im Nullkommanichts, das Runder herumzureißen, meine aufkeimende Unruhe zu beschwichtigen und sogar ins Gegenteil umzukehren. Seine heitere, amüsante Art lässt absolut keinen Zweifel zu, er wäre der charmante, unbescholtene Typ, den ich zufällig beim Skydiving kennengelernt habe. Manchmal gehen die Pferde mit mir durch, so paranoid ist sonst eigentlich nur mein lieber Roy. Irgendwie scheint er nach all den Jahren auf mich abzufärben. Vielleicht macht sich auch nur die Panik breit, wegen meines bevorstehenden Fallschirmspringerkurses. Lampenfieber? Vielleicht war ich doch ein wenig zu ambitioniert. Ganz durchdacht scheine ich mein riskantes Vorhaben nicht zu haben.

Ich erzähle Raph von meinen berechtigten Sorgen und plaudere auf einmal fast in seiner Redegeschwindigkeit. »Irgendwie habe ich jetzt doch Angst vor morgen. Was, wenn ich falle? Was, wenn ich in Panik gerate. Was, wenn ich vergesse, die Leine für den Schirm zu ziehen. Falle und auf den Boden knalle ... Boom.«

Um meinen Ängsten noch mehr Ausdruck zu verleihen, fuchtle ich mit den Händen theatralisch herum.

Raph greift nach meiner linken Hand, küsst sie, legt sie sich an seine Wange und wirft mir einen derart hinreißenden Blick zu, dass mir warm ums Herz wird. Ich beruhige mich augenblicklich. Dann küsst er die Innenseite meiner Hand abermals, rückt näher und streicht mir eine Haarsträhne aus dem Gesicht.

»Aber Darling, was, wenn du lernst zu fliegen?«, meint er mit seiner engelsgleichen, einfühlsamen Stimme und sieht mich entwaffnend an. Boom, die Zweite. Irgendwie sagt er immer genau das, was ich hören will. Das komische Gefühl, das ich hatte, ist vollends verschwunden, stattdessen hat sich wieder ein Herzflattern breitgemacht. Auch die Schmetterlinge haben ihren Platz zurückerobert und die neurotischen Gedanken ein für alle Mal verdrängt.

Raph ist so unglaublich charmant, er küsst andauernd meine Hände, umgarnt und umwirbt mich wie kein anderer.

Auch als er seine Hand auf meinen nackten Oberschenkel legt und ihn in erregender Weise streichelt, hat das irgendwie eine völlig andere Wirkung auf mich, als wenn Johnny das machen würde. J war immer irgendwie frivol, leidenschaftlich. Raphael ist süß und liebkosend. Wie ein Südstaaten-Gentleman.

Unser Abend endet mit einem feurigeren Kuss, und er verschwindet in die Nacht, während ich ins Bett falle und mich gedanklich auf morgen vorbereite.

ELF

Wie versprochen wartet ein weißer Jag pünktlich um viertel vor sechs Uhr morgens in der Auffahrt unseres Hotels. Vor einer halben Stunde habe ich mich äußerst widerwillig aus dem Bett gequält und bin auch jetzt leider noch nicht richtig wach. Draußen ist es noch dunkel, und obwohl ich einen dicken, kuschligen *Hilfiger* Sweater und darunter noch ein Tanktop anhabe, fröstelt es mich ein bisschen. In der behaglichen Wärme meines Betts wäre ich jetzt hundert Mal besser aufgehoben. Verschlafen taumle ich aus der Tür und reibe mir die schlaftrunkenen Augen. Ich gähne permanent und muss mich zwingen, einen Schritt vor den anderen zu setzen. Anders als mein Chauffeur, der mir mit einem breiten Grinsen auf den Lippen eifrig zuwinkt und einen putzmunteren Eindruck macht.

»Guten Morgen, Sonnenschein«, begrüßt er mich mit dem fröhlichsten Tonfall, den man sich vorstellen kann.

»Morgen.« Ich versuche, mein Gähnen zu unterdrücken, doch scheitere kläglich.

Raphael grinst spöttisch.

»Wie schaffst du es nur, so früh am Morgen schon so gut drauf zu sein? Und ausgeschlafen?« Ich bin nicht nur verschlafen, ich klinge auch so.

Raph lacht und seine Augen verströmen eine herzliche Wärme. »Ich kann es nicht erwarten, hinaufzukommen«, meint er und deutet mit dem Zeigefinger nach oben.

»Ich freue mich auch, aber gleichzeitig habe ich Angst«, gebe ich etwas kleinlaut zu.

»Jetzt ist eh nur Ground School, viiiiel, viel zu lernen. Und je nachdem, wie schnell du's draufhast, bekommst du einen Fallschirm umgeschnallt, und das Abenteuer kann beginnen«, er kneift mich in den linken Oberschenkel, nimmt dann meine Hand und drückt sie zärtlich.

»Glaubst du, ich kann schon heute meinen ersten Sprung machen?« In meinem Bauch kribbelt es vor Vorfreude und Aufregung.

»Wir werden sehen. Hängt alles von dir und deinen Klassenkameraden ab. Gute Schüler? Eifrige Schüler? Dann sollte es im Normalfall schon klappen«, gibt er zuversichtlich von sich.

Die Fahrt nach Margham ist angenehm. Es herrscht noch nicht viel Verkehr auf den Straßen, und wir sind bald raus aus der Stadt und Dubais Hochhäuser im Rückspiegel werden kleiner und kleiner, dafür werden die gesichteten Kamele, die weit abseits der Straße, im Sand gemütlich vor sich hin staksen, mehr und mehr.

Hier auf der Straße, die quer durch die Wüste zu führen scheint, tummeln sich nicht viele andere Autos und so kann ich die Idylle genießen.

»Warte es ab, gleich geht die Sonne auf. Das ist hier

immer besonders magisch.« Raph weiß inzwischen über mein besonderes Faible für Sonnenauf- und –untergänge Bescheid. Er liebt sie genauso wie ich.

Die Morgendämmerung hat schon eingesetzt, es wird heller, der Himmel verfärbt sich langsam von einem dunklen Graublau zu einem zarten Morgenrot. Ich liebe die besonderen Lichtverhältnisse und den Horizont über den Emiraten mit all seinen farbfrohen Schattierungen. Das Licht ist definitiv anders. Prachtvoller. Majestätischer.

»Oh. Mein. Gott«, entweicht es mir. Ich halte unbewusst kurz die Luft an, so fasziniert bin ich.

Rechts neben uns erhebt sich ein riesengroßer, dunkelrot leuchtender Feuerball hinter einer gewaltigen Sanddüne. So etwas habe ich noch nie zuvor gesehen. Die Sonne scheint zum Greifen nah, die Röte wirkt hypnotisierend. Der Sand der Wüste scheint zu lodern. Es ist atemberaubend.

»Na, habe ich zu viel versprochen?« Raph zwinkert mir zu, als sich unsere begeisterten Blicke treffen.

Ich schüttle den Kopf. »Das ... das ist unglaublich. So was habe ich noch nie gesehen. Noch nie.« Ungläubig und noch ziemlich sprachlos sehe ich wieder zur aufgehenden Sonne. Sie wandert höher und höher am Horizont und erweckt die Wüste zum Leben.

»Es ist jedes Mal ein richtiges Spektakel. Daran kann man sich nie sattsehen. Egal wie oft man diesem Schauspiel beiwohnen kann. Immer wieder bin ich aufs Neue überrascht.«

Ich nicke und bin ergriffen von der Magie des Moments.

»Doch heute war es noch schöner als sonst. Diesen Augenblick mit dir zu teilen, bedeutet mir eine Menge.«

Kann ein Mensch noch süßer sein? Das erscheint mir nahezu unmöglich. Ich erwidere Raphaels Händedruck, führe seine Hand zu meinen Lippen und drücke ihr einen sanften Kuss auf.

Er sieht mich so liebevoll an, dass mir warm ums Herz wird, ehe er wieder den Blick auf die Straße richtet und uns in flottem Tempo zum Desert Campus chauffiert. Der Kurs fängt pünktlich um sieben Uhr an, und vorher muss man noch einen Haufen an Formularen und Erklärungen ausfüllen, wie mich mein fallschirmspringender Freund wissen lässt. Also haben wir es jetzt mehr als eilig.

Als wir nach etwa fünfunddreißig Minuten angekommen, dirigiert er mich gleich zur Anmeldestelle, während er ausgiebig von all seinen Kollegen begrüßt wird. Ziemlich herzlich, wie ich anmerken muss.

»Hey, Angel!« Ein graumelierter, großgewachsener Typ umarmt Raphael und reicht mir dann die Hand. Ich will mich gerade vorstellen, was aber anscheinend völlig unnötig ist, da Benjamin schon von mir gehört hat. »Ich weiß doch längst, wer du bist. Angel hat allen von seiner Kleinen erzählt.« Statt nur meine Hand zu schütteln, zieht er mich in eine Umarmung. Erstaunt sehe ich zu Raphael.

»Angel?«, frage ich, obwohl dieser Spitzname eigentlich wie die Faust aufs Auge zu meinem überaus attraktiven Niederländer passt. Raphael zuckt verlegen mit den Schultern und Benjamin antwortet: »Ja, das ist unser Mr Angeleyes. Wer hat sonst so herzerwärmende, gütige Augen, wenn nicht ein Engel. Zumal er auch einen sehr eigenen Freeflystil hat, den keiner nachahmen kann. Und er trägt auch noch den Namen eines Erzengels. Liegt also irgendwie auf der Hand.« Benjamin hat einen Arm um Raphaels Schultern gelegt und klopft ihm dann freundschaftlich auf den Rücken.

»Ich könnte mir ehrlich gesagt keinen besseren Spitznamen für ihn vorstellen«, gebe ich grinsend zu. »Angel!«, sage ich in schmachtendem Tonfall und greife nach seiner Hand.

»Bitte nenn du mich nicht auch so«, seufzt Raphael resignierend, da er wohl genau weiß, dass ich mich eben in seinen Kosenamen verliebt habe und ich ihn weiterhin so nennen werde. Raphael führt mich herum und stellt mich seinen fallschirmspringenden Freunden vor.

Alle Leute sind supernett und freundlich, wie auch am anderen Skydive Dubai Standort. Ein echt kameradschaftliches Verhältnis, wenn nicht gar familiär.

Wie Raph vorhin erwähnt hat, muss ich irrsinnig viel ausfüllen, bis mir mein eigenes Skydive Logbuch und ein Lehrbuch überreicht werden. Woohoo, ich bin so aufgeregt wie ein kleines Kind am Weihnachtsabend, ich hoffe inständig, dass ich heute schon meinen ersten Sprung absolvieren kann. Ich muss schließlich mit meiner Kolumne beginnen.

Mein Disneyprinz, der schon im Skydivesuit steckt, begleitet mich noch zum Unterrichtsraum, drückt mir einen viel zu flüchtigen Kuss auf die Lippen und verabschiedet sich, nachdem er einen überaus kritischen Blick auf meine Groundschool-Kollegen geworfen hat. Er ist gleich im *Load one* dabei und wurde schon zweimal aufgerufen. Ohne ein weiteres Wort, dafür aber mit einem breiten Grinsen im Gesicht, sprintet er davon und ich grüße die anderen Schüler mit einem knappen »Guten Morgen«, ehe ich mich auf den letzten freien Platz setze. Die Tische sind in U-Form angeordnet und ich sitze ganz vorn am Rand, gleich neben dem Lehrerpult.

Neben mir sitzt die einzige andere Frau, die nun ziemlich erleichtert aussieht, dass sie nicht mehr die einzig weibliche Person im Raum ist.

»Ich dachte schon, ich bin allein hier mit den Jungs«, raunt sie mir zu.

»Schon arg, zwei Mädels unter acht Personen, das ist wirklich keine allzu gute Quote.«

»Darf ich mich vorstellen, ich bin Alayah und schon meganervös!«

»Hi, Alayah. Mein Name ist Sherry. Und ja, ich auch, total!«

Wir reichen uns die Hände und lächeln uns an.

Unser Bekanntmachen scheint nun auch die Herren der Schöpfung zu inspirieren und einer nach dem anderen stellt sich uns vor.

Eine wirklich lustige Partie. Jaques, ein äußerst hübscher, sichtlich stolzer Franzose, der aussieht, als hätte er eine Militärausbildung. Ein fast zwei Meter großer Typ mit Glatze aus Australien, der mit seinen lustigen Aussagen die ganze Runde zum Lachen bringt. Ein rotblonder Ire namens Rob, mit ziemlich schmalem Gesicht, der mich irgendwie an eine Comicfigur erinnert, und genauso vorlaut ist wie sein Sitznachbar Steve, der Australier. Zwei höfliche, sehr zurückhaltende Araber und ein Typ um die vierzig, der zwar ziemlich adrett aussehen würde, aber die ganze Zeit sehr verkniffen und grimmig dreinschaut. Er hat dunkelbraune Haare, ein sehr kantiges Gesicht, einen durchtrainierten, drahtigen Körperbau und unglaublich tolle Augen. Wenn er nicht so finster schauen würde, wäre Drew ein Wahnsinnstyp. Irgendwie kommt er mir noch dazu bekannt vor, doch ich kann ihn nicht zuordnen.

Als Steppan, unser Kursleiter den Raum betritt, uns fröhlich begrüßt und überaus herzlich willkommen heißt, stellt sich nochmal jeder einzeln vor. Alle sind gut gelaunt, nur bei dem verkniffenen Typen ist keine Spur von Enthusiasmus zu erkennen. Ziemlich wortkarg und trocken präsentiert er sich und wirkt dabei recht unsympathisch. Schade, denn er hat eindeutig etwas.

Kapitel um Kapitel gehen wir das Kursbuch durch, und ich muss sagen, es ist ganz schön viel Stoff zu lernen. Unser rumänischer Lehrer ist dabei äußerst kompetent, lässt viel Witz einfließen, ist aber auch zugleich ernst und strikt. Alles Gelernte wird mehrfach abgefragt, und irgendwie hat er eine Vorliebe dafür entwickelt, nur uns Frauen zu prüfen. Genauer gesagt, eigentlich immer nur mich. Liegt es daran, dass wir genau vor ihm sitzen, oder aus dem simplen Grund, weil wir Mädels sind? Oder etwa, weil ihm Raphael den Auftrag erteilt hat? Keine Ahnung. Aber ich finde es gut und fühle mich sicher, den gelernten Stoff so besser zu verarbeiten. Er geht mir in Fleisch und Blut über und genau so soll es auch sein. Nun kann ich es schon gar nicht mehr erwarten, die Theorie endlich in die Praxis umzusetzen.

Obwohl es auch mit einem mulmigen Gefühl einhergeht, da wir so viel über diverse Fehlfunktionen lernen und die Notverfahren wieder und wieder wiederholen und üben.

»Neun von zehn Schülern werden während des Kurses die erlernten Notfallmaßnahmen anwenden müssen. Darauf müsst ihr gefasst sein. Es muss euch in Fleisch und Blut übergehen und ihr müsst, ohne zu überlegen, handeln. Der Fallschirm, oder letzten Endes der Reserveparachute ist schließlich das Einzige, was euch vor dem Tod rettet.«

Neun von zehn. Neun von zehn werden früher oder später Probleme mit dem Hauptschirm haben. Oh, oh. Das ist schon ein wenig beängstigend.

Raphael steckt immer mal wieder den Kopf herein und hört auch zeitweise dem Leiter zu. Manchmal muss er für Fallbeispiele herhalten und wird selbst zum Vortragenden. Dabei geht er natürlich voll auf und genießt die ungeteilte Aufmerksamkeit der Kursteilnehmer.

Wir verbringen die Mittagspause zusammen und teilen uns eine riesige Portion Wokgemüse, die er vorher extra für mich bestellt hat. Alles Bio-Qualität und wirklich superlecker. Das hätte ich ehrlich gesagt nicht erwartet, immerhin sitzen wir in einem kleinen Imbiss an der Dropzone, mitten in der Wüste. Aber andererseits, die fliegenden Athleten sind alle Topsportler und gesunde Ernährung ist schließlich das A und O.

Etwa zweieinhalb Stunden dauert noch der theoretische Teil, ehe der Unterricht in die Halle verlagert wird. Dort tummeln sich unzählige Skydiver und Packer, die Schirme liegen schön ausgebreitet auf den Matten und werden fachmännisch und gewissenhaft zusammengefaltet. Oh Gott, das sieht nach einer eigenen Wissenschaft aus.

»Spätestens bei der Prüfung zur A-Lizenz musst du das auch können«, flüstert mir Raphael ins Ohr, dem anscheinend mein staunender Blick nicht unbemerkt geblieben ist. Hilfe, allein der Gedanke daran lässt mir schon jetzt Schweißperlen aufsteigen. Ich sehe ihn ziemlich verzweifelt an. »Das ist, glaube ich, keine gute Idee. Raph, inzwischen weißt du doch, wie ich bin. Ich bin nicht unordentlich, aber doch ziemlich chaotisch. Hast du schon mal gesehen, wie ich meinen Koffer packe? Ich bekomme ja nicht mal meinen Schlafsack in seine Hülle zurück.« Meine Stimme überschlägt sich und sowohl Raphael als auch unser Übungsleiter sind sichtlich erheitert über meinen nicht gespielten Panikausbruch.

»Alles zu seiner Zeit. Jetzt machst du erstmal den Grundkurs. Irgendwann lernst du das schon, ich gebe dir auch gern Nachhilfe.« Er legt mir den Arm um die Schulter und drückt mir einen Kuss auf die Stirn. Als könnte mich das jetzt beruhigen ...

Wenig später mutiere ich wieder zur großen Lachnummer. Wir alle werden der Reihe nach samt Fallschirm auf ein Gerät gehängt, um die Notfallmaßnahmen detailgetreu zu trainieren. Noch dazu müssen wir beweisen, dass wir auch in Notsituationen nicht die Nerven verlieren, sondern auf die jeweiligen Notfälle und Probleme in Sekundenschnelle richtig reagieren. Alles schön und gut, nur bin ich mit meinen ein Meter neunundfünfzig etwas zu klein, um auf das Gerät hinaufzukommen, und stelle so meinen lustig-strengen Kursleiter vor unvorhergesehene Schwierigkeiten. Alle anderen benötigen nur einen Sessel, ich ziemlich wahrscheinlich eine Leiter.

»So eine kleine Person hatten wir hier noch nie«, meint er stirnrunzelnd und sucht nach Lösungen.

Der raffinierte Raph hingegen hat einen Geistesblitz und schiebt das schwere Dirt-Dive Übungsgerät herbei, auf dem wir schon zuvor die richtige Position beim freien

Fall einstudiert haben. Und das ausgiebig, mir tut alles weh. Er schraubt das Ding auf die höchstmögliche Stelle und klopft einladend darauf.

»Et voilà, Mademoiselle. Darf ich bitten?« Er reicht mir in aller Gentleman-Manier die Hand, und ich gebe mein Bestes, geschickt und möglichst elegant auf das Ding zu klettern. Einmal oben, schieben sie mich unter das andere Gerät, und ich bin tatsächlich in der richtigen Höhe, um oben angehängt werden zu können. Dort baumelnd verbringe ich die nächsten zwanzig Minuten, und muss alle schauderhaften Fallbeispiele von kaputten und falsch geöffneten Fallschirmen durchleben und immer wieder das Notszenario durchspielen. Cutaway, Schläuche wegreißen, Notschirm ziehen, Schläuche wieder entfernen und, und, und. So langsam sollte ich die Abläufe in Fleisch und Blut übernommen haben, ich glaube, ich kann es schon im Schlaf.

Während ich da oben hänge, üben die anderen, wie man einen korrekten PLF, also eine Landerolle, durchführt.

Als wir alles zum gefühlt hundertsten Mal durchgegangen sind, Dirt-Dives und Bodenübungen inklusive, fragt unser Übungsleiter endlich, wer denn heute noch seinen ersten Sprung wagen will.

Wir alle sehen uns fragend an, ehe sich meine Hand zaghaft, aber doch nach oben bewegt. Ich schaue mich in der Runde um und auch der stolze Jaques, Steve, das Plappermaul, und Drew melden sich, während Alayah den Kopf schüttelt und abwinkt.

»Alles klar, dann ab zur Anmeldung mit euch, dort werden euch gleich eure Instruktoren zugeteilt«, meint

Steppan heiter und klatscht mehrmals hurtig in die Hände. »Abmarsch, los!«

Raphael ergreift sogleich meine Hand und zieht mich vorwärts. Nur durch die Berührung flattert mein Herz und ein Grinsen breitet sich auf meinem Gesicht aus. Auch wenn die anderen inzwischen sicherlich mitbekommen haben, dass wir beide mehr sind als nur Freunde, sehen uns einige doch erstaunt an. Ich mag Raphs Offenheit und dass wir nichts verstecken müssen.

»Du springst natürlich mit mir, aber dafür müssen wir dir einen Bleigürtel verpassen. Du erinnerst dich, Wingload und so.« Er sieht mich prüfend an, und ich rechne ihm nochmal alles vor, wie wir es im Unterricht gelernt haben.

»Sehr gut, ich sehe, du hast aufgepasst und nicht nur an mich gedacht ...« Er lächelt spitzbübisch und kneift mich sanft in die Hüfte.

Nachdem ich fix angemeldet bin, und feststeht, dass Raphael und eine mir bisher unbekannte Annabelle mit mir springen werden, schickt man mich in die Umkleidekammer, wo ich einen Skydive Suit bekommen soll. Mein Flying Dutchman begleitet mich natürlich und es wird wieder peinlich.

Der dort zuständige Gilles, ein Franzose, sieht mich kritisch an. »Kleine Lady, das könnte ein Problem werden. Jemand so petite und zart hatten wir noch nie hier«, spricht er in ulkigem Akzent und kratzt sich am Kinn.

Ich verdrehe die Augen und Raphael kommt aus dem Lachen nicht mehr heraus. »Ich sage es ja immer, du kleine Minnie Maus.« Er zieht mich an sich heran und knuddelt mich wie einen Teddybären. Dabei zerzaust er mir die Haare und ich gebiete ihm Einhalt, indem ich ihm meinen Ellenbogen in den Bauch ramme. Gilles durchsucht derweil mit schwindender Zuversicht das gesamte Sortiment, ehe er doch noch fündig wird.

»Das hier ist der Kleinste. Und ich bin sicher, selbst der wird dir zu groß sein. Aber probier mal.«

Das überdimensional große Teil sieht nicht gerade stylisch aus, braun und khakifarben, mit Haltegriffen an den Seiten für die Instruktoren.

Ich schlüpfe hinein und sowohl Raph als auch Gilles biegen sich vor Lachen. Toll, wenn man Leute so leicht erheitern kann. »Tadaaa, passt doch ... einigermaßen«, meine ich triumphierend und drehe mich mit erhobenen Armen einmal um die eigene Achse, um mich bewundern zu lassen.

»Sollte gehen. Jetzt noch der Helm ...«

»Helm bekommt sie von mir«, unterbricht Raph ihn. »Danke, Gilles!«

»Na dann, viel Glück beim ersten Sprung, ma petite!«

»Merci, Monsieur Gilles! Wird schon schiefgehen.« Ich zwinkere ihm zu.

Raphael verpasst mir einen seiner Helme – ein limonengelbes Exemplar. Mürrisch schnaubend sehe ich an mir hinab und seufze verdrossen. Einen Modepreis werde ich in diesem Aufzug keinen gewinnen. Der schlammfarbene, unförmige Anzug, dazu meine zuckerlrosa Converse Chucks und der gelbgrüne Helm. Oh là là.

Raphael fängt meinen skeptischen Blick auf, »Hey, das ist der neueste Helm am Markt. Sogar erfahrene Profis hätten den gern«, meint er etwas eingeschnappt.

Ich muss unweigerlich grinsen, so eine beleidigte Schnute zieht er. Ich lege ihm meine Arme um den Hals, schenke ihm mein zuckersüßestes Lächeln und gebe ihm einen zarten Kuss auf die Wange. »Danke, Raph!«

»Danke, dass du mich nicht Angel nennst!« Er zieht mich näher zu sich heran und blickt mir tief in die Augen. Ich habe ein großes Verlangen, ihn zu küssen. In meinem Bauch brodelt es regelrecht vor Anspannung, Aufregung und Überdrehtheit. Da wäre Küssen ein wirklich gutes Ventil, all das loszuwerden und auf Wolken zu schweben.

»Leute, nehmt euch ein Zimmer«, raunt irgendwer im Vorbeigehen.

Ich höre nur halb hin, Raphael hat meine gesamte Aufmerksamkeit in Beschlag genommen. Plötzlich räuspert sich eine weibliche Person in unmittelbarer Nähe.

»Also wenn ihr im nächsten Load dabei sein wollt, dann solltet ihr jetzt aber in die Gänge kommen. Du musst Sherry sein?«

»Annabelle? Hi.« Ich löse mich ruckartig von Raphael, indem ich einen großen Satz zurück mache, und reiche der äußerst amüsiert dreinblickenden Frau die Hand.

Nachdem mir nochmal der AAD – der Öffnungsautomat – erklärt wurde, der sich ab einer bestimmten Höhe selbst öffnet, wenn die Sturzgeschwindigkeit überschritten wird, und wir fachgerecht den Parachute gecheckt haben, darf ich ihn mir endlich umschnallen. Raph macht ein Foto von mir in voller Ausrüstung und ich schicke es Roy, der augenblicklich darauf antwortet, und keinen Hehl daraus macht, wie viel er von meinem Vorhaben hält. Ich bin wirklich froh darüber, dass er jetzt nicht hier ist, denn er würde mir meine neue sportliche Aktivität nur madig reden.

Immer wieder werde ich abgefragt, auf welcher Höhe

was zu tun ist und wie der Landeanflug korrekt ablaufen muss, während wir auf unser Flugzeug warten.

Mit lautem Propellergeräusch kommt es angerollt und wir steigen in umgekehrter Sprungreihenfolge ein. Ich komme zum Schluss, da ich die Leichteste bin und keine Wingsuitpiloten in diesem Load dabei sein werden.

Jaques aus meiner Gruppe sitzt zwei Reihen vor mir und sieht äußerst selbstsicher und unaufgeregt aus. Was ich von mir nicht behaupten kann, ich bin nervös. Durch und durch. Von meinem anderen Kollegen Steve ist komischerweise seit einer Stunde weit und breit nichts zu sehen. Die ihm zugeteilten Lehrer haben ihn vergeblich gesucht, irgendwie dürfte er sich aus dem Staub gemacht haben. Lampenfieber?

Ganz anders dieser komische Drew. Der sitzt mit gefasster, arroganter Miene und solch einer Gelassenheit im Flieger, dass man meinen könnte, er springt andauernd aus luftigen Höhen. Weder Freude noch Angst steht ihm ins Gesicht geschrieben. Manchmal blickt er sich um und wirft mir, oder Raphael einen grimmigen Blick zu. Bilde ich mir das nur ein, oder hat er etwas gegen mich oder ihn? Irgendwie jagt mir der Typ Angst ein, ich habe ein wirklich ungutes Gefühl, je öfter ich in seine Richtung schaue.

Mein Freund, der direkt hinter mir sitzt, bemerkt meine aufkeimende Unruhe und legt beschützend den Arm um mich, während er mit der anderen Hand meinen Oberschenkel tätschelt.

»Alles klar? Freust du dich schon?«, raunt er mir ins Ohr und muss viel Kraft in die Stimme legen, um die lauten Propeller zu übertönen.

Ich deute mit dem Daumen nach oben, zu mehr bin

ich nicht fähig. Ich glaube, ich würde nur eine dünne, piepsige Stimme zustande bringen.

Als mein Lehrer aus dem Fenster deutet und mir nochmal zeigt, wo sich die Dropzone befindet, beginnt mein rechtes Knie zu zucken. Zucken ist untertrieben. Es vibriert und springt zitternd auf und ab, als würde es einen Panikanfall durchleben. Ich habe absolut keine Angst vor dem freien Fall, da ich im Vergleich zu Steve schon vom Tandem-Springen her weiß, wie sich das anfühlt. Aber vor der Landung habe ich ganz schön Bammel. Ich habe so einige Geschichten von gebrochenen Füßen erzählt bekommen, die ich lieber nicht gehört hätte. Noch dazu ist es um meine Orientierung äußerst schlecht bestellt. Was, wenn ich nicht hinfinde und stattdessen irgendwo im Nirgendwo lande?

Raph lacht, als er mein bibberndes Knie sieht und kümmert sich darum, indem er es beherzt massiert. Und tatsächlich, es beruhigt sich augenblicklich. Diese Wirkung hat mein engelsäugiger Gentleman nicht nur auf mein Knie. Immer wenn er in meiner Nähe ist, bin ich tiefenentspannt.

Wir erreichen die richtige Höhe und die Lichter an der Tür springen von rot auf grün. Das Prozedere kenne ich schon. Die Ersten machen sich zum Absprung bereit, es geht zügig voran.

Schon stehe ich an der offenen Tür und halte mich mit beiden Händen am Rahmen fest. Der Exit verläuft vorbildlich, wie wir es schon zuvor am Boden wieder und wieder geübt haben. Annabelle steht außen und Raphael noch drinnen. Ich mache mich bereit und folge dem Protokoll. Noch dazu lächle ich, so wie es uns der Lehrer im Grundkurs eingebläut hat. Zum einen, damit meine beiden Instructors wissen, dass ich locker und entspannt bin und es mir gut geht. Zum anderen, da man dadurch angeblich nicht nervös wird, weil man dem Gehirn vorgaukelt, dass alles total cool ist und man gut drauf ist. Also bitte, wenn's so ist, gebe ich natürlich mein Bestes und grinse extra breit.

»Check-in?«

Raph nickt.

Ich richte meinen Blick zu Annabelle. »Check-out?«

Auch sie nickt.

Eine Rauf- und Runterbewegung meinerseits und eine Sekunde später springe ich. Ich falle. Es fühlt sich noch besser an als Tandem, total abgefahren. Ich bin allein und völlig frei, abgesehen davon, dass ich an den Seitenschlaufen meines Anzugs von Annabelle und Raph gehalten werde. Das merkt man aber nicht sonderlich. Ich habe beim ersten Sprung nur eine einzige Sprungaufgabe und folge brav allen Abläufen. Circle of Awareness. Altimetercheck. Einmal rechtsherum. Einmal linksherum. Als ich wieder auf den Höhenmesser schaue, sind wir bereits bei tausendachthundert Metern. Von nun an darf ich die Augen nicht mehr vom Altimeter auf meinem linken Handgelenk nehmen. Als wir eine Höhe von tausendsechshundertsiebzig Metern erreichen, kreuze ich die Arme vor meinem Gesicht zum Wave-off und ziehe die Pilotchute. So weit, so gut. Ich sehe dem Schirm dabei zu, wie er sich entfaltet und sich die Kammern mit Luft füllen. Erleichterung macht sich breit. Jetzt der Kappencheck: Die Symmetrie ist gegeben, die Zellen sind prall gefüllt, keinerlei Beschädigung festzustellen und auch die Leinen sind frei und verlaufen korrekt. Ich löse und prüfe die Bremse und drehe mich einmal um hundertachtzig Grad nach links und mache dasselbe nach rechts. Perfekt.

Ich sehe mich um und bin komplett allein. Habe den ganzen Himmel nur für mich. Von Raph und Anabelle ist nichts zu sehen, die beiden werden extra schnell landen, damit sie mich dann vom Boden aus instruieren können.

»Hey, Sherry, alles klar bei dir? Zweimal Flare, damit ich weiß, dass du mich hörst«, dringt Raphaels Stimme ein wenig verzerrt durch die Kopfhörer.

Ich gehorche seinem Befehl und er lobt mich. »Super. Jetzt sieh nach unten und orientiere dich.«

Als ich runterblicke, sehe ich als Erstes ein kleines rotes Auto genau unter mir. Scheiße, ich bin genau über der Straße. Es hat geheißen, dass wenn man die Straße überquert, es höchst unwahrscheinlich ist, den Weg zurück zur Dropzone zu schaffen. Weil ich die Letzte war, die gesprungen ist, bin ich nun auch am weitesten davon entfernt. Mist. Ich will nicht irgendwo in der Wüste landen und mutterseelenallein darauf warten, bis ich von einem Wüstenbuggy abgeholt werde.

Ich korrigiere schnell meine Richtung und erblicke einen grünen Klecks in der Wüste. Das muss dann wohl mein Landeplatz sein. Sieht groß aus, irgendwie ganz anders als auf den Luftaufnahmen. Komisch. Es hat mehr etwas von einer Oase, als von einer Skydive Einrichtung. Dazu ist das satte Grün durchdrungen von einem schönen, verschnörkelten Schriftzug. Dubai schlängelt sich durch das smaragdgrüne Dickicht und bildet ein wirklich schönes Bild von oben. Ich erfreue mich an dem idyllischen Anblick, bis ich es schließlich realisiere. Oh Schreck, das ist nicht die Dropzone!

Ich mache eine schnelle Kehrtwendung und sehe

nun die richtige Landefläche in ferner Distanz vor mir. Ich hoffe inständig, dass ich noch nicht zu weit weg bin.

»Und ich dachte schon, du machst einen Ausflug samt Picknick in der Oase«, höre ich Raphael belustigt sagen.

Grrr, dafür könnte ich ihn erwürgen. »Idiot, du hättest mir schon sagen können, dass ich in die falsche Richtung fliege«, meckere ich vor mich hin und ärgere mich, dass der Funkverkehr nur einseitig funktioniert.

Na wenigstens lotst er mich jetzt zur Holding Area und ich suche mir die drei Checkpoints für das Landeverfahren.

Als ich auf knapp dreihundert Metern bin, verlasse ich die Holding Area und fliege Downwind Leg, bis ich auf etwa hundertachtzig Meter runter bin, dann mache ich eine Neunzig-Grad-Drehung um Base Leg – also Crosswind zu fliegen –, ehe ich dann auf neunzig Metern meine letzte Neunzig-Grad-Wende vollführe und zum Final Approach entgegen die Windrichtung ansetze. Raphael ist vorwiegend still und lässt mich machen. Er lobt mich hie und da, ist sonst aber mucksmäuschenstill.

Als ich kurz vor der Landung auf etwas weniger als vier Meter bin, erklingt seine süße Stimme abermals. »Okay, Sherry, du machst das ganz toll. Jetzt Flare. Zieh die Bremsen parallel herunter und halte sie. Gut so. Jetzt Full Flare!«

Und schon bin ich gelandet. Mit einem Fuß am grünen Landerasen, mit dem anderen im Sand. Oh Gott. Ich stehe. Mir ist eine Stand-up-Landung gelungen! Raphaels *Woohoo* am Funk vermischt sich mit meinem lauten Jubelschreien, ehe der Wind meinen Schirm erfasst und mich umhaut. In weitem Bogen fliege ich nach hinten und lande im heißen, weichen Wüstensand. Mist, daran hätte ich denken müssen. Peinlich berührt rapple ich mich auf und mache mich dran, meinen Fallschirm zu falten, um ihn tragen zu können. Ich höre Raphaels heiteres Gelächter jetzt nicht nur via Helmfunk, sondern auch live, er kommt auf mich zugerannt und fällt mir um den Hals.

»Das war ganz großartig! Das schaffen echt nicht viele bei der ersten Landung, du bist ein Naturtalent!« Er holt zum High five aus und ich schlage stolz ein.

Nach einer kurzen Nachbesprechung und meinem ersten Logbucheintrag ist es genug für heute und mein Flying Dutchman bringt mich nach Hause. Es war ein wirklich langer Tag, aber ich bin zu aufgekratzt, um müde zu sein. Und Raphael hat noch dazu eine Überraschung für mich in petto. Er meinte nur, ich solle mich möglichst glamourös herrichten, und er würde mich um zwanzig Uhr abholen, mehr wollte er mir partout nicht verraten.

Ich drehe eine ausgedehnte Runde mit meinem vierbeinigen Begleiter, der es schon beinahe nicht erwarten konnte, mich wiederzusehen. Wir tollen am Strand herum und genießen unsere Zeit zu zweit. So komme ich wenigstens ein wenig runter. Unterwegs gabeln wir Liz auf, denn beim Thema *glamourös zurechtmachen* ist sie Stilberaterin Nummer eins. Es dauert nicht lang bis wir das geeignete Outfit zusammengestellt haben: Die megagenialen goldenen *Baldan* Riemchenschuhe, die mit den glitzernden Steinchen, aka Cinderella Heels, wie sie Liz immer nennt. Dazu ein seidenes *Just Cavalli* Kleid, dass sich eng um meinen Körper legt und nicht viel Raum für Spekulationen lässt. Es ist zwar knielang, aber derart hauteng und sexy, ganz zu schweigen von einem spektakulären Rückenausschnitt, sodass es schon ziemlich gewagt wirkt. Das Kleid ist in Animalprint gehalten, der aber von goldenen Elementen durchzogen ist und so superedel wirkt. Darüber ziehe ich ein kurzes, schwarzes *Guess* Faux-Leather Jäckchen, meine goldene *Cavalli* Clutch ist das Tüpfelchen auf dem I.

Draußen erwartet mich ein äußerst schnittig aussehender Raphael, der sich in einen teuren dunkelblauen Anzug gezwängt hat. Darunter trägt er ein enges beigefarbenes T-Shirt mit Surferaufdruck drauf. Er sieht unglaublich heiß aus.

Wir nehmen eine noble Hotel-Limousine und fahren nach Downtown. Wie gewohnt, stecken wir einige Zeit im dichten Abendverkehr fest, sind aber so ins Gespräch vertieft, dass es nicht weiter stört. Er will mir immer noch nicht verraten, wo wir hinfahren, und meint nur, dass es eins seiner allerliebsten Restaurants sei. Gut, somit habe ich wenigstens einen kleinen Anhaltspunkt. Er mag italienisch, aber auch asiatisch.

Als wir dicht beim Burj Khalifa vorbeifahren, halte ich wie auch sonst immer ehrfurchtsvoll die Luft an. Dieses Gebäude verblüfft mich jedes Mal aufs Neue und lässt alles andere klein wirken. Angeblich ließ sich der Architekt des Towers von einer einheimischen Wüstenblume inspirieren. Der Spider Lily. Ist das nicht faszinierend?

Der Fahrer kündigt an, dass wir gleich da sind, und ich ahne, wohin Raphael mich entführen will. Wir befinden uns im Herzen der Stadt, im Finanzviertel, und hier gibt es ein Restaurant, das ich schon immer mal besuchen wollte. Ergriffen schlage ich mir die Hände vor den Mund. »Raphael, nein. Wir gehen ins *Zuma*?«

Seine Mundwinkel kräuseln sich auf liebenswerte Weise nach oben und seine Augen strahlen. Er nickt. »Überraschung gelungen?«, fragt er.

Ich nicke eifrig und gebe ihm einen zarten Kuss auf die Wange. Ins weltberühmte *Zuma* wollte ich schon die ganze Zeit, nur hat es sich bisher nie ergeben.

Das exklusive japanische Restaurant hält, was es verspricht. Es erstreckt sich über mehrere Etagen und ich komme aus dem Staunen nicht mehr heraus, als uns die Empfangsdame zu unserem Tisch in den hinteren Bereich des Restaurants führt. Alles ist raffiniert und durchgestylt.

»Oh mein Gott, ist das Selena Gomez? Und Bella Hadid?« Ich zupfe aufgeregt an Raphaels Sakko, als ich die beiden Hollywoodgirls erblicke und er muss sich ein Lachen verbeißen.

»Denke schon.«

»Oh mein Gott«, kreische ich mit gedämpfter Stimme.

»Letztes Mal, als ich hier war, habe ich am Nachbartisch von Will Smith gesessen.«

»Wie cool, ich habe ihn mal in New York auf einer Charity Gala getroffen, er ist toll«, schwärme ich.

»Er war übrigens auch schon zweimal Skydiven bei uns«, lässt mich Raph wissen und ich sehe ihn beeindruckt an. Wer hätte das gedacht?

»Lewis Hamilton ist auch ein gern gesehener Gast«, bemerkt die Empfangsdame, die uns wohl mit einem Ohr belauscht haben dürfte und freut sich über meine Reaktion.

Ich glaube nämlich, mir fallen beinah die Augen raus, als ich den Namen des Champions wiederhole. »Lewis

Hamilton? Der Lewis Hamilton?«, platze ich heraus, mir fehlt die Luft zum Atmen, um mehr zu sagen.

»Ihr habt ihn leider um ein paar Minuten verpasst.« Sie bedenkt mich mit einem mitfühlenden Lächeln, als meine Euphorie in bittere Enttäuschung umschlägt. Auch Raphael sieht mich mit großen, neugierigen Augen an und will wissen, was es denn nur mit meiner Begeisterung für den britischen Rennfahrer auf sich hat. Ich seufze, beiße mir auf die Lippe und versuche eine passable Antwort zu finden. Eigentlich wäre es ja schnell erklärt, wenn ich sagte, er sei mein Sportheld. Doch es ist viel tiefgreifender. Er ist eine ganz einzigartige Person. Für mich ist er eine wahre Lichtgestalt. Einer, der das große Ganze verstanden hat, und dies auch mit der Welt teilt, um sie so in einen besseren Ort zu verwandeln. Wenn ich seine liebevoll formulierten Social Media Posts lese, wird mir jedes Mal ganz warm ums Herz. So viel Harmonie und Poesie findet man in seinen seelenvollen Worten. Ein Blick in seine sanftmütigen Augen und ich bin verzaubert. Wie um alles in der Welt soll ich Raphael eine ehrliche Antwort liefern, ohne dermaßen ins Schwärmen zu geraten? Das wäre echt peinlich.

»Ähh, nun ja, er ist ein überaus talentierter Sportler, der immer an sich und seinen Traum geglaubt hat. Er hat sein Ziel nie aus den Augen verloren und es geschafft, ein ganz Großer zu werden. Das motiviert. Ich finde er ist ein wahres Vorbild. Und abgesehen von seiner sportlichen Leistung, steht er auch total auf Fashion.«

Raph grinst und schüttelt den Kopf. »Männer, die Mode mögen, das mögt ihr Damen ganz besonders.«

»Er mag Mode nicht nur, er versteht sie. Das sind zwei vollkommen unterschiedliche Dinge«, korrigiere ich meinen charmanten Begleiter, ehe ich hinzufüge: »Und Lewis hat auch ein großes Herz für Tiere, das sagt eigentlich alles über einen Menschen aus.«

Raphael nickt verständnisvoll und verzieht den Mund zu einem sanften Lächeln. »Tierliebe zählt am meisten für dich, das weiß ich inzwischen!« Er greift nach meiner Hand, drückt sie zart und sieht mir ganz tief in die Augen. »Tut mir echt leid, dass du ihn verpasst hast.«

Sowohl seine mitfühlende Stimme als auch sein treuherziger Blick zeugen davon, dass er das ganz aufrichtig meint. Mir entkommt ein leiser Seufzer. Ich bin schlichtweg hin und weg von ihm. Wie kann ein Kerl so verdammt warmherzig, smart, anziehend, humorvoll und so unverschämt sexy in einem sein? Es muss doch einen Haken geben? So jemanden wie Raphael habe ich tatsächlich noch nie kennengelernt. Ich hätte es nicht mal für möglich gehalten, dass es so jemanden überhaupt gibt. Raph ist wahrlich ein Traum von einem Mann.

Auch wenn ich mein Idol unheimlich gern persönlich kennengelernt hätte, Mr Angeleyes versteht es, mich im Nu wieder zu erheitern und erzählt mir die lustigsten Geschichten, die er mit tandemspringenden Promis erlebt hat. Er muss sich unbedingt mal mit Liz zusammentun und die besten Anekdoten in ihrer bissigen Society Kolumne unterbringen. Zum Schreien, seine Stories.

Ich quetsche ihn auch über die Entstehungsgeschichte von Skydive Dubai aus, und obwohl mir zwar bekannt war, dass Mitglieder der königlichen Familie maßgeblich daran beteiligt waren, bin ich wirklich beeindruckt, was Raphael mir alles darüber erzählen kann.

Überhaupt, was die Royals für die Emirate leisten

und mit welch Klugheit und Umsicht sie regieren, so was könnte man sich nur für mehrere Staaten der Welt wünschen. Nicht umsonst sind Sicherheit und die allgemeine Lebensqualität hier auf einem ganz anderen Level als anderswo.

Der Abend verfliegt regelrecht, und als ich das nächste Mal auf die Uhr sehe, ist es schon Mitternacht. Das Essen war grandios, doch Raphael hat eindeutig zu viel bestellt, ich bin pappsatt und fühle, wie sich mein Kleid gefährlich spannt. Ich hoffe inständig, dass ich es unbeschädigt wieder nach Hause bringen kann und es nicht bei einer unbedachten Bewegung platzt.

Doch mein charmanter Begleiter hat noch eine Überraschung parat. Anstatt zum Hotel zu fahren, halten wir vor dem höchsten Turm der Welt. Irritiert sehe ich ihn an, doch er nimmt einfach meine Hand und lächelt breit.

»Was machen wir hier?«

»Du hast zwar heute schon den besten Ausblick der Welt vom Parachute aus genossen, doch dieser hier ist auch nicht zu unterschätzen.« Er schmunzelt, als wir vor den Toren des mächtigen, exorbitanten Turms stehen.

»Aber es ist schon weit nach Mitternacht, die Öffnungszeiten sind doch längst vorbei.«

»Minnie, und das hält uns auf?« Ein verschwörerisches Lächeln umspielt seine Lippen und er zwinkert mir spitzbübisch zu.

Als uns tatsächlich die Tür geöffnet und Einlass gewährt wird, bin ich ziemlich baff.

»Mr Tronssøn, wir haben Sie schon erwartet, bitte folgen Sie mir.«

Ich kann es nicht glauben, so eine verrückte Aktion hätte ich meinem Wikinger-Rockstar zugetraut, vielleicht auch dem millionenschweren Bill, aber wie um alles in der Welt hat Raphael uns eine Privatführung verschafft?

Als wir den hundertachtundvierzigsten Stock erreichen, bin ich vollends überwältigt. Diese Aussicht. Ganz Dubai zu unseren Füßen, ein einziges goldenes Lichtermeer. Ich kuschle mich an Raphael. Da wir fast allein sind, wird das hoffentlich zu keinerlei Problemen führen. Wir genießen den Anblick in aller Stille und ich kann mir beim besten Willen keinen romantischeren Augenblick vorstellen. Raphael ist der helle Wahnsinn, ein Traum von einem Verehrer.

Er legt sein Kinn auf meinen Kopf und ich mein Ohr an seine Brust. Ich lausche dem monotonen Schlagen seines Herzens komme zu dem Fazit, dass auch er einen superniedrigen Ruhepuls hat. Ich könnte fast meinen, unsere Herzen schlagen tatsächlich im Gleichklang.

Minuten später weist uns der Security Typ dezent darauf hin, dass wir auch die Fotobox benutzen dürfen. Das lassen wir uns natürlich nicht zweimal sagen und starten eine ulkige Fotosession.

Als Raph mich dann nach Hause bringt, und wir uns mit einem Gute-Nacht-Kuss verabschieden, ist es schon fast Viertel nach zwei Uhr morgens. Ich muss echt zugeben, dass das wohl mit Abstand das gelungenste Date jemals war.

Die restliche Woche sehen wir uns kaum, da er für einen Showflug trainieren muss und ich Abgabetermin für meine extralange Wochenendkolumne habe. Obwohl ich sonst sehr viel Freiraum brauche, muss ich zugeben, dass ich ihn richtig vermisse.

Hey Sweety, hast du morgen schon was vor? Ich muss grinsen, als ich seine SMS bekomme. Kann er denn Gedankenlesen?
Nope. Was steht am Plan?
Wie wäre ein Ausflug in die historische Altstadt und dann ein Bummel in durch die verschiedenen traditionellen Souks?
Klingt cool. Dort war ich nämlich ohnehin noch nie, aber das darf ich ihm gar nicht erst auf die Nase binden, da er mich sonst nur wieder aufzieht.
Ich hol dich um sechzehn Uhr ab, passt dir das?
Perfekt!
Freu mich schon, Minnie!
Ich mich auch, Küsschen
Biiiig Kiss!!!!

Ich antworte ihm mit einem Kuss-Emotie und lege dann mein Handy beiseite, um mich auf meine Arbeit konzentrieren zu können, was kein Leichtes ist, da mein Herz fröhlich tanzt.

ZWÖLF

»D-du siehst absolut fabelhaft aus. Atemberaubend!« Sein bewundernder Blick verrät mir, dass ich es geschafft habe, ihn ins Staunen zu versetzen. Er beugt sich vor und dämpft seine Stimme zu einem rauen Flüsterton, den ich so gar nicht von ihm kenne: »Sooo hübsch!« Raph küsst meine Wange in gewohnter Sanftheit und macht dann einen raschen Schritt zurück, um mich nochmals näher zu betrachten. Ich juble innerlich über meine brillante Wahl, habe ich doch glatt den gewünschten Effekt erzielt. Vielleicht sogar übertroffen. Der mitternachtsblaue, fast bodenlange Seidenkaftan im Astrologie-Print von *Camilla,* mit seinen goldenen und glitzernden Emblemen, wie Sonne, Mond und Sternbildern, ist auch wirklich ein Blickfang. Ich bin sonst ja eigentlich kein Fan von langen Maxi-Kleidern, aber dieser körperumspielende Traum aus Seide schenkt mir eine wirklich tolle Silhouette und ist superangenehm zu tragen.

Raphael scheint von meinem Anblick nicht genug

bekommen zu können, führt meine Hand über meinen Kopf und ermuntert mich zu einer kleinen Drehung, wodurch Bewegung in mein Kleid kommt.

»Pure Magie. Wunderschön.«

»Danke, danke. Nur voor jou.«

Ein ziemlich verwegenes Lächeln umspielt seine Lippen. »Das weiß ich zu schätzen.« Er legt seine Hand an meinen Rücken, lässt sie viel weiter hinunter wandern als üblich, und geleitet mich zur Hotellimousine. »Eigentlich wollten wir ja in die Altstadt und dann die Souks in Deira besuchen, aber dafür bist du fast zu schick angezogen.«

»Oh«, entweicht es mir, denn darum habe ich mir eigentlich keinen Kopf gemacht.

»Hmm, was hältst du davon, wenn wir stattdessen durch die Souks in Madinat Jumeirah bummeln, dort passt so ein Glamourgirl wie du viel besser hin. Und anschließend gehen wir fein essen, die Auswahl an Restaurants ist schlichtweg grenzenlos. Was meinst du?«

»Super gerne, Vorschlag angenommen.«

»Cool!« Er unterrichtet den Chauffeur von unseren geänderten Plänen und wendet sich dann wieder mir zu. »Die romantische Bootstour am Creek können wir ein anderes Mal nachholen.«

»Das machen wir.«

»Stattdessen unternehmen wir heute einfach eine kleine Abra-Tour«, meint er geheimnisvoll und ich verstehe nur Bahnhof.

»Abra-Tour?«

»Minnie, *du* schreibst doch die Freizeit-Kolumne, tss tss ...«, neckt er mich. Touché. Peinlich berührt verziehe ich den Mund, was ihn nur noch mehr erheitert. »Ich fungiere gern als Inspiration, lass dich überraschen.« Er legt den Arm um mich und ich kuschle mich an ihn, als mir einfällt, dass ich ihm mein Geschenk noch gar nicht gegeben habe. »Oh, hey, das ist das Stichwort. Ich hab hier etwas für dich«, flöte ich und hole ein hübsch verpacktes Geschenk aus meiner Tasche. »Tadataaa!«

»Für mich?«, fragt er ergriffen, als ich ihm das Päckchen überreiche.

»Ist nur eine Kleinigkeit, aber kommt von Herzen!«

Voller Vorfreude reißt er das Papier auf und als er sieht, was es ist, strahlen mich funkensprühende Augen an. »Oh, die ist ja toll, danke!« Die Begeisterung steht ihm regelrecht ins Gesicht geschrieben. Raph nimmt seine schwarze Kappe ab und ersetzt sie durch die neue petrolblau-graue Snapback Cap. Mein Disneyprinz liebt diese Dinger einfach.

»Na, die steht dir aber, passt einmalig zu deinen Augen!«

»Danke dir«, sagt er voller Enthusiasmus, küsst meine Wange und bewundert sich dann im Spiegel.

»Eigentlich wollte ich dich mit deiner verloren gegangenen Lieblingskappe überraschen, aber das war leider aussichtslos. Die ist nirgends mehr erhältlich.«

»Ach«, er macht eine wegwerfende Handbewegung, »jetzt hab ich eine neue Lieblingskappe«, sprudelt es fröhlich aus ihm heraus, und ich weiß, dass er es absolut ehrlich meint. »Und noch dazu sind wir nun quasi im Partnerlook. Farblich perfekt aufeinander abgestimmt«, scherzt er.

»Ups, jetzt wo du es sagst. Das war nicht geplant, glaub mir«, kichere ich.

»Aber was hat es mit dem Affen auf sich?« Ein keckes, etwas belustigtes Lächeln umspielt seine so schön geschwungenen Lippen. Mr Schalk-im-Nacken sieht mich halbernst und herausfordernd an.

»Äh, ich muss zugeben, ich hätte fast eine Kappe mit Bergspitzen als Logo genommen, aber nachdem du mir letztens deine wahnsinnig coolen, atemberaubenden Boulderkünste vorgeführt hast, fand ich den cheeky Monkey irgendwie passender, du Kletteräffchen«, necke ich ihn. »Er ist doch wirklich süß, oder?«

»Und das bin ich auch, oder wie?« Männer mögen es zwar absolut nicht, als *süß* bezeichnet zu werden, aber so wie Raph dreinschaut, weiß ich, dass er es mir nicht krumm nimmt, sondern sich darüber amüsiert. »Mhmmm«, gebe ich kopfnickend zu, setzte meinen entzückendsten Hundeblick auf und zucke entschuldigend mit den Schultern. Wie sehr ich unsere heiteren Geplänkel liebe, mit Raphael an der Seite ist Spaß einfach vorprogrammiert. Heiterkeit ist sein zweiter Vorname. Wir quatschen und albern die ganze Fahrt weiter herum, bis wir den Souk erreichen. Dort gerate ich fast ein bisschen in Shoppingrausch, denn der orientalische Markt hat es mir echt angetan. Die herrlichen, duftenden Gewürze, bunten Tunikas und Paschminas, ganz zu schweigen von den schönsten, glitzernden orientalischen Schuhen, was soll ich sagen? Ich liebe den Flair hier ganz besonders und ich schaffe es eigentlich nie, durch den bezaubernden, eleganten arabischen Bazaar zu flanieren, ohne mit vollen Tüten rauszugehen.

Nach Dinner und Cocktails im *Trader Vic's*, spazieren wir durch die verschlungenen Pfade des wundervollen Luxusresorts zu einer Bootsanlegestelle. »Bereit für die Abra-Tour?« Raphael hilft mir beim Einsteigen in das kleine, arabische Holzboot und plaudert kurz mit dem Gondoliere, ehe wir ablegen und durch die idyllischen Wasserwege schippern. Das Bötchen hätte Platz für etwa zehn Leute, doch wir haben es ganz für uns alleine. Superromantisch.

»Habe ich schon gesagt, wie sehr ich dein Astro-Kleid liebe?«, flüstert Raph mir ins Ohr, während er zart über meinen Arm streicht. »Was bist du eigentlich für ein Sternzeichen?«

»Sch … äh … Stier.« Himmelherrgott, schon wieder hätte ich mich beinahe verplappert. »Und du?«, schieße ich schnell nach.

»Fisch.« Ein sensibler Fisch. Na, jetzt wird mir einiges klar. Roy ist ebenfalls unter dem Tierkreiszeichen des Fisches geboren und einige Charaktereigenschaften scheinen die beiden wirklich zu teilen. Ihre Abneigung gegen Klimaanlagen zum Beispiel: Roy, wie auch Raphael, kann nie warm genug sein – sehr zu meinem Leidwesen. Aber Angel ist stets darum bemüht, dass ich mich wohlfühle, was heißt, dass er oft die Zähne zusammenbeissen muss, weil ich ohne Air-Condition nicht leben kann. Was macht den Fisch-Mann sonst noch aus? Charmanter, romantischer Frauenversteher, der Tricks schnell durchschaut. Passt ebenso auf beide. Verträumt hingegen ist nur mein Prince Charming, während mein Beschützer ein abgeklärter, harter Hund ist.

»Soll ich dir ein Geheimnis verraten?«, reißt Raph mich aus meinen Gedanken.

»Oh, gerne!« Jetzt bin ich aber gespannt. Er zwinkert mir zu und zieht sein Handy aus den Seitentaschen seiner Shorts. »Aber kein Wort zu niemanden, das, was du gleich sehen wirst, ist wirklich top-secret!« Ich mache eine Geste, als würde ich meinen Mund zusperren und den Schlüssel über Bord werfen, woraufhin wir beide kichern. »Okay, schau!« Er reicht mir sein Smartphone, und ich falle beinahe aus allen Wolken, als er mir ein unheimlich spektakuläres Video vorspielt. »Oh. Mein. Gott. Das ist unglaublich. Sternschnuppen, ein richtiger Meteorschauer.«

»Menschliche Sternschnuppen. Mit Pyrotechnik an Händen und Füßen werden wir zu Silvester im Wingsuit-Formationsflug über die City fliegen, deshalb trainieren wir momentan so viel. Gestern hatten wir das erste Mal die Feuerwerke dabei.«

Ich bin derart gefesselt von den Skydivern, die wie Kometen über den Nachthimmel jagen, dass mir der Mund offen bleibt und ich nach Worten ringe. »Das ist absolut magisch, so etwas habe ich noch nie gesehen.« Als sich unsere Blicke treffen, spiegeln sich die Lichter der Feuerwerke in seinen großen, zauberhaften Augen wider und ich bin nicht minder fasziniert. Überwältigt wie ich bin, beginne ich Rihannas *Diamonds* in einer sehr eigenen, rockigen Version zu singen, und scheine Raph damit mächtig zu beeindrucken. »Hast du schon mal überlegt, Sängerin zu werden?« Ich schüttle den Kopf. »Das ist ab heute *unser* Lied«, haucht er, bevor sich unsere Lippen treffen und ich vollends in andere Sphären drifte.

Die nächsten Tage verbringen wir fast jede freie Minute miteinander. Am Desert Campus, wie auch abseits vom

Fallschirmspringen. Wir sind einfach unzertrennlich. Ich lerne täglich neue Seiten an ihm kennen, und er schafft es immer, mich mit abgefahrenen, unglaublich cool inszenierten Dates zu überraschen. Er ist so einfallsreich wie vielseitig. Ob wir nun klettern gehen, Wanderungen im Hatta Gebirge unternehmen, in den schicksten Restaurants speisen, superromantische Candlelight-Picknicks am Strand zelebrieren oder stundenlange Stand-up-Paddeltouren unternehmen. Mit seiner speziellen, fröhlichen Art schafft er es in Windeseile, mein Herz zu erobern und ich verliebe mich in jeder gemeinsam verbrachten Sekunde immer mehr in ihn.

Über das Kussstadium kommen wir nicht hinaus, denn genau wie ich, hat auch er strenge Prinzipien. Und das ist eines der Dinge, die ich so sehr an ihm schätze. Er ist so jung, aber ein Gentleman der alten Schule. Er will nichts überstürzen, sondern es ruhig angehen lassen und mich richtig kennenlernen. »Nur so schafft man die Basis einer glücklichen Beziehung«, so seine Aussage.

In meinem Skydive Kurs komme ich gut voran und stehe schon bald vor dem letzten Übungssprung. Eigentlich hätte ich ihn schon vor ein paar Tagen gehabt, doch das wurde kurzfristig gecancelt. Ich steckte schon in voller Montur, als mir mitgeteilt wurde, dass ich doch nicht springen darf. Kurz davor gab es eine komische Auseinandersetzung zwischen Raphael und diesem eigenartigen Drew. Ich weiß keine genauen Einzelheiten, nur dass es beinah zu Handgreiflichkeiten gekommen sein soll, was ich mir beim besten Willen nicht vorstellen kann. Na jedenfalls habe ich diesen merkwürdigen Eigenbrötler seitdem nicht mehr gesehen. Und seitdem bin ich nicht mehr gesprungen. Raph schweigt beharrlich zu dem Vorfall und will sich partout nicht dazu äußern. Obwohl es mir unter den Fingernägeln brennt, meine reportermäßige Neugierde zu befriedigen, lasse ich es schließlich auf sich beruhen und stellte keine weiteren Fragen.

DREIZEHN

Liz und ich sind beim Stand-up-Paddleboard-Yoga, unsere momentane Lieblingsbeschäftigung. Die Vorweihnachtszeit hält in Dubai Einzug, und wir stehen unter einem hohen Stresslevel, haben alle Hände voll mit dem Magazin und auch mit den unzähligen Pre-Christmas-Partys zu tun. Daher genießen wir unsere freien Momente umso mehr und albern herum, als wir von Weitem einen Santa Claus auf einem Kamel angeritten kommen sehen.

Das sieht besonders lustig aus. Das Kamel kommt unnatürlich nahe zur Brandung und wir winken heiter. Der kugeldicke Santa Claus, mit dem langen, weißen Wallebart mustert mich mit besonderem Augenmerk. Komischer Blick. Intensiver Blick. Plötzlich überzieht sich meine Haut mit einer Gänsehaut. Er sieht mich einfach nur an, das Kamel ist nun zum Stillstand gekommen und auch das Tier heftet seine braunen, mit endlos langen Wimpern umrandeten Kulleraugen, auf uns.

Liz und ich üben gerade die Taube, und ich strecke mich noch ein bisschen tiefer in die Position hinein, versuche mich wieder voll und ganz auf mich und die Übung zu konzentrieren.

»Fucking sexy«, sagt plötzlich der Weihnachtsmann in meine Richtung. Und verdammt noch mal, diese rauchige Stimme mit dem anzüglichen Tonfall kann nur einer Person gehören. Johnny.

Als mir das klar wird, habe ich alle Mühe, nicht ins Wasser zu kippen. Mein Herz rast und mir wird schwindelig. Ich löse mich vorsichtig aus der Position und begebe mich in eine etwas einfachere Position, in den hinabschauenden Hund. Nicht gut, weil ich Johnny so meine Rückenansicht präsentiere, was ihm hörbar zu gefallen scheint. Ich ändere schnell in den hinaufschauenden Hund.

Liz gibt ein irritiertes »Äh?« von sich, da ich unsere Übungsabfolge komplett über den Haufen geworfen habe.

»Ladies, es ist mir immer eine Freude, euch zu treffen. Man sieht sich später!«, ruft er beschwingt und reitet auf seinem Kamel weiter.

Ich ignoriere ihn so gut es geht und winke nur kurz zum Abschied. Liz sitzt wie verdattert auf ihrem Board und ist anscheinend erst jetzt dahintergekommen, wer sich hinter dem Weihnachtsmannoutfit verbirgt.

»W-war das jetzt Johnny?«, fragt sie und räuspert sich beinahe atemlos.

»Mhm.« Auch ich bin noch zu benommen, um mehr zu antworten. Was um Himmels willen macht er hier? Als Santa verkleidet. Am Strand von Dubai. Auf einem Kamel? Ich muss zugeben, der Anblick hatte etwas, aber hallo?

Abrupt beenden wir unsere Yogasession und paddeln zum Ufer. Der Beachboy übernimmt unsere Boards und Liz und ich gehen beide wortlos zu unseren Liegen.

Ich muss umgehend Roy davon berichten. Ich ziehe mein Handy aus meiner bunt geblümten Strandtasche, als es in meiner Hand vibriert. SMS. Von Raph. *Hey, hey. Treffen wir uns in einer halben Stunde am Strand?* Ich muss unweigerlich grinsen, hat er doch dazu ein süßes Bienchen-Emoji hinzugefügt.

Ich antworte ihm sogleich. *Ja, gern. Bis gleich. xx*

Das ist nun wirklich die beste Ablenkung von Johnny, die ich mir vorstellen kann. Sobald ich Zeit mit Raphael verbringe, rückt mein Wikinger in weite Ferne. Ich wünschte, dass würde nicht nur gedanklich, sondern auch tatsächlich passieren. Was zum Teufel macht J hier? Zu Weihnachten. Als Santa auf einem Kamel. Dieses Bild lässt mich einfach nicht los.

»Also nur damit du's weißt, ich bin eindeutig Team Raphael«, meint Liz in einem irgendwie trotzigen Tonfall und ich sehe sie erstaunt an.

»Was?«

»Team Raphael. Ganz klar«, betont sie und baut sich mit verschränkten Armen vor mir auf.

»Ich kapiere es immer noch nicht.« Bin ich jetzt schwer von Begriff? Auf was will Liz bloß hinaus?

»Sherry. Ich kenne dich. Du siehst deinen Rockstar und bist schon wieder, oder noch immer bis über beide Ohren verknallt. Ja, er ist heiß. Ja, er ist ein gottverdammter Rockstar. Aber genau das ist es, erinnere dich – er steht auf Groupies. Er ist kein Typ zum Verlieben.« Sie lässt ihr Plädoyer wirken. »Aber Raphael schon. Er meint es ernst. Du bist ihm wichtig. Und wie er dich immer ansieht, das lässt sogar mich neidisch werden«, fügt sie in sanfteren Tönen hinzu.

Ich schlage mir halb verzweifelt die Hände vors Gesicht und muss erstmal richtig durchatmen und mich sortieren. Dann versichere ich ihr, dass absolut kein Grund zur Sorge besteht und ich keineswegs verknallt bin in den stets überheblichen, leichtlebigen, blonden Nordmann. Nicht mehr. Nie wieder.

Als ich in Raphaels strahlenden Augen versinke, ist die Welt um mich herum wieder in Ordnung. Er drückt mich bei der Begrüßung so fest an sich, dass mir kurz die Luft wegbleibt, und gibt mir anschließend einen zarten Kuss. Er schmeckt nach Salzwasser und Pfefferminze. Die Locken unter seiner Kappe kringeln sich widerspenstig und strähnig in alle Richtungen. Ein weiteres Indiz dafür, dass er wohl wieder beim Kitesurfen war.

»Schönen Tag gehabt, Süße?« Die Freude in seinem Tonfall ist überschwänglich, als er mir den Arm um die Schultern legt und wir am Meer entlangflanieren, flankiert von Charlie.

Manchmal erwischt uns der Ausläufer einer Welle und der sich kräuselnde Schaum der Gischt kitzelt unsere Füße, jedoch nicht Charlies Pfötchen, der flink mit den Wellen Fangen spielt und dabei nicht nass wird.

»Hach, herrlich, ja. Wenn man fast den ganzen Tag am Strand verbringt, kann es nur ein guter Tag sein.« Ich umfasse ihn fester um die Hüfte und ziehe ihn noch näher an mich heran, als mir meine Begegnung mit Johnny in den Sinn kommt.

Mein Bedürfnis nach Nähe scheint ihm zu gefallen,

denn er tut es mir gleich, indem er mich auch noch mit dem anderen Arm umfasst, sodass ich mich ganz in seine Körpermitte kuscheln kann, während wir weiter an der Brandung entlangwaten. Ich vergrabe meinen Kopf an seiner Brust und atme den betörenden Duft seiner sonnengeküssten Haut ein. Er riecht wie eine zarte Meeresbrise.

»Sherry …«, durchbricht er die geruhsame Stille. Er klingt plötzlich so anders. So fremd. Alarmiert sehe ich zu ihm hoch, ohne mich jedoch aus seiner Umarmung zu lösen.

»I-ich muss dir etwas sagen. Schon eine ganze Weile«, stottert er, so gar nicht Raphael-like.

Meine Besorgnis wächst. Ich sehe ihn eindringlich an. »Was ist los, Raphael?«, flüstere ich beinahe tonlos. Ich spüre, wie jegliche Farbe aus meinem Gesicht entweicht. Mir wird flau im Magen.

Seine Mimik spricht Bände. Er trägt etwas mit sich herum, ich wusste es. Ich wusste, dass alles an ihm zu gut war, um wahr zu sein. Ich wusste, dass es einen Haken an der Sache geben muss. Plötzlich umspielt ein sanftes Lächeln seine Mundwinkel. »Schau nicht so drein wie ein verängstigtes Rehlein.« Raphael kneift mich in die Seite und drückt mir einen liebevollen Kuss auf meinen Haaransatz. Er streicht behutsam mit seinen langen Fingern über meine Wange und küsst mich abermals. »Du und deine überdimensional großen Augen. Mein Bambi.« Er schüttelt den Kopf und grinst schief, während meine Gefühle gerade Achterbahn fahren.

»Raphael. Jetzt sag schon«, versuche ich ihn zu ermuntern, endlich mit dem rauszurücken, was ihm auf der Seele liegt.

Er atmet schwer aus und sieht mir mit durchdringendem Blick tief in die Augen. Gedanklich gehe ich schon alle etwaigen Geständnisse durch, die er auf dem Kerbholz haben könnte, aber nicht über die Lippen bringt. Ist er mit einer anderen zusammen? Steht er doch nicht so auf mich? Auf alles gefasst, warte ich nur darauf, dass er es endlich ausspuckt.

Er ringt sichtlich mit sich.

Ich lege meine Hand auf seine mit Bartstoppeln bedeckte Wange und streichle ihn zärtlich mit meinem Daumen. »Raph, ich sehe doch, dass dich etwas belastet. Was ist los?« In meiner Stimme schwingt so viel Angst und Besorgnis mit, dass ich sie selbst fast nicht erkenne.

Er schüttelt den Kopf. »Als wir uns damals kennengelernt haben, weißt du noch?«

Ich nicke und habe keine Ahnung, worauf er hinauswill.

»Das war ...«

»Hey, Leute!«, durchschneidet eine mir wohlbekannte, tiefe Stimme, Raphaels Satz und unterbricht ihn jäh.

Wir fahren erschrocken herum und sehen Johnny in großen Schritten auf uns zukommen. Gewohnt lässig, wie immer. Er nimmt die verspiegelte Sonnenbrille für einen Moment ab und mustert Raph von oben bis unten. Sein Blick ist schwer zu deuten. Irgendwie liegen Anerkennung, Respekt, aber auch etwas Arroganz und Abwertung darin, eine bunte Mischung aus alledem. Charlie läuft schnurstracks zu ihm und springt an seinen langen, muskulösen Beinen auf und ab. Johnny beugt sich hinunter und tätschelt sein Köpfchen, ehe er sich wieder uns zuwendet.

»Sherry, Darling, willst du uns nicht vorstellen?«, fragt er in herausforderndem, überheblichem Tonfall und schiebt sich die Ray Ban wieder auf die Nase.

Ich verdrehe die Augen und wünsche mich an einen anderen Ort. »Raphael, das ist Johnny. Johnny, Raphael.« Die Nachnamen lasse ich bewusst weg. Dazu vollführe ich eine Geste mit der Hand, ehe ich meine Finger wieder mit Raphaels vereinige.

Dies quittiert mein heißblütiger Wikinger mit einem ziemlich missgünstigen Schnauben. »Hi, Raphael. Freut mich, dich kennenzulernen«, bringt er beinahe knurrend über die Lippen.

»Ganz meinerseits«, entgegnet er und lächelt entspannt. Betretenes Schweigen.

»Und woher kennt ihr euch?«, fragt J, während er seinen Blick zwischen mir und Raphael hin und her schweifen lässt. »Vom Fallschirmspringen«, gibt Raph etwas wortkarg für seine Verhältnisse zurück. Johnny scheint ihm nicht gerade sympathisch zu sein.

»Oh wow. Du hast einen Tandemsprung gemacht? Toll, das wollte ich auch immer schon mal ausprobieren.«

»Dann bist du hier am richtigen Ort.« Raphael deutet hinter sich. »Skydive Dubai ist die beste Adresse dafür.«

J nickt.

»Und die Kleine hier hat Blut geleckt. Sie springt schon ganz allein«, fügt Raphael stolz hinzu, und ich freue mich innerlich, als ich Js Reaktion darauf sehe.

»Was, wirklich? Schräg. Gratuliere zu so viel Mut.« Der Nordmann scheint ganz schön überrascht.

»Mut hat sie. Und die nötige Power ebenfalls.« Raphael zieht mich an sich und drückt mir einen Kuss auf die Wange.

In eine wirklich komische Situation bin ich hier geraten. Irgendwie kommen mir die beiden vor wie zwei Kampfhähne, die ihr Revier abstecken. Jeder versucht den anderen irgendwie zu übertrumpfen. J erzählt gerade von den grandiosen Erfolgen seiner Band in Asien, den vielen Gold- und Platinplatten, Raphael von den verschiedenen Skydive Disziplinen, und welche er davon schon gewonnen hat. Und ich, mittendrin, komme kaum zu Wort. Ich bin irgendwie zur stillen Beobachterin degradiert worden, und komme mir vor wie ein Mäuschen, das weglaufen sollte, stattdessen aber wie hypnotisiert die zwei Kater beobachtet, die darum wetteifern, wer es denn letztendlich vernaschen darf. Hat etwas von SM. Ganz klar. Und doch stehe ich unter beider Bann. Zu Johnny fühle ich mich, obwohl ich es so langsam besser wissen sollte, so dermaßen hingezogen, dass es wehtut. Raphael wiederum erzeugt bei mir ein euphorisches Gefühl, Unmengen an Spaß und Heiterkeit. Er trägt mich auf Händen, in jeder Lebenslage.

»Sherry, kann ich dich einen Moment sprechen? Allein?« J hat inzwischen seine Sonnenbrillen erneut abgenommen und sieht mir direkt in die Augen. Verdammt.

»Klar«, höre ich mich sagen und möchte mich am liebsten gleich dafür ohrfeigen.

Auch Raph neben mir sieht mich entgeistert an, während J noch einen Kopf zu wachsen scheint. Ein überlegenes, selbstgefälliges Grinsen macht sich auf seinem Gesicht breit, so richtig johnnylike eben.

Ich weiß, dass Raphael gerade dabei war, mir etwas Wichtiges mitzuteilen. Und obwohl ich es unbedingt wissen möchte, genauso groß ist auch meine Angst davor. Also ist Johnny eine gute Ausrede, das Ungesagte zu vertagen. Doch es schien ihm sehr wichtig zu sein. »Aber erst später. Raphael und ich haben auch noch eine Kleinigkeit zu besprechen«, besinne ich mich also des Besseren und sehe in Raphs treue Augen. Doch ich entdecke schon wieder dieses komische Funkeln, das ich nicht zu deuten vermag. Mein Herz setzt kurz aus. Meine Angst wächst.

»Nein, schon gut. Geht ihr und redet. Ich, ich wollte dir eh eben sagen, dass mir heute was dazwischengekommen ist und ich unser Date auf morgen verschieben muss«, meint er knapp.

Äh. Okay. Das kam jetzt irgendwie unerwartet. Deshalb benimmt er sich so seltsam? Und ich dachte schon, er hätte mir etwas richtig Erschütterndes, Weltbewegendes zu beichten. Erleichterung macht sich breit und ich fühle mich mit einem Schlag besser. »Ach, wie schade. Aber macht nichts, aufgeschoben ist ja nicht aufgehoben. Dann freue ich mich halt auf morgen Abend!« Ich strahle ihn an und kuschle mich an seine Brust.

Er führt meine Hand an seine Lippen und küsst sie. Ich liebe es, wenn er das tut. »Danke für dein Verständnis. Ich mach's wieder gut, versprochen!« Er zwinkert mir zu. Dann nickt er in Johnnys Richtung. »Hat mich gefreut, Johnny«, meint er ohne jegliche Freundlichkeit in der Stimme.

So eiskalt habe ich ihn noch nie gehört. Ich sehe ihn verwundert an und merke, dass etwas ganz und gar nicht stimmt, auch wenn er es gekonnt zu verbergen versucht. Aber ich kenne ihn inzwischen zu gut. Die Leichtigkeit und Herzlichkeit, die ihn sonst umgeben wie eine zweite Aura, sind einer kühlen Fassade gewichen. Irgendetwas an ihm wirkt sogar feindselig. Bedrohlich. Es fröstelt mich augenblicklich.

Als er sich zum Gehen wenden will, lasse ich seine Hand nicht los, sondern ziehe ihn zurück. »Raph, warte. Ich kann dich ja noch zum Auto begleiten.« Seine Mundwinkel wandern nach oben, sein Lächeln wirkt mit einem Mal wieder warm und freundlich. Er zieht mich mit einem Ruck an sich, vollführt eine Art Tanzschritt, ehe er mich leicht in die Waagerechte bringt und mich dann in alter Hollywoodmanier küsst. Wow. Es scheint, als setze er alles auf eine Karte mit diesem Kuss. Ich fühle mich wie Cinderella mit ihrem Prinzen. Oder Arielle mit ihrem Eric. So märchenhaft und bezaubernd, mein Disneyheld in seiner Paraderolle.

Kann ja sein, dass diese filmreife Geste ein bisschen Show für Johnny ist, um ihm klarzumachen, dass er jetzt der Kerl an meiner Seite ist. Ist mir alles egal. Ich genieße jede Sekunde dieses spektakulären Kusses und schwebe auf Wolken. Ich lasse mich regelrecht fallen, denn ich weiß, dass seine Arme mich festhalten. Seine langen Wimpern kitzeln meine Wange, seine Zunge vollführt ihrerseits akrobatisch anmutende Künste, und die süßen Laute, die er von sich gibt, hach, ich bin verliebt. Ich bin verliebt? Verdammt, ich liebe ihn! Von ganzem Herzen. Diese Erkenntnis trifft mich hart. Vor allem, da sich diese Szene genau vor Johnnys Augen abspielt. Für den ich noch immer viel empfinde. Kann man in zwei Typen gleichzeitig verliebt sein? Jahrelang dachte ich, ich könnte mich gar nicht mehr verlieben, und dann das.

Schwungvoll, jedoch galant bringt mich Raphael wieder in die Senkrechte und hält mich weiterhin eng umschlungen. Ich öffne zaghaft die Augen und blinzle verträumt zu ihm hoch. Dieses engelshafte Gesicht, als könnte er nie ein Wässerchen trüben. Mit der rechten Hand berühre ich zart seine Wange, während ich meine linke noch immer tief in seinen Locken vergraben habe. Ich liebe es, mit seinen Haaren zu spielen.

Johnny neben uns räuspert sich. Hoppla. Obwohl ich seine Anwesenheit und seine Blicke deutlich spüren konnte, habe ich ihn für einen Moment verdrängt.

»Ich melde mich dann später. Und morgen – mach dich gefasst, auf das abgefahrenste Date ever.« Unsere Lippen berühren sich nochmal kurz, aber innig, bevor Raph sich umdreht und den Strand hinaufsprintet. Eine Sportskanone durch und durch. Ich sehe ihm noch lange nach und warte darauf, dass er sich nochmal umdreht, um mir zuzuwinken, ehe er aus meinem Blickfeld verschwindet. Eine seiner süßen, herzlichen Gewohnheiten, die er hoffentlich nie ablegt. Was auch in dieser Sekunde passiert. Er winkt und strahlt von Weitem. Ich werfe ihm eine Kusshand zu, woraufhin er sich seine Hand aufs Herz legt, und dann zu mir zeigt.

Ich schwebe auf rosaroten Wolken, alles fühlt sich so an, als wäre ich in Watte gepackt, alles ist locker, leicht, als könnte ich Bäume ausreißen. Alles, bis Johnny sich abermals räuspert. Diesmal lauter. Ich seufze genervt und drehe mich zu ihm um.

Oh Gott, wie sieht er denn aus? Beinah hätte mich eine Welle des Mitleids und des Schuldbewusstseins verschlungen, so durch den Wolf gedreht und erbärmlich schaut er drein.

Aber hallo? Wie habe ich mich gefühlt, als er dieses Flittchen damals vor meinen Augen gedrückt und geküsst hat. Wohl genauso. Nein, sicher schlimmer. Denn ich hatte echte Gefühle für ihn. Er für mich auch? Zweifelhaft.

Die Sonne geht gerade unter und färbt alles in ein sattes Orange. Bald werden wir in ein tiefes, angenehmes Rosarot gehüllt sein, ehe der Himmel ein kühles Violettblau annimmt.

»Dein Freund?«, knurrt er.

In mir steigt der Ärger wie aus dem Nichts empor. Ich zucke mit den Schultern. »Hmm, wir sehen uns momentan ständig. Datingphase«, meine ich knapp. Warum auch sollte ich mich rechtfertigen?

Herrje, mein armer Kopf wird nur so von verwirrenden Gedanken überflutet. Das schafft nur Johnny. Mich total aus dem Konzept zu bringen. Wieder und wieder. »Wie auch immer, was kümmert es dich?«, fauche ich ihn giftig an. Irgendwie bin ich gerade nicht in der Lage, mit ihm zu sprechen. Schlimmer, ich bin total auf Krawall gebürstet. Völlig unnatürlich für mich. Ich, die Harmonie liebt und im Einklang und Balance lebt, so ein komisches Gefühl kenne ich nicht. Es ist noch nicht genug Zeit vergangen, als dass ich einfach drüberstehen könnte. Über der Enttäuschung und Verletzung, die er mir, wenn auch vielleicht unwissentlich, zugefügt hat. Und vor allem, wieso spielt er sich jetzt so auf?

»Was kümmert es *mich*?«, keift er. Er starrt mich verblüfft und irgendwie arglistig an, und als ich ihn in derselben Weise ansehe und nochmals mit den Schultern zucke, macht er einen Schritt auf mich zu. Ich weiche augenblicklich zurück. So viel Nähe zu ihm ist nicht gut. »Was kümmert es mich?«, wiederholt er, diesmal mit etwas weniger Wut in der rauen Stimme.

Ich ziehe eine Augenbraue hoch und weiß nicht,

worauf er hinauswill. Langsam platzt mir der Kragen. Ich bin diejenige, die das Recht hat, angefressen zu sein. Nicht er. »Ja. Was kümmert es dich?« Das Chaos in meinem Kopf, dazu diese wutentbrannte Stimmung, ich kann mich nicht fokussieren.

»Sherry. Was ist los mit dir?« Diesmal kann ich sogar einen Anflug von Sanftheit in seiner Tonlage feststellen.

»Was soll los sein? Mir geht's gut.« Was hat er bloß? »Was ist mit dir? Was machst du in Dubai? Hast du vor, mir wieder schöne Augen zu machen, um mir dann auf ein Neues das Herz zu brechen?« Ich wusste, ich sollte den Mund halten, bevor der Herzschmerz aus mir hinausbricht. Ich will nicht zeigen, wie verletzt ich bin, oder war. Ich will nicht die Schwache, Verletzliche sein. Aber zu spät.

»Was meinst du damit?«

Ich schüttle nur den Kopf und will weg, doch er lässt mich nicht und erwischt mich am Ellenbogen, bevor ich abhauen kann. Mit fester Umklammerung zieht er mich zurück und zwingt mich, ihn anzusehen. Charlie springt dazwischen, doch er beachtet ihn gar nicht.

»Wovon verdammt nochmal redest du?«

Ich verdrehe die Augen und komme aus dem Kopfschütteln gar nicht mehr heraus. »Von nichts. Lass mich einfach in Ruhe«, herrsche ich ihn an. Das ist es ja. Es ist eigentlich nicht mal der Rede wert. Er der Rockstar. Ich wohl so etwas wie ein Groupie. Ich hätte es besser wissen müssen.

Er lässt mich noch immer nicht los, und als ich versuche, mich aus seinem Griff herauszuwinden, intensiviert er unseren Körperkontakt nur noch mehr und zieht mich viel zu nah an sich heran.

»Was war los … damals auf der Party?«, fragt er.

Ich kämpfe mit den Tränen, versuche sie wegzublinzeln, verdammt, das geht mir echt auf die Nerven. Diesmal darf ich sie nicht gewinnen lassen. Um keinen Preis. Was hat der Typ nur für einen Einfluss auf mich. Nicht nur auf mein Herz, meine Gefühle, nein, als wäre das nicht genug, kontrolliert er auch noch meine Tränendrüsen.

»Jetzt sag schon. Ich habe nur gehört, du wärst da gewesen, aber ich habe dich nicht gesehen. Und als ich mich auf die Suche nach dir gemacht habe, hatte ich …«, er scheint zu überlegen, »… so eine Art Zusammenstoß mit deinem Onkel. Was ich auch nicht verstanden habe. Auf meine Anrufe hast du nicht reagiert, darum habe ich dir unzählige Nachrichten hinterlassen. SMS, E-Mails, sogar einen Brief habe ich an der Rezeption für dich hinterlegt. *Was war los?*« Er sieht mich ratlos und ein bisschen ärgerlich an.

»Erstens: Ich habe weder eine Nachricht noch einen Anruf von dir bekommen«, meine ich trotzig und bin zusätzlich noch dazu verwirrt. Okay, so verwirrt auch nicht. Da hatte sicher Roy seine Finger im Spiel.

»Und zweitens?«, fragt er mit herausforderndem Blick.

»Zweitens … Zweitens habe ich dich auf der Party gesehen.« Ich betone *gesehen* besonders. »Wie du auf Tuchfühlung mit so einer hübschen Dunkelhaarigen gegangen bist. Das wollte ich mir nicht geben, also bin ich abgehauen.« Sollte reichen als Erklärung. Noch dazu bin ich ziemlich stolz, wie sachlich ich das Ganze schildern konnte. Ganz ohne eine Träne zu verdrücken. Das verbuche ich schon mal als Sieg.

Er starrt mich entgeistert und verdutzt an, und ich nutze die Gelegenheit, um mich aus seinem festen Griff zu befreien.

»Eine Hübsche mit ellenlangen, dunklen Haaren?«

Na toll, er kann sich auch noch an sie erinnern. Muss ja einen mächtigen Eindruck hinterlassen haben, die Kleine. Ich nicke und versuche einen möglichst kalten Blick aufzusetzen.

»Das war meine Schwester.«

»Annie?«, entweicht es mir plötzlich. Scheiße. Noch in der Millisekunde, als der Name meine Lippen verlässt, wird mir mein Fehler bewusst. Ich habe mich gerade selbst enttarnt. Mein Herz bleibt stehen, mein Gesicht verformt sich zu einer Grimasse und ich muss nicht lang auf eine Reaktion warten.

»Shannen!«

Er greift nach meiner Hand, und ich erwäge, entweder davonzulaufen oder es erneut mit einer Lüge zu vertuschen. Die Synapsen in meinem Gehirn laufen auf Hochtouren, um mir eine plausible Lösung für das Dilemma zu präsentieren. Wie um alles in der Welt komme ich da wieder raus? »Ach so, i-ich dachte, irgendwann in der Klatschpresse gelesen zu haben, deine Schwester hieße Annie …«, versuche ich mich kläglich aus der Affäre zu ziehen, doch meine Stimme zittert und klingt alles andere als glaubwürdig.

»Nein, nein, nein.« Er erhöht den Druck auf mein Handgelenk, um mich ja nicht entwischen zu lassen.

»Was?«, zische ich. »Du tust mir weh, lass los!«

»Wage ja nicht, es wieder abzustreiten. Für wie blöd hältst du mich?« Sein Gesichtsausdruck wechselt von verärgert zu verblüfft, zu überglücklich, zu – ich weiß auch nicht. All die Emotionen, die auch mich gerade durchfluten, spiegeln sich auf seinem Gesicht wider. Wenn auch aus anderen Gründen.

Ich wiege den Kopf und stelle mich dumm. Viel mehr bleibt mir nun ja nicht mehr übrig. »Lass los, verdammt!«, fauche ich erneut. Nun wird es auch Charlie zu bunt, und er zwickt J in die Achillesferse, nachdem er ihn vorher mit einem bedrohlichen Knurren gewarnt hat.

Doch J lässt sich davon nicht abbringen, blickt nur kurz zu meinem weißen Gefährten, ehe er seine Augen wieder auf mich heftet. »Shannen ...«, setzt er an und mir sinkt das Herz in die Hose. Es ist aus. Aus und vorbei. »Shannen, nach all den Jahren. Ich wusste, du bist es. Von Anfang an.« Er klingt sanft, doch dann ändert sich seine Miene. »Was für ein Spiel treibst du hier?«, fragt er bitterernst.

Ich wünschte, ich könnte Haltung bewahren, doch alles fühlt sich ausweglos an. Mir fehlt jegliche Kraft, mein Geheimnis aufrechtzuerhalten. Ich kann nicht mehr. Ich will nicht mehr.

Auch wenn es Konsequenzen nach sich ziehen wird, die ich jetzt noch nicht mal in Gedanken erahnen kann, entscheide ich mich für die Wahrheit. Ich entscheide mich, ihm alles zu erzählen. Die ganze nackte Wahrheit.

Meine Schultern sinken, ich atme schwer aus und versuche, die richtigen Worte zu finden.

Er deutet mein Schweigen als stilles Eingeständnis. »Ich wusste es«, flüstert er kaum hörbar.

Ich kann ihm kaum in die Augen sehen und weiche deshalb seinen Blicken aus, trete unbeholfen und nervös von einem Bein aufs andere.

»Shannen ...«

Meinen alten Namen aus seinem Mund zu hören, ist wie Balsam für die Seele, dennoch schüttle ich den Kopf und zwinge mich, ihn doch anzusehen. »Bitte nenn mich nicht so«, sage ich flehend, mit brechender Stimme.

Er ergreift meine Hand und ich vervollständige meinen Satz, »Shannen gibt es nicht mehr.«

»Aber du bist es. Wie du jetzt heißt, ist doch egal.«

Auch seine Stimme ist kaum mehr als ein Wispern. Ich versuche, mich unserem intensiven Augenkontakt zu entziehen, hefte meinen Blick auf das weite Meer und lasse mich in den Sand sinken. Meine Beine sind ohnehin zu wackelig, als dass sie mich noch lang hätten aufrecht halten können. Insofern ist Sitzen eine gute Idee. Ich ziehe die Knie eng an meinen Körper und umschließe meine Beine mit den Armen. Schutzhaltung. Ich spüre, wie J es mir gleichtut, wage aber nicht, ihn wieder anzusehen.

Ich vergewissere mich, dass niemand in näherer Umgebung ist. »Shannen existiert nicht mehr, seit dem 1.1.2011«, setze ich zaghaft an. Ich spüre seinen Blick, starre jedoch weiterhin auf die sanften Wellen des Persischen Golfes.

Er ist vollkommen ruhig, merkt anscheinend, wie schwer es mir fällt, die damaligen Geschehnisse in Worte zu fassen. Das Komische ist, ich fühle mich in seiner Gegenwart vollkommen sicher und beschützt, sodass es mir nicht ganz so schwerfällt, ihm die Geschichte zu erzählen. »Weißt du noch, damals, als ich zu den Absteens gefahren bin? Nach unserer Silvesterfeier. Ich war spät dran und es war superhektisch.«

»Diese Nacht werde ich nie vergessen!« Ein Lächeln huscht über sein Gesicht. »Du hast dein Handy vergessen. Kurz, nachdem du weg warst, hat es andauernd geklingelt ...«

Ich nicke. »Mein Handy. Hmm. Wie die Geschichte wohl verlaufen wäre, hätte ich einen Anruf entgegengenommen?« Mein Herz wird schwer. Eine Kleinigkeit, Winzigkeit, die so große Auswirkungen hatte.

»Die Party bei den Absteens wurde kurzfristig ... äh ... verlegt. Alle wollten mich warnen, ja nicht in die Nähe der Villa zu kommen. Doch wie das Schicksal es so wollte, ging ich nichtsahnend dorthin. Ich fand es zwar seltsam, dass die Tür unverschlossen war, aber ... Du weißt doch, sonst kam man nicht an George, dem Butler vorbei, der einem den Eintritt zum Domizil gewährte, oder auch nicht ...« Ich seufze. »Schon das hätte mich stutzig machen sollen. Ich hätte achtsamer sein sollen, misstrauischer, doch ich habe mir nichts dabei gedacht. Nichts.« Meine Stimme bricht. Nach all den Jahren kann ich mich noch immer über meine Dummheit ärgern. »Ich ging also einfach hinein. Niemand war im Ballsaal, wo das Essen hätte stattfinden sollen. Ich traf auf keine Menschenseele. Das war der Moment, als es anfing, mir komisch vorzukommen. Du weißt doch, wie gruselig ich das Haus immer fand. Dort so allein herumzurennen, die gespenstische Stille.« Ich schüttle den Kopf und versuche den eiskalten Schauer, der mir über den Rücken rinnt, abzuschütteln. »Ich suchte vergeblich nach meinem Handy, lief auf Zehenspitzen durch das Haus. Zum Glück. Als ich am Arbeitszimmer von Mr Absteen vorbeikam, sah ich sie dann.« Mir stockt der Atem, mein Hals schnürt sich zu und ich bringe es einfach nicht über die Lippen.

»Wen?«

»Casper. Casper ... und seinen Henker.« Mir schießen augenblicklich Tränen in die Augen, meine Arme werden von Gänsehaut überzogen und ich zittere am ganzen Körper. Meine Tränen vermischen sich mit der salzigen Brise des Meeres.

J zieht scharf Luft ein und muss diesen Schock erstmal verdauen. Er rückt näher an mich heran und legt vorsichtig einen Arm um meine Schultern. Wahrscheinlich erwartet er, dass ich wieder zurückweiche, aber selbst das wäre zu viel für mich in diesem Moment. Stattdessen lehne ich mich an ihn und erlaube ihm, mich in die Arme zu schließen. Ich habe schon so lang nicht über die Erlebnisse gesprochen, dass mein vormals leises Schluchzen in einen ausgeprägten Weinkrampf ausartet.

Als ich mich halbwegs beruhigt habe, erzähle ich ihm schließlich die ganze Geschichte, während er mich weiterhin beschützend in den Armen wiegt.

Ich bin gerade bei dem Teil der Geschichte, als mich George durch die Geheimgänge schleift, als Johnny sich fragend räuspert.

»Warte mal, sagtest du nicht, dass der Killer Smoking und Lackschuhe trug? Warum hatte er bei eurer Verfolgung schwere Boots an?«

»Weil es nicht Caspers Killer war, der uns folgte. Wir waren so damit beschäftigt, schnell und ungesehen aus dem Haus zu kommen, dass wir nicht gemerkt haben, dass noch jemand im Haus war. Und dieser jemand war uns so dicht auf den Fersen, dass er uns eingeholt hat, als wir gerade die Garage erreichten. Auch er hatte eine Waffe und mich im Visier. George war so geistesgegenwärtig, dass er sich, ohne zu zögern, auf ihn stürzte und ihm die Waffe irgendwie entreißen konnte. Er rief mir zu, ich solle laufen, doch ich war wie erstarrt, stand da wie angewurzelt. Schockstarre oder so. Es kam zu einem wilden Handgemenge zwischen den beiden, bei dem sich rasch herauskristallisierte, dass George dem jungen, muskulösen Typen weit unterlegen war. Der Typ in schwarzer Lederjacke hatte den armen, mutigen George schnell am Boden fixiert, murmelte, dass das jetzt das Ende für ihn sei und ich als Nächstes dran wäre. Er würde sich richtig viel Zeit nehmen, für uns beide.«

Ich kann spüren, wie Js Herz schneller und schneller zu pochen beginnt. Er drückt mich noch fester an sich, sagt aber keinen Ton.

»Dieser, dieser Fremde holte ein riesiges Messer aus seinem Stiefel und hielt es George an die Kehle, bereit, den todbringenden Schnitt zu tun. Er flüsterte ihm noch irgendwas Entwürdigendes zu, lachte, und als er erneut ansetzen wollte, ertönte ein Schuss.«

Ich brauche eine kurze Verschnaufpause.

»Wer hat geschossen? Die Polizei? Der Kerl im Smoking?«

Ich schüttle den Kopf. »Der Schuss traf den jungen Assassin in die Seite. Doch als wäre nichts passiert, rappelte er sich auf, ließ von George ab und kam mit großen Schritten auf mich zu. Dann noch ein Schuss. Dieser traf ihn in die Bauchgegend. Nichtsdestotrotz wankte er weiter in meine Richtung, schwenkte das Messer bedrohlich, und war nur noch eine knappe Armlänge von mir entfernt. Der dritte, finale Schuss ließ ihn jedoch endgültig zusammensacken, überall strömte Blut aus seinen Wunden.« Ich merke, wie meine Stimme eine merkwürdige, monotone Tonlage angenommen hat. Ich blicke auf meine Hände, die genauso zittern wie damals. So, als würde ich das Geschehnis noch einmal durchleben.

J folgt meinem Blick und betrachtet nun auch meine Hände. Meine Hände, an denen seit damals Blut klebt.

Ich glaube, er kann eins und eins zusammenzählen, denn er holt tief Luft und muss heftig schlucken. Er stellt die Frage nach dem Todesschützen nicht noch einmal. Und ich bin erleichtert, dass ich es nicht aussprechen muss.

Stattdessen umschließt er meine Hände mit seinen und führt sie an den Mund. Er bedeckt sie sanft mit Küssen, ehe er mir wieder in die verheulten Augen sieht und mir sanft eine Träne von der Wange wischt. »Shannen, ich weiß ehrlich gesagt nicht, was ich sagen soll. Mir fehlen die Worte. Was du alles erleben musstest ... es ist zum Teil auch meine Schuld.«

Entgeistert sehe ich ihn an.

»Na hättest du damals nicht dein Handy vergessen. Hättest du erst gar nicht bei mir übernachtet. Was wäre, wenn ich dich an Neujahr nach Hause gebracht hätte. Dann wäre dir das alles erspart geblieben. Dann ...«

Ich schüttle den Kopf und lege ihm sachte meinen Zeigefinger an die Lippen, um ihn zum Schweigen zu bringen. »Was wäre, wenn ...? Drei Wörter, drei so simple Wörter, die zum Träumen einladen. Was wäre, wenn ...? Wer weiß, wo wir wären? Wer weiß, ob wir zusammen wären? Wer weiß, ob wir glücklich wären? Man kann nichts daran ändern. Das Schicksal hat mir diesen Weg auferlegt. Mich zu fragen, wie alles anders gekommen wäre, damit habe ich vor langer Zeit aufgehört.« Ich zwinge mich zu einem Lächeln, um J ein wenig aufzumuntern und ihm die Last etwas zu nehmen, die beinahe sichtbar auf seinen breiten Schultern liegt. »Und ich darf mich auch gar nicht beschweren. Ich bin am Leben. Und ich hatte bisher ein wirklich außergewöhnliches Leben. Ich habe schon so viel von der Welt gesehen, in so vielen verschiedenen Städten gelebt, hatte unglaublich viele Namen und Identitäten. Manche besser, manche schlechter. Ich habe auf jeden Fall mehr erlebt als jeder andere in meinem Alter.« Ich nicke bestätigend, als müsste ich mir das selbst alles begreiflich machen. »Ich bin dankbar. Wirklich. Der vielleicht gefährlichste Auftragskiller der Welt ist hinter mir her, aber ich lebe.«

»Das heißt, du bist all die Jahre im Zeugenschutz gewesen?«

»Abgetaucht. Verschluckt und wieder ausgespuckt«, witzele ich. »Das ist ein Running Gag zwischen Roy und mir.«

»Wo hat es dir denn bisher am besten gefallen?«

»Hm ...«, eigentlich muss ich nicht lang überlegen, die Antwort fällt mir leicht. »Hier. Ich habe mich richtig in Dubai verliebt. Das Leben ist einzigartig. Und Liz und Bill sind wie eine Familie für mich. Das ist also mit Abstand die beste Identität jeeemaaaals.«

»Und sonst?«, will J weiter wissen.

»Wien in Österreich war im Großen und Ganzen auch recht toll. Ich habe dort dreieinhalb Monate verbracht. Als Amanda Peterson. Eine schwedische Austauschstudentin.« Ich kichere. »Ich glaube ich war neunzehn oder so und habe es mit Kunst probiert ... und das Jahr in Alabama war auch wunderschön. Lilybeth Brookland war eine liebliche Identität. Das war, bevor ich Sherry wurde. Ich liebe die Südstaaten, sie haben ein ganz eigenes, zauberhaftes Flair«, schwärme ich vor mich hin und drifte gedanklich zurück zu den lauen Sommernächten in der Idylle und habe sofort den Geschmack von zuckersüßem Eistee in Erinnerung. Die Lebensart dort mochte ich wirklich gern. »Wie gesagt, ich hab schon so viel von der Welt gesehen und möchte das eigentlich nicht missen. Wenn du wissen willst, wo es mir nicht gefallen hat, da habe ich auch eine klare Antwort für dich. Australien, da habe ich mich komischerweise gar nicht wohl gefühlt. Weiß auch nicht, warum.«

»Ist er denn immer noch hinter dir her?«, fragt J unvermittelt, lässt einen ernsten Ton anklingen und reißt mich somit wieder ins Hier und Jetzt.

Ich zucke mit den Schultern. »Ja. The Preacher, wie er genannt wird, war mir schon mehrmals zu dicht auf den Fersen. In den letzten Jahren hat er auch noch eine Art Schule aufgebaut, in der er Auftragskiller ausbildet. Und ich bin nicht nur seine einzige lebende Zeugin, ich habe noch dazu sein engstes Familienmitglied umgebracht. Seinen Sohn. Also sinnt er auf Blutrache, oder wie man so etwas sonst nennt. George hat zwar damals die Tat auf sich genommen, um mich zu schützen. Doch sein ehrenwertes Schuldbekenntnis blieb nicht lang ohne Folgen. Auch er war klarerweise untergetaucht, doch der Typ hat ihn erwischt. Und gefoltert. Auf abscheuliche Weise. Ich denke, George konnte gar nicht anders, als mich zu verraten.« Schon kullert mir wieder eine Träne hinunter, als ich an den armen Butler denke. Gott hab ihn selig.

Johnny ist sichtlich mitgenommen und nimmt mich in seine feste Umarmung. Ich lege meinen Kopf an seine Brust und höre einfach nur seinem Herzschlag zu. Spüre das Heben und Senken seiner Brust, seinen Atem in meinen Haaren und schließe die Augen. Dieser Moment, dieser eine Moment bedeutet mir die Welt. Die Ehrlichkeit, die Vertrautheit, die Einfachheit, die mich mit Johnny verbindet, diesen Moment will ich nicht vergessen. Alles wird sich wieder verändern, ich sehe mich schon wieder im Flieger nach somewhere sitzen, aber dieser eine Moment wird mir immer in Erinnerung bleiben.

J legt seine Hand unter mein Kinn und hebt es an, sodass wir uns wieder in die Augen sehen. »Meine Shannen«, flüstert er kaum hörbar und legt seine Lippen auf meine.

Ich gewähre ihm den Kuss, kann nicht widerstehen, doch dann kommt mir Raphael in den Sinn und ich ziehe mich ein wenig zurück. »Johnny, wir können das nicht. Ich, äh, Raphael, du weißt? Ich kann ihn nicht hintergehen«, stottere ich, wobei es ohnehin schon egal ist, ich bin gezwungen, meine Zelte hier abzubrechen. Schon allein der Gedanke zerreißt mir das Herz. Raphael, Dubai, ... Liz. Wie werde ich mich von meiner besten Freundin verabschieden?

Plötzlich klingelt mein Handy. Als ich auf das Display sehe, kommt Freude, aber auch Wehmut auf. Es ist der Juwelier aus der Dubai Mall, den ich beauftragt habe, ein tolles Armband für Liz anfertigen zu lassen. Mein Weihnachtsgeschenk für sie. Ich hebe ab und lasse mir sagen, dass ich das Armkettchen heute abholen kann. Es wird jetzt gleich zwanzig Uhr, das heißt, es bleibt uns genügend Zeit zum Shoppen, bis die Mall um Mitternacht schließt. Ein bisschen graut mir zwar schon davor, mich in das Getümmel zu stürzen, denn in den letzten Tagen vor Weihnachten spielt es sich immer besonders in den

Einkaufszentren ab. Ich hoffe, Roy wartet wenigstens das Weihnachtsfest ab, bevor wir abhauen. Drei Tage, das ist doch nicht zu viel verlangt, oder? Ich bin guter Dinge, so viel Einfühlungsvermögen wird er wohl haben und mir die nötige Zeit geben, mich von allen hier gebührend zu verabschieden.

»Hey, ich muss noch in die Dubai Mall, begleitest du mich?« Einkaufen mit meinem Wikinger war schon damals immer amüsant, inständig hoffe ich, seine Zustimmung zu finden, zumal ich ihn ja nicht aus den Augen lassen darf, bevor ich nicht Roy von meinem Ehrlichkeitsanfall gebeichtet habe. Ich werde zum Glück nicht enttäuscht.

»Na klar.« Er erhebt sich, klopft sich den Sand von der Hose und bietet mir seine Hand an. Ich greife danach und er zieht mich schwungvoll hoch.

»Ich muss aber zuerst Charlie aufs Zimmer bringen, der mag Shoppingmalls nicht so sonderlich.«

»Ist ihm nicht zu verdenken.«

»Das aus deinem Mund, Big Joe?« Erstaunt sehe ich ihn an und versuche herauszufinden, ob das wieder versteckter Sarkasmus war. Js Augen leuchten auf und er grinst breit, als ich ihn mit seinem Kosenamen aus längst vergangenen Zeiten anspreche.

»Stimmt schon, Shopping mit dir war immer ein besonderes Vergnügen, aber wenn mich jeder erkennt, die ganzen Teenies, die mir dann überallhin folgen und hinterherfotografieren, das kann dann schon etwas nerven.«

Gefangen in der ganzen Vergangenheitskiste habe ich wohl für einen Augenblick seinen Starstatus vergessen. Er ist ein verdammter Rockstar. »Schon klar. Na, du musst ja nicht mit …« Ich ziehe eine enttäuschte

Schnute, ein bisschen Schmollmund kann ja nicht schaden.

»Stop teasing me, Kleine. Ich hab ja gesagt, ich komme mit. Ich muss ohnehin noch ein paar Last-Minute-Geschenke besorgen. Aber mach dich auf was gefasst.« Er legt seinen Arm um meine Schultern und wir schlendern unter mittlerweile sternenklarem Himmel in Richtung Hotel.

VIERZEHN

J hatte wirklich recht, schon kurze Zeit nach der Ankunft in der Mall, wird er von einer Horde wild gewordener Girls umringt. Ich halte mit Bedacht Abstand, um auf keinem Foto erwischt zu werden, und betrachte das chaotische Szenario aus der Ferne.

Johnny schreibt geduldig Autogramme und erträgt in stoischer Ruhe den Selfiewahn der Mädels. Bis es ihm schließlich zu bunt wird und er von Securities gerettet werden muss. Er flüchtet in den Fahrstuhl und lässt vorher verlautbaren, dass er in etwa einer halben Stunde ein Fotoshooting vor der spektakulären Dubai Fountain hat. Wie im Nu springen die Ladies darauf an und machen sich auf den Weg zum nahe gelegenen Burj Khalifa. Wie ein Lauffeuer breitet sich die Neuigkeit auf Twitter und Social Media aus. Auch ich erhalte eine Meldung. Gut, somit haben wir etwa eine Stunde, bis sie draufkommen, dass es Fake News war.

Eine kleine, winzige Notlüge wird ihm ja wohl erlaubt sein – Selbsterhaltungstrieb nennt man das. J hat sich in der Zwischenzeit einen komplett neuen Look verpasst und steckt jetzt in abgewetzten Trainingshosen und weitem T-Shirt. Dazu eine große, etwas doof aussehende Kappe am Kopf, die Haare streng zusammengebunden. Zu guter Letzt setzt er noch eine Nerdbrille auf. Et voilà, im Schlabberlook wirkt er wie ein total anderer Typ. So habe ich ihn noch nie gesehen. Er betrachtet sich im Spiegel und muss selbst grinsen. »Na, was sagst du zu meiner Verkleidung? Wollte ich immer schon mal ausprobieren. Wird es funktionieren?«

»Werden wir wohl gleich sehen«, meine ich schulterzuckend.

Und tatsächlich, als wir uns wieder in die Öffentlichkeit begeben, nimmt kaum jemand Notiz von uns. Was Styling alles ausmacht.

Nachdem wir das Armkettchen für Liz abgeholt haben, steuern wir auf eine coole Boutique zu. J hat schon allerhand Geschenke für seine Bandmitglieder, nun möchte er etwas für sich.

Wir stöbern in der Athletic-Leissure-Abteilung und Johnny wird mehr als fündig. Ich helfe ihm, die Klamotten in eine Umkleidekabine zu bringen, und gerade als ich gehen will, zieht er mich zurück und umschließt mich mit seinen Armen.

Ich quicke erschrocken und biege mich dann vor lauter Lachen, als er mir Dinge ins Ohr flüstert, die ziemlich versaut sind. Als er auch noch anfängt, mich zu kitzeln, kann ich mich nicht mehr halten. Wir albern lautstark herum, und ich hoffe inständig, dass die Geräuschkulisse aus dem Laden uns dennoch übertönt. Die auf und ab gespielten Christmassongs, die schnatternden, in Hektik verfallenden Last-Minute-Shopper, die stressgeplagten Verkäufer, alle sollten zu sehr abgelenkt und in ihrer eigenen Welt gefangen sein, um uns zu hören. Wir lauschen in andächtiger Ruhe, nur um auf Nummer sicher zu gehen, ehe mein Wikinger seine Kitzelattacke abermals fortsetzt und weiter mit mir auf Tuchfüllung geht. Ehe wir uns versehen, sind wir einander wieder super nah und unsere Gesichter nur ein paar Millimetern voneinander getrennt. Das Feuer, das aus seinen stahlblauen Augen strömt, raubt mir jegliche Luft zum Atmen. Auch Raphaels Antlitz, das kurz vor meinem inneren Auge auftaucht, kann der Magie dieses Augenblicks keinen Abbruch tun. Ich bin innerlich zerrissen. Ich liebe Raphael. Aber ich liebe Johnny ebenso. Gegen die alten Gefühle, die er in mir auslöst, bin ich einfach machtlos. Ein wahres Dilemma, Gefühlschaos pur. Ich weiß, dass J es nicht wagen würde, mich zuerst zu küssen, da ich ihm vorhin am Strand eine Abfuhr erteilt habe, deshalb erwäge ich, den ersten Schritt zu tun, schön wäre es allemal. Gerade als ich schon wieder Gefahr laufe, Richtung Wolke sieben abzuheben, klingelt mein Handy in der Reverstasche meiner Jeansshorts.

Der besondere Klingelton lässt mir augenblicklich das Blut in den Adern gefrieren. Mein Herz macht einen Aussetzer, mir stockt der Atem und ich kann und will nicht glauben, was meine Ohren vernehmen. Das kann nicht sein. Das darf nicht sein.

Ich löse mich von Johnny, jedenfalls glaube ich das, denn alles fühlt sich an wie in Schockstarre.

Johnny tritt einen Schritt zurück und sieht mich mit besorgter Intensität an. Er sagt etwas, doch ich kann nicht hören, was er von sich gibt.

Ich höre nur den Klingelton meines Handys, das den

Rolling Stones Klassiker *Out of Control* wiedergibt, von dem ich immer gehofft hatte, ich würde ihn nie hören müssen. Roy wollte sich meinen Faible für die Stones zunutze machen und mögliche Panik meinerseits vermeiden, oder zumindest dämpfen. Psychologisch clever gedacht, doch ich kann jetzt mit absoluter Sicherheit sagen, dass es nicht wirkt. Ganz und gar nicht. Mein Herz rast vor Entsetzen.

Johnnys Besorgnis wächst und wächst, sein Gesicht ist zu einer eigenartigen Grimasse verzogen, er spricht unentwegt mit mir, das weiß ich, aber nur deshalb, weil sich seine Lippen permanent bewegen. Ich vernehme nicht mal den Klang seiner samtigen Stimme. Alles, was ich höre ist Mick Jaggers unverkennbarer Sound, Keiths Gitarrensoli und den tiefen Herzschmerz dieses Songs.

Ich kämpfe mit mir und zwinge mich dazu, das Handy hervorzuholen, und endlich abzuheben.

»Code Black. Safehouse 3«, sagt eine computergenerierte Stimme.

Mir ist schlecht, es fühlt sich an, als würde sich eine Schlinge um meinen Hals legen. Ich glaube, ich muss mich gleich übergeben.

Ich lasse mein Handy mit zitternden Händen wieder in die Tasche gleiten und sehe Johnny an. Ich versuche, mir sein Gesicht so gut wie möglich einzuprägen. Seine sanften Züge, seine süßen Lachfältchen, so werde ich ihn in Erinnerung behalten. Zaghaft lege ich eine Hand an seine Wange und spüre seine Wärme. Ich wünschte, er könnte mir noch ein Lächeln schenken, doch das wird wohl kaum machbar sein.

»Sherry, was ist los? Du bist ganz grün im Gesicht.« Endlich dringen seine Worte zu mir durch.

Ich schüttle den Kopf und versuche, es ihm zu erklären. Was wirklich nicht einfach ist, da mir meine Stimme irgendwie abhandengekommen ist, und belegt, heiser und gebrochen klingt. »Ich. Bin. Aufgeflogen«, sage ich nüchtern und ohne jegliche Emotion. Dazu bin ich nicht im Stande. Der Schock sitzt zu tief und ich weiß, dass ich jetzt schnell handeln muss.

Sein Gesichtsausdruck entgleist, seine Augen werden groß und er sieht mich eindringlich an, ehe er seine Hände an meine Hüften legt und seine Finger in mein Fleisch drückt. »Was? Shannen, du weißt, ich war es nicht. Ich habe niemandem ...«

Sanft bedenke ich seinen Mund mit meiner Hand. »Shhh. Ich weiß. Das weiß ich doch.« Ich umarme ihn und er hält mich so fest, dass ich kaum noch Luft bekomme.

»Das ist nur eine Vorsichtsmaßnahme, oder? Das ist dir doch schon mal passiert?« Er sieht mich eindringlich an.

Ich schüttle den Kopf. *Out of Control* ist wortwörtlich zu nehmen. Die Höchste aller Warnstufen. Die Sache ist komplett aus dem Ruder gelaufen, ich bin enttarnt und womöglich ist es schon zu spät, um unterzutauchen. Ich habe sicher schon ein megagroßes, grell leuchtendes Fadenkreuz am Rücken, und der Schütze hat mich längst ins Visier genommen, wartet nur auf den perfekten Schuss. Außer Kontrolle geraten ist unsere Situation in all den Jahren noch nie. Nicht mal die Vorstufe *Gimme Shelter* haben wir jemals erreicht.

Charlie! Verdammt. Was mache ich jetzt? Als mir klar wird, dass ich nicht zurückkann, um meinen Schatz zu holen, füllen sich meine Augen mit Tränen und der

Schmerz in meinem Herzen wird unerträglich. Ich könnte alles und jeden zurücklassen, jedoch nicht meinen kleinen Engel. Um keinen Preis der Welt. Nicht nur, dass ich nicht ohne ihn leben könnte, er würde es nicht verstehen. Es würde auch sein kleines Herz brechen, und … oh Gott. Es zerreißt mich innerlich.

»Charlie«, hauche ich verloren. Ich mache mir die schlimmsten Vorwürfe, dass ich ihn allein im Hotel gelassen habe. Warum muss das ausgerechnet jetzt passieren?

»Schon gut, ich kümmere mich um ihn. Mach dir keine Sorgen. Es wird schon alles wieder gut und du siehst ihn bald wieder.« Johnny nimmt mein Gesicht in seine Hände und blickt mir vielsagend in die Augen.

Auch wenn es mir das Herz sprengt und in die winzigsten Teile und Atome zerreißt, habe ich keine andere Wahl, als darauf zu vertrauen. »Danke. Kannst du Liz das hier von mir geben?« Ich öffne mein Medaillon und hole einen kleinen USB Stick hervor. »Das erklärt ihr alles. Mein Abschiedsbrief. Bitte, ich …«

Johnny unterbricht mich, indem er meine Lippen mit seinen umschließt und mir die Tränen wegküsst.

»Und Charlie …«

Er lässt mich nicht zu Wort kommen, sondern legt mir jetzt den Finger auf die Lippen. »Schon gut, alles wird gut. Ihr seht euch bestimmt bald wieder, und bis dahin werde ich auf ihn aufpassen und ihn wie meinen Augapfel beschützen. Vertrau mir.«

Ich wende mich zum Gehen, drehe mich aber dann doch nochmal um und krame in seinen Einkaufstaschen nach seiner neu erstandenen Kappe. »Darf ich?«

»Selbstverständlich. Jetzt hau schon ab.«

Ich binde meine Haare zu einem strengen Zopf, ziehe mir die schwarze Schirmkappe über und stürme aus der Kabine. Mit schnellen Schritten bahne ich mir den Weg durch die Menschenmengen zur Garage, werfe im Vorbeigehen schwermütig mein Handy in den nächsten Abfalleimer und versuche möglichst unauffällig zu bleiben. Den Schirm der Kappe habe ich mir so tief ins Gesicht gezogen, dass es mir vorkommt, als hätte ich Scheuklappen auf, was meine Sicht beeinträchtigt und mich auf der Suche nach potentiellen Attentätern behindert.

Doch plötzlich erhasche ich einen flüchtigen Blick auf ein bekanntes Gesicht und bleibe kurz wie erstarrt stehen. Menschenmassen schieben sich an mir vorbei, doch die nehme ich nur schemenhaft wahr. Ich sehe nur ihn. Raphael steht etwa drei Meter von mir entfernt bei den Aufzügen an die Wand gelehnt und starrt mit eigenartiger Miene auf sein Handy. Er ist ganz anders gekleidet als sonst. Statt sportlichen Shorts und engem T-Shirt trägt er dunkle Motorradkluft. Er hat mich anscheinend noch nicht entdeckt, sondern redet mit eiskaltem Gesichtsausdruck ins Telefon. Raphael? Mein Raphael? Was macht er hier? Ist das nur Zufall? Das kann jetzt nicht sein, oder? Bitte lass ihn nicht einer vom Syndikat sein. Bitte lass das alles nur ein böser Traum sein. Lass mich aufwachen.

In diesem Moment begegnen sich unsere Blicke. Ein Funkeln blitzt in seinen Augen auf, und ich kann nicht deuten, was es mir zu sagen vermag.

Er stößt sich von der Wand ab und bewegt sich eilig auf mich zu, schiebt Leute schroff beiseite. Ich beginne zu rennen. Versuche mich im Getümmel zu verstecken. Das gelingt mir auch ziemlich gut. Mit flinken Fingern klaue ich mir einen bodenlangen, schwarzen Cardigan aus einer Einkaufstüte von der Frau vor mir. Welch Glücksgriff. Sorry, aber schlechtes Gewissen ist nun fehl am Platz. Ich ziehe ihn mir über und eile durch die Menge. Ich steuere zielstrebig auf einen Stand mit arabischen Waren zu und greife nach einem schwarzen Schleier, der mit schönen, goldfarbenen, floralen Mustern bestickt ist. Der Verkäufer ist so abgelenkt von den ihn umringenden Touristen, dass er mich nicht bemerkt. Es tut mir im Herzen weh, etwas mitgehen zu lassen, doch es geht nicht anders. Roy hat mir beigebracht, wie man flink und versiert etwas klauen kann, ohne bemerkt zu werden. Und hat mir eingeschärft, es zu tun, wenn es nötig ist, denn das ist eine von seinen Devisen. Untertauchen und unsichtbar werden, will gelernt sein. Schneller Kleidungswechsel steht da an erster Stelle.

Ich lasse die Kappe in meiner Tasche verschwinden, wickle mir das Tuch flüchtig über und bedecke damit mein rotbraunes Haar und das Gesicht. Im Handumdrehen könnte ich als Einheimische durchgehen und wiege mich etwas in Sicherheit. Jetzt heißt es Ruhe bewahren, ein Auto knacken, oder ein Taxi finden, ich weiß noch nicht, was besser ist, um auf schnellstem Wege ins Safehouse zu kommen. Mein Adrenalinpegel ist momentan so hoch, dass die anfängliche Panik verflogen ist, meine Knie langsam aufhören zu zittern, ich wieder halbwegs funktioniere und genau weiß, was zu tun ist. Roys Training sei Dank.

Einzig der Gedanke, meinen geliebten Charlie im Stich zu lassen, den kann ich nicht beiseiteschieben, das würde ich nie im Leben verschmerzen können. Aber irgendetwas in mir lässt mich zuversichtlich ein Fünkchen

Hoffnung schöpfen, dass letzten Endes doch nicht alles so schlimm ist. Ich werde ihn wiedersehen, irgendwie werde ich ihn zu mir holen, ich bin fest entschlossen. Ich lasse ihn nicht zurück. Scheiß auf das alte Piratenmotto aus Fluch der Karibik – Wer zurückbleibt, wird zurückgelassen! –, das mein Bodyguard stets propagiert, wenn wir wieder die Zelte abbrechen müssen. Nicht meinen Charlie. Nicht mit mir! Nach dem Vertrauensbruch seitens Raphael ist mir nichts mehr wichtig. Niemand. Nur mein vierbeiniger Freund. Wie konnte ich mich in Raphael nur so täuschen? Ich habe eine gute Menschenkenntnis, normalerweise. Wie konnte mir der vermeintlich süße Niederländer so einen Bären aufbinden? Mir Gefühle vorheucheln? Wie konnte er sich so schnell mein Vertrauen erschleichen? Mir mein Herz stehlen? Der Verrat tut weh. So verflucht weh.

Ich erreiche gerade das Parkhaus, und, verdammt nochmal, ich hätte mir lieber nicht so über Charlie und Raph den Kopf zerbrechen, sondern mich mehr auf das Hier und Jetzt fokussieren sollen. So schlecht ist es um meine Aufmerksamkeit bestellt, dass mich zwei Typen in Schwarz völlig überrumpeln. Einer verpasst mir einen heftigen Hieb in die linke Nierengegend, der Schmerz breitet sich strahlenförmig aus und ich schnappe nach Luft.

Scheiße!

Der andere packt mich ruppig am Arm und dreht mir die Hand und den Unterarm auf den Rücken, der Bereich unter meinem Ellenbogen fühlt sich an, als würde er abgerissen werden. Ich versuche es mit Tritten, lasse mich mitschleifen, versuche, was mir einfällt, aber vergeblich.

Ich zapple und drehe und winde mich so gut ich kann, um mich aus dem Griff zu befreien. Ich schreie und wehre mich, soweit es mir möglich ist, doch der Typ dreht meinen Arm mit jeder meiner Bewegungen ein Stückchen weiter nach oben. Ohne ihn anzusehen, merke ich, wie sehr er das genießt.

Keiner der beiden Kerle ist The Preacher, müssen wohl seine Handlanger sein. Oder etwaige Verwandte? Ähnlichkeit ist irgendwie da. Das markante Kinn, eine, wenn auch nicht ganz so ausgeprägte Hakennase. Ganz augenscheinlich die selbe Abstammung, nur jüngere Versionen des Abschaums.

Der Typ links von mir, drückt mir unsanft eine Waffe in die Seite. Ich sehe an mir hinab und kann eine 45er *Subsonic Glock* erkennen. Sonderanfertigung. Roy wäre stolz auf meine Waffenkenntnisse.

»Hör auf mit dem Scheiß. Du entkommst ja doch nicht. Oder willst du andere mit ins Verderben nehmen?«, wispert mir der rechte, deutlich jüngere Kerl ins Ohr und spielt auf eine Familie mit drei kleinen Kindern an, die gerade fröhlich aus ihrem geparkten Auto hüpft und laut schnatternd in Richtung Aufzüge marschiert.

In meinem Kopf laufen tausende Szenarien ab, doch in keinem einzigen gelingt mir die Flucht. Ich beschließe, für einen Moment aufzugeben und meine erbitterte Gegenwehr einzustellen. Aber nur kurz. Zum Glück habe ich Nerven aus Drahtseilen. Statt mich weiter in Panik hineinzusteigern, überkommt mich eine absolute Ruhe. Roys hartes Training sei Dank.

»Schau, schau. Sie folgt aufs Wort. Good girl«, spottet der linke, etwas massigere Typ mit dünnem Schnurrbart.

Während die beiden denken, sie hätten die Situation

unter Kontrolle, bin ich gedanklich schon bei Plan 1001C. Könnte halsbrecherisch werden, ziemlich wahrscheinlich sogar, aber was anderes fällt mir nicht ein. Und viel Zeit, meinen Plan in die Tat umzusetzen, bleibt mir nicht mehr, in etwa zehn Meter Entfernung sehe ich einen weißen Van. Ein richtiger Klassiker in Sachen Entführungsfälle. Kastenwagen ohne Scheiben, dessen Motor gerade gestartet wird. Na bravo. Wenn ich darin verschwinde, ist alles aus.

Der Typ links neben mir winkt hektisch in Richtung des Wagens, was auch den rechten ein wenig abzulenken scheint.

Diesen kurzen Moment nutze ich für mein Manöver: Ich schmeiße mich mit voller Kraft gegen den rechten Typen, der meinen Arm fixiert, hebe die Beine vom Boden, springe und trete den linken Kerl mit meinen Füßen mit voller Kraft zu Boden. Der rechte taumelt und wir landen beide auf dem harten Asphalt. Schnell wie eine Katze rapple ich mich auf und jage ihm meinen Ellenbogen ins Gesicht. Blut strömt aus seiner Nase, doch k.o. ist er noch nicht. Also hole ich zu einem vernichtenden Handkantenschlag aus und treffe gezielt seinen Kehlkopf. Somit ist er vorerst außer Gefecht. Ich rapple mich auf und greife nach der Pistole, doch der Kerl erwischt sie schneller als ich. Schon hält er sie fest in Händen und richtet sie mit süffisantem Grinsen in meine Richtung, den Finger am Abzug. Ich sehe direkt in den Lauf.

Verdammt. Game over. In meinen Gedanken hat das eindeutig besser funktioniert.

Plötzlich vernehme ich den Sound einer schweren

Maschine, die auf uns zurast. Mit vollem Tempo und quietschenden Reifen brettert eine rote Honda auf uns zu und slidet zur Seite. Ich sehe mir den Biker genauer an und schnappe nach Luft. Raphaels Motoradkluft? Was macht er hier? Er hält eine Knarre in der Hand, und auf einmal hallt ein ohrenbetäubender Schuss durch die Tiefgarage. Ich zucke zusammen, spüre jedoch keinen Schmerz. Erst als ich die Augen öffne, sehe ich, wie mein Möchtegern-Entführer zusammensinkt. Alles passiert wie in einem Film, wie in Zeitlupe. Und ich komme mir vor wie eine Zuseherin, sitze wie unbeteiligt da und sehe erstaunt und paralysiert zu, ohne selbst zur Akteurin zu werden.

Raph brüllt mir etwas zu. Ich kann ihn jedoch nicht verstehen, meine Ohren dröhnen, mir ist schwindlig. Raphael kommt zum Stehen und streckt mir eine Hand entgegen.

»Jetzt komm schon, verdammt noch mal«, schreit er, und seine Stimme klingt so hart und fremd, dass ich bezweifle, dass das der gleiche Raphael sein kann, in den ich mich verliebt habe. »Verdammte Scheiße, Sherry ... Steh auf! Komm!« Sein Arm schwebt vor mir.

Ich weiß nicht, wer er ist. Ich weiß nicht, auf welcher Seite er steht. Ich weiß nicht, ob ich ihm trauen kann, jedoch ist er momentan wohl meine einzige Option. Mit Kraft stoße ich mich auf allen Vieren vom Boden ab, ergreife seine Hand, schwinge mich hinter ihm aufs Motorrad und kralle mich in seine Lederkombi.

Mit qualmenden Reifen vollführt er pfeilschnell ein Wendemanöver, während ich noch gar nicht richtig sitze, und schon schießt die Maschine Richtung Ausgang. Gekonnt schlängelt er sich durch die im Stau stehenden

Autos und wir düsen in mörderischem Tempo über die Autobahn.

So viele Fragen geistern mir durch den Kopf, ich kann nicht glauben, dass das alles passiert ist. Alles ging so schnell, dass mein Hirn nicht weiß, was es zuerst verarbeiten soll.

Komischerweise rasen wir genau in die Richtung, in die ich sollte. Das Safehouse liegt in einer abgelegenen Gegend, etwas außerhalb von Dubai City, Richtung Abu Dhabi, nahe Jebel Ali, und genau dahin scheint Raphael zu fahren. »Wohin fahren wir?«, kreische ich lautstark, in dem verzweifelten Versuch, den Sound des Motorrades zu übertönen.

»Safehouse«, sagt Raphael knapp und bestätigt somit meine Annahme. Woher weiß er das? »Wer bist du, verdammt noch mal?«

Ich bekomme keine Antwort. Wahrscheinlich, weil es keine Antwort gibt.

»Fuck, Raphael.« Ich schlage ihn mit voller, na gut, halber Kraft aufs rechte Schulterblatt, um eine Reaktion zu bekommen. Nichts. Also mache ich weiter und trommle mit der Faust auf seinen Rücken. »Wer. Bist. Du?« Tränen strömen aus meinen Augen und ich scheine mich in eine Art Hysterie hineinzusteigern. »Wer bist du, wer bist du?« War das alles nur Show? War nichts davon wahr? Seine Gefühle gespielt? Nichts davon echt? Unser stürmisches Kennenlernen, unser Verlieben, alles Fake? Alles nichts als eine Lüge?

Ich weiß nicht, wie lang wir gefahren sind, wir sind eindeutig außerhalb von Dubai. Vom Meer her ziehen düstere Nebelschwaden auf. Ein Phänomen, das ich hier schon öfters erlebt habe. Ich mag den verzauberten Charakter einer nebelig bedeckten Landschaft eigentlich richtig gern, besonders in Dubai, denn hier hat es irgendwie einen noch mystischeren Touch als anderswo. Doch heute hätte ich auf das schaurige Naturschauspiel gerne verzichtet. Ich fühle mich ohnehin schon zu sehr verloren in der Dunkelheit. Raph fährt auf den Seitenstreifen und hält abrupt an.

Er nimmt den Helm ab und dreht sich vollends zu mir um. »Sherry«, er sieht mich nachdenklich an. »Es gibt eine Erklärung, für alles. Ich war nicht ganz aufrichtig zu dir.«

»Na das ist ja wohl die Untertreibung des Jahres.«

»Ich wollte dir alles sagen. Mehrmals. Heute zum Beispiel, aber wir wurden ja unterbrochen.« Er sieht ziemlich verloren aus. So verloren und beklommen, dass ich ihn am liebsten in den Arm nehmen würde.

»War das alles eine Lüge?«, will ich wissen. Ich versuche, so viel Kälte und Härte wie möglich in meinen Tonfall zu legen.

Er sieht mich entgeistert und irgendwie gekränkt an.

»Ich gehe mal davon aus, dass du einer vom Zeugenschutz bist. Andernfalls wäre ich wohl nicht mehr hier. Als ich dich in der Mall gesehen habe, bin ich davon ausgegangen, dass du einer von ihnen bist. Von den bösen Jungs, meine ich. Aber jetzt sind wir hier. Du weißt, wo das Safehouse ist. Also ...«

Raphael nickt. »Du hast recht. Mit beiden Annahmen. Ich bin Doppelagent, sozusagen. Man hat mich eingeschleust ... ins Syndikat. Man hat mich auf dich angesetzt. Von beiden Seiten.«

Ich schüttle den Kopf und will das alles nicht wahrhaben, doch irgendwie weiß ich, dass ich ihm nach wie vor vertrauen kann. »So jung und schon bei der Sturmtruppe? An beiden Fronten?«

Meine Starwars-Anspielung ringt ihm ein kurzes Lächeln ab und seine eben noch trübsinnigen und schuldbewussten Augen leuchten Fünkchen um Fünkchen mehr. Auch wenn ich gerade mehr als verwirrt bin und mich hintergangen fühle, kann ich es nicht ertragen, den sonst fröhlichen Raphael so zu sehen.

Irgendwie kann man ihm nicht böse sein. Klappt nicht.

»Ich war kurz davor, The Preacher zu schnappen. Dann bist du aufgeflogen und ich habe es erst in letzter Sekunde mitbekommen. Also musste ich schnell handeln. The Preacher ist hier. Ich bringe dich ins Safehouse und anschließend schnappe ich mir den Kerl. Dann ist alles vorbei. Du musst dich nicht mehr verstecken und kannst ein neues Leben beginnen.« Er nimmt mein Gesicht in beide Hände und sieht mich eindringlich und liebevoll an. Beinahe glaube ich, dass er mich küssen will. Sein Kopf bewegt sich langsam auf mich zu. Er will mich tatsächlich küssen. Ich weiche zurück und lege ihm etwas zaghaft eine Hand auf die Brust, um ihn zu stoppen.

»Was war das mit uns? War das alles dein Plan, um an mich ranzukommen? War auch nur irgendetwas davon echt?« Meine Frage verletzt ihn, das kann ich am Ausdruck seiner sonst so jungenhaft-fröhlichen Augen sehen. Sie können nicht lügen.

»Alles war echt. Ich hätte mich nicht in dich verlieben dürfen. Der Plan sah ganz anders aus. Doch es ist einfach passiert. Ich habe mich verliebt. Es tut mir leid, dass ich dich anlügen musste, aber darüber habe ich noch nie gelogen.« Er legt sanft seine Lippen auf meine und mein Herz macht augenblicklich einen Sprung. Der Kuss fühlt sich echt an. Echt, aufrichtig und ehrlich. Das kann man tatsächlich nicht spielen, also lasse ich es zu. Ich lasse mich auf den Kuss ein, und wir küssen uns, als würde es kein Morgen geben. Wer weiß, vielleicht gibt es auch tatsächlich keines. Die heutigen Ereignisse haben mir wieder schmerzlich bewusst gemacht, dass es mein letzter Tag sein könnte. Mein letzter Moment mit ihm. Meinem süßen Raphael. Und den muss ich auskosten. Er zieht mich ruckartig näher an sich heran, und ich schlinge meine Beine um seine Taille, vergrabe die Hände in seinen wuscheligen Haaren. Ich kralle mich an seinem Nacken und Rücken fest, will ihn am liebsten nie wieder loslassen. Es ist einer der intensivsten Küsse überhaupt, und von einer lodernden Leidenschaft erfüllt, dass ich glaube, er hat denselben Gedanken wie ich. Es könnte unser letzter Kuss auf Erden sein. Und der ist voller Feuer. Statt der zarten, flugkünstlerischen Schmetterlinge müssen sich momentan feuerspeiende Drachen in meiner Bauchgegend tummeln. Sie setzen alles in Brand. Die Flammen züngeln sich in meinem Innersten hoch, hinauf bis in die Herzgegend, dehnen sich wie im Lauffeuer auf meinen gesamten Körper aus. Es knistert. All meine Zellen sind entfacht und lodern vor sich hin. Ich glühe. Nein, ich brenne.

Erst als wir beinahe das Gleichgewicht verlieren, und das Motorrad zu kippen droht, wird mir klar, dass wir uns noch immer am Straßenrand irgendwo zwischen Dubai und Abu Dhabi befinden, auf dem Rücken einer minderwertigen Sitzkomfort bietenden Maschine, die Raph mit seinen langen Beinen gerade noch so in Balance hält. Der Nebel hat uns in der Zwischenzeit komplett umhüllt. Fast so, als wolle er uns Zuflucht gebieten, vor der Außenwelt abschotten und uns ein paar ungestörte Augenblicke zu zweit schenken, legt er sich beschützend um uns. Er ummantelt uns, als wäre er ein undurchdringlicher, massiver Schutzschild, aus dessen lieblicher Umarmung ich mich am liebsten nicht mehr so schnell befreit hätte. Doch die Zeit zerrinnt uns unter den Fingern.

Raphael und ich lösen uns vorsichtig voneinander und sehen uns einen langen Moment wortlos an. Ich kann so viel in seinen durchdringenden Augen lesen, es ist, als erzählten sie Bände. Wie konnte ich nur jemals an ihm zweifeln?

Sanft berührt er meine Wange und streicht eine Träne weg, die ich nicht wirklich registriert habe. Weine ich etwa schon wieder?

»Du wirst sehen, nach heute Abend wird nichts mehr so sein, wie es war.« Er sieht mich aufmunternd an.

»Das ist es ja, davor habe ich die größte Angst«, gebe ich zerknirscht zu.

Er schüttelt den Kopf und seine Mundwinkel ziehen sich zu einem milden Lächeln nach oben. »Hab keine Angst. Wir schnappen diese Typen, das verspreche ich dir.« Er drückt mich wieder an sich und ich lehne mich an seine Brust. Umklammere ihn, während er mir sanft über den Rücken streicht, was mich sofort entspannt.

Er drückt mir einen Kuss auf die Stirn und ich löse die Umarmung.

»Ich wünschte, wir könnten noch länger hierbleiben und mit dem weitermachen, was wir gerade angefangen haben ...« Er grinst spitzbübisch und bei mir kribbelt es wieder. »Aber das müssen wir leider verschieben. Wir müssen jetzt los«, raunt er mir mit einem Funkeln in den Augen zu.

Seufzend rücke ich ein Stückchen nach hinten und gebe ihm den Platz, sich wieder richtig auf die Maschine zu setzen. Kaum dass er das tut, lässt er auch schon den Motor aufheulen und wir brausen in die Dunkelheit der Nacht. Die Dunkelheit, die viel Raum fürs Ungewisse lässt. Die so viele Möglichkeiten bietet. Alles liegt im Dunklen. Mir ist bewusst, dass bei Tagesanbruch alles anders sein wird als jemals zuvor.

FÜNFZEHN

Raphael hält vor den Toren eines weitläufigen Anwesens. Die Mauer, die es umgibt, ist ungefähr zwei Meter hoch und in Sandfarben gehalten, Dubai Style eben. Das moderne, elektrische Schiebetor geht auf und ich steige schweren Herzens vom Motorrad. Ich sehe Raph mit verzweifeltem Blick in die Augen und ziehe eine Schnute. Ich will nicht, dass er geht.

Er sieht mich unverwandt an und ein sanftes Lächeln huscht über sein Gesicht. »Sherry, Kopf hoch. Du gehst kurz auf Tauchstation und in der Zwischenzeit schnappe ich ihn mir. Ich bin schneller zurück, als du denken kannst«, meint er, mit entschlossener, zuversichtlicher Miene.

Ich presse die Lippen fest aneinander und hoffe, dass mir keine Träne aus den Augen kullert.

Raphael sieht auf sein Handy und dreht das Display dann zu mir. »Roy ist schon hier und wartet auf dich. Ich kann seinen aktuellen Standort immer orten«, versichert er mir.

Ich streiche über meinen Ring, den ich niemals ablege, da er einen winzig kleinen GPS-Sender eingebaut hat, durch den mich Roy immer finden kann, und stelle mulmig fest: »Meinen dann wohl auch?«

Mein süßer Disneyprinz, der sich gerade als mein Beschützer entpuppt hat, nickt. »Ja, schlimm?«

Ich schüttle zaghaft den Kopf.

»Ich begleite dich noch rein und dann mache ich mich auf die Jagd nach The Preacher. Ihm, beziehungsweise seinen Handlangern habe ich auch einen Peilsender verpasst.«

Ich finde seinen Beschützerinstinkt edel, winke jedoch ab. »Nein, schon gut. Wir gehen lieber ganz nach Protokoll vor, da wäre ich auch allein hergekommen. Außerdem ist Roy ja hier. Vergeude keine Zeit und schnapp dir die bösen Jungs!«

Raphael sieht mich kritisch an, zieht mich nochmal in eine Umarmung, und als sich unsere Lippen berühren, kann ich den Schmerz in meiner Brust nur schwer ertragen.

Er bückt sich geschmeidig wie eine Katze und lässt seine Hand in seinen Stiefel gleiten. Hervor holt er eine kleine Pistole. Um genau zu sein, eine *Sig Sauer 238*, mein absolutes Lieblingsmodell. Er drückt sie mir in die Hand. »Nur für alle Fälle. Wie ich gehört habe, kannst du damit umgehen.«

Ich grinse, begutachte die Waffe und checke, ob sie geladen und funktionsbereit ist.

»Du bist Roys Mädchen, daran besteht kein Zweifel«, stellt er amüsiert fest. Raphael wartet, bis sich das Tor hinter mir schließt, ehe er die Maschine aufheulen lässt, und losfährt. Meine Ohren verfolgen noch lang das immer leiser werdenden Geräusch der bissigen Honda, bis sie schließlich außer Hörweite ist, und ich mich mit einem Schlag mutterseelenallein fühle.

Roy müsste schon auf mich warten. Ich gehe auf den vanillefarbenen Bungalow zu und halte kurz inne. Ich kenne zwar die Skizze des Bauplans in- und auswendig, doch so schön hätte ich mir das Safehouse 3 nicht ausmalen können. Staunend lasse ich die einmalige, idyllische Schönheit der Villa, die arabische und moderne Architektur perfekt miteinander vereint, kurz auf mich wirken, ehe ich zum alarmgesicherten Eingangstürbogen schreite und den sechsstelligen Zutrittscode in das Tastenfeld des Securitysystems eintippe. Der Schein des lichtüberfluteten Wohnzimmers durchbricht den Nebel und dringt über die verglaste Terrassenfront nach draußen. Es ist ein sicheres Indiz dafür, dass mein Beschützer schon vor Ort ist. Eigentlich hätte ich damit gerechnet, dass er schon vor der Tür auf mich wartet, aber vielleicht ist das wieder eins seiner Spielchen. Er will mich bestimmt testen, ob ich denn den Sicherheitscode noch weiß. Wenn das so ist, ist die Lage vielleicht doch nicht so heikel wie angenommen. Oder aber sie ist schlimmer. Ich versuche mich zu beruhigen und optimistisch zu bleiben, aber im Grunde hat die Angst längst Besitz von mir ergriffen.

Als ich eintrete, erwarte ich jede Sekunde auf Roy zu treffen und mich in eine mir Halt gebende, trostspendende Umarmung flüchten zu dürfen. Ich will von ihm hören, dass doch nicht alles so schlimm ist. Dass wir das schon durchstehen werden. Dass sie die bösen Jungs endlich schnappen werden und ich in Frieden mein Leben leben kann. Dass ich mich nicht mehr verstecken muss.

Dass ich mich nicht mehr verstellen muss und nicht mehr davonlaufen brauche. Dass ich vielleicht wirklich endlich dort angekommen bin, wo ich hingehöre. Doch er ist weit und breit nicht zu sehen.

»Roy?« Meine vor Unsicherheit bebende Stimme hallt durch die weitläufigen, offenen Räume. Wo verdammt ist Roy? Ich umrunde eine riesige Couch und lasse meine Finger über das hellbeige Leder gleiten. »Roy?«, bringe ich beinahe nur im Flüsterton heraus, die Kraft ist komplett aus meiner Stimme gewichen. Irgendetwas stimmt hier nicht.

Ich ziehe die *Sig Sauer* aus dem Bund meiner Jeansshorts, entsichere und lade sie durch. In geduckter Haltung und mit leisen, bedächtig gesetzten Schritten durchquere ich den Raum. All meine Sinne scheinen geschärft, mein Körper wird von Adrenalin durchflutet, ich spüre, wie jede Zelle meines Körpers mit einem zusätzlichen Energieschub bedacht wird. Von den Zehen bis in die Fingerspitzen, alles kribbelt und flirrt. Die Frequenz meines Herzschlags hat sich inzwischen mehr als verdoppelt, alle Nervenzellen scheinen aktiviert, bereit, energiegeladen und high. Ich bin auf das Schlimmste gefasst, denke ich zumindest. Denn als mein Blick einen am Boden liegenden, gekrümmten Körper hinter dem Küchentresen streift, bleibt mir fast das Herz stehen. Es dauert nur einen Bruchteil einer Sekunde, um seine Umrisse als die von Roy zu identifizieren.

Ich schlittere über den Boden und falle neben seinem Kopf auf die Knie. Ich fühle seinen Puls. Schwach, aber spürbar. Gott sei Dank. »Roy, ich bin hier, ich bin hier …«, schluchze ich mit gedämpfter Stimme.

Ich drücke ein sauberes Baumwollgeschirrtuch, das

über mir, neben dem Herd baumelte, auf seine Schusswunde im unteren Bauchbereich.

Als seine Augenlider flackern und er ein leises Wimmern von sich gibt, fällt mir ein Stein vom Herzen. Mit sichtlich großer Mühe schlägt er die Augen auf und sieht mich an. Er versucht etwas zu sagen, doch ich kann ihn nicht verstehen. Ich beuge mich ganz zu ihm hinunter, bis sich mein Ohr über seinem Mund befindet.

»Sie. Sind. Hier. Verschw...«, formt er unter größter Anstrengung die Worte.

Just im Moment seiner Warnung packt mich jemand am Haarschopf und reißt mich brutal hoch. Ich versuche zu reagieren, doch sowohl mein Schlag als auch meine Tritte gehen ins Leere. Der massige Typ wirbelt mich in Sekundenschnelle herum, schleudert mich zu Boden, als wäre ich leicht wie ein Püppchen.

Ich fliege quer durch den Raum und pralle voll gegen zwei oder drei massive, edle Holzstühle, die vor dem Esstisch stehen. Einer geht zu Bruch, der zweite fällt laut knarrend um. Ich gebe einen schmerzerfüllten Laut von mir. Ich kann meine Stimme zwar vernehmen, doch ich bin ziemlich benommen. Mein Kopf hämmert und es dreht sich alles, als würde ich in einem Karussell fahren. Als ich an die schmerzende Stelle knapp oberhalb der Schläfe greife, sind meine Finger nass. Mir wird augenblicklich schlecht. Blut kann ich nicht sehen. Schon gar nicht mein eigenes.

Der Typ kommt auf mich zu gestapft und bewegt sich dabei superlangsam. Irgendwie scheine ich alles wie in Zeitlupe wahrzunehmen. Arbeitet mein Gehirn plötzlich um einiges schneller? Kommt mir irgendwie so vor. Wie auch immer, wenigstens habe ich so mehr Zeit zu handeln. Ich warte, bis er in der vermeintlich richtigen Distanz ist, und schleudere den gefallenen Sessel, der sich mit meinen Beinen verhakt hat, in seine Richtung. Der Plan geht zu meiner Verwunderung tatsächlich auf. Der Stuhl trifft ihn hart und anscheinend völlig unerwartet, denn er bringt ihn ins Wanken. Ich ergreife meine Chance, springe auf die Beine und rase auf ihn zu. Ich ergreife den klobigen Stuhl, stemme ihn hoch und schmettere ihn mit voller Wucht auf ihn. Der Kerl stürzt dadurch rücklings nach hinten, und ich schmettere den Stuhl nochmals mit voller Kraft auf den am Boden liegenden Typen. Das Training mit Roy greift. Ich habe ihn zielsicher hart am Kopfbereich getroffen und ausgeknockt. Ganz so schnell wird der wohl nicht mehr aufstehen. Sicher ist sicher.

»Sie ist hier irgendwo ...«, hallt eine männliche Stimme mit starkem ausländischem Akzent durch den Raum.

Ich ducke mich hinter den am Boden liegenden, k.o. geschlagenen Typen und sehe einen Koloss von einem Mann um die Ecke hechten. Er ist locker zwei Meter groß, trägt einen ekligen, ungepflegten Bart und eine Stoppelglatze. Und er hat ein Sturmgewehr in der Hand. Eine *AK 47*. Kommt mir irgendwie fehl am Platz vor. Was haben diese Typen vor? Mich kidnappen? Mich umlegen? Oder eher eine Festung stürmen?

Ich taste im Bund nach meiner Pistole. Wenn man denkt, es kann nicht schlimmer kommen, dann täuscht man sich meist gewaltig. Denn genau dann erwischt es einen immer am Schlimmsten. Ich realisiere, dass ich in dem Tumult meine Waffe verloren habe. Gut, verloren stimmt in diesem Fall nicht. Ich habe sie neben Roy abgelegt, als ich ihm das Tuch auf die Wunde gepresst habe. Und dann habe ich sie nicht mehr zu fassen bekommen, als man mich als Flummi missbrauchte und durch das Zimmer schleuderte. Also muss sie dort noch liegen.

»Hier«, brüllt der Typ, als er mich entdeckt und mit einem teuflischen Grinsen den Lauf des Gewehres auf mich richtet.

Genau in dieser Sekunde schlittert etwas Kleines von links auf mich zu. Zum Glück ist mein Unterbewusstsein schneller im Verarbeiten und Reagieren als ich. Ohne auch nur zu denken, stoße ich mich in der Hocke vom Boden ab und rutsche rücklings über den glatten Marmor, um das kleine Etwas zu erreichen. Ich greife danach, richte es sofort auf den Typen, dem in diesem Augenblick das Lachen im Gesicht gefriert, und drücke zweimal ab.

Roy, der all seine Kräfte mobilisiert hat, um die Rettung bringende *Sig* zu mir zu schieben, nickt mir erleichtert zu. »Gut gemacht«, lobt er mich und atmet schwer aus.

Ich robbe zu ihm hin und versuche ihm aufzuhelfen. Wir müssen hier raus. Und zwar schnellstens. »Roy, wie viele sind hier?«

»Drei«, flüstert er. »Ich habe drei gezählt. Aber ich glaube, noch mehr sind auf dem Weg.«

Das heißt, einer ist noch übrig. Und der lässt nicht lang auf sich warten.

»Darko? Aidan?«, durchschneidet eine keifende, verärgerte Stimme die viel zu kurz andauernde Stille.

Die beiden unüberhörbaren Schüsse aus meiner Pistole, von denen mir noch immer die Ohren klingeln, dürften ihn genau hierhergelotst haben. Die schweren Schritte kommen näher und näher. Ich kann ihn schon atmen hören. Er hat wohl gerade eine Raucherpause gemacht, denn die von Zigarettenrauch geschwängerte Luft ist nur schwer zu ertragen. Ich kauere mit Roy hinter der Kochinsel, an den Herd gedrückt, als mein Beschützer mir plötzlich die Waffe aus der Hand reißt. Ohne auch nur zu zögern, springt er im richtigen Zeitpunkt auf und gibt einen einzigen Schuss ab. Ein Aufstöhnen, gefolgt von einem dumpfen Aufprall, und dann wieder Stille. Ich muss die aufkommende Übelkeit schwer runterschlucken. Ich zittere inzwischen am ganzen Körper und all meine Glieder fühlen sich tonnenschwer an.

»Raus hier, los.« Roy deutet zur Tür.

Ich stehe auf und versuche, ihn so gut es geht zu stützen. Obwohl ich weiß, dass er sein Bestes gibt, nicht sein volles Gewicht auf meine Schultern zu legen, so ist es extrem beschwerlich für mich, an die neunzig Kilo Körpermasse durch die Gegend zu schleppen.

»Waffen!«, befiehlt er mir, und ich warte, bis er sich an den Tresen lehnt, bevor ich ihn kurz loslasse, um mir sowohl die *AK* als auch die *Makarov IZH-70* von dem anderen Typen zu schnappen. Ich kontrolliere das Magazin und reiche das Sturmgewehr an Roy weiter. Dieser hängt sich die *AK* um, gibt mir meine *Sig* wieder und steckt sich dafür die kleine, flache Pistole des Gegners in das Halfter. Ich schiele kurz zu ihm und sehe ein kleines Lächeln über sein Gesicht huschen. Roy und Waffen, eine Geschichte für sich. Bewaffnet bis an die Zähne, bahnen wir uns den Weg quer durch das Wohnzimmer. »Licht aus«, befiehlt Roy dem Smart Home System und schon stehen wir im Dunkeln.

»Wo ist deine *Browning* eigentlich?«, frage ich, nachdem wir endlich durch die Tür ins Freie treten.

»Die ging baden«, gibt er nüchtern zurück.

Ich bin froh, dass er etwas mehr Farbe im Gesicht hat. Die Blutung ist auch nicht so schlimm, wie ich es anfangs vermutet habe.

Er fängt meinen besorgten Blick, der auf seine notdürftig versorgte Bauchwunde geheftet ist, auf. »Ich werde schon wieder, Kleines. ... Mich hat's schon mal schlimmer erwischt, mach dir keine Sorgen.«

Die Nebelwand ist inzwischen auch hier so dick, dass sie uns wie ein blickdichter Schleier umhüllt. Durch die Dunkelheit stolpernd, erreichen wir nach wenigen Minuten Roys Wagen. Ich hieve ihn auf den Beifahrersitz des nachtschwarzen Camaro und springe auf den Fahrersitz.

»Schlüssel. Wo sind die Schlüssel, Roy?«

Er tastet seine Taschen ab, während ich hektisch das Auto durchsuche. Das kann's jetzt ja nicht sein.

Roy sieht mich fragend an, ehe es ihm dämmert. »Verdammt, die müssen noch im Haus sein. Am Stehtischchen neben dem Eingang.«

Ich verdrehe die Augen und will schon wieder aus dem Auto hüpfen, als er mich zurückhält. »Bleib hier. Wir schließen ihn einfach kurz.«

»Wann hast du das zuletzt gemacht? Und mit deiner Verletzung brauchst du länger, als wenn ich schnell zurücklaufe und die Schlüssel hole«, zische ich und lasse es mir gar nicht erst wieder ausreden. Ich springe raus in die Finsternis und sprinte zurück zur Villa. Da wir sämtliche Lichter ausgemacht haben, und die Nebelschwaden inzwischen so dicht sind, dass ich nicht mal die Hand vor Augen sehen kann, verlangsame ich mein Tempo. Als mir der unverkennbare beißende Geruch von Chlor in die

Nase steigt, weiß ich, dass ich in unmittelbarer Nähe des Pools sein muss. Dann ist das Haus ja nicht mehr weit.

Plötzlich vernehme ich ein jämmerliches Stöhnen in nicht allzu ferner Distanz. Mein Herz zieht sich schmerzlich zusammen, denn ich erkenne die Stimme. Sie klingt erbärmlich. Ich kneife die Augen zusammen, in dem kläglichen Versuch, dadurch besser sehen zu können. Ich will seinen Namen rufen, ich will mich versichern, dass er okay ist. Aber ich bringe keinen Ton heraus. Schon wieder bin ich wie versteinert. Was vielleicht auch besser so ist, denn wenn ich sie nicht sehen kann, können sie mich auch nicht gleich ausmachen.

Abermals in dieser Nacht ziehe ich meine *Sig Sauer* hervor und klammere mich an ihr fest wie eine Schiffsbrüchige an einem morschen Stückchen Holz. Wieder jammert die gequälte Stimme. Wieder fühlt es sich an, als würde sich eine Nadel in mein Herz bohren.

Doch dann fängt die Stimme an mit Schimpfwörtern um sich zu werfen, gefolgt von den Geräuschen eines wilden Gerangels. Fäuste fliegen. Schläge werden ausgeteilt.

»Sherry, wenn du noch irgendwo hier bist – hau ab«, brüllt die mir so vertraute Stimme aus vollstem Leib.

Ich will abhauen, doch ich kann nicht. Ich lasse ihn nicht zurück. Statt still und heimlich in die andere Richtung zu verschwinden, trete ich den Vorwärtsgang an. Ich mache kleine, zögerliche Schritte und wünschte, ich könnte etwas sehen.

Diesen Wunsch hätte ich vielleicht doch überdenken sollen, denn er wird mir schneller gewährt, als mir lieb ist. Plötzlich ist alles um mich herum hell erleuchtet, die Typen haben den Schalter für die Außenbeleuchtung gefunden. Und ich finde mich inmitten einer Schlägerei wieder. Raphael konnte anscheinend kurz die Oberhand gewinnen, wird aber gerade von einem Mordshammerschlag eines ungustiös aussehenden Typen niedergestreckt. Er wird augenblicklich zu Boden gedrückt, und der Kerl, den ich zuvor mit dem Sessel k.o. geschlagen habe, kniet sich auf ihn und dreht Raphaels Arm nach hinten. Sie ziehen ihn hoch auf die Knie und er sucht meinen Blick. Als sich unsere Blicke für den Hauch einer Sekunde treffen, und ich in seine schmerzgeplagten Augen sehe, erkenne ich, dass er den Mut keineswegs aufgegeben hat. Kampfeslust und Entschlossenheit flackern in dem Tiefblau auf, er hat einen Plan, das sehe ich deutlich. Das erweckt das letzte bisschen Zuversicht, das ich noch habe, wieder zum Leben.

»Lass die Waffe fallen, Kleine.« Der Typ drückt seine Pistole gegen Raphaels Kopf, grinst mich an und verbirgt den Hohn in seiner Stimme nicht.

Ich schüttle den Kopf. »Lass ihn los. Sofort!«, erwidere ich mit klarer, nicht zitternder Stimme.

»Das glaube ich nicht, Schätzchen.« Ein anderer Typ tritt in den Vordergrund. Er ist deutlich jünger als die anderen beiden und sieht mir unverwandt in die Augen. »Runter mit der Waffe, oder der verdammte Verräter hier ist tot.« Er stupst Raphael mit dem Lauf seiner Knarre noch einmal an die Schläfe.

Ich atme schwer aus und wäge meine Chancen ab. Wenn ich die Waffe fallen lasse, bin ich geliefert. Wenn ich es nicht tue, ist Raphael dran. Wenn ich den Typen, der seine Pistole an Raphs Kopf drückt, zuerst ausschalte, dann erst den daneben, so erschießt mich spätestens der dritte, der in diesem Moment auch seine Waffe auf mich richtet. Wieder eine *AK 47*. Meine eben erst wiedergewonnene Zuversicht schmilzt dahin wie Eis in der Sonne.

»Mach das nicht, Sherry. Mach das ja nicht«, fleht Raphael mich an. Die aufkeimende Aussichtslosigkeit in seinem glasigen Blick jagt mir eine Gänsehaut über den Körper. Sein zerschundenes Gesicht ist übersät von blutigen Kratzern, sein rechtes Auge verschwollen und blutunterlaufen. Ich beiße mir auf die Unterlippe und versuche, die sich bildenden Tränen hinunterzuschlucken. Ich schüttle abermals den Kopf. Irgendwie muss ich Zeit gewinnen, vielleicht bekommen wir dann Schützenhilfe von Roy.

Die Tür der Villa geht auf und ein athletischer Typ tritt heraus. Er telefoniert am Handy in einer mir unbekannten Sprache, in sehr monotoner, gefühlsloser Stimmlage. Ich kann nur seine Umrisse erkennen, doch mehr brauche ich nicht. Ich erkenne ihn sofort. Er kommt relaxed auf seine unnachahmlich coole Weise auf uns zu geschlendert, als würde er auf eine Party kommen. Als wäre er der Hauptgast auf dieser Party. Er beendet das Gespräch, lässt sein Mobiltelefon elegant in die Innentasche seines Ledersakkos gleiten, und beäugt die Situation, die sich ihm bietet, akribisch. Ein schiefes, schmallippiges Lächeln zeichnet sich auf seinem Gesicht ab. Er tritt direkt hinter Raphael, die graublauen Augen nur auf mich geheftet.

»Wen haben wir denn da? Miss Paxton höchstpersönlich. Oder soll ich sagen, Miss Smith?« Er klingt erheitert. Das erste Mal, dass ich irgendeine Gefühlsregung an dem Typen feststellen kann.

Ich ziehe eine Augenbraue hoch und funkle ihn mit eiskaltem Blick an. »Drew«, ich lege so viel Verachtung wie möglich in meinen Tonfall und nicke ihm zu. Ich verstehe nicht, wie er zu den anderen Kerlen des Schlägertrupps passt. Ich mochte ihn zwar von Anfang an nicht, aber dass er einer von denen ist, damit habe ich nicht gerechnet. Wie lang beschatten diese Typen mich schon? Und vor allem, warum haben sie sich so lang Zeit gelassen und nicht schon eher zugeschlagen?

»Nimm doch die Waffe runter, hm? Du siehst doch, wie deine Chancen stehen.«

Ich hasse diese süffisante Arroganz, mit der er mit mir spricht, und wünschte, ich könnte darauf antworten, dass meine Chancen schon mal schlechter standen. Doch das wäre eine glatte Lüge. Ich habe keine Ahnung, wie Raph und ich hier wieder rauskommen können, ziele aber nichtsdestotrotz weiter auf den Typen, der Raphael noch immer die Knarre an den Kopf hält. Roy, wo bleibst du?

»Wo habt ihr die niederträchtige Ratte aufgegabelt?«, fragt er im Hinblick auf Raphael und schubst ihn mit der Schuhspitze an, als wäre er der letzte Dreck.

»Er hat sich an unsere Fersen geheftet, bevor er, sagen wir, einen kleinen Motorradunfall hatte.« Das jüngste Mitglied lacht grimmig und der andere Typ stimmt lauthals mit ein. »Der Boss meinte, wir könnten ihn noch brauchen. Als Lockvogel. Hat sich ja als richtig rausgestellt.« Er sieht zwischen mir und Raph hin und her und grinst verächtlich.

»Gut gemacht«, lobt Drew seine Crew.

»Und was dich angeht, Schätzchen … Runter mit der Waffe, oder du kannst deinem Traumprinzen eine gute Reise ins Nirvana wünschen. Ich zähle bis drei. Eins … zwei …«

»Sherry, nein!«, versucht mich Raph zu beschwören,

doch ich sehe keinen anderen Ausweg. Seine Schultern versteifen sich und er sieht mir beinahe flehentlich in die Augen. Tu's nicht!, formt sein Mund lautlos. Aber was bleibt mir anderes übrig? Ich weiß, dass Drew nicht lang fackeln wird. Ich weiß, dass er, wenn er bei drei ist, abdrücken wird. Also lasse ich meine Waffe langsam sinken, lege sie auf den Boden und stoße sie mit dem Fuß zur Seite. Gerade einmal so weit, dass ich sie erreichen könnte, wenn ich mich zu Boden werfe. Ich nehme die Arme hoch und schon ergreift der Typ, den ich mit dem Sessel verdroschen habe, seine Chance und stürzt auf mich zu.

»Die Kleine gehört mir«, knurrt er und will mir anscheinend einen Schlag in die Bauchgegend versetzen. Doch ich weiche gekonnt aus, sodass er ins Leere taumelt. Die Wut darüber spiegelt sich in seinem vermöbelten Gesicht wieder und er setzt erneut an.

»Mr P. will sie lebend, also lass sie in Ruhe. Wenigstens für den Moment«, gebietet Drew ihm Einhalt.

»Sie hat mir einen Zahn ausgeschlagen, ich möchte mich wenigstens dafür revanchieren«, raunt er Drew verärgert zu und holt erneut zu einem weiteren Schlag aus.

Ich ducke mich darunter hinweg, schnelle wieder hoch und versetze dem Typen einen Sidekick. Dieser hat so viel Power, dass selbst ich staunen muss. Irgendwie habe ich es tatsächlich geschafft, den großen Kerl auszuhebeln und ihn in den Pool zu befördern. Wow. Ein Klatschen hallt von der Einfahrt her. Ein heiseres Lachen. Schritte. Ich kann nichts sehen, denn ich werde von grellen Scheinwerfern geblendet, doch ich weiß, wem sie gehören. Dieses fiese, gehässige Lachen hätte ich unter tausenden erkannt. Es hat sich in mein Gedächtnis eingebrannt, seit ganzen acht Jahren höre ich es beinahe jede Nacht.

»Was lange währt, wird endlich gut. Freut mich, dass wir uns endlich wiedersehen. Nach all den Jahren«, richtet sich die grausamste Stimme an mich, die zu hören mich fast zum Kotzen bringt.

»Ist er das? Der Boss persönlich?«, fragt der Jüngste der Schlägertruppe mit unterdrückter Stimme ehrfürchtig.

Der mit der *AK* nickt mit einem andächtigen Schimmer in den Augen und wirkt ergriffen. »Hätte auch nicht gedacht, dass wir ihn mal leibhaftig zu Gesicht bekommen«, flüstert er seinem Kollegen ins Ohr.

Mein ganzer Körper zittert. Jegliche Farbe ist aus meinem Gesicht gewichen, ich fühle mich wie benommen. Drew mustert mich mit besonderer Intensität, packt dann ganz plötzlich Raphael am Kragen seiner dicken Lederjacke, reißt ihn hoch und schubst ihn zu mir herüber. Raph landet laut stöhnend zu meinen Füßen. Wie ein kleines Häufchen Elend krümmt er sich vor Schmerzen am Boden. Unweit von meiner Waffe. Drew, der zwar weiterhin mit seiner *Glock 17* auf mich zielt, wirft sowohl mir als auch Raphael einen bedeutungsvollen Blick zu, der mich irgendwie durcheinanderbringt. Habe ich da etwa was verpasst?

Dann wendet er sich dem großen Altmeister-Auftragskiller zu, der uns inzwischen fast erreicht hat. »Sir, es ist uns eine Ehre, Sie kennenzulernen.«

»Ganz meinerseits. Gute Arbeit, Gentlemen«, hüstelt er versnobt.

»Meine kleine Miss Smith, wir haben schon viel zu lang eine Rechnung offen, bereit, die hier und jetzt zu begleichen?« Er grinst breit, doch es erreicht seine Augen nicht. Seine Augen gleichen den Augen eines Toten. Kalt und ausdruckslos. Ein Mann, der weder Gnade noch Erbarmen kennt. Einer, der die ganze Welt als geringschätzig betrachtet. »Aber vorher will ich noch wissen, wo Ihr werter Herr Vater ist.«

»Was hat mein Vater mit dem hier zu tun?«, platze ich erstaunt heraus.

»Hmm, das weißt du wirklich nicht?« Er schaut mich spöttisch an und ich erwidere seinen Blick finster. Ein großes Fragezeichen steht in der Luft, ich habe absolut keine Ahnung, was er von Dad will, aber darüber versuche ich mir gerade keinen Kopf zu machen. Meine Gedanken drehen sich einzig und allein darum, wie Raphael, Roy und ich hier lebend rauskommen. Drew versucht die ganze Zeit mir irgendetwas mitzuteilen, die verstohlenen Blicke, die er mir und Raph zuwirft, sind als Botschaft zu verstehen, die ich nur leider nicht verstehe. Vielleicht hat Raph mehr Erfolg.

»Also?«, drängt er.

Ich zucke mit den Schultern. »Ich habe keine verdammte Ahnung, wo sich meine Eltern aufhalten. Und wenn ich es wüsste, würde ich lieber tot umfallen, als es Ihnen zu verraten«, gebe ich gereizt von mir.

»Hm, na, dabei kann ich behilflich sein.«

»Was hat Sie überhaupt so lang zögern lassen? Der Typ da ist ja schon eine Weile an mir dran.«

»Das stimmt. Ich habe dich schon länger im Visier. Aber hundertprozentig sicher war ich mir nie. Erst als du dich selbst verraten hast. Wir haben das Telefon von deinem Freund, dem Musiker, abgehört.«

Ich nicke, und es dämmert mir, wie blöd ich doch war, daran hätte ich denken können. Denken müssen.

»Todesengel zu sein, ist mein Beruf. Meine Berufung. Aber ich bringe niemanden unter die Erde, der nicht auf meiner Liste steht. Schon gar nicht aus Versehen.«

»Ehrenkodex unter Auftragskillern?« Das amüsiert mich beinahe.

»Ganz recht. So und jetzt runter auf die Knie«, befiehlt er mir kaltschnäuzig.

»Und du da, was machst du nur für einen erbärmlichen Eindruck. Von dir hätte ich mehr erwartet. Eine einzige Enttäuschung.« Er sieht auf Raph runter und schüttelt den Kopf.

Raphael jedoch würdigt ihn keines Blickes. Er hat seine Augen auf mich geheftet und sieht mich durchdringend an. Sein verschwollenes Gesicht bereitet mir ein schweres Herz. Ich verziehe den Mund zu einer mitleidsbekundenden Schnute und er antwortet mir mit einem schiefen Lächeln. Ich halte den Blickkontakt zu ihm aufrecht und blende alles andere aus. Ich sinke auf die Knie und kuschle mich vorsichtig an ihn. Ich habe Angst, ihn zu berühren, da er irgendwie überall verletzt aussieht, und ich ihm nicht noch mehr wehtun will. Schließlich ergreift er aber meine Hand und drückt sie fest. The Preacher plaudert unentwegt, anscheinend hat er ein komödiantisches Talent, denn er entlockt seiner Truppe andauernd ein grollendes Lachen. Wir beide beachten ihn hingegen kaum.

»Noch irgendwelche berühmten letzten Worte?«, fragt der Hakennasentyp herablassend. Raph beugt sich zu mir rüber und streift meine Wange mit seinen Lippen.

»Mach dich bereit, gleich geht alles ganz schnell«, flüstert er mir ins Ohr.

Dann fasst er sich an sein Ohr, und hustet: »Zugriff!«

Ganz schnell ist noch weit untertrieben. Kaum, dass er das Codewort ausgesprochen hat, überschlagen sich die Ereignisse in Sekundenschnelle. Raphael rappelt sich auf und stellt sich wie ein Schutzschild vor mich. Er hält meine *Sig Sauer* in den Händen und zielt auf The Preacher. Schon fliegen uns die ersten Kugeln um die Ohren. Ich sehe nach hinten und erkenne, dass Roy uns Rückendeckung gibt. Er hat sich seitlich vom Pool positioniert und hat den einen Typen ausgeschaltet, den ich zuvor ins Schwimmbecken befördert habe. Drew hält die anderen zwei in Schach und Raph konzentriert sich einzig und allein auf The Preacher. Die dunkle Nacht wird von Blaulicht und Sirenengeheul erhellt und unzählige Autos zwängen sich die schmale Einfahrt hinauf. Polizisten und Spezialeinsatzkräfte umzingeln uns und nehmen einen nach dem anderen fest. Ich erhasche einen Blick auf das erstaunte Gesicht von The Preacher, der die Wendung, die diese Nacht genommen hat, nicht fassen kann. Doch anstatt ein verzagtes Gesicht zu machen, kann ich noch immer ein arrogantes Lächeln auf seinen Lippen erkennen. Das macht mir Angst. Doch er sitzt jetzt in der Falle. Das Katz-und-Maus-Spiel hat ein Ende. Das gesamte Syndikat wird zerschlagen werden. The Preacher wird im Gefängnis landen und ich werde frei sein.

Vor lauter Aufregung zittern meine Knie und ich wage es nicht zu atmen. Ich stehe noch immer dicht hinter Raphael und warte, bis ich aus seiner Deckung treten kann.

Mir ist klar, dass ich heute Abend als Köder benutzt

worden bin. Vielleicht schon eine ganze Zeit. Aber das ist mir egal. Der Schachzug ist aufgegangen und wir haben ihn. Nach all den Jahren haben wir diesen miesen Bastard.

»Es ist noch nicht vorbei, Kleine. Freu dich nicht zu früh«, meint er mit einem teuflischen Lächeln auf den Lippen, als könnte er meine Gedanken lesen. Er zwinkert mir süffisant-beschwingt zu, bevor er von schwer bewaffneten Uniformierten zu einem gepanzerten Wagen gebracht wird. Geisteskranker Irrer.

Erst jetzt lässt Raphael seine Waffe sinken und dreht sich zu mir um. Ich falle ihm um den Hals und wir sinken in eine feste Umarmung. So fest, dass mir beinahe die Luft wegbleibt. Ich klammere mich an ihn und stelle mich auf die Zehenspitzen, sodass ich ihm in die Augen sehen kann. Er sieht mich mit treuherzigem Blick an und legt seinen Kopf in meine Halsbeuge.

»Es ist vorbei, Sherry. Es ist vorbei«, murmelt er an meinem Hals und zieht eine Spur von zarten Küssen hinauf zu meinem Ohrläppchen.

Da fällt mir Roy ein. Ich löse mich augenblicklich aus Raphs Liebkosungen und eile in die Richtung, in der ich Roy zuletzt gesehen habe. »Roy!«, brülle ich aus vollstem Leib, meine Stimme zittert. »Roy?«

»Ich bin hier, Kleines«, dringt es gedämpft vom Krankenwagen. Er liegt bereits auf einer Trage und wird von drei Ärzten und Sanitätern versorgt. Doch die scheucht er eilig beiseite. »Lasst uns kurz mal allein.«

»Aber Sir …«, will ein Arzt protestieren, doch mein Bodyguard lässt sich nicht abbringen und wirft ihm einen einschüchternden Blick zu, sodass auch der letzte Notfallhelfer verschwindet.

Ich schleife Raph den ganzen Weg mit mir mit, da ich seine Hand bestimmt nie wieder loslassen werde, so fest, wie er meine umklammert, geht es ihm wahrscheinlich ähnlich. »Roy, du wirst doch wieder?« Tränen stehen mir in den Augen, als ich meinen sonst so hartgesottenen Beschützer auf der Trage liegen sehe.

»Selbstverständlich. Ist nur ein kleiner Durchschuss. Nichts Lebenswichtiges verletzt. Bald bin ich schon wieder ganz der Alte.« Er lächelt milde und versucht mich aufzuheitern.

»Sherry, wir haben The Preacher jetzt zwar geschnappt, aber du weißt, was das bedeutet. Bis er vor Gericht steht, musst du abtauchen. Und wie die Dinge stehen, kann ich erstmal nicht für dich da sein. Raphael auch nicht.«

Erschrocken sehe ich zu Raphael hoch, der zwar ein Lächeln aufgesetzt hat, das aber leider nicht seine sonst verträumten, jungenhaften Augen erreicht. So gequält, wie er dreinschaut, muss er unter starken Schmerzen leiden.

Ich drücke seine Hand und er erwidert den Druck, führt meine Hand zu seinem Mund und küsst sie sanft.

»Du musst dich auch durchchecken lassen, Raph«, flüstere ich. Zu mehr ist meine Stimme nicht zu gebrauchen.

Er nickt, und ich sehe, wie schwer es ihm fällt. »Das ist alles so ein Mist. Ich hätte jetzt für dich da sein sollen. Wir hätten einfach abhauen können. Nur wir beide«, betrübt schüttelt er den Kopf und legt seinen Arm um meine Schultern. Er versucht ein Stöhnen zu unterdrücken, doch jeder kann sehen, wie sehr er leidet.

»Du wirst erstmal wieder gesund, versprich mir das!«

Ich versuche stark zu sein, sehe ihm eindringlich in die Augen und drohe augenblicklich, in den Tiefen seiner Seele zu versinken. »Danke, Angel«, flüstere ich leise. Er schenkt mir ein sanftes Lächeln und streicht mir nochmal liebevoll über die Wange.

»Ich unterbreche die große Abschiedsszene ja nur ungern, aber wir sollten bald los.« Drew ist irgendwie unbemerkt zu uns gestoßen und sieht mich finster an. Da dämmert es mir. Ich muss mit diesem Kerl auf Tauchstation. Heilige Scheiße.

»Wir beide?« Ich glaube, mir wird schlecht. Leider kann ich meinen Unmut über die Situation mehr schlecht als recht verbergen, und mein neuer Bodyguard scheint genauso wenig erfreut zu sein wie ich. Sympathie beruht anscheinend immer auf Gegenseitigkeit und wir beide können uns bis aufs Blut nicht ausstehen. Das kann ja noch heiter werden. Mein Gesichtsausdruck muss von geschockt auf verdrießlich gewechselt haben, denn irgendwie fühle ich mich gerade wie ein begossener Pudel. Vom Regen in die Traufe. »Und wohin geht es? Ich muss vorher noch Charlie holen«, merke ich an, sobald der Schock meine Stimme wieder freigegeben hat.

»Das kannst du vergessen«, gibt er prompt von sich.

Meine Augen weiten sich und ich will schon zu einer Tirade ansetzen, doch Roy springt für mich ein.

»Hunter, ich weiß ja nicht, welchen Umgang du sonst pflegst, aber hier reißt du dich zusammen. Diese junge Dame behandelst du wie eine Lady. Hast du verstanden? Und natürlich holt ihr ihren Hund. Die beiden gibt's nur im Doppelpack.«

»Ja, Sir«, antwortet Drew kleinlaut.

Wow, wenn Roy zu tadelnden Worten ansetzt, dann

richtig. Ich lächle ihn dankbar an und mein langjähriger Beschützer antwortet es mir mit einem Augenzwinkern. Wir beide haben uns schon immer blind verstanden. Ich kann mir ein Leben ohne ihn gar nicht mehr vorstellen. »Roy, es gibt noch so viel, was ich dir sagen will.« Ich schüttle verzweifelt den Kopf und Tränen strömen über meine Wangen.

»Dazu wirst du noch genug Gelegenheiten haben. Das hier ist doch kein Abschied für immer. Nur übergangsweise, versprochen!«

Ich lasse Raphael vorsichtig los und beuge mich über Roy. Ich umarme ihn und drücke ihm ein Küsschen auf die Stirn. »Versprochen, Roy? Ich weiß gar nicht, was ich ohne dich machen soll ...«, schluchze ich, unhörbar für die beiden anderen.

»Mein Ehrenwort. Du weißt, was das bedeutet.«

Ich nicke und blinzle die Tränen weg. Die Sanitäter und Ärzte, die sich dezent im Hintergrund gehalten haben, bereiten die Trage jetzt für den Abtransport vor, und ich trete zaghaft einen Schritt zurück. Raphael schlingt die Arme von hinten um mich und legt sein Kinn auf meine Schulter. Roy winkt zum Abschied und ich weine wie ein Schlosshund.

»Brauchen Sie auch eine Trage?«, möchte der junge Arzt von Raphael wissen und bereitet mich so auf den nächsten Abschied vor. Raph winkt ab.

»Sobald es mir wieder gut geht, finde ich dich«, versichert mir mein fliegender Holländer in eindringlichem Tonfall. Ich drehe mich zu ihm um, und er küsst mich, so leidenschaftlich wie zuvor auf dem Motorrad. Ich versinke in seiner Umarmung, seiner Nähe, seinem Duft. Ich versuche, mir alles so gut es geht einzuprägen, um es bei Bedarf wieder aufrufen zu können. Ich will ihn nicht verlieren. Ich kann ihn nicht verlieren. Ich hasse Abschiede. Während meine Platzwunde am Kopf versorgt wird, hält Raph meine Hand und sieht dem Sani über die Schulter. »Zur Sicherheit sollten Sie vielleicht auch mit ins Krankenhaus«, schlägt der Rettungshelfer vor, aber ich schüttle vehement den Kopf. »Nein, danke, es geht schon. Mir ist weder schwindlig noch schlecht. Gehirnerschütterung habe ich bestimmt keine. Und wenn, dann nur eine leichte.«

Der Sanitäter zuckt ratlos mit den Schultern. »Sie müssen es wissen.«

Ich lächle ihn an und nicke. »Alles okay, wirklich. Dankeschön!«

Drew Hunter räuspert sich und Raph und ich drehen uns genervt zu ihm um. »Wenn du deinen Hund willst, dann müssen wir jetzt los«, schwafelt er emotionslos vor sich hin. Die Insensibilität in Person. »Und du solltest jetzt ins Krankenhaus, Tronssøn. Ich passe gut auf sie auf, ich verspreche es«, meint er in etwas sanfterem Ton.

Ich seufze und Raphael legt eine Hand an meine Wange. Mit dem Daumen trocknet er meine Tränen, hebt dann anschließend mein Kinn mit seinem Zeigefinger etwas an, forciert mich so, ihn anzusehen. Als sich unsere Blicke treffen, ziehen sich seine Lippen zu einem schiefen Grinsen hinauf. Unwillkürlich muss ich ebenfalls schmunzeln, obwohl mir so gar nicht danach ist. Mein Herz ist schwer, doch er schafft es immer, mir ein Lächeln ins Gesicht zu zaubern.

»Minnie, ich hole dich, sobald es mir möglich ist.« Er nickt zur Bestätigung und sieht mir fest in die Augen.

Auch ich nicke.

»Oh hey, jetzt kann ich es dir ja endlich sagen. Deine Eltern grüßen dich.«

Verdutzt sehe ich ihn an. »Du kennst meine Eltern?«

Raph grinst. »Ja, und dein Vater mag mich. Du siehst, einer gemeinsamen Zukunft steht nichts im Wege.«

Ich boxe ihm leicht gegen die Schulter. »Du Scherzkeks.«

»Nein, wirklich. Ich war ihr Personenschützer, und sie fanden mich so gut, dass sie alle Fäden gezogen haben, und mich zu dir geschickt haben. Sie lieben dich. Und sie vermissen dich. Aber das weißt du ohnehin. Bald seid ihr wieder vereint«, sprudelt es nur so aus ihm heraus. Mein Märchenprinz zieht mich noch einmal an sich und gibt mir einen sanften, aber dennoch feierlichen Abschiedskuss. Dann wendet er sich an die Sanitäter von Rettungswagen zwei. »Also ich hab es mir überlegt. Eine Liegemöglichkeit wäre jetzt doch nicht so übel.«

Ein Sani eilt herbei und nickt wissend. Er hilft Raphael in den Wagen und dieser winkt mir noch ein letztes Mal auf seine süße, unnachahmliche Art zu, ehe die Schwingtüren des Rettungswagens geschlossen werden, und er mit Blaulicht davonbraust. Ich sehe ihm noch kurze Zeit nach. Je weiter er sich entfernt, umso schlimmer fühlt sich die imaginäre Schlinge um meinen Hals an. Sie zieht sich zu. Ich fühle mich allein. Ich bin allein. Vollkommen allein.

»Kommst du?« Drew wartet schon im schwarzen Camaro und ich steige widerwillig ein. Das Einzige, was mich jetzt noch aufrecht hält, ist der Gedanke, Charlie abzuholen. Das Einzige, was mir lieb und wichtig ist, ist er.

SECHZEHN

Während der Fahrt zurück nach Dubai herrscht eisiges Schweigen zwischen uns. Ich habe keine Idee, was ich mit diesem eigenartigen Typen reden könnte. Sogar seine Anwesenheit allein reicht aus, um mir ein Frösteln über den Körper zu jagen. Im negativen Sinn.

Noch dazu werde ich von großer Nostalgie übermannt. Es sind die letzten Momente für mich in dieser Stadt. Dieser Stadt, die mir so sehr ans Herz gewachsen ist. Die mich aufgenommen hat und mir andere Sichtweisen ermöglicht hat. Diese Stadt, diese einzigartige Stadt, die mir ein Zuhause geschenkt hat. Ein richtiges. Ich werde sie vermissen.

Gerade eben wird die dunkelste aller Nächte vom zarten Morgenrot abgelöst. Dieses Licht. Wie sehr ich dieses märchenhafte Licht aus 1001 Nacht vermissen werde. Ich sehe wehmütig aus dem Fenster.

»Willst du jemanden Bescheid sagen, dass du kommst? Um dich zu verabschieden?«, fragt Drew plötzlich.

Ungläubig sehe ich ihn und das Handy, das er mir hinhält, an. Ich greife danach. »D-danke.«

Du kannst ihm vertrauen. Er ist einer von den Guten, hat Raphael mir bei unserem Abschied noch ins Ohr geflüstert, und ich war wirklich mehr als skeptisch. Vielleicht aber hatten wir auch nur einen schlechten Start und er ist mir doch nicht so zuwider. Die Hoffnung stirbt zuletzt. Ich tippe Liz' Nummer in das Display und muss nicht lange warten, bis sie abhebt.

»Sherry, bist du's?«, krächzt eine verschlafene Stimme.

»Liz. Hi. Entschuldige, es ist wirklich früh.«

»Sherry, ich hab die ganze Nacht nicht geschlafen. Johnny hat uns alles erzählt. Und er hat mir deinen Brief gegeben. Das alles ... Das alles ist schrecklich. Wie konntest du nur so lang so leben? Und wie geht's dir jetzt? Wo bist du? Darfst du wahrscheinlich nicht sagen ...« Liz Redeschwall nimmt ungeahnte Ausmaße an und scheint kaum zu stoppen zu sein.

»Liz«, setze ich an. »Ich bin in etwa zehn Minuten im Hotel. Ich würde mich gern verabschieden. Und Charlie holen. Kannst du vielleicht ...«

»Du kommst? Ich bin da und werde mich um alles kümmern. Soll ich dir einen Koffer packen? Ich packe dir ein paar Sachen zusammen.«

Ich seufze. »Du bist ein Schatz, danke.«

»Ich sag auch Johnny Bescheid, dass du kommst. ... Oder?«

Ich nicke.

»Oder?«, erkundigt sich meine Freundin mit fragendem, mitfühlendem Tonfall.

»Ja, das wäre toll. Danke dir, bis gleich«. Ich lege auf,

noch ehe sie etwas anderes erwidern kann. In mir brechen schon wieder alle Dämme und Tränen strömen ungehindert aus meinen Augen. Ich liebte das Leben, das ich hier hatte. So sehr.

Aus dem Augenwinkel bemerke ich, dass Drew mir einen Seitenblick zuwirft. Ich sehe nicht zu ihm, sondern starre weiter aus dem Seitenfenster, doch ich spüre seinen bohrenden Blick. Wenigstens sagt er nichts.

Als wir wenig später beim Hotel eintreffen, steigt Drew zuerst aus dem Wagen, und bittet mich zu warten. Er umrundet das Auto und öffnet mir dann die Beifahrertür. Ganz altmodisch. Ich weiß nicht, was ich davon halten soll, aber ich will es mir nicht gleich wieder mit ihm verscherzen, also warte ich, bis er mich hineinbegleitet.

Er hat die Augen überall, wirkt aber dennoch relaxt. Sofern so ein Typ wie er relaxt wirken kann. Er bewegt sich robotermäßig, als hätte er einen Stock im Arsch, mit einem strengen Blick, als hätte er die Fähigkeit, Laserstrahlen abzufeuern. Terminator 2.0.

In der Empfangshalle grüßen mich die liebgewonnenen Rezeptionisten, sie winken mir fröhlich und nichtsahnend zu, und ich muss mich dazu zwingen, ihnen mit einem Lächeln zu antworten. Als wir in Liz' Stockwerk aus dem Lift steigen, wittert mich mein Charlie Bärchen schon und gibt einige aufgeregte Freudenbeller von sich. Ich atme tief durch und öffne mit meiner Keycard die Tür. Liz, Bill und Johnny stehen umringt von Koffern und Taschen im Eingangsbereich und wirken ziemlich betreten. Liz hat Charlie an der Leine, der zieht aber so ungeduldig daran, dass Liz ihn loslässt. Und schon kommt das weiße Wollknäuel mit fliegenden Beinchen auf mich zugerannt. Sein seidiges weißes Fell fliegt im Luftzug und er erinnert mich dabei an Fochur, den sanften, fliegenden Drachen aus der unendlichen Geschichte. Genauso gleitet er über den Marmorboden und springt mir freudig quiekend in die Arme. Ich drücke ihn ganz fest an mich und atme seinen vertrauten Geruch ein. Sein weiches Fell schmiegt sich an mich und seine kleine rosa Zunge gleitet über meinen Unterarm. Seit einer gefühlten Ewigkeit, fühle ich wieder Freude in meinem Herzen. Das schlimme Gefühl, allein zu sein, hat sich mit einem Schlag komplett aufgelöst und durch grenzenlose, herzerwärmende Liebe ersetzt. Die bedingungslose Liebe, die dieser kleine Kerl mir entgegenbringt, berührt die dunkelste Stelle im letzten Winkel meines Herzens und erhellt sie. Ich fühle nichts als Glück und Freude.

Liz ist inzwischen auch an meine Seite getreten und umarmt mich. Ihre Augen glänzen, doch sie reißt sich zusammen. Weinen in der Öffentlichkeit wird in Liz' Kreisen nicht gern gesehen. Ich erwidere ihre innige Umarmung, möchte ihr so viel sagen. Doch die Zeit ist knapp bemessen. Drew hat schon einen Flieger gechartert, will mir aber nach wie vor nicht mitteilen, wohin die Reise geht.

»Oh mein Gott, Sherry«, Liz Stimme überschlägt sich. »Wie siehst du denn aus? Was ist mit deinem Kopf? Alles okay?«, fragt sie mich mit banger Miene.

»Ich bin in Ordnung, mach dir keine Sorgen«, versuche ich sie zu beschwichtigen.

»Du machst Sachen, aber jetzt ist alles gut, oder? Der Typ sitzt hinter schwedischen Gardinen, nicht?«, erkundigt sich meine allerbeste Freundin.

Ich nicke. »Ja, sie haben ihn geschnappt. Und wie ich

hoffe, das gesamte Syndikat zerschlagen. Oder sie sind zumindest knapp davor. Aber bis zur Gerichtsverhandlung muss ich abtauchen.« Ich sehe die tiefe Besorgnis in ihren Augen und umarme sie nochmal.

»Keine Sorge, du verlierst deine Trauzeugin nicht«, versuche ich sie zu beruhigen. »Bis dahin hat sich sicher alles wieder gelegt.«

»Wenn nicht, dann verschieben wir die Hochzeit. Ohne dich heirate ich nicht.« Liz bemüht sich sichtlich, nicht in Tränen auszubrechen, und blickt in Bills Richtung, um seine Zustimmung zu finden.

»Selbstverständlich. Keine Hochzeit ohne unsere Sherry!« Bill lacht und macht einen Schritt auf uns zu, um uns alle beide in eine beschützende Umarmung zu ziehen. Dreierumarmung. Tränen fließen. Ich weine ungehalten. Liz schluchzt leise schniefend. Und Bill gibt uns den nötigen Halt. Ich hoffe, ich kann mein Versprechen halten. Ich hoffe, ich sehe die beiden bald wieder. Wenigstens kann ich mich in der Gewissheit verabschieden, dass Bill immer für Liz da sein wird. In guten wie in schlechten Zeiten. Wobei ich keinen Zweifel habe, dass bei dem Glamourpaar die guten Zeiten stets überwiegen werden.

Da räuspert sich plötzlich jemand. Jemand mit tiefer, rauchiger Stimme. Die Stimme, die mir unter die Haut geht. Immer wieder.

Liz und Bill lassen mich langsam los, um mir die Möglichkeit zu geben, mich auch von meinem Rockstarboyfriend zu verabschieden, der lässig im Türrahmen lehnt und mich wie gebannt fixiert. Als sich unsere Blicke treffen, und ich in seine getrübten Augen sehe, muss ich schwer schlucken. Ich weiß nicht, wie ich mich verhalten soll. Ich weiß nicht, was ich sagen soll. Es gibt so viel Ungeklärtes zwischen uns. So viel Ungesagtes. So viel Unausgesprochenes. So viel. Und Raphael.

Ich wische mir die Tränen weg und atme tief durch, ehe ich seine Hand ergreife. Er zieht mich ruckartig an sich heran und umschlingt mich mit seinen muskulösen Armen.

»Shannen«, flüstert er, »ich weiß nicht, was ich sagen soll.« Seine Stimme bricht, und ich verstärke die Umarmung nur noch mehr. Ich inhaliere seinen Duft nach Tabak und Eau de Cologne. Er hat bestimmt gerade eine Zigarette geraucht, denn der rauchige Geruch, der ihn umgibt, ist noch frisch und liegt in der Luft, dazu die Note Espresso mit Zitrone, sein Morgenritual. Dieser besondere Geruch wird mir ewig in der Nase bleiben. Er riecht vertraut und erinnert mich an zu Hause. Er riecht nach Heimat.

Wie kann ich mich nur wieder von ihm verabschieden. Zum gefühlt hundertsten Mal. Obwohl wir eigentlich nur eine einzige Abschiedsszene hatten. Gestern in der kleinen, beengten Umkleidekabine im Einkaufszentrum.

»Danke, dass du Liz meinen Brief gegeben hast.« Das ist das Erste, was mir einfällt. »Und danke, dass du dich wie versprochen um Charlie gekümmert hast. Das bedeutet mir viel.«

Er küsst meine Stirn und streichelt mir sanft den Rücken entlang.

»Ich werde dich wahnsinnig vermissen«, gebe ich traurig zu und kralle mich in sein weiches T-Shirt.

»Ich dich auch«, murmelt er in mein Ohr. Und beginnt dann plötzlich, etwas gedämpft, aber wunderschön zu singen. J ist aber auch immer für eine Überraschung gut. Ich schmelze dahin, als er den Elvis Presley Song *Are You Lonesome Tonight* auf so berührende Weise wiedergibt. Manchmal bricht seine Stimme – so etwas passiert einem Profisänger wie ihm eigentlich so gut wie nie –, was mir einen kleinen Einblick gewährt, wie es in ihm gerade aussieht. Mein Nordmann ist genauso zerrissen wie ich.

Er vollführt einige Tanzschritte und wirbelt mich zärtlich herum.

Ich liebe seine Stimme, die Art, wie er singt und mich hält.

Er lacht heiser. »Wenn du dich so fühlst, dann hör dir Elvis an. Die Aufnahme, in der der King so herzerfüllt lacht. Und dann denk an mich«, flüstert er nur für mich hörbar.

Total ergriffen löse ich mich ein wenig von ihm, um ihm in die Augen sehen zu können. Das ist wohl das Schönste, was er mir jetzt hätte sagen können. Ich lächle ihn an und seine glasigen Augen schimmern in dem schwummrigen Licht. Sie strahlen liebevoll zu mir herunter, voller Wehmut, ehrlicher Zuneigung und Mitgefühl. Ich streichle mit der Hand über seine stoppelige Wange und lege sie um seinen Nacken. Ich umarme ihn nochmal so fest ich kann, drücke ihn an mich und lasse ihn dann zaghaft los. Ich trete schnell einen Schritt zurück, um mich zu sammeln. Der Moment eines Kusses war da, doch ich ließ ihn vergehen. Ich ließ ihn ziehen, ehe er mich verschlingen konnte. Das kann ich jetzt nicht brauchen. Ich habe mich gerade vorher von Raphael mit einem innigen Kuss verabschiedet. Einem verliebten Kuss. Auch wenn ich Johnny vielleicht genauso liebe, kann ich ihn nicht auch so küssen. Ich würde mich wie ein Verräter fühlen. Ich wäre ein Verräter, der selbst nicht weiß, was er will. Was auch egal ist, da ich keinen der beiden haben kann. Jetzt nicht, und vielleicht auch nie. Ein Abschied ist genug. Zwei sind kaum zu ertragen.

»Leute, ich werde euch alle vermissen. Aber wir sehen uns wieder, versprochen«, richte ich mich an Liz, Bill und J. Ehe ich wieder in Tränen ausbreche, haue ich lieber ab. Schnell. Ich nehme Charlie an die Leine, schnappe meine Tasche, Drew nimmt sich meiner restlichen Gepäckstücke an und schleppt sie zur Tür hinaus. Er war so wortkarg, ich bin mir nicht mal sicher, ob er überhaupt etwas von sich gegeben hat, während unseres kurzen Intermezzos in Liz' Loft.

Mit zusammengepressten Lippen versuche ich, einen halbwegs gefassten Eindruck zu hinterlassen und zwinge mich zu einem halbherzigen Lächeln. Im Vorbeigehen hauche ich Liz noch einen Abschiedskuss auf die Wange, ermahne Bill dazu, gut auf meine beste Freundin aufzupassen, winke nochmal und verschwinde. Ich drehe mich nicht um, bis ich die Tür ins Schloss fallen höre. Ein Schmerz durchströmt mich, aber ich setze weiterhin einen Fuß vor den anderen. Nicht umdrehen. Nur nicht umdrehen. Mit bleiernen Füßen erreiche ich den Fahrstuhl und steige ein. Mit jedem Stockwerk, das wir zurücklassen, wird der Kloß in meinem Hals schwerer. Größer. Doch ich weine nicht. Ich halte die Luft an, um mich auf meinen Herzschlag zu konzentrieren. Um sicherzugehen, dass es weiter schlägt. Mit einem Dong erreichen wir die Lobby und ich lasse das letzte bisschen Luft aus meinen Lungen entweichen. Ich atme tief durch, ehe wir aussteigen.

Charlie läuft munter hechelnd vor mir her, dreht sich immer wieder zu mir um, schaut mich mit seinen großen dunkelbraunen Kulleraugen an. Sein fröhlicher Blick spricht Bände. Mein Kerlchen ist glücklich, dass wir wieder zusammen sind. Und ich auch. Das ist alles, was zählt. Ich lasse ihn noch kurz sein Geschäft erledigen, ehe wir in das Auto steigen. Ich werfe keinen Blick zurück. Kann ich nicht. Darf ich nicht. Ich gurte mich an und warte, bis Drew alle Koffer verstaut hat. Er steigt ein und startet den Motor.

»Stopp, warte!«, rufe ich wie von Sinnen.

Er sieht mich entgeistert an, doch ich habe keine Zeit für Erklärungen. Ich springe aus dem nachtschwarzen Sportwagen, renne auf die Eingangstür zu, bevor ich abrupt stehen bleibe und wie erstarrt innehalte. Mein Herz schlägt mir bis zum Hals. Johnny kommt mit gehetztem Gesichtsausdruck aus dem Hotel gestürmt und ein Lächeln huscht über sein Antlitz, als er mich wie angewurzelt dastehen sieht. Mit wenigen Schritten überbrückt der zwei Meter große Hüne den Abstand zwischen uns, umfasst meine Taille mit seinen Armen, zieht mich an sich und küsst mich, ehe ich mich versehe. Es ist ein Kuss wie aus einer kitschigen Filmszene. Aus einem Schwarzweißfilm, als Filme noch Filme waren. Als diese noch mit einer gewissen Romantik verzauberten, die heute schon ausgestorben zu sein scheint und als schnulzig gilt. Dieser Kuss jedenfalls lässt die Welt stillstehen. Es gibt nichts. Es gibt niemanden. Nur mich und den blonden Nordmann. Den Rockstar meines Herzens.

»Wie kann ich dich wieder gehen lassen? Ich hab dich doch gerade erst wiedergefunden.« Er klingt so verzweifelt. Obwohl er versucht, den Schmerz, der in seiner rauen Reibeisenstimme mitschwingt, zu verbergen, kann ich ihn deutlich vernehmen.

Ich schmiege mich an seine Schulter und bin nicht im Stande, darauf zu antworten. Es gibt keine Antwort. Ich will einfach nur den Moment mit ihm genießen und die Zeit anhalten. Man sieht sich immer zweimal im Leben scheint wohl wirklich zu stimmen. Das Schicksal hat uns wieder zusammengeführt. Es reißt uns zwar in diesem Augenblick wieder auseinander, aber unsere Wege haben sich zweimal gekreuzt. Wer weiß, auf welchen verschlungenen Pfaden wir noch wandern werden? Wer weiß schon, was die Zukunft noch für uns bereithält? Denn wie heißt es so schön? Alle guten Dinge sind drei! Insofern, mein lieber Joe, vielleicht sieht man sich ja wieder – irgendwann, irgendwo!

DANKSAGUNG

Mein größter Dank gilt den beiden wichtigsten Menschen in meinem Leben. Meinen Eltern.

Eure grenzenlose, unerschütterliche Liebe hat mich zu der Person gemacht, die ich heute bin. Danke, dass ihr immer für mich da seid und an mich glaubt!

Liebste Mami, meine beste Freundin, engste Vertraute, meine größte Cheerleaderin und allererste Testleserin. Du bist ein wahrer Erdenengel! #AThousandKissesForYou

Lieber Pap, von dir habe ich wohl meinen Wissensdurst und meine Leidenschaft für Bücher geerbt. Danke, dass du mir von klein auf immer die besten und lustigsten Geschichten erzählt hast. #BestDadEver

Hab euch ganz, gaaaaanz lieb! #Lieblingsmenschen

Tassilo mio, mein kleiner Soulmate. Danke, dass du immer an meiner Seite bist und mir so unendlich viel Liebe schenkst. #GroßeTassiloLiebe

Mark, ich könnte mir keinen besseren Bruder vorstellen. Musik ist dein Leben, und ich weiß, du kommst noch ganz groß raus! #NeuerSternAmMusikhimmel

Mein lieber Johannes, du warst wohl die beste Inspiration Ever. Denn, alter Schwede, ohne dich würde es keinen Johnny geben. Tack dafür! #RockstarMeinesHerzens

René, danke, dass du mir gezeigt hast, wie schön es ist, über den Wolken zu schweben! #BlueSkiesForever

Mein Charlie-Bärchen, danke für fünfzehn wundervolle gemeinsame Jahre. #FürImmerLiebe

Liebe Christina, dank dir scheint wieder die Sonne in meinem Leben! Unendlichen Dank für mein Heaven Eleven Engerl. #ChihuahuaLove

Oh Dubai, mein Dubai. Ganz egal, wo auf der Welt ich bin, ein Teil meines Herzens gehört immer dir. #BestPlaceToBe

Großen Dank auch an all die coolen Leute von Skydive Dubai & Skydive Dubai Desert Campus! Ich hätte mir keine bessere Location zum Fallschirmspringen aussuchen können, ihr seid grandios! #RockingTheSkiesWithYou

Last but not least ... Ein riesiges Dankeschön an die wundervolle Federherz-Familie. Liebe Jane, Dany, Christina und all meine zauberhaften Kolleginnen, merci beaucoup! Ich bin unendlich stolz ein Federherz zu sein! #LetsFlyHigh

Und natürlich ein herzliches Dankeschön an meine Leserinnen. Lasst uns zusammen auf rosaroten Wolken schweben! #AbovePinkClouds

Das Bike ist sein Thron, die Lederjacke ist so schwarz wie seine Seele. Parker O'Neil ist der King des Vikings MC und damit der gefährlichste Mann der gesamten Ostküste.

Man respektiert ihn.
Man fürchtet ihn.
Niemand traut sich,
ihm die Stirn zu bieten.
Bis auf SIE.

Linda Miller vertritt nicht nur die kriminelle Unterwelt von Fremont, sie ist auch ein Teil davon und hat kein Problem damit, sich selbst die Hände schmutzig zu machen. Allerdings hat sie nicht mit IHM gerechnet. Dem geheimnisvollen Mann mit den stechend blauen Augen.
Und dem großen Vikingstattoo auf der Brust.

Sie erkennt ihn erst, als er verboten heiß und schweratmend unter ihr liegt. Sein Angebot ist unmoralisch und doch die pure Versuchung. Nur eine einzige Nacht, die ihr Geheimnis hätte bleiben sollen. Einmal dürfte sie all seine stahlharten Muskeln unter ihren Fingern spüren. Dürfte sie hinter seine harte Schale schauen und ihm verfallen – dem King höchstpersönlich.

Aber nichts im Leben bleibt ohne Konsequenzen. Jemand hat die beiden gesehen und Linda gerät in einen Strudel aus Gefahr. Doch ihr neuer Feind hat seine Rechnung ohne den King der Vikings gemacht. Parker wird Linda beschützen. Niemand wagt es, dem skrupellosen Biker zu drohen. Und erst recht nicht der Frau, der sein Herz gehört.

Können sie gemeinsam der Gefahr trotzen oder wird ihre Verbindung sie noch tiefer in den Abgrund stürzen

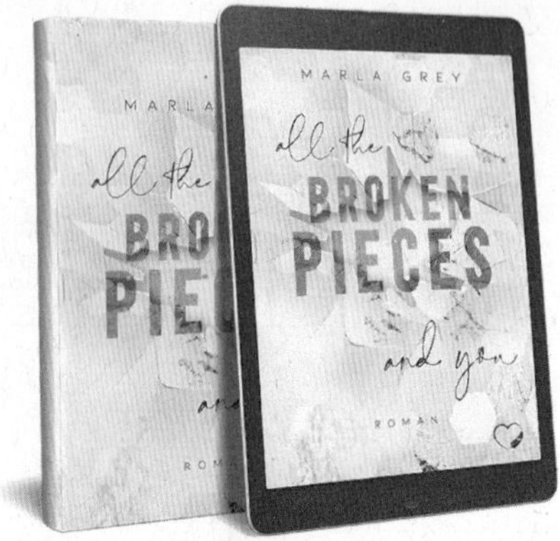

Ashley hat aufgegeben.
Sich selbst, ihre Träume, das Leben – seit dem Tod ihrer besten Freundin hat alles an Bedeutung verloren. Erst eine geheimnisvolle Botschaft reißt sie aus ihrer Resignation. Sie macht sich auf den Weg nach Kalifornien, doch dort angekommen läuft nichts wie geplant.
Entmutigt und verletzt trifft sie auf Jake, der plötzlich zu ihrem einzigen Lichtblick wird.

Doch ist seine Hilfe wirklich so selbstlos, wie sie glaubt, oder steht sie am Ende womöglich vor einem weitaus größeren Scherbenhaufen?

All The Broken Pieces And You ist der herzergreifende Auftakt zur neuen New Adult-Reihe von Marla Grey.

Rockkonzerte, One-Night-Stands und exzessive Partys – damit kann Paula rein gar nichts anfangen. Sie ist ein Good Girl: schüchtern, strebsam und unauffällig.
Doch dann trifft sie auf ihn.
Mats. Es reicht ein Blick in seine strahlend grünen Augen, damit alles um sie herum verblasst.

Und obwohl sie sich mit sämtlichen Mitteln gegen seine einnehmende Ausstrahlung sträubt, verliebt sie sich Hals über Kopf in ihn. Paula stürzt sich in eine Welt, die ihr nicht fremder sein könnte, und entdeckt bislang völlig unbekannte Seiten an sich.
Mats jedoch wird von den Dämonen seiner Vergangenheit verfolgt. Liebe und Gefühle existieren für ihn nicht. Und vor allem Paula darf er nicht zu nah an sich heranlassen, denn sie beide verbindet ein gut gehütetes Geheimnis, das alles verändern würde, wenn es ans Licht käme ...

Der emotionale Auftakt der neuen New-Adult-Reihe von Alessia Gold.

Mitreißend, ergreifend und gefühlvoll

Sammle Herzpunkte und sichere dir

kostenlose Wunschbücher

Du hast Lust, Feedback zu den Verlagstiteln des Federherz Verlages zu geben? Du möchtest dabei Punkte sammeln, von denen du dir in regelmäßigen Abständen Wunschbücher aussuchen kannst?

Dann mach mit beim Herzlesen. Alles, was du dafür brauchst, ist ein Konto auf unserer Federherz-Homepage. Sobald du dieses hast, kannst du direkt damit loslegen, Herzpunkte zu sammeln.

Wir freuen uns, bald mehr von dir zu lesen!

Dein Federherz Verlag